Iris Murdoch

Unter dem Netz

Roman

Nach der Übersetzung von Ilse Krämer
überarbeitet von Barbara Scriba-Sethe

Kiepenheuer & Witsch

Titel der Originalausgabe *Under the Net*

Nach der Übersetzung aus dem Englischen von Ilse Krämer
Überarbeitet von Barbara Scriba-Sethe

Umschlag Manfred Schulz, Köln, nach einer
Konzeption von Hannes Jähn
Satz Froitzheim, Bonn
Druck und Bindearbeiten Clausen & Bosse, Leck
ISBN 3 462 01918 X

Über das Buch

Unter Schauspielern, Schriftstellern und Filmleuten fühlt sich Jake Donaghue am wohlsten. Er hat einen Hang zum bohèmehaften Leben, zieht die Ungebundenheit bürgerlicher Seßhaftigkeit vor. Jake lebt in London und verdient dort seinen Lebensunterhalt schlecht und recht mit Übersetzungen aus dem Französischen. Unbefangen laviert sich der charmante Schmarotzer durchs Leben, doch als seine alte Freundin Madge heiratet und ihn aus der Wohnung wirft, gerät Jake in beträchtliche Schwierigkeiten. Überraschend trifft er seine ehemalige Geliebte Anna wieder, und er wird in ein Netz seltsamer Abenteuer und Verstrickungen hineingezogen, die eine Wandlung bei ihm auslösen.

Iris Murdoch, die zu den großen Schriftstellerinnen der angelsächsischen Welt gehört, ist eine mitreißende Erzählerin. Mit englischem Witz und fein dosierter Ironie schildert die Autorin Liebeserlebnisse und absurde Begebenheiten, das Bemühen Jake Donaghues, sein Leben selbst zu bestimmen. Sie entwirft eine Reihe origineller Charaktere und fängt die unterschiedliche Atmosphäre zweier Städte ein – das Sprühende, die elegante Leichtigkeit von Paris, die teils geheimnisvolle, teils skurrile Pracht von London. *Unter dem Netz* erschien 1954 zum erstenmal – der Roman hat seitdem nichts von seiner Faszination und Spritzigkeit verloren.

Die Autorin

Iris Murdoch, geb. 1919 in Dublin, studierte Philosophie und alte Geschichte. Während des Krieges und in den ersten Jahren danach arbeitete sie u. a. für Organisationen der UNO, lehrte dann von 1948 bis 1967 Philosophie in Oxford und London. Sie lebt jetzt in Oxford. Sie hat ein umfangreiches erzählerisches Werk vorgelegt, erhielt zahlreiche literarische Auszeichnungen, für den Roman *Das Meer, das Meer* (1978) den Booker Prize.

In der Reihe KiWi ist die Veröffentlichung weiterer Romane von Iris Murdoch *(Maskenspiel, Uhrwerk der Liebe)* geplant. Die Übersetzung des Romans *The Good Apprentice* wird im Frühjahr 1989 erscheinen.

I

Als ich Finn an der Straßenecke auf mich warten sah, wußte ich sofort, daß etwas schiefgegangen war. Gewöhnlich wartet er im Bett auf mich oder mit geschlossenen Augen gegen den Türpfosten gelehnt. Überdies war ich durch den Streik aufgehalten worden. Die Rückreise nach England ist mir immer zuwider, und solange es mir nicht gelingt, mich so tief in dem guten alten London einzugraben, daß ich vergesse, jemals weggewesen zu sein, bin ich untröstlich. Also kann man sich vorstellen, wie schrecklich es für mich ist, mit dem Duft Frankreichs noch in der Nase, in Newhaven zu hocken und darauf zu warten, daß die Züge wieder fahren. Bei dieser Gelegenheit waren mir auch die Cognacflaschen, die ich immer hinüberschmuggle, am Zoll abgenommen worden, so daß ich nach der Polizeistunde gänzlich der Qual einer morbiden Selbstbetrachtung preisgegeben war. Zur belebenden Objektivität wahrer Kontemplation in unbekannten englischen Städten zu gelangen, ist Menschen meines Temperaments nicht gegeben, auch wenn sie sich nicht um Züge sorgen müssen. Selbst in besten Zeiten sind Züge schlecht für die Nerven. Wovon bekamen die Menschen eigentlich früher Albdrücken, als es noch keine Züge gab? Zieht man dies alles in Betracht, so war es höchst seltsam, daß Finn mich auf der Straße erwartete.

Als ich ihn erblickte, blieb ich stehen und stellte meine Koffer ab. Sie waren voller französischer Bücher und sehr schwer. Ich rief: »Heh!« und Finn kam langsam näher. Er ist nie in Eile. Es fällt mir schwer, das Ganze mit Finn zu erklären. Er ist nicht eigentlich mein Diener. Oft wirkt er mehr wie mein Manager. Manchmal sorgt er für mich, manchmal sorge ich für ihn, je nachdem. Irgendwie ist es deutlich, daß wir nicht ebenbürtig sind. Er heißt Peter O'Finney, aber das braucht man sich nicht zu merken, da er immer Finn genannt wird. Außerdem ist er so etwas wie ein entfernter Vetter von mir, jedenfalls behauptet er das, und ich habe mir nie die Mühe gemacht, es nachzuprüfen. Aber die meisten haben den Eindruck, er sei mein Diener, und oft glaube ich es auch selbst, obgleich es nicht leicht zu sagen wäre, was einen zu dieser Ansicht verleitet. Manchmal meine ich, es liegt daran, daß Finn ein demütiger Mensch ist, der sich immer im Hintergrund hält und somit automatisch den zweiten Platz einnimmt. Haben wir nicht genug Betten, so ist stets er es, der auf dem Boden schläft, und das erscheint vollauf natürlich. Auch stimmt es, daß ich Finn immer Anweisungen gebe. Aber das tue ich nur, weil er offensichtlich wenig eigene Ideen hat, was er mit seiner Zeit anfangen soll. Einige meiner Freunde glauben, Finn sei verrückt, aber das stimmt nicht: er weiß sehr wohl, was er will.

Als er schließlich auf mich zukam, wies ich ihn an, einen der Koffer zu tragen, aber er nahm ihn nicht auf. Statt dessen setzte er sich darauf und blickte mir schwermütig in die Augen. Ich setzte mich auf den anderen Koffer, und eine Zeitlang schwiegen wir uns an. Ich war müde und hatte keine Lust, Finn Fragen zu stellen. Ich dachte, er werde schon früh genug alles berichten. Er liebt Schwierigkeiten unterschiedslos, ob es seine eigenen sind oder die anderer Leute. Besonderen Spaß hat er daran, schlechte Nachrichten zu übermitteln. Er sieht recht gut aus auf seine traurige schlaksige Art, mit gerade herunterhängendem bräunlichen Haar und einem knochigen Irengesicht. Er ist einen Kopf größer als ich (ich bin ziemlich klein), aber er hält sich schlecht. Als er mich so trübselig anschaute, sank mir das Herz im Leib.

»Was gibt's?« fragte ich schließlich.
»Sie hat uns vor die Tür gesetzt«, antwortete Finn.
Das konnte ich nicht ernst nehmen, es war unmöglich.
»Nun, nun«, munterte ich Finn freundlich auf, »was willst du damit sagen?«
»Sie setzt uns vor die Tür«, wiederholte Finn. »Uns beide, heute, jetzt gleich.«
Finn unkt gerne, aber er lügt nie, er übertreibt nicht einmal; doch dies war phantastisch.
»Aber warum?« fragte ich. »Was haben wir verbrochen?«
»Nicht weil wir etwas verbrochen hätten«, sagte Finn. »Sie will heiraten.«
Das war ein Schlag. Doch selbst als ich zusammenzuckte, sagte ich mir: Nun, warum nicht? Ich bin ein toleranter und gerechter Mensch. Und im nächsten Augenblick überlegte ich, wohin wir gehen könnten.
»Aber sie hat mir nie etwas gesagt«, bemerkte ich.
»Du hast sie auch nie etwas gefragt«, erwiderte Finn.
Das stimmte. In letzter Zeit hatte ich jedes Interesse an Magdalens Privatleben verloren. Wenn sie losging und sich mit einem anderen verlobte, wem hatte ich das zu verdanken, wenn nicht mir selbst?
»Wer ist der Kerl?« fragte ich.
»Irgendein Buchmacher.«
»Reich?«
»Ja, er hat einen Wagen«, antwortete Finn. Dies war sein Kriterium, und ich glaube, damals auch das meine.
»Frauen machen mich einfach krank«, fügte Finn hinzu. Der Hinauswurf freute ihn nicht mehr als mich.
Ich saß eine Zeitlang still da und verspürte einen unbestimmten körperlichen Schmerz, in dem sich Eifersucht und verletzter Stolz mit einem tiefen Gefühl der Heimatlosigkeit mischten. Da hockten wir in der Earls Court Road an einem staubigen, sonnigen Julimorgen auf zwei Koffern. Wohin

sollten wir uns nun wenden? So war es immer gelaufen. Ich gebe mir die größte Mühe, meine Welt zusammen- und in Gang zu halten, und plötzlich zerbricht sie zu einem Wirrwarr der gleichen alten Scherben, und Finn und ich sind wieder einmal auf der Wanderschaft. Ich sagte: meine Welt, nicht unsere, denn ich habe manchmal das Gefühl, daß Finn nicht über ein allzu großes Innenleben verfügt. Ich sage das ganz ohne Verachtung: die einen haben so etwas, die anderen nicht. Ich sehe da auch eine Verbindung zu seiner Aufrichtigkeit. Subtile Menschen wie ich sehen zu viele Seiten, als daß sie eine eindeutige Antwort geben könnten. Verschiedene Betrachtungsweisen sind von jeher mein Unglück gewesen. Und ich verbinde das auch mit seiner Fähigkeit, objektive Aussagen zu machen, wenn man dies am wenigsten wünscht. Sie wirken wie grelles Licht bei Kopfweh. Es könnte aber auch sein, daß Finn sein Innenleben vermißt und er mir überallhin folgt, weil das meinige reich und überaus differenziert ist. Jedenfalls zähle ich Finn zu den Bewohnern meiner Welt und kann mir nicht vorstellen, daß er eine hat, in der ich vorhanden bin. Und diese Anordnung scheint sich für uns beide beruhigend auszuwirken.

Bis zum Öffnen der Kneipen waren es noch mehr als zwei Stunden, und ich konnte den Gedanken, Magdalen gleich zu sehen, kaum ertragen. Sie erwartete bestimmt eine Szene von mir, und ich fühlte mich nicht tatkräftig genug, eine zu machen, ganz abgesehen davon, daß ich ohnehin nicht wußte, welche Art Szene ich eigentlich machen müßte. Das bedurfte einiger Überlegung. Nichts außer einer Vertreibung regt einen so an, die Situation zu ergründen, aus der man vertrieben wurde. Ich brauchte Zeit, um über meinen bisherigen Zustand nachzudenken.

»Hättest du gern eine Tasse Kaffee bei Lyons?« fragte ich Finn in aufkeimender Hoffnung.

»Lieber nicht«, antwortete er. »Ich bin schon ganz erschlagen von der Warterei auf deine Rückkehr und weil sie mich zum Teufel gewünscht hat. Komm jetzt und laß uns zu ihr gehen!« Und er erhob sich und ging die Straße hinunter. Finn bezieht sich auf andere Menschen nur durch Pronomen und Vokative. Ich folgte ihm langsam, und versuchte, herauszufinden, wer ich war.

Magdalen wohnt in einem jener abstoßenden, schwerfälligen Häuser der Earls Court Road. Ihr gehörte die obere Hälfte davon; und hier hatte auch ich seit mehr als achtzehn Monaten gelebt und Finn ebenfalls. Finn und ich bewohnten im vierten Stock ein Labyrinth von Dachstuben, und Magdalen hauste im dritten, womit ich nicht sagen will, daß wir uns nicht eine Menge gesehen hätten, mindestens am Anfang. Ich war an den Gedanken gewöhnt, dies als mein Heim zu betrachten. Manchmal kamen Männer zu Magdalen, ich hatte nichts dagegen und forschte nicht nach. Mir war es sogar lieber so, denn dann blieb mir mehr Zeit für meine Arbeit oder vielmehr für die Art brotloser Träumerei, die mir größeren Spaß macht als alles andere auf der Welt. Wir hatten dort so gemütlich gelebt wie ein Walnußpaar in seiner Schale und so gut wie mietfrei gewohnt, was stark ins Gewicht fiel; denn nichts kann mich mehr ärgern als Mietezahlen.

Magdalen ist, wie ich erklären sollte, Stenotypistin in der City, oder vielmehr sie war es in der Zeit, von der ich eben sprach. Doch gibt das kein Bild von ihr. Ihre wahre Beschäftigung ist, sie selbst zu sein, und hierfür bringt sie einen riesigen Eifer und viel Kunstfertigkeit auf. Ihre Bemühungen halten sich an die Hinweise, die sie aus Modeblättern und im Kino empfängt, und es ist wohl auf ihre natürliche unbestechliche Vitalität zurückzuführen, daß es ihr nicht gelungen ist, sich völlig gesichtslos zu machen, obgleich sie unentwegt die Regeln der Verführung studiert hat. Sie ist nicht eigentlich schön, ein Adjektiv, das ich nur selten verwende. Aber sie ist sowohl hübsch wie anziehend. Ihre Hübschheit liegt in den regelmäßigen Zügen und dem lieblichen Teint, den sie mit einer pfirsichfarbenen Make-up-Maske bedeckt, bis alles so glatt und ausdruckslos ist wie Alabaster. Ihr Haar ist immer so gewellt, wie die Mode es am kleidsamsten gerade vorschreibt, und ist golden gefärbt. Frauen glauben, Schönheit liege in der Annäherung an eine harmonische Norm. Der einzige Grund, warum es ihnen nicht gelingt, sich ununterscheidbar ähnlich zu machen, liegt in ihrem Mangel an Zeit, Geld und Fingerfertigkeit. Filmstars, die dies alles haben, sind wirklich ununterscheidbar. Magdalens Reiz liegt in ihren Augen und in der Lebendigkeit ihrer Bewegungen und ihres Ausdrucks. Die Augen sind jener Teil des Gesichts, den man nicht verkleiden kann, wenigstens hat man bis jetzt noch nichts dafür erfunden. Die Augen sind der Spiegel der Seele, und man kann sie nicht übermalen oder mit Goldstaub besprenkeln. Magdalens sind groß, grau und mandelförmig und glitzern wie Kiesel im Regen. Gelegentlich verdient sie viel Geld, nicht durch Maschineschreiben, sondern als Photomodell; sie ist jedermanns Ideal von einem hübschen Mädchen.

Magdalen nahm gerade ein Bad, als wir ankamen. Wir gingen ins Wohnzimmer, wo ein elektrischer Ofen, kleine Häufchen von Nylonstrümpfen und Seidenwäsche und ein zarter Pudergeruch für eine behagliche Atmosphäre sorgten. Finn ließ sich so auf den zerwühlten Diwan niederplumpsen, wie sie es nicht leiden konnte. Ich ging zur Badezimmertür und rief: »Madge!«

Das Geplätscher verstummte, und sie fragte: »Bist du's, Jake?«

»Ja, natürlich bin ich's. Hör mal, was soll denn das heißen?«

»Ich kann nicht verstehen«, entgegnete Magdalen. »Warte einen Augenblick!«

»Was das heißen soll«, brüllte ich, »all das Zeug, daß du einen Buchmacher heiratest. Du kannst doch so etwas nicht tun, ohne dich mit mir zu beraten.«
Ich hatte das Gefühl, eine ganz angemessene Szene vor der Badezimmertür zu machen. Ich schlug sogar mit der Faust gegen das Holz.
»Ich verstehe kein Wort«, sagte Madge, was nicht der Wahrheit entsprach. Sie suchte Zeit zu gewinnen. »Jake, Liebling, setz den Kessel auf, dann trinken wir zusammen Kaffee. In einer Minute bin ich draußen.«
Als ich den Kaffee machte, schoß Magdalen in einer Wolke heißer, parfümierter Luft aus dem Badezimmer, entwich aber sofort in ihren Ankleideraum. Finn erhob sich hastig vom Diwan. Wir rauchten Zigaretten und warteten. Nach langer Zeit tauchte Magdalen wieder strahlend auf und stand nun vor mir. Ich starrte sie in schweigendem Staunen an. Ihre ganze Erscheinung hatte sich deutlich verändert. Sie trug ein enganliegendes Seidenkleid von teurer und extravaganter Herkunft und sehr viel recht kostspielig aussehenden Schmuck. Selbst ihr Gesichtsausdruck hatte sich verändert. Jetzt erst wurde mir klar, was Finn mir erzählt hatte. Als ich die Straße hinunterging, war ich zu sehr mit mir selbst beschäftigt gewesen, als daß ich über die Absonderlichkeit und Tragweite von Magdalens Plan hätte nachdenken können. Sein Barwert stand nun vor mir. Sicherlich unerwartet. Magdalen war an den Umgang mit langweiligen, aber freundlichen Bürgern gewöhnt, mit Beamten, die zur Bohème neigten, oder schlimmstenfalls mit literarischen Tagelöhnern, wie ich einer bin. Ich überlegte, welch seltsamer Fehler in der Gesellschaftsgliederung sie mit einem Mann in Berührung gebracht haben konnte, der sie dazu brachte, sich so zu kleiden. Langsam umkreiste ich sie und nahm ihr Bild in mich auf.
»Wofür hältst du mich? Das Albert Memorial?« fragte sie.

»Nicht mit diesen Augen«, erwiderte ich und blickte in deren gesprenkelte Tiefen.
Da durchschoß mich ein ungewohnter Schmerz, und ich mußte mich abwenden. Ich hätte besser auf dieses Mädchen aufpassen sollen. Diese Metamorphose mußte sich seit langem vorbereitet haben, nur war ich zu phlegmatisch gewesen, sie zu erkennen. Eine Frau wie Magdalen kann nicht über Nacht verwandelt werden. Jemand mußte sich schwer darum bemüht haben.
Madge schaute mich neugierig an. »Was ist los?« fragte sie. »Bist du krank?«
Ich sagte, was ich dachte: »Madge, ich hätte besser auf dich achtgeben sollen.«
»Du hast überhaupt nicht auf mich achtgegeben«, erwiderte sie. »Und jetzt tut es ein anderer.«
Ihr Lachen hatte etwas Schneidendes, aber ihr Blick war besorgt, und ich verspürte den Drang, ihr sogar jetzt in diesem vorgerückten Stadium eine Art von Eil-Antrag zu machen. Ein Rückblick auf unsere Freundschaft ließ neue Dinge hervortreten, und ich versuchte, eine Sekunde lang zu erfassen, wie sehr ich sie brauchte. Ich holte jedoch tief Atem und folgte meinem Prinzip, in Augenblicken der Erregung nie offen mit Frauen zu sprechen. Dabei kommt selten etwas Gutes heraus. Es ist nicht meine Art, mich für andere verantwortlich zu fühlen. Es ist schon mühsam genug, meinen eigenen Weg entlang zu stolpern. Der gefährliche Augenblick ging vorüber, die Vorzeichen wechselten, der Glanz in Magdalens Augen schwand, und sie sagte: »Gib mir Kaffee!« Ich schenkte ein.
»Sieh mal, Jakie«, begann sie, »du verstehst, wie die Dinge liegen. Ich möchte, daß du deine Sachen so schnell wie möglich rausschaffst, heute noch, wenn du kannst. Ich habe dein ganzes Zeug in dein Zimmer geräumt.«
Das stimmte offenbar. Einige meiner Besitztümer, die

gewöhnlich das Wohnzimmer schmückten, fehlten jetzt. Ich hatte das Gefühl, bereits nicht mehr hier zu wohnen.
»Ich verstehe eben das Ganze nicht«, sagte ich, »und ich möchte Näheres darüber hören.«
»Ja, du mußt alles wegschaffen«, beharrte Magdalen. »Ich bezahle sogar das Taxi, wenn du willst.« Jetzt war sie kalt wie ein Frosch.
»Hab doch ein Herz, Madge«, sagte ich. Ich war wieder um mich selbst besorgt und fühlte mich um vieles besser. »Kann ich denn nicht weiterhin oben wohnen? Ich bin dir doch nicht im Weg.« Aber ich wußte, das war kein guter Einfall.
»Oh, Jake!« rief Madge. »Du bist ein Idiot!« Dies war die freundlichste Bemerkung, die sie bis jetzt gemacht hatte. Unser beider Spannung ließ nach.
Während der ganzen Zeit lehnte Finn an der Tür und schaute abwesend in die Mitte des Zimmers. Ob er zuhörte oder nicht, war nicht auszumachen.
»Schick ihn fort!« sagte Madge. »Er geht mir auf die Nerven.«
»Wohin kann ich ihn schicken?« fragte ich. »Wohin sollen wir beide gehen? Du weißt, ich habe kein Geld.«
Dies war nicht die volle Wahrheit, aber aus Gründen der Politik gebe ich immer vor, pennylos zu sein; man kann nie wissen, ob es sich nicht einmal lohnt, wenn dies als selbstverständlich vorausgesetzt wird.
»Ihr seid ja erwachsene Menschen«, bemerkte Madge. »Zumindest solltet ihr's sein. Also könnt ihr selbst einen Entschluß fassen.«
Ich begegnete Finns träumerischem Blick. »Was sollen wir tun?« fragte ich ihn.
Manchmal hat Finn Einfälle, außerdem hatte er ja auch mehr Zeit als ich gehabt, darüber nachzudenken.
»Zu Dave gehen«, äußerte er.
Ich sah nichts, was dagegen gesprochen hätte, deshalb sagte

ich: »Gut!« und brüllte ihm nach: »Nimm die Koffer!« denn er war weggeschossen wie ein Pfeil. Manchmal meine ich, er kann Magdalen nicht leiden. Er kehrte zurück, nahm den einen und verschwand.
Magdalen und ich schauten einander an wie Boxer zu Beginn der zweiten Runde.
»Sieh mal, Madge«, sagte ich, »du kannst mich doch nicht einfach hinaussetzen.«
»Du bist ja auch so einfach hereingekommen«, erwiderte Madge.
Das entsprach der Wahrheit. Ich seufzte.
»Komm her!« forderte ich sie auf und streckte ihr die Hand entgegen. Sie reichte mir die ihre, die aber steif und ohne Entgegenkommen war wie eine Toastgabel. Eine Sekunde später ließ ich sie los.
»Mach keine Szene, Jakie!« bat Madge.
Nicht die allerkleinste hätte ich in diesem Augenblick machen können. Ich fühlte mich schwach und legte mich auf den Diwan.
»So, so«, sagte ich sanft, »du wirfst mich also hinaus, und dies alles einem Manne zuliebe, der von anderer Leute Laster lebt.«
»Wir alle leben von anderer Leute Laster«, bemerkte Madge mit einem Ausdruck neumodischen Zynismus', der nicht zu ihr paßte. »Ich sowohl wie du, und du lebst von schlimmeren als er.« Damit spielte sie auf gewisse Bücher an, die ich manchmal übersetze.
»Wer ist der Kerl eigentlich?« fragte ich.
Madge schaute mich prüfend an und beobachtete die Wirkung. »Er heißt«, sagte sie, »Starfield. Du hast vielleicht schon von ihm gehört.« Ein triumphierender Blick leuchtete schamlos aus ihren Augen.
Ich spannte das Gesicht an, um es ausdruckslos zu machen. Also Starfield war es, Samuel Starfield, der Heilige Sammy,

der gewitzte Buchmacher. Ihn einfach als Buchmacher zu bezeichnen, war ein bißchen simpel von Finn, wenngleich er immer noch seine Büros am Piccadilly besaß, wo sein Name in Leuchtbuchstaben stand. Starfield hatte jetzt seine Hand ein wenig in allen Dingen auf jenen Gebieten, wo er mit seinen Neigungen und seinem Geld etwas machen konnte: Damenkleidung, Nachtklubs, Film, Restaurants.

»Ach so«, sagte ich. Ich wollte Madge kein Schauspiel bieten. »Wo bist du ihm begegnet? Ich frage dies aus rein soziologischem Interesse.«

»Ich weiß nicht, was das heißt«, erwiderte Madge. »Aber wenn du es schon wissen mußt: ich habe ihn auf dem Elfer-Bus kennengelernt.« Dies war eine nackte Lüge. Ich schüttelte den Kopf.

»Du wirst dein Leben lang Mannequin spielen«, sagte ich, »und all deine Zeit damit zubringen müssen, ein Symbol für strahlenden Reichtum zu sein.« Während ich das sagte, kam mir, daß dies vielleicht gar kein so übles Leben sei.

»Jake, verschwinde jetzt!« bat Madge.

»Aber du wirst mit dem heiligen Sam doch nicht hier hausen, oder?«

»Wir brauchen diese Wohnung«, erwiderte Madge, »und ich möchte dich jetzt hier raushaben.«

Ich fand ihre Antwort ausweichend. »Hast du nicht gesagt, du willst heiraten?« fragte ich. Wieder keimte in mir etwas von Verantwortung auf. Schließlich hatte sie keinen Vater, und ich fühlte mich *in loco parentis.* Das war so ungefähr der einzige *locus,* den ich hatte. Und als ich jetzt darüber nachdachte, schien es mir auf phantastische Weise unwahrscheinlich, daß Starfield eine Frau wie Madge heiraten würde. Magdalen eignete sich zum Pelzmänteltragen ebenso wie jeder andere weibliche Kleiderständer. Aber sie war ebensowenig aufregend wie reich oder berühmt, sie war vielmehr ein nettes, gesundes englisches Mädchen, so einfach und

lieblich wie ein Maitag in den Kew Gardens*. Meiner Meinung nach bewegten sich Starfields Neigungen in exotischeren Kreisen und fern von allem, was mit Ehe zu tun hat.
»Ja«, antwortete Madge mit Nachdruck und frisch wie ein Fisch. »Und fängst du jetzt an zu packen?« Trotzdem hatte sie ein schlechtes Gewissen, ich erkannte es an der Art, wie sie meinem Blick auswich.
Sie fingerte am Bücherregal und bemerkte: »Ich glaube, hier sind noch ein paar Bände, die dir gehören«, und sie nahm *Murphy* und *Pierrot Mon Ami* heraus.
»Schaffst wohl Platz für Genosse Starfield«, sagte ich. »Kann er überhaupt lesen? Übrigens, weiß er etwas von meiner Existenz?«
»Hm, ja«, sagte Madge ausweichend, »aber ich möchte nicht, daß ihr euch begegnet. Deshalb mußt du sofort packen. Von morgen an wird Sammy sehr oft hier sein.«
»Eines ist sicher«, entgegnete ich, »ich kann nicht alles an einem einzigen Tag wegbringen. Jetzt nehme ich einiges mit, aber ich muß morgen wiederkommen.« Ich hasse es, gehetzt zu werden. »Und vergiß nicht«, fügte ich heftig hinzu, »der Radioapparat mit Plattenspieler gehört *mir*.«
»Ja, mein Lieber«, erwiderte Madge, »aber wenn du morgen zurückkommst, telephoniere vorher, und wenn ein Mann antwortet, häng ein!«
»Widerlich!« sagte ich.
»Ja, Lieber«, gab sie zu. »Soll ich ein Taxi bestellen?«
»Nein!« brüllte ich und verließ den Raum.
»Wenn du zurückkommst, und Sammy ist hier«, rief Madge mir noch über die Treppe nach, »wird er dir den Hals umdrehen.«

*

* Botanischer Garten in London

Ich ergriff den anderen Koffer, machte aus meinen Manuskripten ein Paket und ging zu Fuß weg. Ich mußte nachdenken, und das kann ich in einem Taxi nicht, weil ich immer auf den Zähler schaue. Also nahm ich den Dreiundsiebziger-Bus und fuhr zu Mrs. Tinckham. Mrs. Tinckham hat einen Zeitungsladen in der Nähe der Charlotte Street, einen staubigen, schmutzigen, widerlich aussehenden Eckladen mit einem Brett für billige Angebote vor dem Fenster. Dort kann man Zeitungen in allen Sprachen kaufen, Frauenzeitschriften, Wildwestromane, Kriminalromane und *Wahre Geschichten.* Jedenfalls liegen diese Artikel in chaotischen Haufen zum Verkauf da, aber ich habe noch niemanden gesehen, der in Mrs. Tinckhams Laden etwas anderes erstanden hätte als Eis, das man auch bei ihr bekommen kann, und die *Evening News.* Die meisten Bücher liegen hier jahrelang herum, verblassen in der Sonne und werden nur aus ihrer Ruhe aufgeschreckt, wenn Mrs. Tinckham selbst die Lesewut bekommt, was ihr von Zeit zu Zeit widerfährt, und einen altersgelben Wildwestroman herausgreift, um, halbwegs durch, festzustellen, daß sie ihn schon kenne, aber völlig vergessen habe. Sie muß wohl ihr ganzes Lager gelesen haben, das nicht allzu groß ist und nur langsam zunimmt. Ich habe manchmal beobachtet, wie sie sich französische Zeitungen ansah, obgleich sie behauptet, nicht französisch zu können. Vielleicht hat sie auch nur die Bilder betrachtet. Außer dem Eisbehälter gibt es noch einen kleinen Eisentisch und zwei Stühle, und auf einem Regal darüber stehen einige alkoholfreie, rote und grüne Getränke in Flaschen. Viele friedliche Stunden habe ich schon hier verbracht.
Eine andere Besonderheit von Mrs. Tinckhams Laden ist, daß es dort von Katzen wimmelt. Eine ständig wachsende Familie, lauter Nachkommen einer riesigen Stammutter, die auf dem Ladentisch und in den leeren Regalen sitzen, schläfrig und nachdenklich, mit zusammengezogenen, in der

Sonne blinzelnden Bernsteinaugen, einem unwilligen feuchten Schlitz in einer Ausdehnung heißen Pelzes. Wenn ich komme, springt oft eine herunter und auf meine Knie, wo sie eine Zeitlang in ihrer gelassenen, objektiven Art sitzen bleibt, ehe sie sich auf die Straße davonschleicht, um an den Geschäftsfassaden entlangzustreichen. Aber ich habe nie gesehen, daß eines dieser Tiere sich weiter als zehn Meter vom Laden entfernt hätte. In der Mitte thront Mrs. Tinckham selbst und raucht eine Zigarette. Sie ist die einzige Person in meiner Bekanntschaft, die eine echte Kettenraucherin ist. Jede neue Zigarette entzündet sie am Stummel der alten. Wie sie die erste des Tages in Brand steckt, bleibt mir ein Rätsel, denn sie scheint niemals Streichhölzer im Haus zu haben, wenn ich mal um eines bitte. Einmal fand ich sie in großen Nöten, weil ihr die brennende Zigarette in die Kaffeetasse gefallen war und sie kein Feuer für eine andere hatte. Vielleicht raucht sie die ganze Nacht hindurch oder aber, es gibt so etwas wie eine ewige Zigarette, die in ihrem Schlafzimmer brennt. Eine Emailschale zu ihren Füßen ist gewöhnlich bis zum Rand mit Zigarettenresten angefüllt. Neben ihr auf dem Ladentisch steht ein kleiner Radioapparat, der ständig ganz sanft, fast unhörbar läuft, so daß eine Art murmelnde Musik Mrs. Tinckham Gesellschaft leistet, wenn sie, in Zigarettenrauch eingehüllt, inmitten ihrer Katzenschar sitzt. Ich trat ein, setzte mich wie gewöhnlich auf den Eisentisch, und hob eine Katze aus dem nächststehenden Regal auf meine Knie. Wie eine in Gang gesetzte Maschine begann sie zu schnurren. Ich schenkte Mrs. Tinckham das erste spontane Lächeln dieses Tages. Sie war, was Finn ein komisches altes Stück nennt, aber sie ist einmal sehr gut zu mir gewesen, und Güte vergesse ich nie.

»So, so, wieder zurück«, sagte sie, legte die *Wahren Geschichten* beiseite und stellte das Radio noch leiser, bis es nur mehr ein Gemurmel aus dem Hintergrund war.

»Ja, leider«, erwiderte ich. »Mrs. Tinck, wie steht's mit einem Gläschen?«
Seit langem hatte ich mir einen kleinen Whisky-Vorrat bei Mrs. Tinckham angelegt für den Fall, daß ich in ruhiger Umgebung mitten in London nach Büroschluß einen Heiltrunk brauchte. Jetzt war zwar alles offen, aber ich sehnte mich nach dem besänftigenden Frieden von Mrs. Tinckhams Laden mit der schnurrenden Katze, dem wispernden Radio und Mrs. Tinckham selbst, wie eine von Weihrauch umgebene Erdgöttin. Am Anfang pflegte ich die Flasche nach jedem Glas zu markieren, doch da kannte ich Mrs. Tinckham noch nicht so gut. Sie ist einem Naturgesetz gleich, wenn es um ihre Zuverlässigkeit geht. Sie kann sogar etwas für sich behalten. Ich hörte einmal, wie einer ihrer eher merkwürdig aussehenden Kunden, der etwas aus ihr herauszubringen suchte, ausrief: »Sie sind geradezu pathologisch diskret.« Und so ist sie nun einmal. Ich glaube sogar, dies ist das Geheimnis ihres Erfolgs. Ihr Laden dient als das, was man eine »Gefälligkeits-Adresse« nennt, und ist ein Treffpunkt für Leute, die ihre Geschäfte lieber unter Ausschluß der Öffentlichkeit betreiben. Ich frage mich manchmal, wieviel Mrs. Tinckham über die Angelegenheiten ihrer Kunden weiß. Fern von ihr, denke ich immer, sie könne nicht so naiv sein, daß sie nicht irgendwie mitkriege, was unter ihrer Nase vorgeht. Bin ich jedoch bei ihr und sehe sie, dick und formlos und blinzelnd wie eine ihrer Katzen, dann packen mich wieder Zweifel. Es gibt Momente, da ich mit einem Seitenblick einen Ausdruck scharfer Intelligenz auf ihrem Gesicht zu erhaschen glaube. Doch so schnell ich mich ihr auch zuwende, niemals entdecke ich etwas anderes in ihren Zügen als strahlende mütterliche Fürsorge und dumpfe Besorgnis. Was auch immer die Wahrheit sein mag, sicher ist, daß niemand es je erfahren wird. Seit langem hat die Polizei es aufgegeben, Mrs. Tinckham zu verhören. Es war

verlorene Zeit. So viel oder so wenig sie auch wußte, niemals hat sie meiner Erfahrung nach um eines Vorteils oder einer Wirkung willen irgendwelche genauen Kenntnisse über die kleine Welt preisgegeben, die sich um ihren Laden tummelt. Eine Frau, die nicht plappert, ist ein Juwel. Ich bin Mrs. Tinckham tief ergeben.

Sie füllte einen Pappbecher mit Whisky und reichte ihn mir über den Ladentisch. Sie selbst habe ich niemals trinken sehen.

»Keinen Brandy diesmal, Schätzchen?« fragte sie.

»Nein, die verdammten Zöllner haben ihn mir abgenommen«, antwortete ich, und fügte nach einem Schluck Whisky hinzu: »Der Teufel soll sie holen!« Dabei machte ich eine Geste, die den Zoll, Madge, Starfield und meinen Bankmanager einbezog.

»Was ist los, Schätzchen? Wieder schlechte Zeiten?« fragte Mrs. Tinckham. Während ich in mein Glas starrte, spürte ich wieder einmal ihren wissenden Blick.

»Die Menschen machen es einem schwer, nicht wahr?« fügte sie mit einer Stimme hinzu, die schon so mancher Beichte den Weg geölt haben mußte.

Ich bin sicher, daß viele Leute sich bei Mrs. Tinckham aussprechen. Oft habe ich das beim Hereinkommen unverkennbar in der Luft gespürt. Ich habe ihr selbst schon einiges mitgeteilt. Im Leben vieler ihrer Kunden stellt sie vielleicht die einzige vertrauenswürdige Person dar. Eine solche Position kann gar nicht anders als lukrativ sein, und Mrs. Tinckham hat bestimmt Geld, denn sie hat mir einmal ohne jegliches Murren zehn Pfund geliehen, aber ich bin sicher, daß Gewinn nicht Mrs. Tinckhams Hauptsorge ist. Sie liebt es einfach, die Angelegenheiten anderer zu kennen, oder vielmehr deren Leben; denn das Wort Angelegenheiten läßt auf ein engherzigeres und weniger menschliches Interesse schließen als dasjenige, das sich, wie ich meinte oder zu meinen glaubte, mit einer gewissen Intensität auf mich konzentrierte. Wahrscheinlich liegt die Wahrheit über ihre Naivität oder deren Mangel irgendwo in der Mitte. Vielleicht lebt sie in einer Welt anderer Leute Dramen, in welcher Dichtung und Wahrheit sich nicht mehr genau unterscheiden lassen.

Sanftes Gemurmel umgab mich, das vom Radio herkommen konnte oder aber von Mrs. Tinckham, die vielleicht Zauberformeln raunte, um mich zum Sprechen zu bringen: ein Laut wie das sanfte Aufspulen einer feinen Angelschnur, an der ein seltener Fisch unsicher hängt. Aber ich biß die Zähne aufeinander. Ich wollte warten, bis ich meine Geschichte etwas dramatischer vorbringen konnte. Die Möglichkeit dazu war gegeben, aber es fehlte mir noch die Form. Sprach ich jetzt gleich, so lief ich Gefahr, die Wahrheit zu sagen. Packt man mich unvorbereitet, so sage ich gewöhnlich die Wahrheit, und was kann langweiliger sein als das? Ich begegnete Mrs. Tinckhams Blick, und obwohl ihr Auge nichts ausdrückte, war ich sicher, sie kannte meine Gedanken.

»Menschen und Geld, Mrs. Tinckham«, bemerkte ich. »Wie glücklich könnte die Welt sein ohne Menschen und Geld.«

»Und Sex«, fügte Mrs. Tinckham hinzu. Wir seufzten beide.

»Gibt's wieder junge Kätzchen?« fragte ich.

»Noch nicht«, antwortete Mrs. Tinckham. »Aber Maggie ist schwanger. Bald bekommst du deine niedlichen Kleinen, nicht wahr, ja!« sagte sie zu einer dicken getigerten Katzendame auf dem Ladentisch.

»Glauben Sie, diesmal mit mehr Glück?« wollte ich wissen.

Mrs. Tinckham versuchte immer, ihre Katzen zu einer Vermählung mit dem herrlichen Siamesenkater zu überreden, der in der Nähe lebte. Allerdings beschränkten sich ihre Anstrengungen darauf, ihre Lieblinge zur Tür zu tragen, ihnen den eleganten Bräutigam zu zeigen und sie aufzufordern: »Schaut doch mal dieses schöne Katerchen an!« Bisher ohne Erfolg. Wer jemals versucht hat, die Aufmerksamkeit einer Katze auf etwas Bestimmtes zu lenken, der weiß, wie schwer das ist. Das Biest guckt überall hin, nur nicht, wohin der Finger deutet.

»Ausgeschlossen«, antwortete Mrs. Tinckham verbittert. »Sie sind alle in den schwarzweißen Kater vom Pferdemetzger verliebt. Nicht wahr, Pusselchen?« sagte sie zu der werdenden Mutter, die schwer und üppig eine Pfote ausstreckte und die Krallen in einen Stapel *Nouvelles Littéraires* bohrte.

Ich begann mein Paket auf dem Tisch auszupacken: Die Katze sprang von meinen Knien und drückte sich zur Tür hinaus. »Ja, ja«, seufzte Mrs. Tinckham und griff nach den *Wahren Geschichten.*

Ich überflog die Manuskripte. Magdalen hatte einmal in einem Wutanfall die ersten sechzig Strophen einer epischen Dichtung namens *Und Mr. Oppenheim erbt die Welt* zerrissen. Dieses Werk stammte aus einer Zeit, da ich noch Ideale hatte. Auch war es mir damals noch nicht klar gewesen, daß es in unserem Zeitalter unmöglich ist, ein Epos zu schreiben; ich war noch naiv genug zu glauben, es bestehe kein Grund, nicht genau das zu schreiben, wozu man gerade Lust hat. Es gibt nichts Lähmenderes als historische Betrachtungen, besonders in literarischen Dingen. An einem gewissen Punkt sollte man vielleicht einfach zu denken aufhören. So hatte ich es tatsächlich fertiggebracht, kurz vor jenem Punkt haltzumachen, an dem es mir aufgegangen wäre, daß es in unserem Zeitalter unmöglich sei, einen Roman zu schreiben. Doch zurück zu *Mr. Oppenheim.* Meine Freunde hatten etwas gegen den Titel einzuwenden: er klinge antisemitisch. Dabei ist Mr. Oppenheim natürlich nur ein Symbol für Big Business. Aber nicht deswegen hat Madge ihn zerrissen, sondern aus Groll, weil ich sie zum Mittagessen versetzte, um eine Schriftstellerin zu treffen. Diese Dame erwies sich als Niete, aber als ich heimkam, fand ich *Mr. Oppenheim* in Fetzen vor. Dies lag weit zurück. Aber ich fürchtete, so etwas könnte sich wiederholen. Wer weiß, was für Gedanken dieser Frau durch den Kopf gingen, während sie beschloß, mich hinauszuwerfen? Eine Frau, die Kränkungen ersinnt, um sich gegen einen in Wut zu versetzen, schreckt vor nichts zurück. Ich weiß selbst, wie mühsam es für andere Leute ist, sich in Lagen zu bringen, in denen man sie beleidigen muß. Deshalb untersuchte ich meine Werke aufmerksam.

Alles schien ein Ordnung zu sein, aber eine Arbeit fehlte. Es war das Manuskript meiner Übersetzung von *Le Rossignol de Bois.* Diese *Hölzerne Nachtigall* war Jean Pierre Breteuils drittletztes Buch. Ich hatte es direkt in die Maschine getippt; da ich schon so viel von Jean Pierre übersetzt habe, war es mehr eine Probe, wie schnell ich tippen kann. Mich mit Kopien herumzuplagen, ist mir unmöglich – meine Hände sind nicht sehr geschickt, und man weiß ja, wie das mit den Durchschlägen ist – deshalb gab es nur ein einziges Exemplar. Doch ängstigte ich mich deswegen nicht, da ich wußte, hätte Magdalen wirklich etwas vernichten wollen, hätte sie eine von meinen eigenen Arbeiten gewählt und keine Übersetzung. Ich machte mir eine Notiz, das Manuskript das nächste Mal bei ihr abzuholen. Wahrscheinlich befand es sich unten im Schreibtisch. *Le Rossignol* versprach ein Bestseller zu werden, und das verhieß Geld in meiner Tasche. Es handelt von einem jungen Komponisten, der in psychoanalytischer Behandlung ist und dann erkennt, daß sein schöpferischer Impuls schwindet. Ich hatte Freude daran gehabt, obgleich es billiges Bestseller-Zeug ist wie alles, was Jean Pierre schreibt.

Dave Gellman sagt, ich spezialisiere mich auf Breteuil-Übersetzungen, weil das die Art von Buch sei, die ich selbst gern würde schreiben können. Aber das stimmt nicht. Ich übersetze Breteuil, weil es leicht ist und sich in jeder Sprache verkauft wie frische Semmeln. Auch macht mir Übersetzen – auf eine etwas perverse Weise – einfach Spaß. Es ist so, als mache man den Mund auf und höre die Stimme eines anderen. Das vorletzte, *Les Pierres de l'Amour*, das ich in Paris gelesen hatte, war zweifellos wieder ein Erfolg. Dann gab es noch seinen jüngsten Roman: *Nous Les Vainqueurs*, den ich noch nicht kenne. Ich beschloß, meinen Verleger aufzusuchen und ihn um einen Vorschuß für *Die Hölzerne Nachtigall* anzugehen; und dann wollte ich versuchen, ihm eine Idee, die mir in Paris gekommen war, zu verkaufen, nämlich eine Sammlung französischer Kurzgeschichten, die ich übersetzen und einleiten würde. Aus diesem Grunde waren meine Koffer mit so vielen französischen Büchern vollgepfropft. Damit würde ich mich über Wasser halten können. Alles besser als Originalarbeiten, wie Dave sagt. Ich rechnete mit etwa siebzig Pfund auf der Bank. Aber das dringendste und wichtigste Problem war natürlich eine billige und angenehme Bleibe zu finden, wo ich wohnen und arbeiten konnte, jetzt da die Earls Court Road für mich verschlossen war.

Man könnte denken, es sei ziemlich herzlos von Madge, mich so unzeremoniell vor die Tür zu setzen, und man könnte auch denken, es sei blöde von mir, dies so ruhig hinzunehmen. Aber Magdalen ist alles andere als hartherzig. Sie ist ein aufgewecktes, sinnliches Mädchen, einfach und warmherzig, und bereit, jedem gefällig zu sein, solange sie dadurch nicht in Schwierigkeiten gerät. Von wem könnte man mehr sagen? Und was mich betrifft: ich hatte Gewissensbisse wegen Madge. Vorhin sagte ich, ich hätte bei ihr so gut wie mietfrei gewohnt. Nun, das entsprach nicht ganz der Wahrheit: ich hatte tatsächlich völlig mietfrei gewohnt. Dieser Gedanke machte mir ein wenig zu schaffen. Es ist nicht gut für den *locus standi* eines Mannes, von der Wohltätigkeit einer Frau zu leben. Auch wußte ich, daß Madge gerne geheiratet hätte. Sie deutete mir das mehr als einmal an, und ich glaube, damals hätte sie gerne mich geheiratet. Aber ich wollte es anders haben. Aus diesen beiden Gründen fühlte ich, daß ich in der Earls Court Road überhaupt keine Rechte und es ausschließlich mir selbst zu verdanken hatte, wenn Madge sich anderswo nach Sicherheit umsah. Doch glaube ich, in meinem Urteil über den heiligen Sammy ganz objektiv gewesen zu sein: er ist alles andere als ein sicherer Kumpan.

Hier sollte ich vielleicht ein Wort über mich selber sagen. Ich heiße James Donaghue, aber das hat nichts zu sagen, da ich nur einmal in Dublin war bei einem Whisky-Gelage und dort nur zweimal Tageslicht gesehen habe: als man mich aus der Polizeistation entließ und als Finn mich auf das Schiff nach Holyhead brachte. Damals trank ich noch. Ich bin jetzt ein wenig über dreißig und begabt, aber faul, lebe von literarischer Tagelöhnerarbeit und schreibe auch manchmal etwas eigenes, aber so wenig wie möglich. Man kann heutzutage vom Schreiben leben, vorausgesetzt, daß man seine ganze Zeit daran wendet und bereit ist, alles zu schreiben, wonach der Markt verlangt. Ich erwähnte vorhin, ich sei ein kleiner Mann, aber nicht groß und gutgewachsen würde mich besser beschreiben. Ich habe blonde Haare und spitze schalkhafte Züge. Auf Judo verstehe ich mich gut, aber an Boxen liegt mir nichts. Was jedoch für die Absichten dieses Buches wichtiger ist: ich habe zerrüttete Nerven. Gleichgültig, wie ich dazu gekommen bin. Das ist eine andere Geschichte, und ich will hier ja nicht meinen ganzen Lebenslauf berichten. Ich habe sie nun einmal, und eine Auswirkung davon besteht darin, daß ich es nicht ertragen kann, lange allein zu sein. Deshalb ist Finn von so großem Nutzen für mich. Wir sitzen stundenlang beisammen, manchmal ohne ein Wort zu äußern. Ich denke dann vielleicht über Gott, Freiheit und Unsterblichkeit nach. Womit Finn sich befaßt, weiß ich nicht. Vor allem widerstrebt es mir, in einem fremden Haus zu wohnen, ich fühle mich gerne beschützt. Ich bin also ein Schmarotzer und wohne gewöhnlich in den Häusern meiner Freunde. Dies wirkt sich auch finanziell günstig aus. Ich bin nicht unbeliebt, weil ich mich ruhig benehme und Finn gelegentlich kleine Dienste leisten kann.

Daher war die Frage, wohin ich zunächst gehen sollte, ein ernstes Problem. Ich überlegte, ob Dave Gellman uns beherbergen würde, und spielte mit der Idee, wußte aber, daß sie nicht gut war. Dave ist ein alter Freund von mir, aber ein Philosoph, nicht einer, der einem etwas über Horoskope und Tierkreiszeichen erzählt, sondern ein wirklicher wie Kant und Plato, und deshalb hat er natürlich kein Geld. Ich hatte das Gefühl, an ihn keine Forderungen stellen zu dürfen. Außerdem ist er Jude, ein wirklicher, waschechter Jude, der fastet und glaubt, Sünde sei nicht wieder gutzumachen, und ganz entsetzt ist über die Geschichte von der Frau, die das Alabastergefäß mit der kostbaren Salbe zerbrochen hat, und viele andere Geschichten aus dem Neuen Testament. Doch nicht dagegen habe ich etwas, sondern gegen die Art, wie er ununterbrochen mit Finn über die Dreieinigkeit und die Unwichtigkeit des Gefühls und den Begriff der Milde argumentiert. Kein Begriff ist Dave mehr zuwider als der der Milde, der ihm so viel bedeutet wie eine Art geistigen Betrugs. Nach Dave ruft dieser Begriff nichts als Unaufrichtigkeit hervor und den Gedanken, man könne mit allem straflos durchkommen. Der Mensch habe nach klaren, praktischen Regeln zu leben, sagt er, und nicht nach unbestimmten Erläuterungen erhabener Begriffe, die jegliche Ausschweifung zu verzeihen scheinen. Dave gehört zu den wenigen Menschen, mit denen Finn sich des längeren unterhält. Ich muß erklären, daß Finn ein abgefallener Katholik ist, ein Methodist seinem Temperament nach, wenigstens scheint mir das so, und er tritt leidenschaftlich für Dave ein. Immer sagt er, er wolle nach Irland zurückkehren, um in einem Land zu leben, das noch wirklich eine Religion habe. Aber er geht nicht. Deshalb fürchtete ich, es könnte sehr unruhig werden *chez* Dave. Ich habe es lieber, wenn Finn nicht allzu viel redet. Ich selbst pflegte viel mit Dave über abstrakte Dinge zu sprechen. Als ich ihn kennenlernte, freute es mich zu hören, daß er Philosoph sei. Ich dachte, er werde mir vielleicht ein paar wichtige Wahrheiten sagen. Damals las ich gerade Hegel und Spinoza; doch muß ich gestehen, daß ich nicht viel davon verstanden habe, und ich hoffte, mit Dave darüber diskutieren zu können. Aber irgendwie kamen wir nie weiter, und der größte Teil unserer Unterhaltung bestand darin, daß ich etwas sagte, und Dave behauptete, er verstehe nicht, was ich meinte. Dann wiederholte ich meinen Satz, und Dave wurde ungeduldig. Es kostete mich geraume Zeit, bis ich begriff, daß Dave, wenn er vorgab, er verstehe nicht, was ich meinte, damit erklärte, daß das, was ich sagte, Unsinn sei. Hegel sagt, Wahrheit sei ein großes Wort, und das Ding an sich sei noch größer. Mit Dave kamen wir niemals über das Wort hinaus; deshalb gab ich es schließlich auf. Aber ich habe Dave sehr gern, und es gibt vieles andere, worüber wir sprechen können, deshalb wies ich die Idee, bei ihm zu wohnen, nicht von mir. Auch war es die einzige Idee, die ich hatte. Als ich endlich zu diesem Entschluß gelangt war, packte ich einige meiner Bücher aus und ließ sie zusammen mit dem Manuskriptpaket unter Mrs. Tinckhams Ladentisch. Dann verließ ich das Geschäft und ging zu Lyons'.

II

London hat einige Teile, die notwendig, und andere, die zufällig sind. Alles westlich von Earls Court ist zufällig, abgesehen von ein paar Stellen am Fluß. Ich hasse Zufälligkeiten. Alles in meinem Leben soll einen hinreichenden Grund haben. Dave wohnte westlich von Earls Court, und dies war wieder etwas, das gegen ihn sprach. Er lebte hinter der Goldhawk Road in einem jener rötlichschwarzen Gebäude, die man Häuserblocks nennt. In meiner dunklen Londoner Kindheit begegnete ich in solcher Umgebung jenem Wort zum erstenmal, und es hat mir seitdem manche Prosastücke verdorben, einschließlich solcher aus der Bibel. Ich glaube, Dave kümmert sich nicht viel um seine Umgebung. Als Philosoph ist er ja beruflich am innersten Kern des Daseins interessiert (obgleich ihm dieser Satz aus meinem Munde zuwider wäre), und nicht an der Schale, mit der die meisten von uns spielen. Außerdem kann er sich, da er Jude ist, als ein Teil der Geschichte fühlen, ohne sich besonders anzustrengen. Darum beneide ich ihn. Denn ich muß mich mit jedem Jahr mehr und mehr abrackern, um mit der Geschichte Schritt zu halten. Also kann Dave es sich leisten, eine zufällige Adresse zu haben; ob ich das von mir auch sagen dürfte, bezweifelte ich.

Daves Häuserblocks waren groß, standen aber im Schatten eines riesigen modernen Krankenhauses mit weißen Mauern, das man daneben erbaut hatte. Ein Ort der Einfachheit und Rechtlichkeit, an dem ich mit einem *frisson* vorübergehe. Als ich die dunkle, mit buntem Glas befensterte Treppe zu Dave hinaufstieg, vernahm ich Stimmengesumm. Dies mißfiel mir. Dave kennt zu viele Menschen. Sein Leben ist eine ständige *tour de force* der Intimität. Ich für meine Person fände es jederzeit unmoralisch, mit mehr als vier Personen intim zu sein. Aber Dave schien mit mehr als hundert auf vertrautem Fuß zu stehen. Er hatte einen großen und anhänglichen Bekanntenkreis von Künstlern und Intellektuellen und kennt auch viele linksgerichtete Leute, einschließlich solcher Käuze wie Lefty Todd, den Führer der Neuen Unabhängigen Sozialistischen Partei, und andere sogar noch überspanntere Kreaturen. Dann sind da seine Schüler und die Freunde seiner Schüler und die ständig anwachsende Horde seiner Ex-Schüler. Niemand, der bei Dave gelernt hat, scheint je die Fühlung mit ihm zu verlieren. Ich finde das gewissermaßen schwer verständlich, da Dave, wie ich schon berichtet habe, nie imstande war, mir irgend etwas beizubringen, wenn wir über Philosophie sprachen. Aber vielleicht gehöre ich zu sehr zu den unverbesserlichen Künstlern, wie er sich einmal ausdrückte. Dazu kommt noch, daß Dave meine Lebensweise ablehnt und mich immer dazu drängt, eine regelmäßige Arbeit anzunehmen.

Dave arbeitet auch als Gastdozent und sammelt viele junge Leute um sich, die ein Teilzeit-Interesse an der Wahrheit haben. Daves Schüler verehren ihn, obgleich sie ständig miteinander streiten. Sie streben aufwärts wie Sonnenblumen, lauter geborene Metaphysiker, wie Dave sie angewidert nennt. Mir scheint dies etwas Großartiges zu sein, in Dave aber erregt es leidenschaftlichen Widerspruch. Für Daves Schüler ist die Welt ein Mysterium, zu dem es einen Schlüssel gibt, den zu finden der Vernunft nicht unmöglich sein dürfte. Dieser Schlüssel liegt vielleicht im Inhalt eines achthundert Seiten dicken Buches. Ihn zu finden, ist bestimmt keine einfache Angelegenheit, aber Daves Schüler sind sicher, daß vier bis zehn Wochenstunden, die Universitätsferien abgerechnet, dafür genügen sollten. Sie sehen nicht, daß die Sache entweder einfacher oder komplexer sein sollte. Innerhalb gewisser Grenzen sind sie auch bereit, ihre Ansichten zu ändern. Viele von ihnen kommen als Theosophen und scheiden als kritische Realisten oder Bradleyisten. Es ist bemerkenswert, wie Daves Kritik oft rein als Katalysator wirksam ist. Er brennt sie mit der zerstörerischen Heftigkeit der Sonne an, aber, statt ihre metaphysischen Forderungen ausdörren zu lassen, erreicht er nur ihre Metamorphose von einem kräftigen Stadium in das andere. Diese seltsame Tatsache läßt in mir den Gedanken aufkommen, daß Dave schließlich trotz allem vielleicht doch kein so schlechter Lehrer sei. Gelegentlich gelingt es ihm sogar, besonders aufnahmefähige Jünglinge zu seiner eigenen Art linguistischer Analyse zu bekehren, wonach der Schüler nicht selten das Interesse an Philosophie völlig verliert. Dave bei der Arbeit mit diesen jungen Leuten zuzusehen, gemahnt einen an den Anblick eines Gärtners, der einen Rosenstock beschneidet. Immer sind es die kräftigsten und üppigsten Schößlinge, die entfernt werden müssen. Später kommen vielleicht Blüten; aber keine philosophischen, hofft Dave. Sein größtes Ziel besteht darin, die Jungen von der Philosophie abzubringen. Er warnt mich immer davor mit besonderer Ernsthaftigkeit.

Ich zögerte an der Tür. Es widersteht mir, einen überfüllten Raum zu betreten und alle Gesichter auf mich gerichtet zu sehen. Deshalb fühlte ich mich versucht, wieder wegzugehen; aber nach einer inneren Geste des Abschüttelns trat ich schließlich doch ein. Der Raum war voller junger Männer, die alle gleichzeitig sprachen und Tee tranken; und um die Gesichter hätte ich mir keine Sorgen zu machen brauchen, da niemand außer Dave selbst meinem Kommen irgendwelche Beachtung schenkte. Er saß in einer Ecke, ein wenig gesondert von der *mêlée*, und hob, als er mich sah, die Hand mit der Gebärde eines Patriarchen, der das Erscheinen eines erwarteten Zeichens grüßt. Nicht daß Dave wie ein jüdischer Patriarch aussähe. Er ist ziemlich dick und fast kahl, hat lustige braune Augen und gepolsterte Hände, eine leicht kehlige Stimme und beherrscht das Englische nur unvollkommen. Finn saß in seiner Nähe auf dem Boden, den Rücken an die Wand gelehnt, die Beine ausgestreckt wie das Opfer eines Unfalls.

Ich bahnte mir einen Weg an einigen bartlosen Jünglingen vorbei, stieg über Finn hinweg und schüttelte Dave die Hand. Finn versetzte ich einen freundschaftlichen Fußtritt und ließ mich auf einer Tischecke nieder. Ein junger Mann reichte mir automatisch eine Tasse Tee, während er über die Schulter hinweg weitersprach: »Sollte bringt einen schließlich zurück zum Ist. Ja, aber zu welcher Art von Ist?«

»Ich sehe, es hat sich nichts verändert«, sagte ich.

»Angeborene menschliche Aktivität«, antwortete Dave mit leichtem Stirnrunzeln. Dann schaute er mich freundlich an.

»Ich höre, du sitzt in der Tinte«, sagte er, den Lärm übertönend.

»Man kann es so nennen«, antwortete ich vorsichtig und nippte an meinem Tee. Vor Dave übertreibe ich meine Schwierigkeiten nie, denn er ist oft so sarkastisch und wenig teilnehmend.

»Ich an deiner Stelle«, sagte Dave, »würde es mit richtiger Arbeit versuchen.« Dabei zeigte er auf die weiße Mauer des Krankenhauses, die dicht vor dem Fenster leuchtete.

»Dort braucht man immer Gehilfen«, meinte er. »Du könntest sogar Wärter sein. Oder eine Halbtagsstellung annehmen.«

Diesen Vorschlag machte Dave seit langem, warum, weiß ich nicht, da es nicht viele Ratschläge gibt, die, schon rein äußerlich betrachtet, weniger Aussicht haben, von mir befolgt zu werden. Ich glaube, er tat es auch, um mich zu ärgern. Ein andermal wird er versuchen, mir die Notwen-

digkeit klarzumachen, Beamter, Fabrikaufseher oder Lehrer an einer Grundschule zu werden.
Ich blickte auf die Krankenhausmauer. »Um meine Seele zu retten«, sagte ich.
»Nicht deshalb«, entgegnete Dave verächtlich. »Immer denkst du an deine Seele. Du sollst eben nicht an deine Seele denken, sondern an andere Menschen.«
Darin lag etwas Wahres, das sah ich ein, aber um dies zu erkennen, brauchte ich Dave nicht. Außerdem wußte ich nicht, was ich im Augenblick in dieser Richtung tun konnte. Finn warf mir eine Zigarette zu. Auf sanfte Art versuchte er immer, mich vor Dave zu schützen. Das drängende Problem war, eine angenehme Wohnung zu finden, und alles andere zählte nicht, solange das nicht geregelt war. Ich muß weiter schreiben, um zu etwas zu kommen, und wenn ich kein Heim habe, kann ich nichts zuwege bringen.
Als ich meinen Tee getrunken hatte, machte ich mich auf, in aller Stille Daves Wohnung zu besichtigen. Wohnzimmer, Daves Schlafzimmer, Fremdenzimmer, Bad und Küche. Das Fremdenzimmer betrachtete ich eingehend. Man sah auch von hier auf die Krankenhausmauer, die von hier noch näher zu sein schien. Das Zimmer war mit einer kränklich goldbraunen Farbe gestrichen und spartanisch möbliert. Im Augenblick lag Finns Habe verstreut herum. Es hätte schlimmer sein können. Als ich gerade den Kleiderschrank in Augenschein nahm, kam Dave herein. Er wußte genau, was ich im Sinne hatte.
»Nein, Jake«, sagte er. »Bestimmt nicht.«
»Warum nicht?«
»Zwei Nervenbündel dürfen nicht zusammen wohnen.«
»Du alte Python!« sagte ich. Dave ist kein Nervenbündel, sondern zäh wie ein Schiffstau. Doch stritt ich nicht mit ihm, da ich wegen Jehova und der Dreieinigkeit selbst ein wenig von dem Gedanken abgerückt war. »Wenn du mich

hinauswirfst«, bemerkte ich, »hast du wenigstens die Pflicht, mir einen passenden Vorschlag zu machen.«
»Du warst niemals drin, Jake«, entgegnete Dave, »aber ich will nachdenken.« Dave kennt meine Bedürfnisse. Wir gingen ins andere Zimmer zurück, und das Stimmengewirr schlug wieder über uns zusammen.
»Du solltest es bei den Damen versuchen, nein?«
»Nein«, antwortete ich. »Die Damen habe ich hinter mir.«
»Manchmal gehst du mir auf die Nerven, Jake.«
»Jeder hat seine Psychologie. Aber schließlich ist Freiheit auch nur ein Gedanke.«
»Steht in der dritten *Kritik*«, rief Dave jemandem durch das Zimmer zu.
»Was überhaupt für Damen?« fragte ich.
»Ich kenne deine Weiber nicht«, antwortete Dave, »aber wenn du ein paar Besuche machst, bringt dich vielleicht jemand auf einen Gedanken.«
Ich merkte, Dave würde sich über einen Besuch von mir mehr freuen, wenn ich mich erst einmal anderswo eingerichtet hätte. Finn, der mit dem Kopf unter dem Tisch lag, sagte plötzlich: »Versuch es bei Anna Quentin!« Finn hat manchmal die ungewöhnlichsten Einfälle.
Dieser Name traf mich wie ein Dolch. »Wie könnte ich!« rief ich. »Nichts wäre unmöglicher« fügte ich hinzu.
»Du bist also immer noch so«, meinte Dave.
»Ich bin durchaus nicht so«, wehrte ich mich. »Außerdem habe ich keine Ahnung, wo sie steckt.« Und ich wandte mich von ihnen ab und dem Fenster zu. Ich kann es nicht leiden, wenn man mir etwas vom Gesicht abliest.
»Er ist weg«, sagte Dave, der mich gut kennt.
»Schlag etwas anderes vor!« bat ich.
»Ich schlage vor, daß du ein großer Esel bist«, meinte Dave. »Die Gesellschaft sollte dich beim Kragen packen, dich schütteln und zwingen, einen vernünftigen Beruf zu ergrei-

fen. Dann hast du an deinen freien Abenden die Möglichkeit, ein tolles Buch zu schreiben.«
Ich sah, daß Dave übler Laune war. Der Lärm stieg an. Mit dem Fuß stieß ich meinen Koffer unter den Tisch neben Finn.
»Kann ich dies hier lassen?«
»Woher weißt du, welches überhaupt dein wahres Ich ist?« fragte gerade jemand.
»Du kannst beide hier lassen«, antwortete Dave.
»Ich rufe dich später an«, sagte ich und ging.

*

Ich litt immer noch unter dem Namen, den Finn genannt hatte. Aber mitten in diesem Schmerz kam eine seltsame Melodie zum Klingen, eine kleine Flöte, die mir bedeutete, wegzugehen. Nicht daß ich auch nur die geringste Absicht gehabt hätte, nach Anna Ausschau zu halten, aber ich wollte mit dem Gedanken an sie allein sein. Ich bin kein Mystiker bei Frauen. Mir gefallen die Frauen in den Romanen von James und Conrad, die so seltsam blumenhaft sind und immer beschrieben werden als »arglos, tiefgründig, vertrauensvoll und treu«. Dieses »tiefgründig« ist gut; zitternde weiße Hände und so tief wie das Meer. Aber im wirklichen Leben habe ich nie eine solche Frau getroffen. Ich lese gern über sie, aber ich lese auch gern über Pegasus und Chrysaor. Die Frauen, die ich kenne, sind oft unerfahren, unverständlich, leichtgläubig und einfach, aber ich sehe keinen Grund, sie tiefgründig zu nennen, weil sie Eigenschaften aufweisen, die wir bei Männern mit »in-sich-selbst-vertieft« bezeichnen würden. Sind sie jedoch schlau, so täuschen sie sich und andere ziemlich auf die gleiche Weise, wie Männer es tun. Es ist die gleiche Täuschung, mit der wir alle zu tun haben, nur daß Frauen wegen der Rolle, die sie zu spielen haben, immer ein wenig unausgeglichener sind. Wie Schuhe mit hohen Absätzen, die im Laufe der Zeit die inneren Organe verschieben. Nur wenige Dinge widern mich so an wie diese vorgegebenen Tiefen.

Und doch hatte ich Anna als tief empfunden. Ich weiß nicht, was mich berechtigen würde, sie geheimnisvoll zu nennen, und doch schien sie mir immer ein unergründliches Wesen zu sein. Dave sagte einmal zu mir: wenn man einen Menschen unerschöpflich findet, so ist das einfach eine Definition von Liebe. Also, vielleicht habe ich Anna geliebt. Sie hat eine heisere Stimme und ein zartes Gesicht, das ständig von einer starken inneren Glut erleuchtet ist. Es ist ein Gesicht voller Sehnsucht, das jedoch im entspannten Zustand keine Spur von Unzufriedenheit zeigt. Sie hat schweres braunes Haar, das in wogenden archaischen Lokken aufgetürmt ist, oder vielmehr war, als ich ihr zum erstenmal begegnete. Dies liegt schon lange zurück. Anna ist sechs Jahre älter als ich und machte, als ich sie kennenlernte, eine Gesangsnummer mit ihrer Schwester Sadie. Anna lieferte die Stimme und Sadie den Blickfang. Anna hat eine Altstimme, die jedes Herz brechen kann, selbst über das Radio. Und sie macht kleine Gesten beim Singen, wodurch sie persönlich unwiderstehlich wirkt. Sie singt sich einem ins Herz; mir zum mindesten ging es so, als ich sie zum erstenmal hörte, und darüber bin ich nie hinweggekommen. Anna gleicht ihrer Schwester so, wie eine liebliche Amsel einem ziemlich gefährlichen tropischen Fisch gleicht, und später flog die Nummer auf, teils wohl, weil sie einander nicht leiden konnten, teils weil ihr Ehrgeiz in verschiedene Richtungen ging. Wenn ich mich recht erinnere, machte der englische Film damals eine recht kritische Phase durch. Die Bounty-Belfounder-Gesellschaft war gerade gegründet worden, und die alte Phantasie-Film GmbH in andere Hände übergegangen. Aber keines der beiden Unternehmen schien fähig, neue Stars zu entdecken. Allerdings waren die gewohnten alten Getreuen da, und ab und zu wurde die übliche Presse-Fanfare für irgendeinen Jüngling geblasen, der dann nach Ablauf des ersten Films mit dem Lärm und der Kürze eines Feuerwerks wieder verschwand. Die Phantasie-Film GmbH fand offenbar, daß menschliche Wesen schlechte Kasse machten, und begann mit ihrer Serie von Tierfilmen; und sie entdeckte einige Stars im Tierreich, vor allem den Wolfshund Mister Mars, dessen sentimentale Fluchterlebnisse sie wahrscheinlich vor dem Bankrott retteten. Bounty Belfounder war von Anbeginn der erfolgreichere Konzern, und bald schickte Sadie sich an, dieser Adresse ihre Talente zu verkaufen. Und wie man weiß, stellte sich heraus, daß Sadie tatsächlich ein Star ist.

Ein Star ist eine seltsame Erscheinung, etwas ganz anderes als eine gute Filmschauspielerin. Es ist nicht einmal eine Sache von Charme oder Schönheit. Was den Star ausmacht, ist Schein und *éclat.* Sadie hatte *éclat*, wenigstens war das Publikum davon überzeugt, obgleich ich persönlich immer noch das Wort »Leuchten« vorziehe. Man hat vielleicht bereits gemerkt, daß ich es mit Sadie nicht so habe. Sie hat etwas Glattes, Blendendes an sich, ist jünger als Anna, aber mit ihren Zügen, nur schmaler und straffer, als ob jemand angefangen hätte, ihren Kopf schrumpfen zu lassen, aber nicht über das erste Stadium hinausgekommen wäre. Sie hat eine ausdrucksvolle Stimme ähnlich der Annas, nur mit diesem rauhen metallischeren Klang, sozusagen wie rostiges Eisen. Manche Leute finden auch das faszinierend. Singen kann sie nicht.

Anna versuchte niemals, zum Film zu kommen. Warum, weiß ich nicht. Sie schien mir immer viel mehr Möglichkeiten zu haben als Sadie. Aber vielleicht fehlte ihrem Gesicht eine gewisse sichtbare Entschiedenheit. Man muß ein Schiff mit scharfem Bug sein, will man in die Filmwelt gelangen.

Nachdem sie sich von Sadie getrennt hatte, wandte Anna sich dem ernsteren Gesang zu. Aber um es in dieser Welt weit zu bringen, mangelte es ihr am notwendigen Training. Als ich zuletzt von ihr hörte, sang sie Volkslieder in einem Nachtklub, und diese Kombination paßte sehr gut zu ihr. Anna lebte in einer winzigen Wohnung hinter der Bayswater Road, stark im Schatten anderer Häuser, und ich besuchte sie dort oft. Ich fühlte mich ihr eng verbunden, konnte aber selbst damals erkennen, daß ihr Charakter nicht so war, wie er sein sollte. Anna gehört zu jenen Frauen, die es nicht ertragen können, ein Liebesangebot zurückzuweisen. Nicht daß es ihr geschmeichelt hätte. Sie hat ein Talent für persönliche Beziehungen, und sie sehnt sich nach Liebe wie der Dichter nach einem Leserkreis. Jedem, der sich ihr zuneigt, schenkt sie sofort ihre liebevolle, großzügige, phantasiereiche und völlig unkapriziöse Aufmerksamkeit, ohne aber sich selbst preiszugeben. Zweifellos ist das ein weiterer Grund, warum sie nie zum Film ging: ihr Privatleben füllt sie fast völlig aus. Dies hat das traurige Ergebnis, daß ihr Dasein ein langer Akt der Untreue ist; als ich bei ihr aus und ein ging, war sie ständig in Heimlichkeiten verstrickt und log, um jedem ihrer Freunde die Tatsache zu verbergen, daß sie mit allen übrigen ebenso eng verbunden war. Manchmal versuchte sie es mit einer anderen Taktik, indem sie durch ständige, kleine Schreckschüsse die Heftigkeit der Eifersucht so lange dämpfte, bis das Opfer sich schließlich mit dem liberalen Bereich ihrer Beziehungen abfand und ebenso ihr Sklave blieb wie eh und je. Meinetwegen, ich hatte Anna rasch durchschaut. Doch meine Sicht von ihr beraubte sie nie ihres Geheimnisses, noch nahm mich ihre emotionale Promiskuität je gegen sie ein. Vielleicht war dies so, weil ich ständig die Stärke und Echtheit ihrer Zärtlichkeit für mich spürte, wie die warme Brise, die von einer ersehnten Insel herüberweht und dem Seefahrer den Duft von Blumen und

Früchten bringt. Ich wußte, daß es sehr gut möglich war, daß sie genau mit diesem Charme alle ihre Bewunderer hielt. Aber es spielte keine Rolle.
Man kann sich fragen, ob ich jemals daran dachte, Anna zu heiraten. Ja, ich habe daran gedacht. Doch die Ehe bleibt für mich ein »Begriff der Vernunft«, ein Gedanke, der vielleicht mein Leben zu regeln, aber nicht zu bestimmen vermag. Wann immer ich eine Frau in Betracht ziehe, kann ich nicht umhin, die Möglichkeit der Heirat als eine begeisternde Hypothese zu benutzen, die aber im Ernstfall gar nicht in Frage kommt. Mit Anna jedoch war ich nahe daran, die Sache ernst zu nehmen. Und obgleich ich sicher bin, daß sie niemals ja gesagt hätte, war dies vielleicht der Grund, warum ich mich schließlich anderswohin treiben ließ. Ich hasse Einsamkeit, aber ich habe Angst vor Intimität. Die Substanz meines Lebens ist eine Privatunterhaltung mit mir selbst. Würde ich sie in einen Dialog umwandeln, käme das einer Selbstzerstörung gleich. Brauche ich Gesellschaft, kann sie mir jede Bar oder Kneipe liefern. Eine Seelengemeinschaft wollte ich nie. Es ist schon schwer genug, sich selbst die Wahrheit zu sagen. Aber Seelengemeinschaft ist Annas Spezialgebiet. Auch neigt sie zur Tragödie, was mich einfach nervös macht. Immer sieht sie das große Drama. Sie nimmt das Leben ernst und schwer, während ich es sinnlos finde, das Leben so zu nehmen, als ob man ein gefährliches Tier reizte, das einen zum Schluß sowieso in Stücke reißt. Als Anna nach Frankreich ging, um französische Volkslieder in französischen Nachtklubs zu singen, sagte ich dann ganz unbestimmt, ich würde sie nach ihrer Rückkehr aufsuchen, aber sie wußte, daß ich es nicht tun würde, und ich wußte, daß sie es wußte. Dies trug sich vor einigen Jahren zu, und ich hatte es sehr friedlich seitdem, besonders in der Earls Court Road.
Als ich Dave verließ, ging ich zu Shepherd's Bush, bestieg

einen Achtundachtziger-Bus und setzte mich oben auf den vordersten Platz. Einige von den Gedanken, die ich soeben niedergeschrieben habe, gingen mir dort durch den Kopf. Es ist nicht leicht, in London jemanden zu finden, den man seit Jahren aus den Augen verloren hat, besonders wenn sie aus dem Milieu kommt, in das Anna gehört, aber als erstes schaut man natürlich ins Telephonbuch. Deshalb stieg ich am Oxford Circus aus und ging zur Untergrundbahn. Beim Verlassen der Goldhawk Road hatte ich nicht die Absicht, Anna zu suchen, aber als ich durch die Bond Street fuhr, kam es mir vor, als gebe es nichts Wichtigeres auf der Welt. Ja, es war mir völlig unverständlich, wie ich es fertiggebracht hatte, so lange ohne sie auszukommen. Aber so bin ich nun einmal. Habe ich mich irgendwo niedergelassen, rühre ich keinen Finger mehr. Wo ich festsitze, werde ich unbeweglich. Habe ich aber keinen festen Punkt, dann bin ich unstet und fliege aufs Geratewohl von einer Stelle zur andern wie ein Feuerwerksschwärmer oder ein Heisenbergsches Elektron, bis ich einen anderen sicheren Ort gefunden habe. Außerdem glaube ich fest an Finns Eingebungen. Schon oft machte Finn einen ganz unerwarteten Vorschlag, der sich, wenn ich ihn annahm, als das einzig Richtige erwies. Ich sah ein, daß die Earls-Court-Road-Phase meines Lebens zu Ende und dieser Seelenfrieden unwiderruflich dahin war. Madge hatte mich zu einem Wendepunkt getrieben. Nun gut, ich wollte ihn nutzen, ich wollte ihn sogar ausnutzen. Wer kann voraussagen, mit welchem Tag ein neuer Zeitabschnitt beginnt? Ich ergriff das Londoner Telephonbuch L bis R.

Das Telephonbuch sagte mir nichts. Das überraschte mich nicht. Ich rief zwei Theateragenturen an, die Annas Adresse nicht kannten, und die BBC, die sie zwar kannte, aber nicht damit herausrückte. Ich überlegte, ob ich versuchen sollte, Sadie im Belfounder-Studio zu erwischen, aber ich wollte es sie nicht wissen lassen, daß ich auf der Suche nach Anna war. Ich hatte den Verdacht, daß Sadie einmal ein bißchen in mich verliebt gewesen sei. Jedenfalls nahm sie es mir damals übel, daß ich Anna zugetan war, wenn ich auch weiß, daß es gewisse Frauen gibt, die jeden Mann als ihr persönliches Eigentum betrachten, und ich hielt es für möglich, daß sie mir Annas Adresse nicht sagen würde, selbst wenn sie sie wüßte. Außerdem hatte ich Sadie nicht gesehen, seit sie so berühmt geworden war, und ich konnte mir nicht vorstellen, daß sie von meinem Versuch, die Bekanntschaft zu erneuern, sehr erbaut gewesen wäre, insbesondere wenn sie ahnte, daß ich ahnte, wie es mutmaßlicherweise damals mit ihren Gefühlen bestellt gewesen war. Die Kneipen machten gerade auf, also schien es sinnlos, um diese Zeit die Nachtklubs anzurufen; deshalb blieb mir nichts anderes übrig, als Soho abzugrasen. In Soho gibt es immer irgendeinen, der einem Auskunft geben kann. Es kam nur darauf an, ihn zu finden. Auch war es möglich, daß ich Anna einfach über den Weg lief. Mein Schicksal hat es schon oft gewollt, daß sich, sobald ich mich für etwas interessierte, tausend Dinge zusammengetan haben, um mir zu helfen. Doch hoffte ich, Anna nicht zuerst an einem öffentlichen Ort zu begegnen; denn ich setzte mich innerlich mit dieser Begegnung bereits sehr stark auseinander.

Gewöhnlich meide ich Soho, teils weil es den Nerven schadet, teils weil es so kostspielig ist. Kostspielig ist es nicht nur deswegen, weil man durch die nervliche Anspannung ständig trinken muß, sondern auch der Leute wegen, die einem Geld abnehmen. Ich kann schlecht nein sagen, wenn man mich um Geld bittet. Ich sehe keinen Grund, warum ich, wenn ich mehr Bargeld bei mir habe als andere, ihnen nicht zum mindesten einen Teil davon abgeben sollte. Ich gebe mit Widerwillen, aber ohne Zögern. Als ich durch die Brewer Street, Old Compton Street und Greek Street bis zu den Herkulessäulen gelangt war, hatten mir bereits verschiedene Bekannte fast alles Geld in meiner Tasche abgenommen. Ich war da schon äußerst nervös, nicht nur wegen Soho, sondern weil ich mir, sobald ich eine Kneipe betrat, vorstellte, ich könnte Anna dort antreffen. Ich hatte diese Kneipen in den letzten paar Jahren mindestens hundertmal aufgesucht, ohne daß mir dieser Gedanke gekommen wäre. Aber plötzlich war ganz London für mich ein leerer Rahmen geworden. Überall fehlte sie und erwartete ich sie. Ich fing an, Schnäpse zu trinken.

Als mein Geld knapp wurde, überquerte ich die Straße, um in einem meiner Nachmittags-Trinkklubs, der in der Nähe lag, einen Scheck einzuwechseln. Und dort fand ich ihre Spur. Ich fragte den Barmann, ob er wisse, wo Anna jetzt zu finden sei. Er sagte ja, er glaube, sie leite ein kleines Theater in Hammersmith. Er suchte unter dem Bartisch und brachte eine Karte zum Vorschein, auf welcher *Riverside Theatre* stand und eine Adresse in Hammersmith Mall. Er sagte, er wisse nicht, ob sie immer noch dort sei, jedenfalls sei sie vor einigen Monaten dort gewesen. Sie habe ihm die Karte für jemanden dagelassen, der nie erschienen sei. Ich könne sie jetzt an seiner Stelle haben. Ich nahm sie und begab mich klopfenden Herzens auf die Straße. Ich mußte ernstlich an den Stand meiner Finanzen denken, um mich daran zu hindern, ein Taxi nach Hammersmith zu nehmen. Aber ich rannte den ganzen Weg bis zur Leicester Square Station.

III

Die Adresse, die ich bekommen hatte, führte mich zu dem Teil der Mall, der zwischen den Doves und dem Black Lion liegt. Die Häuser von Chiswick Mall gehen auf den Fluß, aber in jenem Teil von Hammersmith Mall, der mit meiner Geschichte zu tun hat, kehren sie ihm den Rücken und tun, als seien sie eine gewöhnliche Straße. Chiswick Mall besteht aus einer Ansammlung dunkler, verschlafener Häuser und Grün und blickt träumerisch auf das Wasser, aber Hammersmith Mall ist ein Labyrinth von Wasserwerken und Wäschereien, Kneipen und alten Häusern, die teils auf den Fluß hinausgehen, teils sich von ihm abkehren. Die Nummer, die ich suchte, gehörte zu einem Haus, das, mit der Rückseite dem Fluß und der Front einer ruhigen Straße zugewandt, ein wenig abseits stand und seitlich einen freien Platz hatte, von dem aus einige Stufen zum Wasser führten. Nun war ich nicht mehr in solcher Eile. Ich betrachtete das Haus mit argwöhnischer Neugier, und es schien auf mich zurückzuschauen. Es war ein nachdenkliches, in sich versunkenes Haus, vor dem ein kleiner, armseliger Garten mit schulterhoher Mauer lag. Quadratisch mit großen Fenstern hatte es sich einen Rest von Eleganz bewahrt. Ich näherte mich dem Eisentor in der Mauer. Da bemerkte ich ein auf der anderen Seite des Tores angebrachtes Plakat. Es war handgemalt, und seine Farben liefen ein wenig ineinander, so daß es einen recht traurigen Eindruck machte. Ich entzifferte die Inschrift. Sie lautete:

Mimen-Theater Riverside

Wiedereröffnung am 1. August mit der reichausgestatteten, eleganten Aufführung von Ivan Lazemnikows bekannter

Posse Marischka. Nur für Mitglieder. Das Publikum wird gebeten, leise zu lachen und nicht zu applaudieren.

Ich starrte das Ding eine Zeitlang an. Ich weiß nicht warum, aber es kam mir höchst sonderbar vor. Schließlich stieß ich mit einem langsamen Crescendo in der Herzgegend das etwas verrostete Tor auf und ging auf das Haus zu. Die Fenster glänzten schwärzlich wie Augen hinter einer dunklen Brille. Die Tür war frisch gestrichen. Ich suchte nicht nach einer Klingel, sondern drückte gleich die Klinke nieder. Die Tür öffnete sich lautlos, und ich betrat den Gang auf Zehenspitzen. Bedrückende Stille schlug mir entgegen wie eine Wolke. Ich machte die Tür zu und schloß dadurch alle kleinen Geräusche der Flußfront aus. Nun gab es nichts mehr außer Schweigen.

Eine Zeitlang blieb ich völlig unbeweglich stehen, bis mein Atem wieder regelmäßig war und meine Augen sich an die Dunkelheit im Gang gewöhnt hatten. Währenddessen fragte ich mich, warum ich mich so sonderbar verhielt, aber die mutmaßliche Nähe Annas verwirrte mich völlig, so daß ich nicht denken, sondern nur eine Reihe kleiner Handlungen vornehmen konnte, die sich mir mit dem Gefühl der Unentrinnbarkeit aufdrängten. Ich ging langsam den Gang hinunter und setzte die Füße vorsichtig auf den langen schwarzen, jeden Laut erstickenden Läufer. Dann schlich ich die Treppe hinauf. Wahrscheinlich haben meine Füße die Stufen berührt, aber ich vernahm nicht das leiseste Geräusch.

Ich kam auf einem breiten Treppenabsatz an mit einer holzgeschnitzten Balustrade hinter und mehreren Türen vor mir. Alles war sauber und gut gepflegt, auch die dicken Teppiche. Das Holz glänzte wie ein frischer Apfel. Ich schaute mich um. Ich hegte keinerlei Zweifel daran, daß Anna irgendwo in der Nähe war, aber es fiel mir genauso wenig ein, ihren Namen zu rufen oder mich sonst irgendwie bemerkbar zu machen. Ich ging auf die nächste Tür zu und

öffnete sie weit. Da erschrak ich so, daß ich von Kopf bis Fuß erstarrte.
Ich blickte in sieben oder acht Paar glotzende Augen, die dicht vor meinem Gesicht zu hängen schienen. Rasch trat ich wieder zurück, und die Tür fiel mit einem leisen Einschnappen ins Schloß. Dies war der erste Laut, den ich seit Betreten dieses Hauses vernommen hatte. Einen Augenblick lang stand ich völlig verdattert da mit prickelnder Kopfhaut. Dann ergriff ich fest die Klinke, öffnete erneut die Tür und stellte mich im gleichen Augenblick auf die Schwelle. Die Gesichter hatten sich verschoben, sahen mich aber immer noch an. Und dann begriff ich blitzartig, wo ich mich befand. Ich stand in der Galerie eines winzigen Theaters, die leicht abfallend und sich verjüngend unmittelbar auf die Bühne zu führen schien. Dort bewegte sich eine Anzahl Schauspieler mit Masken, die in den Zuschauerraum blickten. Diese Masken waren ein wenig überlebensgroß, woraus sich der Eindruck der Nähe erklärt, den ich beim ersten Türöffnen erhalten hatte. Mein Blickfeld ordnete sich wieder, und ich betrachtete interessiert, gefesselt und überrascht die seltsame Szene.
Die Masken waren nicht an den Gesichtern befestigt, sondern an Stöcken, welche die Schauspieler in der rechten Hand hielten und sie so geschickt parallel zum Rampenlicht handhabten, daß von ihren eigentlichen Gesichtern nichts zu sehen war. Alle Masken waren als ganze Gesichter gefertigt, bis auf zwei, die von den einzigen Frauen auf der Bühne getragen wurden und die das Profil zeigten. Ihre Züge darauf waren grotesk und stilisiert, entbehrten aber nicht einer gewissen Schönheit. Ich betrachtete vor allem die weiblichen Masken; die eine war heiter und sinnlich, die andere wachsam, nervös und heuchlerisch. Ihre beiden Augen waren ausgefüllt, während die männlichen leere Augen hatten, durch welche die der Schauspieler sonderbar

hindurchglänzten. Alle trugen Weiß, die Männer weiße Bauernhemden und Kniehosen, die Frauen knöchellange, gegürtete Kleider. Ich überlegte, ob dies Lazemnikows *Marischka* sei. Weder der Autor noch das Stück war mir bekannt.

Inzwischen fuhren die Schauspieler fort, ihre Bewegungen mit der gleichen ungewöhnlichen Lautlosigkeit auszuführen, die als Bann über dem ganzen Hause lag. Ich sah, daß sie enganliegende, weiche Pantoffeln trugen und die Bühne mit einem Teppich ausgelegt war. Sie bewegten sich darauf mit gleitenden oder schlaffen Schritten, wandten ihre Masken von einer Seite zur anderen, und Hals und Schultern zeigten etwas von der sonderbaren Ausdrucksfähigkeit, die den indischen Tänzern eigen ist. Ihre linken Hände vollführten eine Anzahl einfacher, konventioneller Gebärden. Niemals hatte ich auf diese Weise Schauspielern sehen. Die Wirkung war hypnotisch. Was vorging, war mir nicht klar, aber offenbar wurde eine riesige, plumpe Hauptfigur gehänselt, deren Maske unterwürfige, schmachtende Dummheit ausdrückte. Die beiden Frauen nahm ich in genaueren Augenschein und fragte mich, ob eine von ihnen Anna sein könnte. Aber ich wußte, sie war nicht dabei; ich hätte sie sofort wiedererkannt. Dann zog der plumpe Dummkopf meine Aufmerksamkeit auf sich. Eine Zeitlang starrte ich die Maske mit ihrer grotesken Unbeweglichkeit und den blitzenden Augen dahinter unentwegt an. Eine Art Zwang schien von diesen Augen auszugehen, der mit sanftem Schock in mich eindrang. Ich starrte und starrte. Etwas an dieser schwerfälligen Gestalt kam mir bekannt vor.

In diesem Augenblick knarrte die Bühne bei einer Bewegung, und die Rückwand aus Stoff schwankte leicht. Dieses Geräusch brachte mich zur Besinnung und zu der plötzlichen, beunruhigenden Erkenntnis, die Schauspieler könnten mich sehen. Auf Zehenspitzen schlich ich zum Trep-

penabsatz zurück und schloß die Tür. Die Stille hing über mir wie eine große Glocke, und das ganze Haus erzitterte in einer lautlosen Vibration, die, wie ich erst nach einem Augenblick merkte, das Pochen meines eigenen Herzens war. Ich wandte mich um, den anderen Türen zu. Die eine am anderen Ende des Treppenabsatzes trug einen Zettel: *Requisitenkammer* und in kleineren Lettern darunter: *Miss Quentin.* Ich schloß sekundenlang die Augen und versuchte, ruhiger zu atmen. Dann klopfte ich.
Dieser Laut gab ein seltsames Echo. Dann sagte eine heisere Stimme: »Herein!«
Ich betrat das Zimmer. Es war ein langer, schmaler Raum mit breiten, auf den Fluß hinausgehenden Fenstern und bis zum Rande vollgestopft mit einem vielfarbigen Chaos, das ich im ersten Augenblick nicht enträtseln konnte. Mitten darin saß, mit dem Rücken zu mir, Anna und schrieb an einem Pult. Ich schloß die Tür, als sie sich langsam umdrehte. Eine endlose Sekunde lang sahen wir uns schweigend an. Wie bei einem Glas, das sich langsam füllt, spürte ich meine Seele in die Augen steigen, und bei dem Gleichgewicht der Begegnung erlebten wir beide fast einen Augenblick der Meditation. Anna erhob sich und sagte: »Jake!« Da erst sah ich sie.
Sie war fülliger geworden und hatte sich nicht gegen die Zeit geschützt. Ein wenig schiffbrüchig sah sie aus, was unendlich rührend wirkte. Ihr Gesicht, das ich rund und glatt wie einen Pfirsich in Erinnerung hatte, schien ein wenig gespannt und erschöpft, und der Hals verriet jetzt ihr Alter. Die großen braunen Augen, die einst so freundlich in die Welt geblickt hatten, schienen schmaler geworden, und wo Anna früher von den Winkeln aufwärts einen schwarzen Strich zu ziehen pflegte, hatten die Jahre ein Bündel kleiner Fältchen eingezeichnet. Locken, die der komplizierten Krone entwischt waren, ringelten sich im Nacken, und ich

entdeckte graue Fäden darin. Ich blickte in das Gesicht, das mir so vertraut gewesen war, und während ich zum erstenmal seine Schönheit als sterblich erkannte, fühlte ich, daß ich es nie zuvor so innig geliebt hatte. Anna nahm meinen Blick in sich auf und suchte mit einer instinktiven Gebärde Schutz hinter ihren Händen.

»Was führt dich her, Jake?« fragte sie.

Der Bann war gebrochen. »Ich wollte dich sehen«, antwortete ich; und nun vermied ich ängstlich, sie anzusehen, und suchte meine Sinne zusammenzuhalten. Ich blickte mich im Zimmer um. Ein erstaunliches Durcheinander von Gegenständen lag in Haufen herum, die teilweise bis zur Decke reichten. Die Dinge im Zimmer waren von seltsamer Übereinstimmung und Gleichartigkeit und schienen an den Wänden zu kleben wie der Inhalt eines halbleeren Marmeladenglases. Doch barg dieser Raum gar vielerlei. Er sah wie ein riesiger Spielzeugladen aus, in den eine Bombe gefallen war. Mein erster Blick erfaßte ein Waldhorn, ein Schaukelpferd, eine Reihe rotgestreifter Blechtrompeten, mehrere chinesische Seidenkleider, ein paar Gewehre, schottische Tücher, Teddybären, Glaskugeln, ein Gewirr von Halsketten und anderen Schmucksachen, einen Konvexspiegel, eine ausgestopfte Schlange, zahllose Spielzeugtiere und einige Eisenblechkoffer, aus denen vielfarbige Kostüme quollen. Erlesene und kostspielige Spielsachen lagen unter wertlosem Weihnachtsplunder. Ich ließ mich auf den nächsten Sitz nieder, der zufällig der Rücken des Schaukelpferdes war, und betrachtete den Wirrwarr.

»Was ist das für ein ungewöhnlicher Ort?« fragte ich. »Was machst du eigentlich, Anna?«

»Ach, dies und jenes«, antwortete sie. Diese Redensart hatte sie schon früher immer angewendet, wenn sie nichts erzählen wollte. Ihre Nervosität war deutlich. Während sie sprach, hob sie ständig irgend etwas auf, hier ein Stück

Band, dort einen Ball oder einen langen Streifen Brüsseler Spitzen.
»Wie hast du hierher gefunden?« fragte sie. Ich erzählte es ihr.
»Warum bist du gekommen?«
Ich wollte mich nicht dem üblichen Frage- und Antwortspiel aussetzen. Was tat es zur Sache, warum ich gekommen war? Ich wußte es selbst nicht.
»Man hat mich dort, wo ich wohnte, vor die Tür gesetzt.« Dies war kein sehr ausführlicher Bericht, aber mir fiel nichts anderes ein als die Wahrheit.
»Oh!« machte Anna.
Dann fragte sie: »Was hast du die ganzen Jahre über gemacht?«
Wie gern hätte ich etwas Eindrucksvolles gesagt! Aber auch jetzt kam mir nichts anderes in den Sinn als die Wahrheit. »Ich habe ein bißchen übersetzt und für den Rundfunk gearbeitet«, antwortete ich. »Jedenfalls ist mir's nicht schlecht gegangen.«
»Irgend jemanden von unseren alten Freunden gesehen?« fragte sie.
Dies wollte ich wirklich nicht beantworten. »Was liegt an unseren alten Freunden?« sagte ich.
Aber ich merkte, daß Anna meinen Antworten gar nicht wirklich zuhörte. Sie hob ein Paar rote Handschuhe auf und zog einen davon an, indem sie die Finger glatt strich und meinen Blick mied.
Was ist quälender als ein Wiedersehen nach langer Zeit, wenn alle Worte wie etwas Totes zu Boden fallen und der Geist, der sie beleben sollte, körperlos in der Luft schwebt? Wir fühlten beide seine Nähe.
»Du siehst noch genauso aus, Jake«, sagte Anna. Das stimmte. Ich habe mich seit der Zeit, da ich vierundzwanzig war, kaum verändert.

Sie fügte hinzu: »Ich wünschte, ich könnte das auch von mir behaupten.«
»Du bist schön«, sagte ich.
Anna lachte und nahm einen Kranz aus künstlichen Blumen in die Hand. »Was für ein Durcheinander hier ist!« sagte sie. »Immer schon wollte ich das aufräumen.«
»Auch das ist schön«, fand ich.
»Das nennst du schön?«
Die ganze Zeit über wich sie meinem Blick aus. Wenn das so weiterginge, würden wir gleich so nüchtern miteinander sprechen wie zwei alte Bekannte. Das wollte ich nicht zulassen. Ich sah sie an. Mitten in diesem bezaubernden Chaos von Seidenfetzen, Tieren und anderen unwahrscheinlichen Dingen, das ihr fast bis zur Hüfte reichte, glich sie einer weisen Wassernixe, die, aus einem buntfarbenen Meer aufsteigend, mir im nächsten Augenblick wieder entwischen konnte. Die Sonderbarkeit dieses ganzen Tages kam mir plötzlich ins Bewußtsein; und sofort hatte ich einen Einfall. Das Wohnzimmer von Annas einstiger Bayswater-Wohnung war von so vielen anderen Fenstern umgeben gewesen, daß es nur eine Ecke im Raum gab, unten am Fußboden, die man nicht beobachten konnte. Wollte ich also Anna küssen, war dies die einzige Stelle, wo ich es tun konnte. Damals hatte ich auch – aus nicht ganz uneigennützigen Gründen – Anna Judo-Unterricht gegeben, und wenn ich hereinkam, war es eine unserer Gewohnheiten, daß ich Anna hochhob und sie in jene Ecke warf, um sie zu küssen. Die Erinnerung daran kam mir nun wie eine Erleuchtung, und ich ging auf sie zu, ergriff sie beim Handgelenk, sah noch, wie ihre Augen nahe an den meinen sich erschreckt weiteten, und schon hatte ich sie, sehr vorsichtig, auf einen Haufen Samtkostüme in der Zimmerecke geworfen. Mein Knie versank in dem Samt neben ihr, und eine Masse von Tüchern, Spitzen, Blechtrompeten, Wollhündchen, Phantasiehüten

und anderen Gegenständen stürzte auf uns hernieder und begrub uns unter sich. Und ich küßte Anna.
Immer noch waren ihre Augen weit aufgerissen, ihre Lippen öffneten sich, und einen Augenblick lang lag sie steif wie eine große Puppe in meinen Armen. Dann begann sie zu lachen, und ich lachte auch, und wir lachten zusammen vor Freude und Erleichterung. Ich fühlte sie seufzen und sich entspannen, ihr Körper wurde schmiegsam und nachgiebig, wir schauten einander in die Augen, und auf unsern Gesichtern entstand ein langes Lächeln des Vertrauens und Wiedererkennens.
»Anna, Liebling!« sagte ich. »Wie habe ich je ohne dich existieren können!« und stopfte ihr dabei ein Stück bestickte Seide als Kissen unter den Kopf. Sie warf sich darauf zurück, betrachtete mich lange und zog mich dann enger an sich.
»Ich muß dir viel erzählen, Jake«, sagte sie, »aber ich weiß nicht, ob ich das jetzt kann. Ich freue mich schrecklich, dich zu sehen. Das siehst du doch, nicht wahr?« Sie schaute mir in die Augen, und ich spürte die alte, warme, würzige Brise. Ich konnte nicht daran zweifeln.
»Schwindlerin!« antwortete ich.
Anna lachte mich an, wie sie es immer getan hatte.
»Irgendein Mädchen hat dich also vor die Tür gesetzt«, bemerkte sie. Immer verteidigte sie sich mit einem Gegenangriff.
»Du weißt, daß ich für immer bei dir geblieben wäre, wenn du es gewollt hättest«, sagte ich. Ich wollte sie nicht einfach so davonkommen lassen, und was ich sagte, war außerdem mehr oder minder wahr.
»Ich habe dich geliebt«, fügte ich hinzu.
»Ach, Liebe, Liebe!« entgegnete sie. »Ich kann das Wort nicht mehr hören. Was hat Liebe je für mich anderes bedeutet als knarrende Treppen in anderer Leute Haus? Wozu war all die Liebe gut, die die Männer mir aufgezwungen haben?

Liebe ist Verfolgung. Ich wünsche mir nichts anderes, als allein zu sein und mir selbst etwas zuliebe zu tun.«

Ich betrachtete sie kühl und umschloß ihren Kopf mit den Armen. »Sie wäre dir nicht so gleichgültig, wenn es dir je an Liebe von anderen gefehlt hätte«, sagte ich.

Jetzt sah sie mich an, und in ihrem Blick lag etwas Unbeteiligtes und Theoretisches, das ich vorher nie darin bemerkt hatte.

»Nein, wirklich, Jake«, fuhr sie fort. »Dieses Gerede über Liebe hat sehr wenig Sinn. Liebe ist keine Empfindung. Das läßt sich nachweisen. Liebe ist Handeln, Liebe ist Schweigen und kein emotionales Drängen und Angeln nach Besitz, wie du immer gemeint hast.«

Dies kam mir recht albern vor. »Aber Liebe *hat* etwas mit Besitz zu tun«, erwiderte ich. »Wenn du etwas über unbefriedigte Liebe wüßtest, wäre dir das klar.«

»Nein«, antwortete Anna zurückhaltend. »Unbefriedigte Liebe hat etwas mit Verstehen zu tun. Nur wenn sie ganz und gar Verstehen ist, kann sie Liebe bleiben, wenn sie unbefriedigt ist.«

Ich hörte dieser ernsthaften Rede nicht mehr zu, denn das Wort »Schweigen« hatte mich mit Beschlag belegt.

»Was geht in diesem Hause vor, Anna?« fragte ich.

»Das gehört zu den Dingen, die schwer zu erklären sind, Jakie«, antwortete Anna, und ich spürte, wie ihre Hände sich auf meinem Rücken suchten. Sie drückte mich an sich und fügte dann hinzu: »Es ist ein kleines Experiment.«

Dieser Satz berührte mich peinlich. Er klang so gar nicht nach Anna. Eine fremde Stimme sprach hier mit. Ich versuchte es von einer anderen Seite.

»Wie steht's mit deinem Singen?« fragte ich.

»Ach, das habe ich aufgegeben«, antwortete Anna. »Ich will nie mehr singen.« Ihr Blick floh über meine Schulter hinweg, und sie zog die Hände zurück.

»Um Himmels willen, Anna, warum denn?«
»Nun«, erwiderte sie, und wieder spürte ich das seltsam Künstliche in ihrem Ton, »ich möchte mir nicht mehr damit mein Geld verdienen. Diese Art Gesang ist so...«, sie suchte nach dem passenden Wort, »so demonstrativ. Es ist nichts Wahres daran. Man nützt nur seinen Charme aus, um die Leute zu verführen.«
Ich packte sie bei den Schultern und schüttelte sie. »Du glaubst doch selbst nicht, was du da sagst«, rief ich.
»Doch, Jake.« Sie schaute mich beinahe flehend an.
»Und wie steht es mit dem Theater?« fragte ich. »Paßt das in deine Theorie?«
»Das ist reine Kunst«, erwiderte sie. »Es ist sehr einfach, und es ist sehr rein.«
»Anna, wer hat dir das in den Kopf gesetzt?«
»Jake«, erwiderte sie, »so warst du immer. Sobald ich etwas gesagt habe, das dich überraschte, meintest du, jemand habe mir das in den Kopf gesetzt.«
Im Laufe des Gesprächs hatte sie mir die Hand, an deren Gelenk sie eine Armbanduhr trug, auf die Schulter gelegt, und ich bemerkte, daß ihr Blick von Zeit zu Zeit darauf fiel. Ich wurde wütend.
»Sieh doch nicht ständig auf die Uhr!« sagte ich. »Du hast mich seit Jahren nicht gesehen und kannst ruhig ein bißchen Zeit für mich übrig haben.«
Vermutlich ging Anna durch den Kopf, daß unser *tête-à-tête* bald unterbrochen werden würde. Unsere Unterredung verlief innerhalb eines Zeitplans, dessen Anna sich ständig bewußt war. Das ganze Leben Annas verlief nach einem Zeitplan, wie eine Nonne wäre sie verloren ohne ihre Uhr gewesen. Ich packte das Handgelenk mit der Uhr und verdrehte es, bis ich ein Stöhnen vernahm. Anna schaute mich jetzt mit einer Intensität und einem funkelnden, schweigenden Trotz an, den ich von früher her so deutlich in

Erinnerung hatte und liebte. So verharrten wir einen Augenblick Auge in Auge. Wir kannten einander sehr gut. Ich hielt sie weiter gefesselt, lockerte jedoch den Druck, so daß wir uns küssen konnten. Ihr Körper war wieder gespannt, jetzt aber so, als habe mein Griff ihm eine positive Kraft vermittelt, und er war wie ein starres Wurfgeschoß, an das ich mich klammerte, während wir durch Äonen sausten.

»Du tust mir weh, Jake«, flüsterte Anna.

Ich ließ sie los und fiel völlig gelähmt und schwer auf ihre Brust. Sie strich mir übers Haar. So lagen wir lange schweigend da. Das Weltall ruhte aus wie ein großer Vogel.

»Du wirst mir jetzt sagen, daß ich gehen muß«, murmelte ich.

»Du mußt«, erwiderte sie. »Oder vielmehr, ich muß. Steh jetzt auf, bitte!«

Ich stand auf und hatte das Gefühl, als erwachte ich aus dem Schlaf. Ich blickte auf Anna nieder. Sie lag inmitten dieser Buntheit wie eine vom Thron gestürzte Märchenprinzessin. Seidenfetzen schmiegten sich ihr um Brust und Hüften. Eine lange Locke hatte sich gelöst. Anna blieb noch einen Augenblick still liegen, nahm meinen Blick auf, so bewußt, daß sich ihr Fuß darunter wölbte.

»Wo ist deine Krone?« fragte ich.

Anna wühlte in dem Haufen und zog ein vergoldetes Krönchen hervor. Wir lachten. Ich half ihr auf, und wir wischten Flitterstückchen, Goldstaub und lose Brokatfäden von ihrem Kleid. Während Anna ihr Haar in Ordnung brachte, durchwanderte ich das Zimmer und nahm alles in Augenschein. Mit einemmal fühlte ich mich einfach wohl. Ich wußte, ich sollte Anna wiedersehen.

»Du mußt mir etwas über dieses Haus sagen«, bat ich. »Wer spielt hier?«

»Hauptsächlich Laien«, erwiderte Anna. »Ein paar Freunde von mir. Aber es ist eine ganz besondere Kunst.«

»Ja, das habe ich gesehen.«
Anna wandte sich mir zu. »Du warst also im Theater?«
»Ja, nur für einen Augenblick. Hast du etwas dagegen? Es war recht eindrucksvoll. Ist es etwas Indisches?«
»Es gibt wohl Verbindungen mit Indien«, antwortete Anna, »aber es ist doch etwas ganz Eigenes.« Ich merkte, daß sie an etwas anderes dachte.
»Nun, dies hier ist ein Requisit, das du wohl kaum brauchst«, bemerkte ich und wies auf ein Donnerblech.
Ein Donnerblech ist, für diejenigen, die es nicht wissen, ein dünnes Metallstück von einigen Quadratmetern, das, wenn man es schüttelt, ein geheimnisvolles, donnerähnliches Grollen von sich gibt. Ich ging darauf zu.
»Rühr es nicht an!« rief Anna. »Ja, wir wollen es verkaufen.«
»Anna, ist es dir ernst, das mit dem Singen?« fragte ich.
»Ja«, erwiderte sie, »es ist korrupt.« Wiederum hatte ich das seltsame Gefühl, jemanden in den Fängen einer Theorie zu sehen.
»Nur sehr einfache Dinge können ohne Falschheit gesagt werden«, fügte sie hinzu.
»Was ich in diesem Theater sah, war nicht einfach«, gab ich zu bedenken.
Anna spreizte die Hände. »Was wolltest du von mir?« fragte sie.
Dies brachte mich in die Wirklichkeit zurück. Behutsam sagte ich: »Ich wollte dich sehen. Das weißt du. Aber ich habe auch ein Problem, ich habe keine Bleibe. Vielleicht kannst du mir einen Rat geben. Ich vermute, hier kann ich nicht bleiben? In einer Dachstube oder so etwas?«
Anna erschauerte. »Nein«, antwortete sie, »das wäre unmöglich.«
Wir sahen einander an und überlegten in Windeseile.
»Wann werde ich dich wiedersehen?« fragte ich.

Annas Blick war starr und fern. »Jake«, sagte sie, »du mußt mich eine Zeitlang allein lassen. Ich habe so viel nachzudenken.«
»Ich auch«, erwiderte ich. »Könnten wir nicht zusammen nachdenken?«
Sie lächelte blaß. »Wenn ich dich brauche, werde ich dich rufen«, sagte sie. »Und ich *werde* dich wahrscheinlich brauchen.«
»Hoffentlich«, entgegnete ich und schrieb ihr Daves Adresse auf. »Aber ich warne dich: wenn du lange Zeit verstreichen läßt, ohne mich zu brauchen, dann erscheine ich, ob du mich nun brauchst oder nicht.«
Wieder blickte Anna auf die Uhr.
»Darf ich dir schreiben?« fragte ich. Meiner Erfahrung nach verweigern Frauen, die auch nur das kleinste Interesse an einem haben, dies ganz selten. Es bindet ohne Versprechen. Anna, die meine Ansicht über dieses Thema, wie auch über die meisten anderen, wohl kannte, warf mir einen Blick zu, und wir lächelten beide.
»Meinetwegen«, sagte sie. »Wenn du ans Theater schreibst, bekomme ich es.«
Sie suchte ihre Sachen zusammen und legte die Stirn leicht in Falten. Plötzlich wußte ich: das Problem, das sie beschäftigte, bestand darin, wie sie mich ungesehen aus dem Haus schicken konnte.
»Ich weiß nicht, wo ich heute nacht schlafen kann«, sagte ich: meine erste Lüge. »Darf ich hier bleiben?«
Wieder warf Anna mir einen Blick zu, der ergründen wollte, wie weit ich ihre Gedanken kannte. Sie erwog meine Frage.
»Gut«, erwiderte sie. »Bleib hier – und geh nicht mit mir hinunter. Nur mußt du mir versprechen, nicht herumzuschnüffeln und das Haus morgen sehr früh zu verlassen.«
Ich versprach es.
»Denke nach, wo ich wohnen kann, Anna!« bat ich.

Ich hoffte, sie werde, da sie mir bereits erlaubt hatte, über Nacht hier zu bleiben, sich wegen der Dachstube vielleicht doch noch erweichen lassen. Anna brachte ihren Schreibtisch in Ordnung und verschloß die Schubladen.
»Höre«, sagte sie, »du könntest es bei Sadie versuchen. Sie fährt nach Amerika und braucht jemanden, der ihre Wohnung bewacht. Du wärest vielleicht der Richtige dafür.« Sie kritzelte die Adresse auf ein Stück Papier.
Ich nahm es zurückhaltend entgegen. »Stehst du dich jetzt gut mit Sadie?« fragte ich.
Anna lachte ein bißchen ungeduldig. »Sie ist immerhin meine Schwester. Wir zanken uns nicht. Aber geh auf jeden Fall zu ihr – der Gedanke ist nicht schlecht.« Sie sah mich zweifelnd an.
»Treffen wir uns morgen und besprechen die Sache näher!« schlug ich vor.
Aber Anna entschied: »Nein. Geh und such Sadie auf, und komm nicht hierher, bevor ich dich rufe!«
Sie wandte sich zum Gehen. Ich ergriff ihre Hand und umarmte sie mit unsäglicher Zärtlichkeit. Und sie gab sie mir zurück. Wir schieden.
Ich hörte kein Geräusch, nachdem die Tür sich geschlossen hatte, und blieb eine Zeitlang wie ein Verzauberter mitten im Zimmer stehen. Während meines Gesprächs mit Anna war es hier ganz dunkel geworden, draußen aber dämmerte noch ein später blauer Sommerabend, der die Bäume und den Fluß vor Farben vibrieren ließ. Etwas später vernahm ich das Geräusch eines abfahrenden Wagens. Ich trat ans Fenster. Beim Hinauslehnen konnte ich ein Stück Straße überblicken. In diesem Augenblick bog ein eleganter schwarzer Alvis um die Ecke und in die Hauptstraße. Ich fragte mich, ob Anna vielleicht darin saß. Doch war mir das im Augenblick egal. Was ihre unbestimmte Verabschiedung betraf, war ich an so etwas gewöhnt. Die meisten Frauen,

die ich kenne, verhalten sich so, und ich habe mit der Zeit gelernt, keine Fragen zu stellen, ja nicht einmal zu denken. Wir alle leben in den Daseinslücken der anderen und wären höchst überrascht, wenn wir das Ganze überblicken könnten. Ich wußte, daß hier ein anderer Mann eine Rolle spielte. Wenn es um Anna ging, war es immer so. Aber diese Betrachtungen konnten warten.

Ich genoß es, allein zu sein. Der heutige Tag war für mich nahezu unerträglich ereignisreich gewesen, und ich lehnte nun lange am Fensterbrett und blickte hinunter auf die Hammersmith Bridge. Der Fluß murmelte vorüber, trug die letzten Reste Tageslicht mit sich und wurde schließlich ein dunkler Schlund unsichtbarer Bewegung. Ich überdachte meine Begegnung mit Anna. Sie hatte seltsame Dinge gesagt. Aber darüber brütete ich nicht, ich erinnerte mich an ihre Art, die Hände zu bewegen, an ihre nervösen Gesten, als sie hier einen Ball, dort eine Halskette befingerte, an den Schwung ihrer Hüfte, als sie am Boden lag, an die grauen Streifen in ihrem Haar, die Müdigkeit an ihrem Hals. Dies alles rief ein Gefühl in mir wach, das mir eine neue Liebe zu sein schien, die tausendmal tiefer ging als die einstige. Ich war zuinnerst bewegt. Doch gleichzeitig nahm ich die Sache *cum grano salis.* Ich war früher schon oft bewegt gewesen, und nichts war dabei herausgekommen. Eines schien mir sicher: etwas von dem, was einstmals zwischen uns existiert hatte, war intakt geblieben; und es war nicht nur die vergangene Zeit, die mir dieses Überbleibsel so kostbar erscheinen ließ. Ich dachte mit einer gewissen Genugtuung an unsere Begegnung und wie herrlich Anna auf alle unsere alten Spiele eingegangen war.

Die Straßenlampen brannten nun auf der Brücke, und der Fluß strömte in der Ferne auf ein Lichterflackern zu. Ich wandte mich wieder ins Zimmer, ertastete mir einen Weg zur Tür, drehte an einem Schalter, und in einer Ecke ging eine von Gazeschleiern verhängte Lampe an. Anna hatte mich gebeten, nicht umherzuwandern, aber es war nur ein ganz unbestimmtes Verbot gewesen, und ich fand eine kleine Forschungstour ganz am Platz. Ich hatte große Lust, wieder in dem kleinen Theater zu stehen, und das war es auch vor allem, weshalb ich Anna gebeten hatte, bleiben zu dürfen. In der Düsterkeit des Treppenabsatzes fand ich den Schalter, und die Tür der Requisitenkammer hinter mir schließend, wandte ich mich der Theaterpforte zu. Ich wäre nicht überrascht gewesen, die schweigenden Mimen noch im Dunkeln an der Arbeit vorzufinden, und drehte am Türknopf, aber vergebens. Ich versuchte es an den andern Türen des Treppenabsatzes und dann einen Stock tiefer an den Gangtüren. Zu meiner größten Erbitterung waren sie alle verschlossen. Die Stille des Hauses begann mich zu würgen wie ein Nebel, und eine plötzliche Panik kam in mir auf, ich könnte beim Zurückkehren zur Requisitenkammer auch diese Tür versperrt vorfinden. Lautlos lief ich die Treppe wieder hinauf und stürzte ins Zimmer. Die Lampe brannte immer noch trübe, und alles war wie zuvor. Ich dachte daran, hinauszugehen und von der Straße aus zu versuchen, in den Zuschauerraum zu gelangen, aber irgend etwas untersagte mir, das Haus zu verlassen. Ich nahm zwei oder drei Stoffschichten von der Lampe und betrachtete das Zimmer. In diesem halben Licht sah es noch phantastischer aus als vorher. Ich wanderte eine Zeitlang umher und hob die Sachen auf, die Anna berührt hatte. Mein Blick kehrte immer wieder zum Donnerblech zurück, und ich verspürte den nervösen Drang, hinzulaufen und darauf zu schlagen. Dabei dachte ich an all die herrlichen Geräusche, die darin schliefen, und wie ich das ganze Haus damit ins Wanken bringen könnte. Ich schwitzte fast vor Nervosität bei der reinen Vorstellung davon. Aber irgend etwas gebot mir Stille, so daß ich sogar auf Zehenspitzen umherging.

Nach einer Weile hatte ich das unbehagliche Gefühl, beobachtet zu werden. Ich bin sehr empfindlich in diesem Punkt und spüre so etwas oft nicht nur in Gegenwart von Menschen, sondern auch in der von kleinen Tieren. Einmal habe ich eine Spur bis zu einer großen Spinne verfolgt, deren geheimnisvolle Augen starr auf mich gerichtet waren. Meiner Erfahrung nach ist die Spinne das kleinste Tier, dessen Blick gespürt werden kann. Nun begann ich zu suchen, und wollte herausfinden, wer mich da wohl betrachten konnte. Ich entdeckte nichts Lebendiges, schließlich aber stieß ich auf eine Reihe von Masken, ähnlich jenen, die ich auf der Bühne gesehen hatte, deren schräge Augen kummervoll in meine Richtung blickten. Zweifellos hatte ich sie unbewußt bei meinem Streifzug durch das Zimmer schon gesehen. Nun betrachtete ich sie aufs genaueste und war beeindruckt von der aufwühlenden Schönheit ihrer Zeichnung und der Stille, die selbst von den weniger angenehmen ausging. Sie bestanden aus leichtem Holz und waren sparsam bemalt, einige zeigten das ganze Gesicht, andere nur das Profil. Etwas Orientalisches lag in ihrer Stimmung, das vielleicht noch mehr von dem feingeschwungenen Mund als den schrägen Augen ausging. Einige zeigten eine entfernte Ähnlichkeit mit indischen Buddhas, die ich gesehen hatte. Alle waren ein wenig überlebensgroß. Ich fand sie wirklich recht beunruhigend und legte sie nach einer Weile nervös aus der Hand. Sie gaben, als ich sie losließ, einen hohlen Ton von sich, der mich erschreckte und mir die Stille erneut bewußt machte. Dann entdeckte ich, daß das Zimmer voll von Augen war, den leeren Augen des Schaukelpferdes, den kugelrunden der Teddybären, den roten der ausgestopften Schlange und den Augen der Puppen, Hündchen und Popanzen. Ich fühlte mich äußerst unbehaglich und nahm die übrigen Gazeschleier von der Lampe; aber selbst so erhellte sie den Raum nur spärlich. Etwas in der äußersten

Ecke gab leise nach. Da setzte ich mich mit gekreuzten Beinen mitten auf den Fußboden und versuchte, an realistische Dinge zu denken.
Aus meiner Tasche holte ich das Stück Papier, das Anna mir gegeben hatte. Darauf stand die Adresse in der Welbeck Street. Ich betrachtete es und fragte mich, mehr im Sinne einer Voraussage als einer Absicht, ob ich jemals vor Sadies Tür auftauchen würde. Aus schon erwähnten Gründen war ich nicht ganz sicher. Andrerseits hatte die ganze Sache jetzt ein neues Gesicht, da Anna selbst mir den Vorschlag gemacht hatte, Sadie aufzusuchen. Wenn Anna und Sadie sich vertrugen, so war die Beziehung zu Sadie ein Weg, mit Anna in Fühlung zu bleiben. Auch war ich, als ich mir die Sache vorstellte, neugierig, wie Sadie mich empfangen würde. Und schließlich gibt es nur wenige Menschen, die von irdischer Eitelkeit so frei sind, daß sie es, wie alles andere auch sein mochte, nicht als angenehm empfinden würden, auf freundschaftlichem Fuße mit jemandem zu stehen, dessen Gesicht auf vier Meter hohen Plakaten in ganz London gezeigt wird. Dann fiel mir auch ein, wie großartig es wäre, wenn Sadie tatsächlich wegginge und mich im Besitz einer zentral gelegenen, luxuriösen, mietfreien Wohnung zurückließe. Dies schien mir so außerordentlich wünschenswert, daß ich das Risiko, eine Absage zu erhalten, gern eingehen wollte. Deshalb kam es mir denn auch höchst wahrscheinlich vor, daß ich die Situation in der Welbeck Street zumindest auskundschaften würde.
Als ich zu diesem rein induktiven Schluß über meine künftigen Schritte gelangt war, fühlte ich mich besser und wurde sogleich sehr schläfrig. Der Fußboden war so übersät mit Sachen, daß ich mich an die Arbeit machen mußte, um mir Platz zu schaffen. Ein befleckter, weißer Teppichstreifen kam zum Vorschein; dann schaute ich mich nach etwas um, das mir als Decke dienen konnte. An Stoffen war hier kein

Mangel. Schließlich erwählte ich dazu ein Bärenfell mit Schnauze und Tatzen. Das Licht ließ ich brennen, bedeckte die Lampe aber wieder mit den Gazeschleiern, bis sie nur mehr einen schwachen Schimmer von sich gab. Ich wollte das Risiko nicht eingehen, später in solch einem Raum allein im Dunkeln aufzuwachen. Dann steckte ich Hände und Füße in die Bärentatzen und ließ mir die große, grimmige Schnauze über die Stirn fallen. Das gab einen recht behaglichen Schlafanzug. Bevor ich mich endgültig zusammenringelte, dachte ich noch ein wenig an Anna und überlegte, was in aller Welt sie vorhatte. Daß dieses Theater ihre Schöpfung sei, konnte ich schließlich noch glauben, sah aber auch ebenso deutlich hier noch einen anderen Kopf am Werke. Und einiges von dem, was Anna gesagt hatte, war bestimmt nicht ihr Eigengewächs. Auch überlegte ich, woher das Geld zu dem allem gekommen war. Schließlich gähnte ich und reckte mich. Ein orientalisches Tuch diente mir als Kissen; weiche Dinge fielen mir auf die Füße. Dann war es ganz still. Der Schlaf läßt mich niemals im Stich, noch läßt er lange auf sich warten, wenn ich ihn rufe. Fast im gleichen Augenblick war ich auch schon eingeschlafen.

IV

Am nächsten Tag gegen zehn Uhr ging ich die Welbeck Street hinunter. Ich war schlechter Laune. Bei Tageslicht besehen, büßte das ganze Projekt stark an Reiz ein. Von einem Filmstar abgewiesen zu werden, würde mich wohl auf Monate hinaus in eine üble Stimmung versetzen. Aber ich betrachtete das Ganze als eine beschlossene Sache, die nur noch ausgeführt werden mußte. Dies ist eine Methode, die ich bei schwierigen Fällen häufig anwende. Im ersten Stadium behandle ich die Sache nur als Hypothese, im zweiten denke ich an Stadium eins als an einen festgelegten Beschluß, der nicht rückgängig zu machen ist. Diese Technik empfehle ich jedem, dem es schwer fällt, Entscheidungen zu treffen. Eine gewisse Versuchung befiel mich, ins Theater zurückzukehren, um Anna wiederzusehen, doch fürchtete ich, sie zu kränken. Also gab es nichts anderes, als den Besuch bei Sadie hinter sich zu bringen.

Sadies Wohnung lag im dritten Stock, und ich fand die Tür offen. Eine naive Putzfrau teilte mir mit, Miss Quentin sei nicht zu Hause, sondern beim Friseur, und nannte mir ein teures Mayfair-Etablissement. Vorsichtigerweise hatte ich erwähnt, ich sei Miss Quentins Cousin. Ich dankte ihr und machte mich in Richtung Oxford Street auf. Ich habe oft Frauen bei ihren Friseuren besucht, so daß dieser Gedanke keinen Schrecken für mich enthielt. Ich habe sogar herausgefunden, daß viele Frauen sich besonders nachsichtig und aufnahmebereit zeigen, wenn man sie beim Friseur trifft, vielleicht weil sie dann in der Lage sind, vor so vielen anderen Frauen, die nicht das Glück haben, ihre Verehrer um sich zu sehen, mit einem erbeuteten Angehörigen des männlichen Geschlechts großzutun. Um diese Rolle zu spielen, muß man jedoch annehmbar aussehen; deshalb ging ich geradewegs zu einem Barbier und ließ mich rasieren. Danach kaufte ich mir in einem Laden an der Oxford Street eine neue Krawatte und warf die alte weg. Als ich die schwer duftende Treppe zu Sadies Friseur hinaufstieg und mich kurz in einem Spiegel sah, fand ich, daß ich eine gute Figur abgab.

Damenfriseure gehorchen einem dunklen Naturgesetz, das im Gegensatz zu dem in anderen Sphären Üblichen vorschreibt, je teurer die Firma, um so weniger Diskretion wird den Kundinnen zuteil. Ladenmädchen von Putney können sich hinter einem Vorhang in einer Kabine die Haare machen lassen, aber vermögende Damen in Mayfair müssen in Reihen ungeschützt dasitzen und einander bei der Metamorphose belauern. Ich betrat einen großen Raum, wo elegante Köpfe in den verschiedensten Stadien der Bereitschaft waren. Eine Anzahl wohlgekleideter Rücken bot sich meinen Blicken dar, und als ich sie der Reihe nach auf der Suche nach Sadie anschaute, fühlte ich mich aus einem Dutzend rosiger Spiegel beobachtet. Ich konnte sie nirgends entdekken. Ich schlich an den Rücken vorbei, blickte in jeden Spiegel, hier in ein junges, dort in ein altes Gesicht, das mich unter gekräuselten oder angeklebten Locken prüfend betrachtete. Jedes Augenpaar begegnete dem meinen mit einem fragenden Blick, bis ich mir wie ein Märchenprinz vorkam. Ich war froh bei dem Gedanken, mich in die Ausgabe für eine neue Krawatte gestürzt zu haben. Am Ende der Reihe saßen verschiedene Gestalten, deren Köpfe von einem surrenden elektrischen Trockner überwölbt waren. Hier endlich begegnete ich im Spiegel jenem Augenpaar, das unverkennbar Sadie gehörte.

Ich blieb stehen und legte die Hände auf die Rückenlehne ihres Stuhles. Dort stand ich eine ganze Weile und schaute

ernst in diese Augen, während ihre Besitzerin mir den Blick erst gleichgültig, dann feindselig und schließlich mit einem dämmernden Wiedererkennen zurückgab.
Sadie stieß einen kleinen Schrei aus: »Jake!« rief sie.
Ich fühlte, daß wir beobachtet wurden. Langsam freute ich mich, daß ich gekommen war.
»Hallo, Sadie!« sagte ich und brauchte das entzückte Lächeln nicht zu mimen.
»Mein *lieber* Junge!« begrüßte mich Sadie. »Dich habe ich ja seit Jahrhunderten nicht gesehen. Wie schön! Hast du mich gesucht?«
Ich bestätigte es, holte mir einen Stuhl und setzte mich dicht hinter ihre Schulter. Wir grinsten einander durch den Spiegel an. Ich fand uns ein gutaussehendes Paar. Sadie war sehr schön, sogar mit dem Netz über dem Haar, und wenn überhaupt von Alter die Rede sein konnte, jünger denn je. Selbst wenn man das rosige Spiegelglas bedachte, war ihr Teint von erlesener Reinheit, und ihre braunen Augen funkelten vor Lebensfreude. Unwillkürlich legte ich eine Hand auf ihren Arm.
»Du Goldjunge!« rief Sadie. »Was treibst du so? Erzähl mir alles!«
In ihrer Stimme und ihrer Art war eine Affektiertheit, die mir neu vorkam. Auch sprach sie so merkwürdig laut und schallend, daß alles, was sie sagte, für jedermann hörbar durch den ganzen Raum hallte. Die Erklärung dafür kam mir jedoch im Nu: durch das Gesurre des Haartrockners war sie halb taub und wußte gar nicht, wie laut sie sprach.
Ich antwortete auch mit erhobener Stimme: »Ach, ich befasse mich immer noch mit der alten Schreiberei. Bücher, Bücher, du weißt ja. Im Augenblick habe ich drei in den Fingern. Und die Verleger drängen mich dauernd.«
»Du warst immer so ein kluger Bursche, Jake«, brüllte Sadie bewundernd.

Schweigen herrschte im übrigen Teil des Ladens, abgesehen von dem Flüstern einiger Hilfskräfte, und ich spürte, wie aller Ohren sich in unsere Richtung anspannten. Ich hielt es für unmöglich, daß sich jemand im Raum befand, der nicht wußte, wer Sadie war. Ich machte es mir bequem und genoß die Unterhaltung.

»Und was stellt das Leben mit dir an?« fragte ich.

»Ach, es ist einfach entsetzlich langweilig«, antwortete Sadie. »Mich schafft die Arbeit einfach. Vor der Kamera von morgens bis abends. Ich konnte gerade soeben entwischen, um mir hier die Haare machen zu lassen. Mit dem Friseur im Studio habe ich mich verkracht. Ich bin so müde, daß ich mit allen Streit anfange.« Sie warf mir ein verführerisches Lächeln zu.

»Wann wirst du mit mir zu Abend essen, Sadie?« fragte ich.

»Oh, Herzchen, ich bin auf Wochen ausgebucht. Sogar von hier werde ich abgeholt. Du mußt einmal auf einen Drink zu mir in meine Wohnung kommen.«

Ich kalkulierte rasch. Sadies Tage waren wahrscheinlich bis aufs letzte ausgefüllt, und hier bot sich vielleicht meine einzige Gelegenheit, mit ihr etwas länger zu sprechen. Wenn ich wirklich das kitzlige Thema anschneiden wollte, dann lieber gleich.

»Hör mal, Sadie«, begann ich und versuchte leise zu sprechen.

»Was sagst du, Liebling?« brüllte Sadie unter dem Trockner.

»Hör mal!« brüllte ich zurück. »Ich nehme an, du willst deine Wohnung vermieten, während du weg bist.«

Ich konnte mich vor solch einem Auditorium nicht dazu bringen, die Sache weniger delikat zu behandeln, und hoffte, Sadie würde mich taktvoll verstehen.

Sadies Antwort war noch viel entgegenkommender, als ich zu träumen gewagt hätte. »Mein lieber Junge«, sagte sie, »sprich doch nicht von Vermieten! Was ich brauche, ist ein

Hüter oder vielmehr eine Leibwache, und du kannst sofort antreten, wenn du willst.«
»Nun, das paßt mir ausgezeichnet«, erwiderte ich. »Mein Mietvertrag ist soeben abgelaufen, und ich liege so gut wie auf der Straße.«
»Dann mußt du sofort kommen, mein Lieber«, schrie Sadie. »Du kannst dich riesig nützlich machen, indem du einfach anwesend bist. Ich werde nämlich von einem ganz furchtbaren Menschen belästigt.«
Das klang interessant. Ich spürte, wie sich sämtliche Ohren im Umkreis spitzten, und gab ein männliches Lachen von mir.
»Nun, ich glaube, ich bin ziemlich zäh«, sagte ich. »Ich will gerne ein wachsames Auge auf deine Sachen werfen, vorausgesetzt, daß ich dabei auch ein wenig arbeiten kann.« Schon hatte ich sogar Besseres vor Augen als Earls Court Road.
»Liebling«, sagte Sadie, »meine Wohnung ist riesig. Du kannst eine ganze Flucht von Zimmern haben. Ich würde mich so viel sicherer fühlen, wenn du gleich kommen und bleiben könntest, bis ich wegfahre. Dieser Kerl ist verrückt nach mir. Er kommt unentwegt und versucht zu allen nur denkbaren Zeiten einzudringen, und wenn er nicht kommt, dann telephoniert er, und ich bin bereits am Ende meiner Nerven.«
»Ich hoffe, du wirst nicht anfangen, dich auch vor mir zu fürchten«, bemerkte ich mit einem pfiffigen Blick in den Spiegel. Sadie brach in schallendes Gelächter aus. »Jake, Liebling, nein, dazu bist du wirklich viel zu harmlos«, rief sie aus.
Diese Wendung des Gesprächs entsprach nicht ganz meinem Geschmack. Seitwärts schielend, sah ich mehrere elegant gekleidete Damen die Hälse recken, um einen Blick auf mich zu werfen. Ich fand, wir sollten das Thema wechseln.
»Wer ist denn dieser unerträgliche Kerl?« fragte ich.

»Leider mein Chef persönlich, Belfounder«, antwortete Sadie. »Nun kannst du dir vorstellen, wie hinderlich das alles ist. Ich bin einfach außer mir.«

Bei Nennung dieses Namens fiel ich fast vom Stuhl. Der Raum begann um mich zu wirbeln, und ich sah Sadie nur mehr durch eine Wolke. Dies änderte alles. Mit äußerster Anstrengung hielt ich mein Gesicht im Zaum, aber mein Magen krümmte sich wie der Rücken einer Katze. Ich hatte nur das eine Verlangen, zu gehen und diese erstaunliche Neuigkeit zu überdenken.

»Bist du sicher?« fragte ich Sadie.

»Mein Süßer, ich kenne wohl meinen eigenen Boß«, meinte sie.

»Ich meine, ist es sicher, daß er dich liebt?« fragte ich.

»Er ist wie ein Wahnsinniger«, antwortete Sadie. »Übrigens, woher weißt du eigentlich, daß ich wirklich einen Wärter brauche?«

»Anna hat es mir gesagt«, antwortete ich aller Vorsicht bar.

Sadies Augen blitzten im Spiegel. »Du siehst also wieder Anna?«

Solche Bemerkungen hasse ich. »Du weißt, daß Anna und ich alte Freunde sind«, erwiderte ich.

»Das wohl«, schrie Sadie immer noch aus vollem Halse, »aber du hast dich doch jahrelang nicht bei ihr sehen lassen, oder?«

Die Unterhaltung begann mir nun wirklich zu mißfallen. Ich wollte nichts wie weg.

»Ich war ziemlich lange in Frankreich«, sagte ich.

Ich konnte mir nicht vorstellen, daß Sadie über Annas Tun und Lassen Genaueres wußte. In Sadies Gesicht trat jetzt ein Ausdruck intelligenter Tücke. Sie sah aus wie eine schöne Schlange; und mir kam die phantastische Idee, daß ich, wenn ich jetzt unter den Trockner in ihr wahres

Gesicht blickte und nicht in ihr Spiegelbild, eine schreckliche alte Hexe sehen würde.

»Nun, komm am nächsten Dienstag, aber früh«, sagte sie, »dann werde ich dich einweisen. Es ist mir nämlich ernst mit der Leibwache.«

»Ausgezeichnet, Sadie-Kind«, antwortete ich automatisch. »Ich werde bestimmt kommen.« Dann stand ich auf.

»Ich muß zu meinem Verleger«, erklärte ich.

Wir lächelten einander an, und ich schlenderte hinaus, wobei mir eine große Anzahl faszinierter Frauenaugen folgte.

*

Ich habe es bis jetzt unterlassen, meine Beziehung zu Belfounder zu erwähnen. Da die Bekanntschaft mit Hugo das Hauptthema dieses Buches ist, sah ich keine Veranlassung, dies vorwegzunehmen. Auf den folgenden Seiten wird man mehr als genug über dieses Thema hören. Ich erzähle lieber erst mal etwas über Hugo selbst und komme dann auf die Umstände, unter denen ich ihm zum ersten Mal begegnete und auf die ersten Tage unserer Freundschaft. Hugo hieß ursprünglich nicht Belfounder. Seine Eltern waren Deutsche, und sein Vater nahm den Namen Belfounder an, als er nach England zog. Er hat ihn, glaube ich, in den Cotswolds auf einem Grabstein eines Friedhofs gelesen und gefunden, er mache sich gut im Geschäftsleben. Dies stimmte offensichtlich, denn Hugo erbte folgerichtig eine blühende Waffenfabrik und die Firma Belfounder und Baermann, Handfeuerwaffen GmbH. Zum Schaden der Firma war Hugo damals gerade glühender Pazifist, und nach einigen Umwälzungen, in deren Verlauf sich die Baermann-Partei zurückzog, blieb Hugo noch ein kleines Unternehmen, das sich Belfounders Beleuchtungs- und Feuerwerk-GmbH nannte.

Er hatte es fertiggebracht, die Waffenfabrik in eine Fabrik für Feuerwerksraketen umzuwandeln; und hier befaßte er sich für einige Jahre mit der Herstellung von Raketen, Leuchtsignalen, Dynamit für den Kleinhandel und Feuerwerkskörpern aller Art.
Dies begann, wie ich schon sagte, als ein kleines Unternehmen. Aber irgendwie klebte das Geld immer an Hugo, er konnte gar nicht anders, als es zu scheffeln; und in kurzer Zeit war er ein sehr vermögender und erfolgreicher Mann, fast so erfolgreich wie einst sein Vater. (Niemand kann so erfolgreich sein wie ein Waffenfabrikant.) Doch führte er stets ein einfaches Leben, und in der Zeit, als ich ihn kennenlernte, pflegte er hie und da als Handwerker in seiner eigenen Fabrik zu arbeiten. Seine Spezialität waren Raketenkombinationen. Wie man wahrscheinlich weiß, ist die Herstellung einer Raketenkombination eine höchst heikle Angelegenheit, die manuelle Geschicklichkeit und schöpferische Begabung verlangt. Die besonderen Probleme der Raketenkombinationen entzückten und inspirierten Hugo: die Stufenverbindung der einzelnen Teile, der kontrastierende Reiz von Explosion und Farbe, das Aufeinander-Abstimmen der Feuerwerksstile, die Methoden, *éclat* mit Dauer zu kombinieren, die ewige Frage des Schlußbouquets. Hugo behandelte die Raketenkombination, als sei sie eine Symphonie. »Raketen sind *sui generis*«, sagte er einmal zu mir. »Will man sie mit einer anderen Kunst vergleichen, so mit Musik.« Im Feuerwerk lag etwas, das Hugo völlig faszinierte. Ich glaube, das, was ihm am meisten daran gefiel, war dessen Vergänglichkeit. Ich erinnere mich, wie er mir einmal einen Vortrag über die *Ehrlichkeit* des Feuerwerks hielt. Es sei so offenkundig ein vergängliches Aufstrahlen von Schönheit, das einen Augenblick später in Nichts zerstiebt. »Gerade das ist es, was die Kunst ausmacht, nur wollen wir es uns nicht eingestehen«, sagte er. Leonardo hat es gewußt. Er hat das

Abendmahl absichtlich so vergänglich gemacht.« Die Freude am Feuerwerk sollte, nach Hugo, eine Erziehung zur Freude an aller irdischen Pracht sein. »Man bezahlt«, sagte er, »und bekommt dafür ein uneingeschränktes momentanes Vergnügen ohne alle Kinkerlitzchen. Und niemand macht davon großes Aufheben.«

Leider behielt er nicht recht, und seine Theorien wurden seinem eigenen Handwerk zum Verderben. Für Hugos Raketenkombinationen entstand immer größere Nachfrage. Keine elegante Einladung, kein öffentliches Fest war ohne sie vollkommen. Sie wurden sogar nach Amerika exportiert. Dann begannen die Zeitungen davon zu sprechen, sie Kunstwerke zu nennen und sie in bestimmte Stile einzuteilen. Dies widerte Hugo so sehr an, daß es ihn bei der Arbeit lähmte. Nach einer Weile empfand er einen ausgesprochenen Haß gegen Raketenkombinationen und gab bald danach die ganze Herstellung auf.

Ich lernte Hugo durch einen gemeinsamen Schnupfen kennen. Zu jener Zeit war ich besonders knapp an Kleingeld, und alles ging bei mir schief, bis ich von einer unglaublich wohltätigen Einrichtung erfuhr. Dort konnte man kostenfrei leben, wenn man sich zur Gegenleistung als Versuchskaninchen für Schnupfenheilmittel-Experimente zur Verfügung stellte. Diese Experimente fanden in einem reizenden Landhaus statt, wo man unbegrenzt bleiben konnte und mit verschiedenen Permutationen von Erkältungen und Heilmitteln geimpft wurde. Ich hasse Schnupfen, und die Mittel schienen nie zu wirken, wenn man sie an mir ausprobierte; andererseits lebte ich umsonst, und man gewöhnte sich ganz gut daran, auch mit Schnupfen zu arbeiten, was eine gute Übung fürs Alltagsleben war. Es gelang mir denn auch, eine ganze Menge zu schreiben, wenigstens bis zu dem Augenblick, da Hugo erschien.

Die Ärzte dieses gemeinnützigen Unternehmens schlugen

den Opfern immer vor, zu zweit zu wohnen, da ihrer Beobachtung nach nur wenige Menschen völlige Einsamkeit ertragen können. Wie man weiß, ist Einsamkeit auch nicht meine Sache, aber nach einigen Versuchen wurde mir die Gesellschaft redseliger Dummköpfe noch unangenehmer, und als ich ein zweites Mal in dieses herrliche Haus kam, bat ich um die Erlaubnis, allein wohnen zu dürfen. Diese begrenzte und beschützte Isolierung, die solch eine Institution bietet, paßte mir sogar sehr gut. Es wurde gestattet; und ich arbeitete fleißig, während ich gleichzeitig gegen einen besonders hartnäckigen Schnupfen ankämpfte, als man mir zu verstehen gab, die Abteilungen seien so besetzt, daß ich nun doch einen Gefährten aufnehmen müsse. Ich hatte keine Wahl und blickte mißmutig auf die struppige, riesengroße Gestalt, die hereinschlenderte, verschiedene Sachen aufs Bett warf und sich am anderen Tisch niederließ. Ich gab ein ungnädiges Grunzen als Begrüßung von mir und wandte mich dann wieder meiner Arbeit zu, um von vorne herein klarzumachen, daß ich kein guter Gesprächspartner sei. Ferner ärgerte mich, daß man diesem Eindringling sowohl den Schnupfen wie die Heilmittel einspritzte, und ich nur Schnupfen allein bekam, so daß er im Vollbesitz seiner menschlichen Würde blieb und ein Bild der Gesundheit bot, während ich keuchte und nieste und einen Sack voll Papiertaschentücher brauchte. Niemals habe ich ergründen können, nach welchem Prinzip man die Impfungen verteilte, gewann jedoch den Eindruck, daß man mir bei weitem mehr als das gerechte Maß an Schnupfen verabfolgte.

Ich hatte mich vor einem schwatzhaften Kameraden gefürchtet, aber es stellte sich bald heraus, daß hier keine Gefahr bestand. Zwei volle Tage vergingen, ohne daß wir auch nur ein einziges Wort gewechselt hätten. Er schien meine Anwesenheit nicht einmal zu bemerken. Den größten Teil seiner Zeit verbrachte er sitzend am Tisch, ohne zu lesen oder zu schreiben, und schaute aus dem Fenster auf die schöne Parklandschaft, die das Haus umgab. Manchmal murmelte er etwas vor sich hin, kaute fleißig an seinen Fingernägeln, und einmal zog er ein Taschenmesser heraus und schnitzte damit geistesabwesend Löcher in die Tischplatte, bis ein Wärter es ihm wegnahm. Erst hielt ich ihn für geistig minderbemittelt. Am zweiten Tag machte er mich sogar ein wenig nervös. Er war ungewöhnlich groß, schlank und doch kräftig und hatte sehr breite Schultern und mächtige Hände. Den riesigen Kopf hielt er meistens gesenkt, während sein brütender Blick im Zimmer oder draußen in der Landschaft etwas suchte, das nichts mit den alltäglichen Gegenständen, die in sein Blickfeld fielen, zu tun zu haben schien. Er hatte dunkles, ziemlich glanzloses Haar und einen großen, formlosen Mund, der sich ab und zu auftat und gelegentlich einige unartikulierte Laute von sich gab. Ein oder zweimal summte er vor sich hin, brach aber jedesmal jäh ab – und dies war das einzige Zeichen, daß er meine Anwesenheit vielleicht doch bemerkte.

Am Abend des zweiten Tages war ich bereits unfähig, meine Arbeit fortzusetzen. Verzehrt von einer mit Neugier gemischten Nervosität, saß auch ich da, schaute aus dem Fenster, schneuzte mich und überlegte, wie ein menschlicher Kontakt herzustellen wäre, der mir mittlerweile zur unbedingten Notwendigkeit geworden war. Dieser Zustand endete damit, daß ich ihn mit undiplomatischer Plötzlichkeit nach seinem Namen fragte. Er wandte mir ein Paar sehr sanfter, dunkler Augen zu und sagte: »Hugo Belfounder.« Dann fügte er hinzu: »Ich dachte, Sie wollten nicht sprechen.« Ich antwortete, daß ich einer Unterhaltung durchaus nicht abgeneigt, bei seiner Ankunft aber ganz in etwas vertieft gewesen sei, und bat um Entschuldigung, falls ich mich flegelhaft benommen hätte. An der Art, wie er sprach, hatte ich bereits erkannt, daß er keineswegs geistig zurückgeblieben, sondern vielmehr hochintelligent war. Und fast automatisch packte ich meine Blätter weg. Ich wußte, daß es von nun an mit dem Arbeiten zu Ende war. Ich saß hier einer höchst fesselnden Persönlichkeit gegenüber.

Von diesem Augenblick an gerieten Hugo und ich in eine Unterhaltung, wie ich ihresgleichen noch nicht gekannt hatte. Wir erzählten einander sofort unsere gesamte Lebensgeschichte, wobei zumindest ich eine beispiellose Offenheit an den Tag legte. Dann tauschten wir unsere Ansichten über Kunst, Politik, Literatur, Religion, Geschichte, Wissenschaft, Gesellschaft und Frauen aus. Wir sprachen ohne Unterbrechung den ganzen Tag über und oft bis spät in die Nacht hinein. Manchmal lachten und brüllten wir so laut, daß wir von der Obrigkeit zurechtgewiesen und uns einmal sogar mit Trennung gedroht wurde. Hatten wir ein Thema erschöpft, fanden wir sogleich ein nächstes. Schließlich kam es zu einer Diskussion, die bis zu einem gewissen Grad wichtig für diese Geschichte ist.

Hugo wurde oft ein Idealist genannt. Ich möchte ihn lieber einen Theoretiker nennen, allerdings einen von ganz besonderer Art. Ihm fehlte sowohl jede praktische Anteilnahme wie auch der selbstbewußte moralische Ernst jener, die man gewöhnlich als Idealisten bezeichnet. Er war der objektivste und in seinem Denken unabhängigste Mensch, dem ich je begegnet bin – nur daß sich bei ihm diese Unabhängigkeit nicht als eine Tugend, sondern vielmehr als eine Naturgabe zeigte, etwas, dessen er sich selbst gar nicht bewußt war. Sie drückte sich bereits in seiner Stimme und seinem Verhalten aus. Ich sehe ihn jetzt vor mir, wie er damals während dieser Gespräche, weit nach vorn gelehnt, knöchelbeißend in seinem Stuhl saß, während er eine meiner hitzigen Bemerkungen aufnahm. Er diskutierte sehr langsam. Manchmal öffnete er gemächlich den Mund, schloß ihn, öffnete ihn wieder, und äußerte schließlich: »Sie meinen also…« und wiederholte, was ich eben gesagt hatte, auf ganz einfache und konkrete Weise, die meine Ansichten manchmal verdeutlichte, manchmal ganz und gar unsinnig erscheinen ließ. Ich will damit nicht sagen, daß er immer recht gehabt hätte. Oft verstand er mich überhaupt nicht. Ich erkannte bald, daß ich über die meisten von uns erörterten Themen viel mehr wußte als er. Doch merkte er sehr rasch, wenn wir von seinem Gesichtswinkel aus an einen toten Punkt gelangt waren. Dann pflegte er zu sagen: »Nun, darüber kann ich mich nicht äußern« oder »Ich fürchte, hier verstehe ich Sie überhaupt nicht«, und zwar mit einer Endgültigkeit, die den Gegenstand erledigte. Von Anfang an war es Hugo und nicht ich, der die Unterhaltung lenkte.

Er interessierte sich für alles und für die Theorie von allem, aber auf sonderbare Weise. Für alles gab es eine Theorie, aber keine Haupttheorie. Ich habe niemals einen Menschen angetroffen, der so frei von dem gewesen wäre, was man eine metaphysische oder allgemeine Weltanschauung nennen könnte. Er wollte wohl eher von jeder Sache, die ihm begegnete, das *Wesen* kennen – und er packte die Frage jederzeit mit gänzlicher geistiger Frische an. Die Ergebnisse waren oft erstaunlich. Ich entsinne mich eines Gesprächs, das wir einmal über das Übersetzen hatten. Hugo wußte nichts darüber, aber als er erfuhr, ich sei Übersetzer, wollte er wissen, wie das sei. Ich erinnere mich, wie er immer weiter fragte, zum Beispiel: Was meinen Sie damit, wenn Sie sagen, Sie denken den Sinn auf französisch? Woher wissen Sie, daß sie ihn auf französisch denken? Wenn vor Ihrem inneren Auge ein Bild entsteht, woher wollen Sie wissen, daß es ein französisches ist? Oder sagen Sie sich etwa die Worte auf französisch vor? Was sehen Sie, wenn Sie sehen, daß die Übersetzung genau richtig ist? Stellen Sie sich vor, was ein anderer denkt, der sie zum ersten Male sieht? Oder ist es eine Art von Gefühl? Welche Art Gefühl? Können Sie es nicht etwas deutlicher beschreiben? Und so weiter und so fort mit unerschöpflicher Geduld. Dies wurde manchmal entnervend. Was ich für eine ganz simple Äußerung hielt, wurde unter dem ständig wiederholten Druck von Hugos »Sie meinen damit...« eine dunkle und wirre Aussage, deren Sinn ich oft selber nicht mehr erkannte. Die Tätigkeit des Übersetzens, die für mich das einfachste der Welt gewesen war, erwies sich als ein so komplizierter und außergewöhnlicher Akt, daß es geradezu verblüffend war, wie ein Mensch ihn zustande bringen konnte. Doch gleichzeitig verfehlten Hugos Fragen nie, ein besonderes Licht auf das zu werfen, womit er sich befaßte. Für Hugo war alles erstaunlich, köstlich, kompliziert und geheimnisvoll. Während dieser Gespräche begann ich, die Welt ganz neu zu sehen.

Am Anfang unserer Unterhaltungen versuchte ich, Hugo zu »plazieren«. Ein- oder zweimal fragte ich ihn ohne Umschweife, ob er dieser oder jener Allgemein-Theorie anhänge, was er immer mit der Miene eines Menschen verneinte, der durch eine Geschmacksverirrung beleidigt wurde. Und später kam es mir tatsächlich auch immer so vor, als zeigten solche an Hugo gerichteten Fragen eine seltsame Unempfindlichkeit gegenüber seinen einzigartigen intellektuellen und moralischen Qualitäten. Nach einer Weile erkannte ich, daß Hugo überhaupt keine allgemeinen Theorien hatte. Seine sämtlichen Theorien, wenn man sie überhaupt so nennen darf, waren besondere. Aber immer noch dachte ich, wenn ich es nur fest genug versuchte, irgendwie in das Zentrum seines Denkens vordringen zu können. Und bald wurde es mir geradezu zur Leidenschaft, mit Hugo nicht so sehr über Politik, Kunst oder Sex zu sprechen, sondern über das Besondere an seinen Ansichten über Politik, Kunst oder Sex. Schließlich aber hatten wir doch eine Unterhaltung, die einen zentralen Punkt in Hugos Gedanken zu berühren schien, wenn man von Hugos

Gedanken überhaupt sagen konnte, daß sie so etwas Sinnbildliches wie ein Zentrum hatten. Er selbst hätte es wahrscheinlich verneint oder aber, wie ich fürchte, gar nicht gewußt, was unter einer Orientierung des Denkens zu verstehen ist. Wir kamen durch eine Diskussion über Proust an den strittigen Punkt. Von Proust aus führte unser Gespräch zu der Frage, was es heiße, ein Gefühl oder einen Gemütszustand zu beschreiben. Hugo fand dies sehr verwirrend, wie er ja alles sehr verwirrend fand.

»Etwas ist faul an der Beschreibung von Gefühlen«, behauptete er. »Alle diese Aussagen sind so dramatisch.«

»Und was ist daran falsch?«

»Daß die Dinge von Anbeginn verfälscht werden. Wenn ich hinterher sage, ich habe dies oder das empfunden, zum Beispiel Angst, nun, dann ist das einfach unwahr.«

»Was meinen Sie damit?«

»Daß ich das nicht empfunden habe«, sagte Hugo. »Ich habe überhaupt nichts dieser Art gespürt. Ich nenne es nur später so.«

»Aber angenommen, ich gebe mir die größte Mühe, genau zu sein.«

»Das kann man nicht«, antwortete Hugo. »Der einzige Ausweg ist, gar nichts zu sagen. Sobald ich zu beschreiben anfange, ist es schon aus. Versuchen Sie, etwas zu beschreiben, unser Gespräch zum Beispiel, und sehen Sie sich an, wie Sie es völlig instinktiv...«

»Aufpolieren?« schlug ich vor.

»Es geht viel tiefer«, entgegnete Hugo. »Die Sprache selbst läßt es nicht zu, daß Sie es so darstellen, wie es wirklich war.«

»Angenommen aber«, meinte ich, »jemand gibt die Beschreibung zur gleichen Zeit.«

»Sehen Sie denn nicht«, antwortete Hugo, »daß gerade das die Sache verrät? Man könnte eine solche Beschreibung gar nicht zur gleichen Zeit geben, ohne zu sehen, daß sie nicht stimmt. Das einzige, was man vielleicht im gegebenen Moment sagen könnte, ist etwas über den eigenen Herzschlag. Sagt man aber, man habe Angst gehabt, so ist das nur ein Versuch, Eindruck zu machen. Es geschieht der *Wirkung* wegen, ist also eine Lüge.«

Nun war ich selbst ganz verwirrt. Ich wußte, daß irgend etwas an dieser Behauptung Hugos nicht stimmte, konnte aber nicht erkennen, was es war. Wir verfolgten die Sache noch weiter, und ich sagte zu ihm: »Demnach erweist sich also alles, was man sagt, außer: Reich mir die Marmelade, oder: Eine Katze sitzt auf dem Dach, als eine Art von Lüge.«

Hugo erwog dies. »Ich glaube, so ist es«, antwortete er ernsthaft.

»In diesem Fall dürfte man gar nicht reden.«

»Wahrscheinlich dürfte man es nicht«, erwiderte Hugo, und es war ihm todernst damit. Dann suchte ich seinen Blick, und wir fingen beide schallend an zu lachen, als uns einfiel, daß wir seit Tagen nichts anderes getan hatten.

»Das ist ja toll«, sagte Hugo. »Natürlich redet man miteinander. Aber«, und er wurde wieder ernst, »man macht dem Bedürfnis nach Kommunikation zu viele Konzessionen.«

»Was meinen Sie damit?«

»Immer, wenn ich mit Ihnen spreche, auch jetzt, sage ich nicht *genau* das, was ich denke, sondern was meiner Meinung nach Eindruck auf Sie macht und zur Antwort reizt. Sogar zwischen uns ist das so – um wieviel mehr aber dort, wo stärkere Gründe zur Täuschung bestehen. Tatsächlich ist man daran so gewöhnt, daß man es gar nicht bemerkt. Die gesamte Sprache ist eine Maschine zur Herstellung von Unwahrheiten.«

»Was würde geschehen, wenn man die Wahrheit sagen *müßte*?« fragte ich. »Wäre das überhaupt möglich?«

»Ich weiß von mir selbst, wenn ich wirklich die Wahrheit sage, fallen die Worte völlig tot aus meinem Mund, und ich sehe nichts als Verwirrung im Gesicht meines Partners.«

»Also kommunizieren wir nie wirklich miteinander?«

»Nun«, sagte er, »ich nehme an, *Taten* lügen nicht.«

Wir brauchten etwa ein halbes Dutzend Schnupfen-Heil-Versuche, um an diesen Punkt zu gelangen. Wir richteten es jetzt so ein, daß wir abwechselnd den Schnupfen hatten und dann die eventuelle, damit verbundene intellektuelle Einbuße gleichmäßig zwischen uns verteilt war. Hugo hatte auf diesem Verfahren bestanden; obgleich ich meinerseits gerne alle Schnupfen auf mich genommen hätte, teils weil sich in mir eine Art Beschützergefühl für Hugo entwickelt hatte, teils weil Hugo einen solch höllischen Lärm machte, wenn er erkältet war. Ich weiß nicht, warum es uns nicht früher dämmerte, daß wir nicht unbedingt im Schnupfen-Heil-Institut bleiben mußten, um unsere Gespräche fortzusetzen. Vielleicht fürchteten wir, daß wir die Kontinuität unterbrachen. Ich weiß nicht, wann es uns eingefallen wäre, freiwillig zu gehen. Aber schließlich wurden wir von höchster Stelle hinausgesetzt, weil man fürchtete, die ständigen Erkältungen könnten auf Dauer unserer Gesundheit schaden.

Inzwischen stand ich völlig in Hugos Bann. Er selbst schien das Ausmaß seines Einflusses auf mich gar nicht zu bemerken. Im Gespräch zeigte er niemals das Verlangen, Punkte zu gewinnen, und obgleich er mich oft mundtot machte, war ihm dies offenbar nie bewußt. Nicht daß ich immer mit ihm übereingestimmt hätte. Seine Unfähigkeit, gewisse Gedanken zu begreifen, erfüllte mich oft mit Mißmut. Doch sein bloßes Wesen enthüllte mir, wie stark mein eigenes Weltbild durch Verallgemeinerung umnebelt war. Ich kam mir vor wie ein Mann, der in der unklaren Ansicht, alle Blumen seien mehr oder minder gleich, einen Spaziergang mit einem

Botaniker macht. Auf Hugo paßt dieses Beispiel allerdings nicht, denn ein Botaniker bemerkt nicht nur die Einzelheiten, sondern klassifiziert sie auch. Hugo hingegen hielt sich an die Einzelheiten, klassifizierte aber nie. Sein Blick war vielmehr so geschärft, daß ihm keine Klassifikation standhielt; denn jedes Ding wurde als absolut einmalig betrachtet. Ich hatte das Gefühl, zum ersten Male einem nahezu vollkommen wahrhaftigen Menschen begegnet zu sein. Und es stellte sich heraus, daß diese Erfahrung zu entsprechendem Ärger führte. Ich war um so mehr geneigt, Hugo einen hohen geistigen Wert zuzusprechen, als es ihm nie in den Sinn kam, sich selbst in solchem Licht zu sehen.

Als das Schnupfen-Heil-Institut uns hinaussetzte, wußte ich nicht, wo ich wohnen sollte. Hugo schlug einen gemeinsamen Haushalt vor, aber mein Unabhängigkeitstrieb verbot dies. Ich spürte, daß Hugos Persönlichkeit die meine leicht und vollständig unterdrücken könnte und so sehr ich ihn auch bewunderte, das wollte ich nicht. Deshalb lehnte ich sein Angebot ab. Ich mußte ohnehin damals nach Frankreich fahren, um mit Jean Pierre zu sprechen, der ein großes Geschrei wegen einer meiner Übersetzungen machte. Dadurch wurden unsere Gespräche für eine Weile unterbrochen. Während dieser Zeit kehrte Hugo wieder an seine Arbeit in der Raketenfabrik zurück, entwickelte seine große Begabung für Raketenkombinationen und führte mehr oder weniger sein altes Londoner Leben. Seine Versuche, aus diesem festen Muster auszubrechen, nahmen immer irgendeine exzentrische Form an; er war unfähig, normale, bequeme, kostspielige Ferien zu machen, aber neurotischere Züge habe ich nie an ihm entdeckt. Als ich aus Paris zurückkam, mietete ich mir ein billiges Zimmer in Battersea, und Hugo und ich nahmen unsere Gespräche wieder auf. Wir trafen uns nach Hugos Arbeit an der Chelsea Bridge und gingen am Kai spazieren oder machten eine Runde durch die Kneipen in der Kings Road, wobei wir bis zur Erschöpfung redeten und redeten.

Einige Zeit davor jedoch unternahm ich etwas, das sich als unheilvoll erweisen sollte. Die Unterhaltung, von der ich hier einen kleinen Auszug wiedergegeben habe, fesselte mich so sehr, daß ich mir nur um der besseren Erinnerung willen einige Notizen davon machte. Als ich bald darauf diese Notizen durchsah, kamen sie mir recht fragmentarisch und unzureichend vor; deshalb fügte ich noch einiges hinzu, nur zur noch deutlicheren Erinnerung. Ein wenig später, als ich sie wiederum überflog, fand ich alles, wie es so auf dem Papier stand, recht sinnlos; deshalb schrieb ich die Sache, gestützt auf mein Gedächtnis, völlig neu, um sie faßlicher zu machen. Als ich das Ganze abermals durchlas, begann mir zu dämmern, daß es eigentlich recht gut sei. Niemals hatte ich etwas ähnliches gelesen. Ich überholte es abermals und ließ es etwas eleganter aussehen. Schließlich bin ich ja von Natur aus Schriftsteller, und da dies nun einmal zu Papier gebracht war, sollte es auch anständig aussehen. So bin ich immer wieder drübergegangen und fügte schließlich das vorige Gespräch auch noch bei. Dies war mir nicht mehr ganz klar in Erinnerung, deshalb zog ich bei der Rekonstruierung eine Reihe anderer Diskussionen heran.

Natürlich erzählte ich Hugo nichts davon. Ich betrachtete das Ganze als eine private und persönliche Aufzeichnung und sah keinen Grund, ihm davon Mitteilung zu machen. Im Innersten wußte ich allerdings, daß so etwas eine Art Verrat an allem war, was ich von Hugo gelernt zu haben glaubte. Doch hielt mich dieses Wissen nicht davor zurück. Die Sache bekam für mich sogar den Reiz einer heimlichen Sünde. Ich arbeitete dauernd daran. Jetzt erweiterte ich das Ganze und griff viele unserer Gespräche auf, die ich nicht unbedingt genau so wiedergab, wie ich sie in Erinnerung hatte, sondern wie sie in den Plan des Ganzen paßten.

Daraus entstand ein recht beträchtlicher Band. Ich behielt die Dialogform bei und nannte die Gesprächspartner Tamarus und Annandine. Das Seltsame daran war, daß ich ganz deutlich in diesem Werk von Anfang bis Ende eine objektive Rechtfertigung von Hugos Einstellung sah. Das heißt, es war eine Travestie und Verfälschung unserer Gespräche und verglichen damit von anmaßender Lügenhaftigkeit. Obgleich ich es nur für mich selbst schrieb, haschte es offensichtlich nach Effekt und wollte Eindruck machen. Die herrlichsten Augenblicke unseres Gesprächs klangen, wenn festgelegt, ganz schal. Ich konnte mich nicht dazu bringen, sie mit der Starrheit niederzuschreiben, die sie in Wirklichkeit gehabt hatten. Immer gab ich ihnen jene Andeutung von Form, jenen Hinweis auf Relation, die dem Original fehlten. Und obgleich ich das Ganze deutlich als Travestie erkannte, war es mir trotzdem nicht weniger lieb.
Schließlich konnte ich eines Tages nicht widerstehen, es Dave Gellman zu zeigen. Ich dachte, es werde ihm Eindruck machen. Es machte Eindruck. Sofort wollte er mit mir darüber diskutieren. Doch kam nicht viel dabei heraus, da ich meine Unfähigkeit erkennen mußte, über Hugos Gedanken mit Dave zu diskutieren. So stark ich von ihnen bewegt war, so unmöglich schien es mir, sie in einer Unterhaltung mit anderen wiederzugeben. Versuchte ich, irgendeinen Begriff Hugos zu erklären, so klang er seicht und kindisch oder so völlig sinnlos, daß ich es bald aufgab. Danach verlor Dave jedes Interesse an dem Buch; nichts ist für ihn wahr oder wichtig, das einer mündlichen Erörterung nicht standhält. Doch zeigte er ganz gegen unsere Abmachung während dieser Zeit das Buch, das er, um es zu Ende zu lesen, mit nach Hause genommen hatte, einigen seiner Bekannten, die ebenfalls stark beeindruckt waren.
Da ich wußte, wie sehr ihm das ganze Projekt mißfallen würde, fühlte ich mich verpflichtet, Hugos Identität

geheimzuhalten. Ich zeigte es Dave als eine dramatische Studie, die einige mit verschiedenen Leuten geführte Gespräche frei behandelte. Doch merkte ich nach einiger Zeit, daß man mich in gewissen Kreisen als eine Art weisen Mann betrachtete. Viele Freunde baten mich, ihnen das Manuskript zu leihen. Schließlich wurden es immer mehr Menschen, denen ich es zeigte, und ich gewöhnte mich an den Gedanken, es ein bißchen zirkulieren zu lassen. Während all dieser Zeit arbeitete ich immer noch an seiner Vervollkommnung und fügte von den laufenden Gesprächen mit Hugo vieles hinzu. Ich fuhr fort, meine Beziehung zu Hugo vor meinen sämtlichen Freunden geheimzuhalten. Zuerst tat ich dies aus dem eifersüchtigen Wunsch, meinen außergewöhnlichen Fund für mich zu bewahren, später aber, weil ich fürchtete, mein Verrat könnte Hugo zu Ohren kommen.

Von allen Seiten schlug man mir vor, mein Werk zu veröffentlichen. Ich lachte nur. Und doch lockte mich die Vorstellung. Sie lockte mich, wie etwas locken kann, von dem man weiß, daß man es nie tun wird. Da eine Publikation absolut nicht in Frage kam, fand ich es ungefährlich, in Gedanken damit zu spielen. Ich malte mir aus, wie ungewöhnlich dieses Buch sein würde, wie originell, wie überraschend, wie aufschlußreich. Es machte mir Spaß, mir Titel dafür auszudenken. Manchmal saß ich, das Manuskript in der Hand, da und stellte es mir tausendfach vervielfältigt vor. Ich lebte in dauernder Angst, es zu verlieren, und obgleich ich zwei oder drei Durchschläge gemacht hatte, hielt ich es doch für möglich, daß sie auf diese oder jene Weise verschwinden oder abhanden kommen könnten, was mir entsetzlich gewesen wäre. Dann kam eines Tages ein Verleger zu mir und schlug mir vor, es zu veröffentlichen.

Das überrumpelte mich. Noch nie war ein Verleger spontan auf mich zugekommen, und eine derartige Herablassung ließ mich schwindeln. Mir schoß durch den Kopf, wenn dieses Buch ein Erfolg würde, woran ich nicht zweifelte, könnte es mir den Weg in die literarische Welt weitgehend ebnen. Es ist leichter, Schund zu verkaufen, wenn man bekannt ist, als ein geniales Werk, wenn man unbekannt ist. Konnte ich auf diese Weise den Sprung in die Berühmtheit tun, so war meine schriftstellerische Karriere gemacht. Ich verwarf diesen Gedanken und machte mir klar, wie unmöglich das ganze Projekt war. Ich konnte doch Hugos Ideen nicht für meine eigenen ausgeben und vor allem nicht das Material, das ich meiner Vertrautheit mit Hugo verdankte, der Öffentlichkeit in einem Buch vorlegen, das Hugo selbst mit Abscheu und Widerwillen erfüllt hätte. Aber die müßigen Träumereien von einer Veröffentlichung, die ich vorher genährt hatte, entlarvten sich nun als ein wirklicher Wille. Jetzt war ich besessen von dem Gedanken, das Werk zu publizieren. Eine Art schicksalhaftes Verhängnis zog mich dahin. Alle meine einstigen Taten schienen unfehlbar auf dieses Ziel zuzustreben. Ein Saufabend fällt mir ein, an dem ich in der Phantasie alle Stadien durchlief, die wohl bis zum Druck des Dialogs nötig waren. Dieser Gedanke hatte in meiner Vorstellung bereits eine solche Realität angenommen, daß er sich über kurz oder lang verwirklichen *mußte.* Ich griff zum Telephon und rief den Verleger zu Hause an.

Er wußte von meinem Widerstreben und kam am nächsten Morgen in aller Frühe mit dem Vertrag in der Hand, den ich mit einem resignierten Schnörkel und hämmernden Kopfschmerzen unterzeichnete. Als der Mann gegangen war, nahm ich das Manuskript heraus und schaute es an, wie man eine Frau anschaut, für die man seine Ehre verloren hat. Ich nannte es *Der Schalldämpfer* und schrieb ein Vorwort dazu, mit dem Hinweis, daß ich viele der darin enthaltenen Überlegungen einem Freund verdankte, der ungenannt bleibe, weil ich nicht annähme, er werde die Form billigen, in der

sie dargestellt wurden. Dann sandte ich es ab und überließ es seinem Schicksal.
Während sich diese Krise zusammenbraute, hatte Hugo begonnen, sein Geld in Filme zu stecken. Er tat dies anfangs aus vagen philanthropischen Gründen, um der britischen Filmindustrie auf die Beine zu helfen. Später aber fing die Sache an, ihn zu interessieren, und als die Bounty Belfounder-Gesellschaft gegründet wurde, kannte er sich in der Filmwelt schon recht gut aus. Tatsächlich war er ein vorzüglicher Geschäftsmann. Er flößte allgemein Vertrauen ein und besaß eiserne Nerven. Die Bounty Belfounder entwickelte sich explosionsartig. Sie hatte eine Experimentierbühne, als sie die sogenannten »expressionistischen« Stummfilme herausbrachte, und diese schien größtenteils Hugos Idee zu sein; doch bald entschloß sie sich, ganz gewöhnliche Filme zu machen mit gelegentlichen experimentellen Abweichungen. Hugo sprach mit mir nicht viel über sein Filmunternehmen, obgleich wir uns in dieser Zeit häufig sahen. Ich glaube, er schämte sich ein wenig seines Erfolgs. Ich hingegen war sehr stolz auf seine Vielseitigkeit und fand ein besonderes Vergnügen daran, ins Kino zu gehen und die Worte PRODUKTION: HUGO BELFOUNDER sich langsam auf der Leinwand entwickeln zu sehen.
Zuerst schien meine geheime Tätigkeit der Freundschaft mit Hugo keinerlei Abbruch zu tun. Unsere Gespräche gingen weiter mit all ihrer alten Frische und Spontaneität, und unsere Themen waren unerschöpflich. Doch als das Buch an Umfang gewann, schien es dieser Vertrautheit das Blut abzuzapfen. Es wurde zu einem ernstlichen Rivalen. Was mir zuerst nur als eine unschuldige *suppressio veri* bewußt war, entwickelte sich alsbald zu einer höchst schädlichen *suggestio falsi.* Das Bewußtsein, daß ich Hugo betrog, nahm meinen Antworten alle Offenheit, selbst auf Gebieten, die mit dieser besonderen Täuschung nichts zu tun hatten.

Hugo merkte jedoch nichts davon, und ich hatte weiterhin große Freude an seiner Gesellschaft. Aber als schließlich der Vertrag unterzeichnet und das Buch beim Verleger war, hatte ich das Gefühl, Hugo nicht mehr in die Augen schauen zu können. Zwar gewöhnte ich mich nach ein, zwei Tagen daran, ihn selbst unter diesen Bedingungen zu sehen, aber eine tiefe Melancholie senkte sich allmählich über unser Zusammensein. Ich wußte: unsere Freundschaft war dem Untergang geweiht.

Ich überlegte, ob ich es noch in diesem Stadium wagen sollte, Hugo die Wahrheit zu sagen. Ein oder zweimal fühlte ich mich am Rand einer Beichte. Aber jedesmal schreckte ich davor zurück. Es war mir unmöglich, mich seiner Verachtung und seinem Zorn auszusetzen. Was mich aber am meisten peinigte, war die Überlegung, daß die ganze Sache sich ja noch rückgängig machen ließe. Ich brauchte nur zu meinem Verleger zu gehen und ihn zu bitten, mich aus dem Vertrag zu entlassen. Durch das Angebot einer Entschädigung konnte wahrscheinlich sogar jetzt noch alles wieder gutgemacht werden. Doch bei diesem Gedanken sank mir das Herz im Leib. Mein einziger Trost lag in einem grausigen Fatalismus – denn die Erwägung, daß ich ja ein freier Mensch sei und den Frevel immer noch ungeschehen machen könne, war mir schlichtweg unerträglich. Die bloße Vorstellung davon, Hugo könnte von mir das Zurückziehen des Buches fordern, stürzte mich in eine solche Trauer, daß ich mich nicht einmal im Geist dazu aufschwingen konnte, ihm von meiner Tat zu erzählen; und dies nicht etwa, weil ich immer noch den Wunsch gehegt hätte, mein Buch gedruckt zu sehen. Das Reizvolle an dieser Aussicht war längst zunichte gemacht worden durch meine Verzweiflung bei dem Gedanken an Hugos Verlust. Ich konnte mich nur noch mit der schrecklichen Gewißheit trösten, die ich mit jedem Tag fleißiger nährte, daß die Würfel bereits gefallen waren.

Während dieser Zeit war ich so schwermütig, daß es mir, obgleich ich Hugo so oft wie sonst sah, äußerst schwer fiel, mit ihm zu sprechen. Manchmal saß ich stundenlang schweigend vor ihm und warf nur kurze Erwiderungen ein, damit er weitersprach. Bald bemerkte Hugo meine Depression und stellte Fragen. Ich schützte Krankheit vor; und je beunruhigter und besorgter sich Hugo über meinen Zustand zeigte, desto größer wurde meine Qual. Er schickte mir nun Früchte und Bücher, Traubenzucker und eisenhaltige Medikamente und beschwor mich, einen Arzt aufzusuchen. Und tatsächlich fühlte ich mich in dieser Zeit wirklich krank.

Am Erscheinungstag des Buches war ich völlig außer mir. Ich sollte Hugo an diesem Abend wie gewöhnlich an der Brücke treffen. Um die Mittagszeit hatte ich das Gefühl, daß der Beweis meines Verrats bereits in jeder Londoner Buchhandlung auslag. Zwar hielt ich es für unwahrscheinlich, daß Hugo das Buch schon gesehen hatte, aber es war nur noch die Frage einer kurzen Frist, bis er es sehen würde, da er sich oft in Buchhandlungen aufhielt. Wir wollten uns um halb sechs Uhr treffen. Am Nachmittag trank ich einen Schnaps nach dem anderen, und um fünf Uhr ging ich in den Battersea Park. Eine Art von Ruhe war über mich gekommen, da ich nun wußte, daß ich Hugo nicht treffen würde, weder heute noch an irgendeinem anderen Tag. Ein unseliger Drang zog mich zum Flußufer, von wo aus ich die Brücke sehen konnte. Hugo erschien pünktlich und wartete. Ich setzte mich auf eine Bank und rauchte zwei Zigaretten. Hugo wanderte auf und ab. Nach einer Weile sah ich ihn die Brücke zum Südufer überqueren und wußte, daß er zu meiner Wohnung ging. Ich zündete mir eine dritte Zigarette an. Nach einer halben Stunde sah ich ihn langsam über die Brücke zurückkommen und verschwinden.

Dann ging ich in mein Zimmer, kündigte es, packte meine Sachen zusammen und fuhr mit einem Taxi weg. Etwa eine Woche später wurde mir ein Brief von Hugo nachgesandt, in dem er mich fragte, was mit mir los sei, und mich bat, von mir hören zu lassen. Diesen Brief beantwortete ich nie. Hugo ist kein großer Briefschreiber, denn es fällt ihm schwer, sich schriftlich auszudrücken. Ich hörte nichts mehr von ihm. Inzwischen hatte *Der Schalldämpfer* einige lauwarme Kritiken bekommen. Jene Kritiker, die sich herabließen, überhaupt etwas über dieses Buch zu sagen, fanden es offenbar unverständlich. Einer nannte es »anmaßend und obskurantistisch«. Aber im großen Ganzen zollte ihm niemand große Beachtung. Es war ein stiller Reinfall. Fern davon, mir den Weg zum literarischen Ruhm zu ebnen, schädigte es meinen Ruf beträchtlich. Man hielt mich für einen hochtrabenden Klugschwätzer ohne die Gabe zu unterhalten; und das in Kreisen, wo ich mich um einen ganz anderen Eindruck bemüht hatte.
Doch das machte mir nicht viel Kummer. Ich trachtete nur danach, die ganze Sache zu vergessen und mich bis ins Innerste von der Beziehung zu Hugo zu befreien. *Der Schalldämpfer* erzielte nur eine einzige Auflage, die barmherzigerweise vom Markt verschwand, nachdem sie auffällig auf der Charing Cross Road verramscht worden war. Ich behielt kein einziges Exemplar und wünschte nur, alles könnte so sein, als hätte dieses verfluchte Buch nie existiert. Ich hörte auf, ins Kino zu gehen, und vermied es, in die sensationelleren Tageszeitungen zu sehen, die sich vielleicht mit Hugos Tätigkeit hätten befassen können. Etwa um diese Zeit tauchte Finn auf und schloß sich mir an. Allmählich bekam mein Leben eine neue Form, und das eindringliche Bild Hugos begann zu verblassen. Nichts hatte diesen Prozeß unterbrochen bis zu dem Augenblick, da Sadie beim Friseur so unerwartet Hugos Namen nannte.

V

Wie in einem Nebel ging ich die Straße hinunter. Ich kaufte ein Paket Zigaretten und setzte mich in eine Milchbar, um alles zu überdenken. Es genügte allein, Hugos Namen zu erwähnen, um mich in Aufregung zu versetzen und eine Zeitlang litt ich so darunter, daß ich mir selbst die Sache überhaupt nicht klarmachen konnte. Was jedenfalls dabei herauszukommen schien, war, daß es für mich überhaupt nicht in Frage kam, Sadies Angebot anzunehmen oder überhaupt noch etwas mit ihr zu tun zu haben, da Hugo in die Sache verwickelt war. Mein erster Impuls war, einfach wegzulaufen. Doch nach einer Weile beruhigte ich mich so weit, daß ich die Situation recht interessant fand; und als ich immer mehr darüber nachdachte, wurde mir klar, daß Sadie mir einfach nicht die Wahrheit gesagt haben konnte. Ich kannte Sadie schon von früher als notorische Lügnerin, die vor keiner Verfälschung zurückschreckte, wenn sie sich auch nur einen flüchtigen Vorteil verschaffen konnte. Allein die Unwahrscheinlichkeit, Hugo könnte in Sadie verliebt sein, war, wenn ich es recht bedachte, überwältigend. Hugo war nie draufgängerisch mit Frauen gewesen und neigt sowieso mehr zu dem ruhigen, häuslichen Typ. Ich konnte mir einfach nicht vorstellen, daß er sich so benahm, wie Sadie ihn beschrieben hatte. Daß hier irgendein Kriegsplan geschmiedet wurde, in dem Hugo eine Rolle spielte, konnte natürlich stimmen, aber viel wahrscheinlicher schien mir die Erklärung, daß Sadie einen beruflichen Streich vorhatte, dem Hugo sich zu entwinden suchte. Ich kannte mich nicht aus in der Filmwelt, die ich mir in einem ständigen Gärungsprozeß persönlicher Intrigen vorstellte. Auch hielt ich es ebensogut für möglich, daß Sadie in Hugo verliebt war und ihn auf irgendeine Weise zu umgarnen suchte. Dies schien mir bei näherer Betrachtung tatsächlich eine glaubwürdige Hypothese zu sein. Von Sadies Verhalten mir gegenüber wußte ich, wie leicht sie sich von Männern beeindrucken ließ, die sie für intellektuell hielt. Und wenn Hugo durchaus nicht der Mann war, der Sadie liebte, so war Sadie gerade die Frau, die sich in Hugo vernarrte.

Als ich das Problem so weit geklärt hatte, fühlte ich mich wohler. Irgendwie hatte mich die Vorstellung angewidert, Hugo in Sadies Fängen zu sehen. Dies half mir aber noch lange nicht, mein eigenes Problem zu lösen. Was sollte ich tun? Nahm ich Sadies Angebot an, schlug ich mich bei dem obskuren Kampf mit Hugo auf die falsche Seite. Nahm ich aber in der Absicht an, Hugo so viel wie möglich beizustehen und Sadie hereinzulegen, sah dies nach einem doppelten Spiel aus. Außerdem war mir immer noch mehr danach, mich aus der ganzen Sache herauszuhalten. Ich wagte mir gar nicht vorzustellen, mit welchem Gesicht ich Hugo gegenübertreten könnte, sollte sich diese furchtbare Notwendigkeit je ergeben. Andererseits hatte ich inzwischen das Gefühl, schon hineinverwickelt zu sein. Ich konnte nicht anders, als fasziniert davon zu sein, wie der Zufall spielte, und ich überlegte, was um alles auf der Welt als nächstes passieren würde. Irgendein Schicksal, das ich nicht verleugnen wollte, führte mich zu Hugo zurück.

Ich wälzte die Sache hin und her, und der Vormittag verging, ohne daß ich zu einer Entscheidung gekommen wäre. Diese Ungewißheit erschöpfte mich so, daß ich beschloß, da arbeiten angesichts meines nervösen und erregten Zustands nicht in Frage kam, den Nachmittag mit etwas Nützlichem zu verbringen, zur Earls Court Road zu gehen und den Radioapparat mit Plattenspieler zu holen. Dabei ging mir trübsinnig durch den Kopf, daß mir mit der gleichen Wahrscheinlichkeit entweder Hugo in der Welbeck Street das Genick brechen würde oder Sammy Starfield in der Earls Court Road. Ich ging zum Telephon.

Magdes Nummer antwortete nicht, also hielt ich die Luft für rein und machte mich auf den Weg. Ich besaß immer noch den Wohnungsschlüssel und überlegte beim Aufschließen, wo ich das Radiogerät lassen sollte, bei Dave oder bei Mrs. Tinckham. Ich betrat das Wohnzimmer und befand mich bereits mitten im Raum, als ich auf der anderen Seite einen Mann, eine Flasche in der Hand, stehen sah. Ein Blick genügte, und ich wußte: dies ist Sammy Starfield. Er trug einen Tweedanzug und sah aus wie ein Landmann, der zu lange bei elektrischem Licht gelebt hat. Sein Gesicht, aus dem die Nase kräftig hervorsprang, war tiefrot. Nur wenige graue Fäden durchzogen sein Haar. Er stand aufrecht da und hielt die Flasche am Hals. Ruhigen, sanften, gefährlichen Blickes sah er mich an. Es war offensichtlich, daß er wußte, wer ich war. Ich zögerte. Sammys Namen konnte man jetzt in Leuchtbuchstaben lesen, aber er war einmal ein richtiger Buchmacher, und es bestand kein Zweifel, daß ich einem ziemlichen Rowdy gegenüberstand. Ich schätzte die Entfernung zwischen uns und tat einen Schritt zurück. Dann nahm ich meinen Gürtel ab, einen soliden Ledergurt mit fester Messingschnalle. Doch war das nur eine Finte. Ich habe Polizisten vor einem Kampf so etwas tun sehen, und es ist eine eindrucksvolle Geste. Es war nicht meine Absicht, ihn als Waffe zu benutzen, aber Vorsicht ist besser als ein *fracas*, und Sammy, der wahrscheinlich nicht wußte, daß ich Judo-Experte bin, führte vielleicht etwas im Schild. Als er auf mich zukam, hatte ich bereits beschlossen, ihm einen altmodischen Schwinger zu versetzen.

Während ich dieses Manöver vollzog, sah ich, wie Sammys Gesicht den Ausdruck erheuchelten Unverständnisses annahm.

»Was machen Sie denn da?« fragte er.
Darauf war ich nicht vorbereitet und fühlte mich im Stich gelassen. »Sie wollen gar keinen Kampf?« entgegnete ich ärgerlich.
Sammy starrte mich an und brach in schallendes Gelächter aus. »Nein, so was!« rief er. »Wie kommen Sie denn darauf? Sie sind Donaghue, nicht wahr? Da, nehmen Sie einen Schluck!« Und blitzschnell drückte er mir ein Glas Whisky in die Hand. Man denke sich nur, wie idiotisch ich mir vorkam mit dem Whiskyglas in der einen und dem Gürtel in der anderen Faust.
Als ich mich gesammelt hatte, sagte ich in der Hoffnung, nicht allzu blöde zu wirken: »Ich nehme an, Sie sind Starfield.« Ich fühlte mich durch und durch hilflos. Mir dämmerte, daß es an mir lag, ob gekämpft werden sollte oder nicht. Natürlich verspürte ich keine Lust dazu, hatte aber jetzt Sammy die Initiative übergeben, und das gefiel mir auch nicht.
»Ganz recht«, antwortete Sammy, »und Sie sind Jung-Donaghue. Hei, was für ein Draufgänger!« und er ließ eine neue Lachsalve vom Stapel. Ich nahm einen Schluck Whisky, schnallte meinen Gürtel um und versuchte den Anschein zu wahren, als sei ich, ganz im Gegensatz zur Wirklichkeit, Herr der Situation. Der Film versorgte einen mit derartigen nützlichen Konventionen. Überlegen schaute ich Sammy von oben bis unten an. Er war ein recht stattlicher Kerl im bereits erwähnten Stil. Eine rohe Kraft ruhte in ihm, und ich bemühte mich, den Sammy zu sehen, den Madge sah. Das war nicht schwer. Er hatte heitere, dreieckige blaue Augen, die meinem musternden Blick belustigt standhielten und ihn mit gespielter Ernsthaftigkeit zurückgaben.
»Sie sind noch ein ganz junger Kerl«, sagte er. »Wissen Sie, ich konnte nie viel aus Madge über Sie herausbringen.« Er füllte mein Glas neu.

»Wahrscheinlich sind Sie wütend, weil man Sie hinausgesetzt hat«, fügte er ohne jegliche Herausforderung in der Stimme hinzu.
»Hören Sie mal, Starfield«, antwortete ich, »es gibt einige Dinge, über die ein Gentleman nicht kalten Blutes sprechen kann. Wollen Sie kämpfen, dann gut. Wenn nicht, schweigen wir darüber. Ich bin hergekommen, um einiges von meinen Sachen zu holen, nicht um mich zu unterhalten.« Es freute mich, daß ich keine Angst vor ihm hatte, und ich hoffte, daß er das auch bemerkte, wußte aber auch, daß meine Rede von besserer Wirkung gewesen wäre, wenn ich nicht dieses Mannes Whisky getrunken hätte. Auch fiel es mir in diesem Augenblick ein, daß Sammy mein Besitzrecht auf den Radioapparat anfechten könnte.
»Sie sind aber empfindlich«, meinte Sammy. »Gehen Sie nicht so schnell weg! Ich möchte Sie mir gut anschauen. Kommt nicht so oft vor, daß ich einem Bücherschreiber begegne, der im Radio spricht.«
Ich hatte den Verdacht, er machte sich über mich lustig, fand aber den bloßen Gedanken, er sehe in mir eine romantische Figur, so komisch, daß ich lachen mußte, und Sammy lachte freundlich mit. Ich trank mein zweites Glas Whisky und kam allmählich zu der Ansicht, daß Sammy eigentlich ein Prachtskerl sei.
»Wo haben Sie Madge kennengelernt?« fragte ich. Ich wollte ihn nicht so ohne weiteres das ganze Rennen gewinnen lassen.
»Was hat sie Ihnen erzählt?« parierte er.
»Auf dem Elfer-Bus.«
Sammy brüllte vor Lachen. »Recht unglaubwürdig!« sagte er dann. »Sehen Sie mich auf einem Bus fahren? Nein, wir haben uns auf einer Party von einigen Filmleuten getroffen.«
Ich zog die Augenbrauen in die Höhe.
»Ja, mein Junge, sie hatte gerade angefangen, etwas unter die

Leute zu kommen.« Sammy drohte mir mit dem Finger. »Laß sie nie aus den Augen, das ist der einzige Weg.«
Diese Mischung von Triumph und Fürsorge verursachte mir Übelkeit. »Magdalen ist ein freier Mensch«, sagte ich kühl.
»Nicht mehr«, entgegnete Sammy.
Ich schaute ihn mit plötzlich aufsteigendem Ekel an. »Hören Sie«, sagte ich, »wollen Sie Madge wirklich heiraten?«
Sammy nahm das als freundliche Ungläubigkeit eines Wohlmeinenden auf. »Warum nicht?« antwortete er. »Ist sie nicht eine schöne Frau? Ist sie nicht ein Prachtmädel, wie es im Buche steht? Sie hat doch kein Holzbein, oder?« Und er stieß mich dabei so heftig in die Rippen, daß der Whisky auf den Teppich schwappte.
»Das meine ich nicht«, entgegnete ich. »Ich meine, ob Sie die Absicht haben, sie zu heiraten?«
»Ach so, Sie fragen mich nach meinen Absichten«, erwiderte Sammy. »Das ist ein direkter Angriff. Sie hätten Ihr Schießgewehr mitbringen sollen!« Wieder brüllte er vor Lachen. »Da«, sagte er, »machen wir der Flasche den Garaus!«
Jetzt hatte ich gerade so viel Whisky in mir, daß mir alles gleichgültig war.
»Das ist Ihre Sache«, sagte ich.
»Stimmt! Verlassen Sie sich darauf«, bestätigte Sammy, und wir ließen es dabei bewenden.
Jetzt fing er an, in seinen Taschen zu kramen. »Aber ich möchte Ihnen etwas geben, junger Mann«, sagte er. Ich beobachtete ihn argwöhnisch. Mit prahlerischem Schwung zog er sein Scheckbuch hervor und zückte die Füllfeder.
»Also, sagen wir, hundert Pfund? Oder sagen wir zweihundert?«
Mir blieb der Mund offen. »Wofür denn?« fragte ich.
»Nun, sagen wir, für Umzugsspesen«, meinte Sammy und zwinkerte mir zu.
Einen Augenblick lang war ich völlig sprachlos. Dann däm-

merte es mir, daß ich ausbezahlt werden sollte. Wie war dieser Gedanke in Sammys Hirn gekommen? Gleich darauf folgerte ich, daß er von Magdalen ausgegangen sein mußte. Dieser weitere Beweis von Madges Gewissensbissen nahm mir die Luft. Das mußte ihre merkwürdige Vorstellung von dem sein, wie sie mir etwas Gutes antun konnte. Ich war gleichzeitig beleidigt und sehr gerührt. Sanft lächelte ich Sammy an.

»Nein«, sagte ich, »ich kann unmöglich Geld annehmen.«

»Warum nicht?« fragte er.

»Erstens, weil ich wirklich kein Anrecht auf Madge habe«, antwortete ich. Da ich vermutete, er werde diesen Punkt besser verstehen, setzte ich ihn an den Anfang. »Und zweitens, weil ich nicht zu jener Klasse von Menschen gehöre, die in einer solchen Situation Geld annehmen.«

Sammy sah mich an, wie man einen geschickten Debattierer ansieht.

»Zuerst sagen Sie, da sei gar keine Situation«, hielt er mir vor, »und dann behaupten Sie, in einer solchen Situation nehmen Sie kein Geld. Benehmen wir uns doch wie erwachsene Menschen. Ich kenne die Konventionen ebensogut wie Sie. Aber was geht einen jungen Kerl wie Sie Ihre soziale Schicht an? Leute wie Sie haben nie Geld. Wenn Sie das Geld nicht nehmen, wird es Ihnen morgen leid tun.« Und er fing an, einen Scheck auszuschreiben.

Mir war klar, daß er mit seiner hypothetischen Feststellung recht hatte, um so heftiger rief ich: »Nein! Ich nehme es nicht. Ich will es nicht.«

Sammy sah mich mit einem interessierten *ad-hominem*-Blick an. »Aber ich habe Sie verletzt«, sagte er in einem erklärenden Ton. »Wenn Sie nichts nehmen, laufe ich ständig mit schlechtem Gewissen herum.«

Er schien tatsächlich besorgt um mich, und ich überlegte, was für ein Bild Madge wohl von mir entworfen hatte.

»Wieso sind Sie so verdammt sicher, mich verletzt zu haben?« fragte ich.

»Nun, Sie waren doch so wild darauf, Madge zu heiraten«, antwortete Sammy.

Ich holte tief Luft. Das brachte mich in Verlegenheit. Die Erklärung, daß mir nichts ferner gelegen habe, als Madge zu heiraten, wäre ein Verrat an ihr gewesen, um so mehr, als mir plötzlich aufging, daß Madge meine angeblichen Bestrebungen als Hebel benutzt haben mochte, Sammys Entschluß zu beschleunigen. Auf jeden Fall sah ich, daß Sammy entschlossen war, an keine abschlägige Antwort zu glauben.

»Nun, vielleicht bin ich wirklich verletzt«, murmelte ich widerstrebend.

»Was für ein großzügiger Kerl!« schrie Sammy entzückt. »Und nun sagen wir: ein paar hundert Pfund.«

Ich überlegte, was ich tun sollte. Sammys seltsame Ethik schien nach einem Ausgleich zu verlangen. Ich brauchte das Geld. Was hemmte den Abschluß dieses für beide Seiten lohnenden Handels? Meine Grundsätze. Bestimmt mußte es einen Ausweg geben. In ähnlichen Klemmen ist es mir nur selten nicht gelungen, einen zu finden.

»Unterbrechen Sie mich nicht, Starfield!« sagte ich. »Ich denke nach.« Dann hatte ich eine Idee. Die Mittagsausgabe des *Evening Standard* lag auf dem Boden zu unseren Füßen. Ich schlug die letzte Seite auf und sah auf die Uhr. Es war 2 Uhr 35. Die Rennen fanden an diesem Tag in Salisbury und Nottingham statt. »Ich schlage vor«, sagte ich, »Sie nennen mir einen Sieger im Drei-Uhr-Rennen und geben die Wette an ihre eigene Firma oder wo immer Sie auch Ihr Wettbüro haben, telephonisch durch. Geht das gut, dann erhöhen wir den Einsatz für das Drei-Uhr-dreißig-Rennen und so weiter, den ganzen Nachmittag über. Wir versuchen, bis zu fünfzig Pfund zu gewinnen, und Sie erklären sich einverstanden, den eventuellen Verlust zu tragen.«

Sammy war überglücklich. »Abgemacht!« rief er. »Was für ein Sportsmann! Aber wir werden viel mehr als fünfzig Pfund herausschlagen. Ich kenne das heutige Programm wie meine Westentasche. Ein Gedicht!«

Wir breiteten die Zeitung auf dem Teppich aus.

»Little Grange macht das Drei-Uhr-Rennen in Salisbury«, behauptete Sammy. »Todsicher, aber stark gewettet. Wir werden ihn anfeuern und auch auf Queen's Rook im Drei-Uhr-dreißiger setzen.«

Ich sah mich zur Vorsicht gemahnt; schon hatte ich das Gefühl, Sammy spielte mit meinem Geld.

»Aber angenommen, Queen's Rook gewinnt nicht«, warf ich ein. »Ich will mich nicht amüsieren, ich will Geld. Setzen wir nur auf Little Grange.«

»Unsinn!« widersprach Sammy. »Was soll die Vorsicht, wenn man sein Geschäft versteht? Machen Sie sich's gemütlich, mein Junge, ich rufe inzwischen das Büro an. Hallo, hallo! Bist du's Andy? Hier ist Sam.«

»Keinen hohen Einsatz, keinen hohen Einsatz!« rief ich ihm zu.

»Mein Privatkonto«, sagte Sammy in die Muschel. »Klar, ich halte nichts vom Wetten«, gab er zur Antwort auf eine Witzelei Andys. »Dies ist für einen Freund, der mir einen Gefallen getan hat.«

Er zwinkerte mir mit einem zusammengekniffenen Auge zu und setzte gleichzeitig zweimal vierzig Pfund auf Sieg für Little Grange und Queen's Rook. Während das lief, wandten wir unsere Aufmerksamkeit dem Nottingham-Programm zu. Das Drei-Uhr-Rennen in Nottingham war Ausschußware.

»Nicht interessant«, urteilte Sammy. »Ein Rennen für dreibeinige Pferde. Da mischen wir uns nicht ein. Aber der Rest des Tages ist das reine Hochzeitsgeschenk. Wir wollen es recht aufregend machen und dreifach setzen. Saint Cross im

Drei-Uhr-Dreißiger, Hal Adair im Vier-Uhr und Peter von Alex im Vier-Uhr-Dreißiger. An dem Vier-Uhr-Rennen in Salisbury liegt mir nichts. Bleibt also übrig das Vier-Uhr-Dreißiger in Salisbury, und das gewinnt entweder Dagenham oder Elaine's Choice.«

»Also setzen Sie auf Sieg und Platz, um Himmels willen!« bat ich.

Ich schenkte mir noch ein Glas voll ein. Von Natur aus bin ich kein Spieler.

Sammy setzte zwanzig Pfund telephonisch auf das Nottinghamer Rennen. Dann erkundigte er sich nach dem Sieger im Drei-Uhr-Rennen von Salisbury. Ich ließ mich auf dem Boden nieder. Sammy bestand darauf, mehr Geld zu verlieren, als ich auf der Bank hatte. Meine Nerven zitterten wie Harfensaiten. Ich verwünschte meinen Vorschlag.

»Schauen Sie doch nicht so graugrün aus!« forderte Sammy. »Es geht doch nur um Geld. Und raten Sie mal, wer das Drei-Uhr-Rennen gewonnen hat? Little Grange mit zwei zu eins.«

Das machte die Sache noch schlimmer. »Aber wir haben doppelt gewettet. Das zahlt sich nie aus. Dabei verliert man mehr, als man gesetzt hat.«

»Jetzt halten Sie mal die Klappe und überlassen mir die Sorge!« befahl Sammy. »Wenn Sie's nicht aushalten, dann gehen Sie hinaus und setzen Sie sich auf die Treppe!«

Er berechnete auf einem Stück Papier, wieviel wir gewinnen konnten. »Queen's Rook wird nicht verlieren«, prophezeite er, »aber wir sind auf jeden Fall gedeckt durch das Vier-Uhr-Dreißiger. Fünfundzwanzig Steine auf beide, nur um Sie zu beruhigen. Sie gehen ohnehin auf Nummer Sicher. Man setzt und gewinnt.«

Ich berechnete, wieviel wir verlieren konnten. Das war einfacher und ließ sich im Kopf machen. Ich kam auf hundertsechzig Pfund. Ich war versucht, wegzugehen und

Sammy seinem Schicksal zu überlassen, aber meine Würde verbot es mir, in einer Sache fahnenflüchtig zu werden, die schließlich meine eigene Idee gewesen war. Übrigens war dies eine rein theoretische Überlegung; denn zu viel Whisky auf leeren Magen hatte mich schon völlig gelähmt. Meine Beine fühlten sich an, als seien sie mit Stroh gestopft. Ich stöhnte. Sammy erkundigte sich bereits nach dem nächsten Rennen. Queen's Rook war um Kopfeslänge geschlagen worden, aber in Nottingham hatte Saint Cross gewonnen.
Dies war schlimmer als alles andere. »Der Teufel soll Sie holen!« rief ich. »Warum haben Sie nicht getan, was ich Ihnen wegen Little Grange gesagt habe? Jetzt sind wir um vierzig Pfund leichter und haben nicht einmal etwas an Saint Cross gewonnen.«
»Dadurch wird der Spaß nur größer, erwiderte Sammy. »Verlassen Sie sich auf mich, heute ist Ihr Glückstag. Was ist heute? Mittwoch? Nun, Mittwoch ist Ihr Glückstag. Es ist Jahre her, seit ich das letzte Mal richtig gewettet habe. Ich hatte das Gefühl schon fast vergessen.« Er rieb sich die Hände mit abscheulichem Behagen.
»Wissen Sie, mein Junge«, fuhr er fort, »es tut mir gut, hin und wieder so jemanden wie Sie zu treffen. Dadurch lerne ich den Wert des Geldes wieder kennen.«
Als das Vier-Uhr-Rennen von Hal Adair gewonnen wurde, rannen mir kalte Schweißströme den Rücken und an den Seiten hinunter. Ich hatte durchaus nicht das Empfinden, dies sei mein Glückstag, und selbst Sammy zeigte Zeichen von Abspannung. Er trank den Whisky-Rest aus und sagte, das Schlimme an mir sei, daß ich so eine Sache nicht mit dem richtigen Schwung anfasse.
»Zu Geld kommen ist wie Löwen bändigen«, sagte er. »Man darf nie merken lassen, daß man Angst hat.«
Nachdem mein Kopf kleine Kreise beschrieben hatte, landete er schließlich auf dem Teppich und zog den Rest

meines Rumpfes mit sich. Ich drehte das Gesicht unter das Sofa. »Ekelhafte Habsucht! Ekelhafte Habsucht!« hörte ich Sammy mit der Stimme eines Mannes sagen, der die Frau verwünscht, die er ruiniert hat. Als es auf vier Uhr dreißig zuging, war die Atmosphäre elektrisch. Sammy schoß zum Telephon, noch ehe das Rennen auch nur begonnen hatte, aber ich hörte nicht einmal hin, denn ich war zu beschäftigt mit Nachdenken, wo ich das Geld auftreiben könne, um es ihm zurückzuzahlen. Ich beschloß, ihm das Radiogerät zu geben; dann wären wir beinahe quitt gewesen.

Ich hörte Sammy sagen: »Los, Andy, schau genau nach! Ich habe hier einen Freund, der in die Möbel beißt.«

Dann fluchte er. »Was ist geschehen?« fragte ich matt.

»Elaine's Choice ist nicht gelaufen«, antwortete er, »und Dagenham war Vierter.«

»Und was ist mit Nottingham?« erkundigte ich mich ohne Interesse.

»Warten Sie!« befahl Sammy, der wieder am Telephon hing. Ich ließ mich sanft unter das Sofa gleiten.

Dann hörte ich ihn brüllen: »Bei Gott, wir haben's geschafft! Habe ich nicht gesagt, es ist Ihr Glückstag?« Ich rollte wieder hervor, und mein Torso fand die Vertikale wieder.

»Peter von Alex mit neun zu zwei!« johlte Sammy. »Schnell, machen Sie noch eine Flasche auf!«

Wir kämpften beide mit der Flasche, zerbrachen ein Glas, setzten uns wie die Irren lachend auf den Boden und tranken einander zu. Der Raum begann in sanften Wogen über mir zusammenzuschlagen, und ich war nicht sicher, ob ich richtig erfaßt hatte, was geschehen war. Sammy brüllte: »Hoch lebe die alte Firma!« und: »Versteh ich was davon oder versteh ich nichts davon?« und summierte die Zahlen.

»Hören Sie«, sagte er, »Saint Cross kam mit sieben zu zwei, das macht neunzig Pfund, plus Hal Adair mit zwei zu eins, das macht hundertfünfunddreißig Pfund, plus Peter von Alex, das macht siebenhundertzweiundzwanzig Pfund zehn. Für solche Rennen recht anständige Quoten. Was habe ich Ihnen gesagt? Besser als alles Geschreibsel, was?« Sammy fuchtelte mit der Flasche in der Luft.

»Einen Augenblick«, warf ich ein. »Da sind noch die vierzig Pfund, die für Queen's Rook draufgingen und da ist der doppelte Einsatz in Salisbury.«

»Ach, Schwamm darüber!« entgegnete Sammy. »Vergessen Sie nicht, daß der Buchmacher jeden Tag gewinnt. Gerade deshalb habe ich das hier so genossen.«

»Nein, verdammt noch einmal, Sie werden sich an die Vereinbarungen halten!« schrie ich. Die Überreste meiner Ehre standen auf dem Spiel.

Nach weiterem Gebrüll stimmte Sammy dem Abzug bei. »Nun gut, Donaghue«, sagte er, »dann macht es also sechshundertdreiunddreißig Pfund zehn. Ich schreibe den Scheck aus. Das Geld wird auf mein Konto eingezahlt.« Wieder holte er das Scheckbuch hervor.

Dies machte mich nüchtern. Ich hatte das merkwürdige Gefühl, wieder am Anfang zu stehen, nur daß Sammy mir jetzt dreimal so viel anbot. Jetzt, nachdem die Aufregung vorbei war, konnte ich es fast nicht glauben, daß Sammy nur dadurch zu so viel Geld gekommen war, daß er telephoniert hatte.

Ich sagte ihm das, und er lachte mich aus. »Ihr Unglück ist, daß Sie zu sehr daran gewöhnt sind, für Geld Blut zu schwitzen. Damit erreichen Sie gar nichts. Sich einfach hinlegen und pfeifen, dann kommt's.« Schließlich vereinbarten wir, daß Sammy mir den Scheck erst schicken solle, wenn er die Summe für seine Gewinne erhalten habe. Nur dadurch konnte ich mich von der Echtheit der Transaktion überzeugen. Er sagte eine Menge über meine Anständigkeit, ihm so viel Vertrauen zu schenken, und ich gab ihm Daves

Adresse und stand schwankend auf. Sammy bestellte ein Taxi. Es lag ihm so fern, mir mein Recht auf das Radiogerät mit Plattenspieler streitig zu machen, daß ich glaube, er hätte mich die ganze Wohnung mitnehmen lassen und mir noch geholfen, sie die Treppe hinunterzutragen. Wir verstauten das Radiogerät neben dem Taxichauffeur und nahmen dann unter vielen Hochachtungsbeteuerungen Abschied. »Das war ein richtiger Spaß«, sagte Sammy, »müssen wir bald wieder machen.«

Das Taxi brachte mich zur Goldhawk Road, und der Fahrer beförderte beide, das Radiogerät und mich, die Treppe hinauf. Wie ein Irrer lachend, stieß ich auf Dave und Finn. Als sie mich fragten, was denn so komisch sei, erzählte ich ihnen, daß ich eine Stellung als Sadies Leibwache angetreten hätte – und dies war, wie ich es erklärte, wirklich sehr komisch. Weder von Hugo noch von Sammy sagte ich ein Wort. Dave begegnete meinem Projekt mit Sarkasmus, Finn mit erwartungsvollem Interesse. Ich glaube, ich bin für ihn ein ständiger Quell der Unterhaltung. Danach ging ich zu Bett und fiel in einen echten Trinkerschlaf.

VI

Am verabredeten Morgen war es schon fast neun Uhr fünfzehn, als ich in der Welbeck Street ankam, da ich zuvor noch zu Mrs. Tinckham gehen und meine Manuskripte holen mußte. Ich fand die Tür offen und Sadie verärgert und verhetzt im Gang.

»Mein lieber Junge«, sagte sie, »Gott sei Dank, da bist du endlich. Wenn ich sage, von morgens bis abends, dann meine ich von morgens bis abends. Durch dich bin ich nun wahnsinnig spät dran. Nun, schadet nichts, mach nicht gleich so ein Gesicht, und komm herein! Ich sehe, du hast Schreibpapier für ein ganzes Jahr bei dir. Mir soll's recht sein. Höre, du mußt heute und morgen den ganzen Tag über hier bleiben. Hast du etwas dagegen? Mir ist wohler, wenn ich weiß, daß die ganze Zeit über jemand in der Wohnung ist. Es gibt Ozeane zu trinken, und der Eisschrank ist voller Lachs und Himbeeren und sonstigem. Aber sei ein Engel und lade trotzdem nicht deine Freunde ein! Sollte Belfounder oder sonst jemand telephonieren, so sage nur mit strenger Männerstimme, ich sei auf unbestimmte Zeit ausgegangen. Bist ein Schatz. Jetzt muß ich aber unbedingt los.«

»Wann kommst du zurück?« fragte ich, ziemlich überwältigt von diesen Anweisungen.

»Oh, spät in der Nacht«, antwortete Sadie. »Warte nicht auf mich! Such dir einfach eines von den Fremdenzimmern aus! Alle Betten sind gemacht.« Dann küßte sie mich mit beträchtlichem Enthusiasmus und verschwand.

Als die Tür sich hinter ihr schloß und es, abgesehen vom fernen Straßenlärm, in der geräumigen, sonnendurchfluteten Wohnung ganz still war, reckte ich voller Genuß die Arme

und machte mich auf, die Umgebung zu erforschen. Teppiche von Kasachstan, Afghanistan und aus dem Kaukasus verschoben sich sanft unter den Füßen auf dem Parkettboden. Rosenholz, Seidenholz und Mahagony wanden und bogen und verjüngten sich auf Flächen, die gut gepflegt und von edler Qualität glänzten. Winzige Gegenstände aus Jade hockten auf weißen Kaminsimsen. Damastvorhänge wehten leicht in der Sommerbrise. Sadie hatte einen langen Weg zurückgelegt seit jenen Tagen der »Schwestern Quentin«. Hier und da lagen unter Porzellantieren oder französischen Briefbeschwerern ganze Bündel von Briefen, Zeitungsausschnitten und Tausendfrancnoten. Ich schlenderte ruhig umher und pfiff vor mich hin. Einige geschliffene Karaffen mit Emailleschildern um den Hals standen auf einem niedrigen Tisch, und in einem Schrank fand ich eine große Anzahl halbleerer Sherry-, Port-, Wermut-, Pernod-, Gin-, Whisky- und Brandyflaschen. In einem Küchenschrank gab es ziemlich viel Rot- und Weißwein und die Speisekammer war angefüllt mit verschiedenen *pâtés*, Würstchen, Krabben und eingemachtem Huhn in Büchsen. Etwa zwölf Sorten von Keksen lagen herum, aber keine Spur von Brot. Im Eisschrank gab es Himbeeren, Lachs, Butter, Milch und Käse in beträchtlichen Mengen.
Ich kehrte ins Wohnzimmer zurück, schenkte mir italienischen Wermut und Sodawasser ein und gab etwas Eis aus dem Kühlschrank dazu. Dann nahm ich eine Zigarette aus dem Sèvres-Kästchen, das auf Goldfüßen ruhte, sank sanft in einen tiefen Lehnstuhl und ließ mein Zeitgefühl in ein langes, regelmäßiges Wogen übergehen, das meinen Körper durchzog wie ein Seufzer. Es war ein heißer Tag. Durch die offenen Fenster drang das ferne, wechselnde Gemurmel Londons. Mein Kopf schien leer, und meine Glieder waren bleiern von Behagen. Eine Weile später griff ich nach meinen Manuskripten und begann sie zu sortieren. Während ich

mich damit befaßte, rückten alle Gedanken an Sadie und den Tumult der letzten Tage in weite Fernen. Sie wurden klein wie ein Stecknadelkopf und verschwanden. Ich streckte die Beine von mir, wobei sich der goldgelb und mitternachtsblau gestreifte Kasachteppich zu meinen Füßen verknüllte. Hätte ich jetzt Schlaf finden können, so wäre er wie eine Kaskade von Frische und Frieden gewesen. Aber ich lag wach da und hörte bald auf, die getippten und bekritzelten Seiten umzuwenden, sondern ließ sie zu Boden gleiten.

Wiederum eine Weile später wanderten meine Augen über das weiße niedrige Büchergestell auf der anderen Seite des Zimmers. Oben standen in Zwischenräumen Worcester und Dresdener Nippesfiguren. Ich betrachtete sie lange und ließ dann den Blick lässig über die erste Bücherreihe gleiten. Da schrak ich plötzlich zusammen, als hätte ich einen Dolchstoß erhalten, und ließ sämtliche Papiere zu Boden fallen. Dann ging ich auf das Regal zu. Dort in der Mitte stand *Der Schalldämpfer.* Seit Jahren hatte ich kein Exemplar mehr davon gesehen. Es trug noch den Schutzumschlag. Ich betrachtete es mit Widerwillen und Faszination. Dann zog ich es heraus und nannte mich einen Idioten, weil mich der Anblick eines jämmerlichen Machwerks so bewegen konnte. Als ich es in der Hand hielt, war ich auf einmal nicht mehr abgestoßen, sondern entwickelte liebevolle Beschützergefühle und große Neugier. Ich setzte mich mit gekreuzten Beinen neben das Büchergestell und schlug das Buch auf.

Es ist immer ein seltsames Erlebnis, nach einer gewissen Zeit seine eigenen Arbeiten wiederzulesen. Sie beeindrucken einen fast immer. Als ich in diesem sonderbaren Tagebuch blätterte, hatte ich das Empfinden, als hätten die Jahre, die mich von den Zeiten seiner Entstehung trennten, ihm eine seltsame Unabhängigkeit verliehen. Mir war, als begegnete ich einem Erwachsenen, den ich einst als Kind gekannt hatte. Nicht, daß mir das Ganze jetzt lieber gewesen wäre, aber es konnte jetzt ohne mich bestehen; und der Gedanke schoß mir durch den Kopf, daß ich vielleicht endlich damit Frieden schließen könnte. Ich begann aufs Geratewohl irgendwo zu lesen.

Tamarus: Aber Gedanken sind wie Geld. Es bedarf einer anerkannten Münze, damit es zirkulieren kann. Begriffe, die der Verständigung dienen, werden durch den Erfolg gerechtfertigt.

Annandine: Das hieße ja beinahe, daß eine Geschichte wahr ist, wenn genügend Menschen daran glauben.

Tamarus: Natürlich meine ich das nicht. Wenn ich eine Analogie gebrauche oder einen Begriff erfinde, so muß, wenn der Erfolg erprobt ist, nachgeprüft werden, ob ich damit die Aufmerksamkeit auf reale Dinge in der Welt ziehen kann. Jeder Begriff kann mißbraucht werden. Jeder Satz kann Unehrlichkeit vermitteln. Aber die Worte selbst lügen nicht. Ein Begriff mag Grenzen haben, aber diese führen nicht in die Irre, wenn ich sie bei Anwendung des Begriffes darlege.

Annandine: Ja, das ist Lügen im großen Stil. Schreibe deine beste Halbwahrheit nieder und nenne sie Lüge, aber lasse sie trotzdem stehen! Sie wird weiterleben, wenn alle, du ebenfalls, deine Qualifikationen längst vergessen haben.

Tamarus: Aber das Leben soll gelebt werden. Und damit es gelebt werden kann, muß man es verstehen. Diesen Vorgang nennt man Zivilisation. Was du sagst, geht gegen unsere Natur. Wir sind Vernunft-Tiere, das heißt, Tiere, die Theorien schaffen.

Annandine: Wenn du ganz warm ins Leben eingebettet warst, wenn du dich ganz als Mann gefühlt hast, war es dann eine Theorie, die dir dazu verholfen hat? Und geschieht es nicht dann, daß dir die Dinge nackt begegnen? Hat dir eine Theorie je geholfen, wenn du nicht wußtest, was tun? Und ist es nicht gerade in solch simplen Augenblicken, daß Theorien unentschlossen machen? Und erkennst du das nicht deutlich eben in solchen Augenblicken?

Tamarus: Meine Antwort darauf ist zweifach. Erstens, daß ich vielleicht über Theorien nicht nachdenke, wohl aber eine äußern darf. Zweitens, daß es draußen in der Welt Theorien gibt, politische zum Beispiel, und wir uns deshalb in Gedanken damit befassen müssen, auch in Augenblicken der Entscheidung.

Annandine: Wenn du mit dem Äußern einer Theorie meinst, daß irgend jemand eine Theorie aufstellen kann über das, was man tut, dann stimmt das natürlich und ist uninteressant. Wovon ich spreche, ist jedoch die eigentliche Entscheidung, wie wir sie erleben. Und hier ist das Zurücktreten von Theorie und Verallgemeinerung ein Schritt auf die Wahrheit zu. Alles Theoretisieren ist Flucht. Wir müssen uns von der Situation selbst leiten lassen, und dies ist unsagbar schwierig. Es ist sogar etwas, an das wir nie nah genug herankommen können, wenn wir uns auch noch so sehr bemühen, gleichsam unter das Netz zu kriechen.

Tamarus: Das mag sein. Aber was sagst du zu meinem Punkt Nummer zwei?

Annandine: Es stimmt, daß Theorien oft ein Teil einer Situation sind, mit der man sich auseinanderzusetzen hat. Aber dann sind auch alle offensichtlichen Lügen und Phantastereien ein Teil dieser Situation, und man müßte sagen, daß man im Lügenaufdecken und -meiden geschickt zu sein hat, nicht im Lügen.

Tamarus: Also würdest du, abgesehen vom allerprimitivsten, alles Reden aus dem menschlichen Leben verbannen. Das hieße, uns jedes Mittel zu nehmen, uns selbst zu verstehen, und das Leben erträglich zu machen.

Annandine: Wieso sollte das Leben erträglich gemacht werden? Ich weiß, daß nichts so tröstet und rechtfertigt wie eine Geschichte, doch das ändert nichts daran, daß alle Geschichten Lügen sind. Nur die Größten können reden und doch wahrhaftig sein. Jeder Künstler weiß das dunkel; er weiß, daß jede Theorie der Tod ist und daß an jeder Äußerung das Gewicht einer Theorie hängt. Nur die Stärksten vermögen sich gegen dieses Gewicht zu stemmen. Die meisten, ja fast alle von uns, können die Wahrheit, wenn überhaupt, nur im Schweigen erlangen. Im Schweigen allein berührt der menschliche Geist das Göttliche. Das haben die Alten verstanden. Psyche wurde gewarnt, ihr Kind werde, wenn sie über ihre Schwangerschaft spreche, zu einem Sterblichen; könne sie aber schweigen, so werde es ein Gott.

Dies las ich mit großer Aufmerksamkeit. Ich hatte ganz

vergessen, daß es mir gelungen war, so gute Argumente gegen Hugo aufzustellen. Ich fand nun diejenigen Hugos viel weniger eindrucksvoll, und mir fiel im Nu noch eine ganze Anzahl von Möglichkeiten ein, wie die Position von Tamarus gestärkt werden könnte. Als ich seinerzeit diesen Dialog niederschrieb, hatte ich offensichtlich viel zu sehr unter Hugos Bann gestanden. Ich beschloß auf der Stelle, das Buch zu meinem eigenen Gebrauch zu konfiszieren, um das Ganze sehr aufmerksam durchzusehen und meine Gesichtspunkte zu revidieren. Sogar die Möglichkeit einer Fortsetzung kam mir in den Sinn, doch schüttelte ich sofort den Kopf über diese Idee. Tatsache blieb, daß Annandine nur eine verzerrte Karikatur von Hugo war. Hugo hätte niemals solche Worte gebraucht wie »Theorie« oder »Verallgemeinerung«. Ich hatte nur eine Ahnung von Hugos Standpunkt wiedergegeben.

Während mir diese Gedanken kamen, begann irgendwo in meinem Kopf ein Bächlein zu rinnen, ein kleiner Strom der Erinnerung. Was war es? Etwas verlangte Einlaß in mein Gedächtnis. Ich hielt das Buch leicht in den Händen, folgte ohne Hast dem Lauf meiner Phantasie und wartete auf eine Klärung. Träge überlegte ich, wie Sadie wohl in den Besitz dieses Buches gekommen war. Es war gerade nicht etwas, wofür sie sich brennend interessierte. Ich blätterte zum Anfang zurück und schaute auf die Innenseite des Einbands. Dort stand nicht Sadies, sondern Annas Name. Ich betrachtete ihn eine Zeitlang, während das Buch immer noch leicht auf meinen Händen ruhte, und die Erinnerung, die ich gesucht hatte, ergriff mit der Gewalt eines Wirbelsturmes Besitz von meinem ganzen Bewußtsein.

Was das Stück Dialog versuchte, mir ins Gedächtnis zu rufen, waren die Worte, die Anna im Mimen-Theater geäußert und die ich nicht als ihre eigenen empfunden hatte. Sie waren nicht ihre eigenen, sondern die Hugos und ebenso ein

Echo, eine Travestie Hugos, wie meine Worte in diesem Buch. Als ich Anna sprechen gehört hatte, war es mir nicht eingefallen, das, was sie sagte, mit Hugo in Verbindung zu bringen, und wenn ich an Hugo dachte, wurde ich nicht an Anna erinnert. Meine eigene unselige Kopie von Hugos Einstellung war es, die mir plötzlich die Quelle aufzeigte, aus der auch Anna die Grundsätze geschöpft haben mußte, von denen sie gesprochen hatte und deren Ausdruck das Theater selbst war. Es kam mir nicht in den Sinn, daß Annas Ideen aus meinem Buch hätten stammen können. Das Buch war kein so starkes oder so reines Instrument, daß es fähig gewesen wäre, ein so einfaches und ungrüblerisches Gemüt wie das Annas zu beeindrucken. Das stand zweifellos fest. Annas Ideen waren einfach ein Ausdruck Hugos in einer niedrigeren Form, wie auch meine Ideen solch ein Ausdruck in einer noch ganz anderen Form waren; und diese beiden Ausdrücke hatten seltsamerweise viel mehr Ähnlichkeit miteinander als mit dem Original.

In meinem Kopf wirbelte es. Ich stellte das Buch zurück und lehnte mich an das Büchergestell. Jetzt hatte ich das Gefühl, alles rücke an seinen Platz, um ein Muster zu bilden, das ich noch keine Zeit gehabt hatte, mir genau anzusehen. Hugo kannte also Anna. Dies gab keinen Grund zur Verwunderung, da er ja auch Sadie kannte. Aber der Gedanke war neu für mich und äußerst beunruhigend. Ich hatte immer achtgegeben, jenen Teil meines Lebens, der mit Hugo in Verbindung stand, sehr sorgfältig zu isolieren. Ich hatte Anna vor meiner Trennung von Hugo kennengelernt, wenn ich auch erst später mit ihr in nähere Beziehung getreten war. Ich hatte ihr nur andeutungsweise von Belfounder erzählt wie von jemandem, den ich flüchtig gekannt hatte, ehe er so berühmt geworden war. Wahrscheinlich erweckte ich in ihr den Eindruck, er habe mich fallenlassen. Was das Buch betraf, so hatte ich ihr niemals ein Exemplar gezeigt oder es

vor ihr erwähnt, höchstens als ein recht uninteressantes Jugendwerk, das vor langer Zeit herausgekommen und bereits verschollen und vergessen war.
Ein Schwarm von Fragen bedrängte mich. Wann hatte Anna das Buch bekommen? Wieviel wußte sie von meinem Verrat an Hugo? Was bedeutete das Mimen-Theater? In welcher Beziehung stand Hugo zu Anna? Was mochten sie einander von mir erzählt haben? Ich erschrak vor der Unzahl von Möglichkeiten, die sich nun entfaltete. Plötzlich glaubte ich auch Sadies Benehmen zu verstehen, und mit einem Schlag wurde mir klar, daß Hugo nicht in Sadie verliebt war, sondern in Anna. Hugo gehörte jetzt zu jenen, die Anna mit jenem Bißchen an nachsichtiger und liebevoller Aufmerksamkeit bedachte, das nötig war, um sie in einem Zustand der Raserei zu halten. Anna war natürlich viel mehr die Frau, die Hugo lieben konnte. Und diese Situation machte Sadie wütend vor Eifersucht und gab ihr vielleicht die Feindseligkeiten ein, denen Hugo jetzt begegnen sollte und die auf üble Art zu fördern ich offensichtlich engagiert war. Vielleicht interessierte sich Hugo einfach auch nur deshalb für die Welbeck Street, weil er hoffte, Anna hier zu finden. Es gab ungezählte Möglichkeiten.
Dies erklärte auch das Mimen-Theater. Es war zweifellos Hugos Einfall, und er hatte Anna dazu gebracht, vielleicht gegen ihren Willen, ihn umzusetzen. Daß sie im Verlauf der Dinge eine vage Vorstellung von seinen Ideen mitbekommen hatte, war nicht verwunderlich. Sie war empfänglich und er beeindruckend. Vielleicht hatte das Theater auch den Zweck, Annas Interesse und Aufmerksamkeit zu wecken, um schließlich der goldene Käfig zu werden, der Anna gefangenhielt. Ich dachte an den stummen Expressionismus von Hugos ersten Filmen. Die wortlose Reinheit des Mimen hatte es Hugo vielleicht bis zur Besessenheit angetan. Und das stattliche Theater selbst war ein Haus für Anna, ein

Haus, das Hugo errichtet hatte und in dem Anna Königin sein sollte. Eine verängstigte Königin – ich dachte an ihre Ruhelosigkeit, ihre Nervosität, als ich sie dort aufgesucht hatte. Sie war offensichtlich nicht im Einklang mit der Rolle, die Hugo für sie geschaffen hatte. Dann wurde mir noch etwas klar. Mir fiel wieder die ungemeine Lebhaftigkeit der plumpen Maskengestalt ein, die ich auf der Bühne des winzigen Theaters gesehen hatte, jene Gestalt, die mir gleich so vertraut erschienen war. Jetzt wußte ich ohne den leisesten Schatten eines Zweifels, daß dies Hugo gewesen war.

Im gleichen Augenblick läutete das Telephon. Mein Herz tat einen Sprung und flatterte schmerzlich wie ein Vogel, der die Fensterscheibe gestreift hat. Dann sprang ich auf die Füße. Ich hatte nicht den geringsten Zweifel, daß dies Hugo war. Ich starrte den Apparat an, als sei er eine Klapperschlange. Dann hob ich den Hörer ab und sagte mit verstellter, heiserer und zitternder Stimme: »Hallo!«

Am andern Ende des Drahtes stotterte Hugo: »Ich bitte vielmals um Entschuldigung. Könnte ich vielleicht mit Miss Quentin sprechen, falls sie zu Hause ist?«

Ich war völlig gelähmt und hatte keine Ahnung, was ich sagen sollte. Dann brachte ich hervor: »Höre, Hugo, hier ist Jake Donaghue. Ich muß dich einer dringenden Sache wegen so schnell wie möglich sprechen.« Totenstille kam aus dem Apparat. Ich fuhr fort: »Kannst du in Sadies Wohnung kommen? Ich bin allein hier. Oder soll ich dorthin kommen, wo du bist?« Mitten in diesem Satz hängte Hugo ein.

Ich war außer mir. Ich brüllte ins Telephon und schleuderte es zu Boden. Ich raufte mir die Haare und fluchte aus vollen Lungen. Ich stampfte im Zimmer auf und ab und verschob dadurch die Teppiche nach rechts und links. Gute zehn Minuten brauchte ich, ehe ich mich beruhigte und zu überlegen begann, was mich eigentlich so empörte. Ich hatte das Gefühl, Hugo sofort sehen zu müssen, augenblicklich, um jeden Preis, wenn möglich noch in gleicher Stunde. Bis zu dieser Begegnung stand die Welt still. Ich war mir keineswegs klar, warum ich Hugo zu sehen wünschte. Ich fand es einfach wesentlich, das war alles, und fürchtete, bis zu diesem Augenblick in Seelenpein leben zu müssen. Verzweifelt griff ich zum Telephonbuch. Ich wußte, daß Hugo aus seinem früheren Haus weggezogen war, und ich hatte um jeden Preis vermieden, seine augenblickliche Adresse zu erfahren. Mit zitternden Fingern drehte ich die Seiten um. Ja, sein Name stand da: eine Adresse in Holborn und eine City-Nummer. Mit hämmernden Pulsen wählte ich die Zahlen. Keine Antwort.

Dann setzte ich mich hin und überlegte, was nun zu tun sei. Ich beschloß, zuerst und vor allen anderen Dingen die Adresse aufzusuchen, die im Telephonbuch stand, falls er trotz allem dort war, und dann, wenn nötig, ins Belfounder-Studio zu gehen. Da Hugo Sadie sehen wollte, war es unwahrscheinlich, ihn im Atelier anzutreffen, denn dort befand sich ja Sadie im Augenblick. Andrerseits konnte mit Miss Quentin, nach der er gefragt hatte, auch Anna gemeint sein. Also ließ sich wirklich nicht erraten, ob er im Studio war oder nicht. Auf jeden Fall mußte ich zuerst nach Holborn fahren, um zu sehen, ob er sich dort versteckt hielt und einfach nicht ans Telephon ging; denn natürlich war er darauf gefaßt, daß ich ihn, falls er von seiner Wohnung aus angeläutet hatte, dort sofort telephonisch zu erreichen suchen würde.

Dann stellte ich mir vor, mit welchem Unwillen, welcher Abneigung er den Hörer niedergelegt haben mußte, als ich meinen Namen ausgesprochen hatte. Er hatte sich nicht einmal überwinden können, einen Augenblick lang mit mir zu sprechen. Doch schob ich diesen Gedanken als zu peinigend beiseite, und fing an, die Teppiche wieder zurechtzuziehen und meine Sachen zusammenzuräumen. Dabei fiel mir ein, daß Sadie mich ausdrücklich gebeten hatte, den ganzen Tag über in der Wohnung zu bleiben. Doch trat ich dem mit der Überlegung entgegen, daß ich ja schließlich auf die Jagd nach Hugo gehen wollte, gegen dessen Überfall ich die Wohnung zu verteidigen hatte. Also konnte das, was ich tun wollte, als aggressive, statt defensive Taktik mit dem gleichen Ziel angesehen werden, Hugo von der Welbeck Street fernzuhalten. Gelang es mir, Hugo zu finden und ihn mit meiner Person zu beschäftigen, so erfüllte ich Sadies Wünsche nur auf andere Art. Mit diesem Gedanken ging ich zur Tür. Ich warf einen Abschiedsblick in die Wohnung und drehte den Türknopf.

Nichts geschah. Ich drehte abermals. Die Tür blieb zu. Das Yale-Schloß funktionierte ganz richtig, doch gab es etwas tiefer an der Tür noch ein anderes Schloß, in dem kein Schlüssel steckte, und das offensichtlich zugesperrt war. Ich untersuchte die Riegel, aber sie waren alle zurückgezogen. Ich rüttelte und zog an der Tür mit aller Kraft. Kein Zweifel, sie war verschlossen, und der Schlüssel fehlte. Man hatte mich eingesperrt. Als dies einwandfrei feststand, begab ich mich in die Küche und versuchte die Hintertür aufzumachen, die auf die Feuertreppe ging. Sie war ebenfalls zu.

Dann untersuchte ich die Fenster; das einzige, das zu einiger Hoffnung Anlaß gab, war das Küchenfenster, das nicht weit von der Tür entfernt war. Ein Mutbolzen hätte von dort aus auf die Feuertreppe springen können. Ich überprüfte die Entfernung, sah in die Tiefe und beschloß, kein Mutbolzen zu sein. Ich war Abgründen nicht gewachsen. Diese Überlegung sprach auch gegen die Regenröhre an der Hausfront. Ich durchsuchte die ganze Wohnung, schaute in Schatullen und Schubladen nach dem Schlüssel, doch ohne große Hoffnung auf Erfolg. Natürlich war mir klar, daß Sadie dies absichtlich getan hatte. Sie wünschte aus höchsteigenen Gründen, daß ich die Festung den ganzen Tag über hielt, und ihre Methode, dabei sicherzugehen, war, mich zum Gefangenen zu machen. Die Tatsache, daß sie mit ihrer Vorahnung, ich könnte versucht sein, meinen Posten zu verlassen, recht behalten hatte, machte mich nicht weniger wütend auf sie. Es war mir vielmehr ebenso klar, daß meine Beziehungen zu Sadie durch diesen Zwischenfall ein Ende nehmen mußten.

Als ich schließlich die Suche nach dem Schlüssel aufgab, machte ich noch einen letzten Versuch und probierte, das Schloß an der Küchentür aufzubrechen. Im allgemeinen stelle ich mich dabei nicht dumm an; Finn hat mich diese Fertigkeit gelehrt, er ist sehr geschickt darin. Aber bei diesem Schloß kam ich nicht weiter, vor allem, weil ich kein geeignetes Werkzeug finden konnte. Am besten öffnet man ein Schloß mit einem dicken Drahtstück oder einer festen Haarnadel. Aber keines von beiden fand ich in der Wohnung, also gab ich es schließlich ganz auf. Jetzt, da es unmißverständlich klar war, daß es für mich kein Entrinnen gab, und daß ich nur auf Sadies Rückkehr warten konnte, wurde ich völlig ruhig, wenn auch das Wort verdrießlich vielleicht besser am Platz wäre. In Eile packte ich alle meine Habseligkeiten für einen raschen Umzug zusammen. Ich war entschlossen, es mit Sadie kurz zu machen. Auch nahm ich mir fest vor, im gleichen Augenblick meiner Befreiung aufzubrechen und nach Hugo Ausschau zu halten. Abermals wählte ich Hugos Nummer, blieb aber wieder ohne Antwort. Ich dachte auch daran, anderswo um Hilfe zu telephonieren, überlegte aber, daß es niemanden gab, mit dem ich offen über meine Lage hätte sprechen können. Dann schenkte ich mir ein halbes Glas Gin ein, setzte mich nieder und lachte kräftig.

Danach verspürte ich Hunger. Es war schon nach zwei Uhr. Ich ging in die Küche und bereitete mir ein großes, luxuriöses Mahl, bestehend aus *pâté de fois gras,* Lachs, Huhn in

Gelée mit Büchsenspargel, Himbeeren, Roquefort und Orangensaft. Trotz des Ausmaßes von Sadies Verbrechen beschloß ich, ihren Wein nicht zu trinken. In einem ihrer Schränke fand ich etwas Cognac, brütete lange über einem Glas davon und bedauerte nur, daß Sadie keine Zigarren rauchte. Als der Gedanke an Hugo und Anna mich allzusehr zu plagen begann, wusch ich das Geschirr ab. Danach fühlte ich mich sehr niedergeschlagen und trat an eines der Vorderfenster, das auf die Welbeck Street ging, lehnte mich hinaus und beobachtete den Autoverkehr und die Fußgänger.

Ich hatte schon eine Weile da gestanden, mir ein französisches Lied vorgesungen und dabei düster überlegt, was ich bei ihrer Rückkehr zu Sadie sagen sollte, als ich plötzlich zwei bekannte Gestalten auf der anderen Straßenseite daherkommen sah: Finn und Dave. Sie erkannten mich, und fingen an, mir auf Verschwörerart Zeichen zu machen.

»Schon gut«, rief ich hinunter, »ich bin allein.«

Sie kamen herüber, und Dave rief: »Fein! Wir hatten Angst, die Königin von Saba könnte da sein.«

Beide schauten grinsend zu mir herauf. Ich war außerordentlich froh, sie zu sehen.

»So«, sagte Dave selbstzufrieden. »Macht es dir Spaß, Leibwache zu sein? Hast du den Leib gut bewacht?«

Finn lächelte mit seiner üblichen Freundlichkeit zu mir herauf, dennoch sah ich, daß er in diesem Fall mit Dave übereinstimmte. Beide schienen die Situation außerordentlich komisch zu finden. Ich überlegte, was sie wohl gleich denken würden.

»Ich hatte einen ruhigen Tag«, sagte ich mit Würde, »ich habe gearbeitet.«

»Sollen wir ihn fragen, was er gearbeitet hat?« fragte Dave, zu Finn gewandt. Ich sah, daß ich noch eine schlimme halbe Stunde vor mir haben würde.

»Nun, wenn du dein Tagewerk beendet hast«, rief Dave,

»dann komm doch herunter, und wir gehen einen trinken. Die Kneipen machen gerade auf. Wenn du uns nicht lieber zu dir einlädst. Oder darfst du keinen Besuch empfangen?«

»Ich kann weder hinunterkommen«, entgegnete ich ruhig, »noch euch raufbitten.«

»Warum nicht?« wollte Dave wissen.

»Weil ich eingesperrt bin«, antwortete ich.

Finn und Dave sahen einander an und brachen dann zusammen. Dave setzte sich auf den Randstein und keuchte vor Lachen, und Finn lehnte sich schwach an einen Laternenpfahl. Beide wankten hin und her. Ich wartete kühl, bis der Anfall vorüber war, und summte leise vor mich hin. Schließlich hob Dave den Kopf, und nach mehrmaligen Versuchen gelang es ihm, zu Finn zu sagen: »Damit ist alles klar!« und sie prusteten von neuem los.

»Hört mal!« rief ich ungeduldig, »hört auf zu lachen und tut lieber was, um mich hier rauszuholen!«

»Er will *raus*«, schrie Dave. »Hast du's denn nicht versucht? Wie steht's mit der Regenröhre? Sieht doch ganz einfach aus, nicht wahr, Finn?« Und wieder schütteten sie sich aus.

»Ich habe alles versucht«, antwortete ich. »Jetzt seid still und tut, was ich sage! Finn befaßt sich am besten mit dem Schloß an der Küchentür. Du kannst über die Feuertreppe an der Rückseite raufkommen. Ich hätte es selbst getan, aber Sadie besitzt keine Haarnadeln.«

»Wir auch nicht«, erwiderte Dave, »aber wenn du willst, werden wir bei Sadie eine Petition einreichen.«

»Finn«, sagte ich, »willst du mir heraushelfen?«

»Natürlich will ich«, erwiderte Finn, »aber ich habe nichts bei mir.«

»Dann geh und finde etwas!« brüllte ich.

Inzwischen hatte unsere reichlich bizarre Unterhaltung nicht geringe Aufmerksamkeit auf der Straße erregt, und ich verspürte keine Lust, sie weiterzuführen. Schließlich kamen wir überein, daß Finn in den Nebenstraßen suchen sollte, bis er eine Haarnadel fand, und dann zurückkommen, um die Tür in Angriff zu nehmen. Selbst in unseren Tagen muß man in den Londoner Straßen nicht weit gehen, um eine Haarnadel zu finden, wenn man danach Ausschau hält. Meine einzige Angst war, Finn würde vergessen, was man von ihm erwartete, und in einer Kneipe enden. Ich weiß aus eigener Erfahrung, daß nichts so hypnotisiert wie herumzulaufen und auf das Pflaster zu starren.

Als dies vereinbart war, schloß ich energisch das Fenster. Ich hatte das Gefühl, eine weitere Unterhaltung mit Dave sei im Augenblick zwecklos. Einige Minuten später hörte ich ihn jedoch an die Küchentür klopfen, und ich mußte hingehen und mit ihm durch das Küchenfenster reden, damit er Ruhe gab. Eine Viertelstunde lang gab er einen Strom aufreizender *badinage* von sich, mit mehr oder minder phantastischen Vorschlägen wie, wenn ich nur einen Funken Mut besäße, hätte ich an den Mauervorsprüngen entlangkriechend aufs Dach klettern oder Bettlaken zusammenknüpfen können, und andere Dinge ähnlicher Art, auf die ich nur kurz antwortete. Endlich hörte ich Finn über die Feuertreppe heraufkommen. Er hatte eine herrliche Haarnadel gefunden und brauchte nicht mehr als eine halbe Minute, um das Schloß zu öffnen. Dave und ich schauten ihm bewundernd zu. Als die Tür offen war, wollten Dave und Finn hereinkommen und sich umschauen, aber ich drängte sie rasch auf die Stufen zurück. Es tat mir nicht leid, das Gespräch mit Sadie zu verpassen, und ich hegte durchaus nicht den Wunsch, sie gerade in diesem Stadium der Dinge zurückkommen zu sehen. Ehe ich ging, stopfte ich mir die Taschen noch mit Keksen voll. Ich fragte mich, ob ich zu jener Gesellschaftsklasse gehörte, die einer Frau, wenn sie sich einer illegalen Freiheitsberaubung schuldig gemacht hat, zwei Büchsen *pâté de fois gras* klaut, und beantwortete diese

Frage bejahend. Dann warf ich einen letzten Blick auf die Afghanen und Kasachs, packte meine Sachen und verschwand.

Als wir auf der Straße waren, rief ich sofort ein Taxi. Finn und Dave waren in köstlichster Laune und beabsichtigten offensichtlich nicht, sich von mir zu trennen. Sie hatten anscheinend das Gefühl, wenn sie sich an mich klammerten, einen unterhaltsamen Abend vor sich zu haben, und den wollten sie sich nicht entgehen lassen. Ich selbst wußte nicht recht, was ich tun sollte, und da ich wie üblich moralische Unterstützung brauchte, ließ ich die beiden ins Taxi nachdrängen. Zuerst fuhren wir vor Mrs. Tinckhams Laden, wo ich meinen Koffer und die Manuskripte zurückließ.

»Nun, und wohin jetzt?« fragte Dave und strahlte über das ganze Gesicht wie ein kleiner Junge vor einem Picknick.

»Jetzt suchen wir Belfounder«, schlug ich vor.

»Den Filmonkel«, fragte Finn, »den du früher einmal gekannt hast?«

»Ja«, erwiderte ich lakonisch und verweigerte jede weitere Auskunft, so daß Dave für den Rest der Fahrt Finn mit einer Flut mehr oder minder beleidigender Vermutungen unterhalten mußte.

Ich hörte gar nicht zu. Allmählich machte es mich nervös, daß die Aussicht auf das Gespräch mit Hugo wie ein drohender Berg über mir hing. Ich hatte wenig Vorstellung davon, was ich Hugo sagen sollte. Nicht, daß ich ihn unbedingt sehen mußte, um herauszufinden, welcher Art seine Gefühle für Anna waren. Ich vertraute meiner Ahnung ebensosehr, diese richtig diagnostiziert zu haben, wie ich sicher war, daß Hugo den Dummkopf auf der Bühne des Mimen-Theaters gespielt hatte und daß es ebenfalls Hugo gewesen war, der mit Anna danach in einem großen schwarzen Alvis davongefahren war. Ich wollte vielmehr herausfinden, wie Hugo mir selbst gegenüberstand. Zwar befand ich mich darüber ebensowenig im Zweifel; denn es war ja nur allzu verständlich, daß er für mich nur Abneigung und Verachtung empfinden konnte. Aber vielleicht schaffte ich es, dies zu ändern. Doch nicht einmal deshalb wollte ich Hugo unbedingt sehen. Im Lauf des Nachmittags war mir in den Sinn gekommen, daß ich von Hugo vielleicht noch vieles andere lernen konnte, um so mehr, als meine eigenen Ansichten sich inzwischen wesentlich gewandelt hatten. Dies war mir blitzartig bewußt geworden, als ich nach so langer Zeit ein Stück des Dialogs wieder gelesen hatte. Meine Lust auf ein Gespräch mit Hugo war nicht abgestumpft. Vielleicht sollten noch viele zwischen uns stattfinden. War es also das, was mich veranlaßte, mit solch fieberhafter Dringlichkeit nach ihm zu suchen? Schließlich schien es mir, daß ich ihn sehen wollte, einfach weil ich ihn sehen wollte. Der Stierkämpfer in der Arena kann auch nicht erklären, warum er sich mit dem Stier einlassen will. Hugo war mein Schicksal.

VII

Das Taxi hielt und wir stiegen aus. Dave bezahlte. Hugo hauste offenbar gleich über dem Holborn-Viadukt in der aufgestockten Wohnung eines Bürogebäudes. Durch das Tor kam man zu einer Steintreppe und fand auf dem Brett unter den Namen von Handels- und Juristenfirmen auch den von Belfounder. Das Taxi fuhr weiter und ließ uns allein am Viadukt stehen. Wer je die Londoner City am Abend besucht hat, kennt die unheimliche Einsamkeit, die über diesen am Tage so emsigen und lärmenden Straßen liegt. Der Viadukt ist ein erregender Blickfang. Aber obgleich wir eine lange Strecke überschauen konnten, nicht nur hinauf nach Holborn und Newgate Street, sondern auch auf die wie ein ausgetrocknetes Flußbett hingestreckte Farringdon Street unter uns, erblickten wir kein lebendiges Wesen, keine Katze, keinen Polizisten. Es war ein warmer, wolkenloser, leuchtend blauer Abend, und Schweigen umgab uns. Ein fernes Murmeln umrahmte diese Stille, das der Laut des Stadtverkehrs sein konnte oder der sommerliche Seufzer der untergehenden Sonne. Wir standen wortlos da. Selbst Finn und Dave waren beeindruckt.

»Wartet hier!« bestimmte ich, »und wenn ich nicht in ein paar Minuten wieder herunterkomme, könnt ihr gehen.«

Aber das gefiel ihnen gar nicht. »Wir begleiten dich nur die Treppe hinauf«, sagte Dave. »Du kannst sicher sein, daß wir verduften, sobald du es willst.« Ich nehme an, sie hofften, einen Blick von Hugo zu erhaschen.

Ich war mir nicht sicher, ob ich ihnen vertrauen konnte, sagte aber nichts, und wir stiegen hintereinander die steinernen Stufen hinauf. Ich empfand nur eine leere Entschlossenheit. Wir arbeiteten uns mühsam die Treppe hinauf, vorbei an den geschlossenen Büros von Kleiderfabriken und Notariaten. Als wir fast im vierten Stock angekommen waren, drang ein seltsames Geräusch herunter. Wir blieben stehen und schauten einander an.

»Was ist das?« fragte Finn.

Niemand wußte es. Auf Zehenspitzen gingen wir noch ein Stückchen weiter. Das Geräusch kam aus dem obersten Stock des Gebäudes. Es gab sich allmählich als ein lärmiges, unausgesetztes Geplauder zu erkennen.

»Er hat eine Einladung«, flüsterte ich in plötzlicher Erleuchtung.

»Frauen sind dabei«, sagte Dave, »Filmstars, nehme ich an. Los, kommt!«

Wir setzten unseren Weg vorsichtig fort. Nur noch eine Treppe trennte uns von Hugos Wohnungstür. Ich hielt die beiden zurück und ging allein hinauf. Die Tür war angelehnt. Der herausdringende Lärm war jetzt betäubend. Ich warf die Schultern zurück und trat ein.

Der Raum war menschenleer. Auf der entgegengesetzten Seite war noch eine Tür. Ich ging rasch darauf zu und öffnete sie. Der nächste Raum war ebenfalls leer. Als ich in den Gang zurücktrat, stieß ich auf Finn und Dave.

»Es sind Vögel«, sagte Finn. Und so war es auch. Hugos Wohnung nahm die Hausecke ein und war an der Außenseite von einer hohen Mauer umgeben. Das abfallende Dach reichte weit über die Fenster hinaus und berührte fast die Mauer; und in dem tiefen Winkel unter dem Dach saßen Hunderte von Staren. Ich sah sie gegen die Fenster flattern und zwischen dem Glas und der Mauer auf- und abhüpfen, als seien sie in einem Käfig. Ihr Lärm war offenbar von der Straße aus nicht zu hören, oder wir brachten ihn mit dem allgemeinen Brausen Londons durcheinander. Hier war er ohrenbetäu-

bend. Ich fühlte mich riesig verwirrt und riesig erleichtert. Von Hugo keine Spur.
Dave stand am Fenster und machte fruchtlose Versuche, die Vögel zu verscheuchen.
»Laß sie in Ruhe«, sagte ich, »sie wohnen hier.«
Dann sah ich mich neugierig um. Der zweite Raum war Hugos Schlafzimmer und mit jener spartanischen Einfachheit möbliert, die für den Hugo, den ich gekannt hatte, charakteristisch war. Er enthielt nichts anderes als ein Eisenbett, ein paar Korbstühle, eine Kommode und eine Blechkanne mit einem Wasserglas darauf. Der erste und größere Raum verriet jedoch einen ganz anderen Hugo. Ein Perserteppich bedeckte den ganzen Boden, Spiegel, Sofas und gestreifte Kissen machten ihn zu einem eleganten Gehäuse für müßige Stunden. Eine Anzahl von Originalgemälden schmückte die Wände. Ich erkannte zwei kleinere Renoirs, einen Minton und einen Miro und pfiff durch die Zähne. Meiner Erinnerung nach hatte Hugo niemals besonderes Interesse für Malerei gezeigt. Es gab nur sehr wenige Bücher. Ich fand es auf charmante Weise typisch für Hugo, daß er weggegangen war und die Tür zu dieser Schatzkammer offengelassen hatte.
Finn beobachtete die Vögel. Konnte man ihr betäubendes Gezwitscher überhören, boten sie einen reizenden Anblick, wie sie flatterten, sich drängten und balgten, die gezackten Schwingen spreizten und von jedem Fenster eingerahmt wurden, als gehörten sie zur Dekoration des Zimmers. Während ich ihnen zusah, überlegte ich, ob ich nicht hier bleiben und Hugos Rückkehr abwarten sollte.
Aber in diesem Augenblick rief Dave, der auf eigene Faust herumgepirscht war: »Sieh mal!« und zeigte mir einen Zettel, der an der Tür steckte und den ich beim Hereinkommen übersehen hatte. »Bin in der Kneipe«, las ich.
Dave befand sich bereits draußen auf dem Treppenabsatz.

»Worauf warten wir?« fragte er. Er sah plötzlich sehr durstig aus; Finn ebenfalls, als er den Gedanken erfaßt hatte.
Ich zögerte. »Wir wissen ja nicht, in welcher Kneipe er ist«, sagte ich.
»In der nächsten wahrscheinlich«, meinte Dave, »oder in einer der nächsten. Wir können ja die Runde machen.«
Er und Finn gingen bereits die Treppe hinunter. Ich schaute mich rasch noch einmal um. Eine dritte Tür zeigte mir ein Badezimmer und eine kleine Küche. Das Küchenfenster ging auf ein flaches Dach, und ich konnte die Fenster und Leuchtinschriften anderer Bürogebäude sehen. Das war alles, was zu Hugos Domäne gehörte. Ich warf den Staren noch einen letzten Blick zu, hinterließ die Tür zu Hugos Wohnzimmer, wie ich sie vorgefunden hatte und folgte Finn und Dave die Treppe hinunter.
Wir standen neben den eisernen Löwen auf dem Viadukt. Intensives Abendlicht fiel auf die Türme und ihre Spitzen von St. Bride im Süden, St. James im Norden, St. Andrew im Westen und St. Sepulchre, St. Leonhard Foster und St. Mary-le-Bow im Osten, und gab den Häusern und verlassenen weißen Turmspitzen Ruhe. Die Farringdon Street lag immer noch breit und leer vor uns.
»Wohin?« fragte Dave.
Ich kenne die City gut. Wir konnten entweder westwärts zu King Lud und den Kneipen von Fleet Street oder ostwärts zu den weniger besuchten, in winkeligen Seitengassen gelegenen und von Kirchen beschatteten City Pubs gehen. Ich beschwor Hugos Wesen herauf.
»Nach Osten«, entschied ich.
»Wo ist Osten?« fragte Finn.
»Komm nur!« sagte ich.
Wir gingen an St. Sepulchre vorbei und gleich in die Via-

dukt-Taverne. Ein Blick durch die Bar genügte, um festzustellen, daß Hugo nicht da war, und ich wollte wieder gehen, als Finn und Dave zu protestieren anfingen.
»Wenn ich mich recht erinnere«, mahnte Dave, »hast du einmal gesagt, es sei schlechtes Benehmen, in einer Kneipe zu trinken, ohne ihren Namen zu kennen, oder in eine Kneipe zu gehen, ohne zu trinken.«
Finn murmelte: »Das bringt Unglück.«
»Wie dem auch sein mag«, meinte Dave, »ich habe Durst. Und wie steht's mit dir, Finn?«
Wäre alles andere in Ordnung gewesen, hätte ich auch Lust auf etwas zu trinken gehabt, und da es eine heiße Nacht war, bestellte ich mit den anderen ein Glas, das ich abseitsstehend zu mir nahm und dabei über Hugo nachdachte. Wir waren rasch fertig, und ich gab den Befehl zum Abmarsch. Die Augen von Old Bailey abgewendet, führte ich sie über die Straße.
Dort war ein nettes Charrington-Haus, »Magpie and Stump« genannt. Ich lief ihnen voraus, nahm den Raum mit einem Blick wahr und war schon wieder draußen, ehe sie die Tür erreicht hatten. »Nichts!« rief ich. »Ins nächste!« Ich sah das *rallentando* voraus, das der Alkohol uns aufzwingen werde, und wollte so weit wie möglich kommen, solange wir noch gut gehen konnten.
Finn und Dave überholten mich im Laufschritt und entwichen ins »George«. Das »George« ist ein angenehmes Haus mit abgeschuppten Wänden und einem altmodischen Schanktisch mit einem Glas- und Mahagony-Aufbau, aus dem der Barmann wie ein eingerahmter Geistlicher herausspäht. Hugo war nicht da.
»Das hat keinen Zweck«, sagte ich, als wir unsere drei Krüge hoben. »Weiß Gott, wo er steckt.«
»Nicht die Flinte ins Korn werfen«, mahnte Dave. »Du kannst immer noch in seine Wohnung zurückgehen.«

Das stimmte; aber eine unerträgliche Ruhelosigkeit hatte mich ergriffen. Wenn ich den Abend damit verbringen mußte, auf Hugo zu warten, so konnte ich mir die Zeit ebensogut um die Ohren schlagen, indem ich ihn suchte. Ich breitete vor meinem inneren Auge die Umgebung der Kathedrale aus und kam mit Finn und Dave überein, nur jede zweite Kneipe aufzusuchen. Dann mußte ich alle Mühe aufwenden, sie zum Aufbruch zu bewegen. Wieder an der Luft, wählte ich die Richtung nach Ludgate Hill und bog zu St. Paul's ein. Da war eine Kneipe, aber kein Hugo darin. Der nächste Halt fand am St. Paul's Kirchhof statt. Dort tranken wir etwas, und ich erwog insgeheim die Rückkehr zur Fleet Street. Aber da ich mich für den Osten entschieden hatte, wollte ich noch nicht aufgeben. Außerdem widerstrebte es mir, eine Begegnung mit Hugo im Fleet-Street-Milieu zu riskieren, wo unser privates Drama durch betrunkene Journalisten gestört werden konnte. Deshalb führte ich meine Begleiter nach Cheapside hinunter.

Der Abend war schon weit vorgeschritten. Dunkelheit hing in der Luft, aber noch nicht dicht, so daß die schwindenden Farben nur noch lebhafter hervortraten. Der Zenit war tiefblau, der Horizont von leuchtendem Amethyst. Aus der Schattenschwärze des Kirchhofs kamen wir nach Cheapside wie in eine lichte Arena und sahen im Rahmen einer Ruinenlücke die bleichen, sauberen Rechtecke von St. Nicholas Cole Abbey einsam auf der anderen Seite der Cannon Street im Süden von uns stehen. Dazwischen schwankten Weidenzweige über den Restbeständen von Straßen. In diese Trostlosigkeit reckten immer noch bunte Häusergerippe ihre ausgefüllten oder leeren Mauer- und Fensterkarrees. Die untergehende Sonne strich über glühende Backsteine und aufleuchtende Ziegel und wärmte hier und dort die Trümmer einer umgestürzten Säule. Als wir an St. Vedast vorbeikamen, zitterte der hohe Himmel in ein späteres Blau hinüber, und als wir dort einbogen, wo einstmals Freemen's Court gestanden hatte, gingen wir in Henekeys Kneipe.

Hier brach unsere Vereinbarung zusammen, zum großen Teil wegen des vorhin erwähnten *rallentando.* Ich hielt es jetzt für unwahrscheinlich, Hugo zu finden, war aber doch dafür, den Rundgang zu vollenden. Als wir über die Cheapside zurückkamen und in den Bow Lane einschwenkten, flammten die Straßenlampen auf. In den Seitengassen fiel ihr gelbes, schwankendes Licht auf weiße Mauern, beleuchtete ehrwürdige Namen und machte aus der Luft über uns tiefdunkle Nacht. Wir bemerkten einige Sterne, die aussahen, als seien sie schon lange da. In der Watling Street betraten wir die alte Taverne, die ganz so war wie Hugos bevorzugte Kneipen. Aber wir fanden ihn nicht. Beim Trinken sagte ich den beiden anderen, wir könnten noch zu »Skinner's Arms« gehen und dann zum Ludgate Circus zurückkehren.

Sie hatten nichts dagegen. »Wenn wir durch Zu-Fuß-Gehen nur nicht zu viel von der guten Zeit verlieren«, meinte Finn.

Ich zog sie hinter mir her, und wir kamen zu »Skinner's Arms«. Diese Kneipe stand an der Ecke von Cannon Street und Queen Victoria Street im Schatten von St. Mary, Aldermary. Wir stapften hinein.

Als ich mich überzeugt hatte, daß Hugo auch hier nicht war, packte Dave mich am Arm und sagte: »Dort ist einer, mit dem möchte ich dich bekannt machen.«

Am Ende der langen Bar stand gegen den Schanktisch gelehnt ein schlanker, blasser Kerl mit einer roten Krawatte. Er begrüßte Dave. Als wir zu ihm hinkamen, fielen uns seine riesigen Augen auf, die uns rund, traurig und klar ansahen wie die Augen eines Murmeltiers oder eines Christus von Rouault.

»Lefty Todd«, sagte Dave und nannte auch meinen Namen. Wir gaben uns die Hand. Natürlich hatte ich schon viel von

dem exzentrischen Führer der Neuen Unabhängigen Sozialisten gehört, ihn aber nie zuvor gesehen, und betrachtete ihn jetzt mit äußerstem Interesse.
»Was machst du denn hier?« fragte er Dave. Sein erschöpfter, anämischer Blick stand im Gegensatz zu der Kraft und Raschheit seiner Sprechweise. Während er redete, winkte er Finn zu, als sei er mit ihm bekannt. Finn gehört zu jenen, die nie vorgestellt werden.
»Frag Donaghue!« antwortete Dave.
»Was machen Sie hier?« wandte Lefty sich an mich.
Ich kann derartige unmittelbare Fragen nicht leiden und pflege bei solchen Gelegenheiten zu lügen. »Wir haben einen Freund im Büro vom *Star* besucht«, sagte ich.
»Wen?« fragte Lefty. »Ich kenne alle beim *Star*.«
»Einen Mann namens Higgins«, erwiderte ich. »Er ist neu.«
Lefty starrte mich an. »Na, gut«, sagte er und wandte sich wieder an Dave. »Du kommst nicht oft in diese Gegend«, bemerkte er.
»Ich nehme an, du hast den *Unabhängigen Sozialisten* zu Bett gebracht«, sagte Dave.
»Er ist noch nicht ganz im Bett«, erwiderte Lefty. »Das habe ich den andern überlassen.«
Dann blickte er wieder mich an. »Ich habe von Ihnen gehört.«
Ich war noch immer verärgert. Doch machte ich nicht den linkischen Fehler, auf diese Bemerkung, wenn sie von einer Berühmtheit kommt, zu antworten: »Ich habe auch schon von Ihnen gehört«, sondern fragte: »Was haben Sie gehört?« Das bringt oft aus der Fassung.
Lefty brachte es nicht aus der Fassung. Er überlegte einen Augenblick lang und sagte dann: »Daß Sie ein begabter Mensch sind, aber zu faul zum Arbeiten, und daß Sie mit den Linken sympathisieren, sich aber politisch nicht aktiv betätigen.«

Das war deutlich. »Sie sind nicht schlecht informiert«, gab ich zu.

»Das erste«, sagte Lefty, »ist mir mehr als gleichgültig, aber über das letztere möchte ich Ihnen ein paar Fragen stellen. Haben Sie Zeit?« Und er zeigte mir das Zifferblatt seiner Uhr.

Ich war ein bißchen verwirrt durch das erste und das letztere wie auch durch die Schroffheit seines Benehmens und die Biermenge, die ich getrunken hatte. »Sie meinen damit, daß Sie mit mir über Politik sprechen wollen?«

»Über *Ihre* Politik.«

Dave und Finn waren weitergeschlendert und saßen jetzt in einer fernen Ecke.

»Warum nicht?« sagte ich.

VIII

»Nun wollen wir uns einmal klar werden, wo wir stehen, nicht wahr?« begann Lefty. »Was für politische Erfahrungen haben Sie hinter sich?«

»Ich war in der Young Christian League«, antwortete ich, »und bin jetzt in der Labour Party.«

»Ja, ja, wir wissen ja, was das heißt, nicht wahr?« sagte Lefty. »Praktische Erfahrung gleich Null. Aber sind Sie wenigstens theoretisch auf dem laufenden? Befassen Sie sich mit den politischen Vorgängen?« Er sprach mit der energischen Munterkeit eines Arztes.

»Kaum«, antwortete ich.

»Können Sie mir klarmachen, weshalb Sie es aufgegeben haben?«

Ich spreizte die Hände. »Es ist doch hoffnungslos ...«

»Ah«, machte Lefty, »gerade das dürfen Sie nicht sagen. Das ist die Sünde gegen den Heiligen Geist. Nichts ist jemals hoffnungslos. Nicht wahr, Dave?« fragte er diesen, der gerade an den Schanktisch gekommen war und noch ein Glas bestellte.

»Nichts außer dem Versuch, dich mundtot zu machen«, erwiderte Dave.

»Wollen Sie damit sagen, daß Sie das Feld geräumt haben, weil es Ihnen egal war, was passierte, oder weil Sie nicht wußten, was Sie tun sollten?« fragte mich Lefty.

»Beides hängt zusammen«, erwiderte ich und hätte mehr gesagt, wenn Lefty mir nicht ins Wort gefallen wäre.

»Damit haben Sie recht«, rief er. »Ich wollte es gerade selber sagen. Also geben Sie zu, daß es Ihnen nicht egal ist.«

»Natürlich nicht«, erwiderte ich, »aber ...«

»Wenn es Ihnen nicht egal ist, dann ist es Ihnen sogar sehr wichtig. Was für andere moralische Aufgaben sehen Sie denn in diesem Jahrhundert?«

»Freunden gegenüber treu sein und sich Frauen gegenüber anständig verhalten«, antwortete ich blitzschnell.

»Falsch«, behauptete Lefty. »Das ganze Gerüst steht auf dem Spiel. Was hat es für einen Zweck, einen Menschen vor dem Straucheln zu bewahren, wenn er auf einem sinkenden Schiff steht?«

»Wenn er sich den Fuß bricht, kann er nicht schwimmen«, gab ich zu bedenken.

»Warum wollen Sie ihm nur den Beinbruch ersparen, wenn Sie ihm das Leben retten können?«

»Weil ich das erste kann und das letztere nicht«, entgegnete ich ziemlich mürrisch.

»Nun, das wollen wir erst sehen, nicht wahr?« rief Lefty, der nichts von seinem Eifer eingebüßt hatte.

Er öffnete eine Mappe und holte ein Bündel Broschüren hervor, die er rasch überflog.

»Das ist etwas für Sie«, sagte er und hielt mir ein Blatt vor die Nase, als sei es ein Spiegel. In großen Buchstaben stand auf dem Umschlag die Frage: *Warum* hast du die *Politik* links liegen gelassen? Und darunter: *Die linke Politik* braucht *dich*. Ganz unten stand: 6 Pence. Ich fingerte in meiner Tasche.

»Nein, nehmen Sie es nur, ich schenke es Ihnen«, wehrte Lefty ab. »Wir verkaufen diese Dinger übrigens nie. Da aber ein Preis darauf steht, haben die Leute das Gefühl, etwas Gutes zu bekommen, und lesen es. Schauen Sie es sich an, wenn Sie morgen eine ruhige Minute haben.« Und er schob es mir in die Jackentasche.

»Sind Sie Sozialist?« fragte er.

»Ja.«

»Sicher?«

»Ja.«
»Gut. Wir wissen aber noch nicht, was das heißt; aber so weit, so gut. Nun, wieso gibt Ihnen die augenblickliche Situation das Gefühl ein, es sei hoffnungslos, für den Sozialismus zu kämpfen?«
»Ich habe nicht gerade das Gefühl, daß es hoffnungslos sei...«, begann ich.
»Na, na«, machte Lefty. »Die Krankheit hätten wir ja schon eingestanden. Jetzt wollen wir an die Heilung gehen.«
»Also gut. Es ist so«, sagte ich. »Der englische Sozialismus ist eine ehrenwerte Sache, aber kein Sozialismus, sondern ein Wohlfahrts-Kapitalismus. Er berührt den wahren Fluch des Kapitalismus überhaupt nicht, nämlich, daß Arbeit schändet.«
»Gut, gut«, erwiderte Lefty, »aber jetzt wollen wir langsamer vorgehen. Was ist der bedeutendste Ausspruch von Marx?«
Ich fing an, mich über dieses Frage- und Antwortspiel zu ärgern. Er wollte Dinge wissen, auf die es keine exakte Antwort gab. Wie der Katechismus. »Warum sollte irgend etwas das Bedeutendste sein?« fragte ich zurück.
»Sie haben recht, Marx hat eine Menge bedeutender Dinge gesagt«, gab Lefty zu, ohne sich herabzulassen, meinen Ärger zu bemerken. »Zum Beispiel hat er gesagt, daß das Bewußtsein nicht die Existenz begründet, aber daß die soziale Existenz das Bewußtsein begründet.«
»Bedenken Sie, daß wir noch nicht wissen, was das heißt...«, sagte ich.
»Oh, doch, das wissen wir«, rief Lefty, »und es heißt durchaus nicht das, was ein mechanistisch denkender Marxist denkt, was es heißt. Und es heißt nicht, daß die Gesellschaft sich mechanisch entwickelt und die Ideologie hinterdrein hinkt. Was ist das Entscheidende in einer revolutionären Epoche? Nun, das Bewußtsein. Und was ist ihr Haupt-

merkmal? Nun, nicht nur soziale Bedingungen widerzuspiegeln, sondern über sie nachzudenken und zwar in Grenzen, wohlgemerkt, in Grenzen. Deshalb seid ihr Intellektuellen für uns wichtig. Was halten Sie für das Ziel einer Organisation wie der Unabhängigen Sozialisten?«

»Mehr Stimmen zu bekommen als die anderen Parteien, damit Sie Premierminister werden.«

»Ganz falsch!« rief Lefty triumphierend.

»Was also ist ihr Ziel?« fragte ich.

»Ich weiß es nicht«, antwortete Lefty.

Ich fand es nicht richtig von ihm, plötzlich eine Frage einzuwerfen, auf die er selbst keine Antwort wußte.

»Aber das ist das Wesentliche«, fuhr er fort. »Man wirft uns Unverantwortlichkeit vor. Aber wer das tut, versteht unsere Rolle nicht. Unsere Rolle besteht darin, das sozialistische Bewußtsein Englands zu erforschen und sein Verantwortungsgefühl zu verstärken. Neue soziale Formen werden uns bald genug aufgezwungen werden. Aber warum sollten wir wartend dasitzen und nichts besseres haben als soziale Ideen, die aus den alten hervorgehen?«

»Einen Augenblick, bitte«, sagte ich. »Und was geschieht in der Zwischenzeit mit dem Volk? Ich meine, mit den Massen? *Ideen* haben *Einzelne.* Das war immer die *Krux* der Menschheit.«

»Sie haben ins Schwarze getroffen«, erwiderte Lefty. »Und wie steht es Ihrer Meinung nach mit der berühmten Einheit von Theorie und Praxis?«

»Wirklich«, sagte ich, »ich könnte mir nichts Besseres für England wünschen als eine Neubeseelung und Verjüngung des englischen Sozialismus. Aber was nützt eine intellektuelle Renaissance, die das Volk nicht berührt? Theorie und Praxis haben sich von jeher nur unter ganz besonderen Umständen gedeckt.«

»Wann zum Beispiel?«

»Nun, zum Beispiel, als die Bolschewisten um die Macht in Rußland kämpften.«
»Ach«, sagte Lefty, »Sie haben für Ihr eigenes Argument ein schlechtes Beispiel gewählt. Warum sind wir so beeindruckt von dem hohen Grad an Bewußtsein, den dieses Volk offenbar von dem hatte, was es erreichen wollte? Weil sie Erfolg hatten. Hätten sie keinen Erfolg gehabt, sähen sie jetzt aus wie eine kleine Bande von Geldschrankknackern. Erst in der Rückschau sehen wir das Ganze als eine Maschine, von der sie wußten, wie sie funktionierte. Man kann die Einheit von Theorie und Praxis nicht von einem Augenblick zum andern beurteilen. Das Prinzip ihres Getrenntseins ist ebenfalls wichtig. Das Schlimme an Ihnen ist, daß Sie an die sozialistischen Möglichkeiten nicht wirklich glauben. Sie sind ein mechanistischer Denker. Und warum? Das will ich Ihnen sagen. Weil Sie wie alle übrigen mit dem Grundsatz aufgewachsen sind: Britannia regiert die Meere. Sie wollen zu einem großen Ganzen gehören. Und deshalb tut es Ihnen auch leid, daß sie kein Kommunist sein können. Sie können es nicht sein und haben auch nicht genug Phantasie, sich aus dem anderen loszureißen. Deshalb finden Sie alles hoffnungslos. Was Ihnen fehlt, ist Flexibilität, ja, Flexibilität!« Lefty zeigte auf mich mit einem unendlich langen und biegsamen Finger. »Vielleicht haben wir eine Chance verloren, die Führer Europas zu sein«, sagte er. »Aber es geht darum, sich dessen würdig zu erweisen. Dann kriegen wir vielleicht noch eine.«
»Und wie steht es in der Zwischenzeit mit der Dialektik?« fragte ich.
»Ach, lassen Sie das!« antwortete Lefty. »Damit ist es wie mit dem bösen Blick. Man glaubt nicht wirklich daran, und doch hemmt er einen. Selbst die Anhänger der Dialektik wissen, daß die Zukunft reine Vermutung ist. Das einzige, was man tun kann, ist, erst nachzudenken und dann zu

handeln. Das ist die menschliche Aufgabe. Nicht einmal Europa geht ewig weiter. Nichts geht ewig weiter.«
Dave stand wieder an der Bar.
»Ausgenommen die Juden«, sagte ich.
»Ja, Sie haben recht«, bestätigte Lefty, »ausgenommen die Juden.«
Wir sahen ihn beide an.
»Was gibt's?« fragte Dave.
»Polizeistunde, bitte«, sagte die Barmaid.
»Also erkennen Sie doch gewisse Rätsel an«, bemerkte ich.
»Ja, ich bin Empiriker«, antwortete er.
Wir leerten unsere Gläser.
Jetzt hatte ich bereits so viel Alkohol in mir, daß mich die Aussicht, mit Trinken aufhören zu müssen, in Verzweiflung stürzte. Außerdem begann ich Lefty zu mögen.
»Können wir hier eine Flasche Cognac kaufen?« fragte ich.
»Ich glaube schon«, erwiderte er.
»Nun, wie wäre es, wenn wir eine kauften und diese Diskussion irgendwo anders fortsetzten?« schlug ich vor.
Lefty zögerte. »Gut«, sagte er dann. »Aber wir brauchen mehr als nur eine Flasche. Fräulein, bitte vier halbe Flaschen Henessy«, sagte er zu der Bardame.
Wir standen in der Queen Victoria Street. Die Nacht war still, nicht heiß, sternenerleuchtet und mondüberflutet. Ein paar Betrunkene wankten davon und überließen uns die Gegend. Wir schauten zu St. Paul's, jeder von uns eine Cognacbuddel in der Tasche.
»Wohin?« fragte Dave.
»Laßt mich erst mal zu mir kommen«, bat Lefty. »Ich muß auf die Post und ein paar Briefe absenden.«
Es ist charakteristisch für das Zentrum Londons, daß das einzige, was man zu jeder Tages- und Nachtzeit kaufen kann, Briefmarken sind. Nicht einmal ein Mädchen kriegt man nach halb vier Uhr morgens, außer man ist *bien ren-*

seigné. Wir machten uns in Richtung Hauptpost auf, und als wir in die King Edward Street einbogen, tat ich einen tüchtigen Zug aus meiner Flasche. Dabei kam mir zum Bewußtsein, daß ich schon reichlich betrunken war.
Die Hauptpost lag geräumig, kellerhaft, bürokratisch, nüchtern und düster da. Wir traten heiter ein und störten die Meditation von einigen Beamten und ein paar Leuten, die um diese späte Stunde immer hier beim Schreiben von anonymen Briefen oder Selbstmordanzeigen zu finden sind. Während Lefty Briefmarken kaufte und Telegramme absandte, begannen wir einen Kanon zu singen, der immer weiterging, da ich nie die nötige Geistesgegenwart habe, einen einmal begonnenen Kanon abzubrechen, bis ein Beamter uns hinauswarf. Draußen nahmen wir die phantastischen Briefkästen mit den gähnenden Riesenmäulern in Augenschein, worin man den eingeworfenen Brief beim Hinunterfallen beobachten kann, bis er ganz in der Tiefe in einem lichten Raum auf einem Holzbrett landet. Dies faszinierte Finn und mich derart, daß wir fanden, wir müßten sofort ein paar Briefe schreiben, woraufhin wir wieder hineingingen und zwei Briefkarten kauften. Dave sagte, er bekomme bereits mehr Post, als ihm lieb sei, und es habe keinen Sinn, durch eine witzlose Korrespondenz noch mehr heraufzubeschwören. Finn hingegen beschloß, jemandem in Irland zu schreiben, und ich begann einen Brief an Anna, indem ich das Papier an die Mauer des Postgebäudes drückte; aber mir fiel nichts anderes ein als *Ich liebe dich*, das ich mehrmals und fast unleserlich hinkritzelte. Dann fügte ich noch bei: *Du bist schön* und klebte den Brief zu. Ich steckte ihn tief in das Postkastenmaul, ließ ihn los, und er fiel hinunter, sich immer wieder überschlagend wie ein Herbstblatt.
»Weiter!« rief Lefty.
»Wohin?«

»Hier herum«, sagte er und führte uns am Postgebäude vorbei. Verschwommen sah ich plötzlich, wie er sich vor mir vom Erdboden abhob. Er saß auf einer Mauer und winkte mir zu. In meinem augenblicklichen Zustand hätte ich auch die Bordwand eines Ozeandampfers erklettert. Ich folgte ihm, und die andern schlossen sich mir an. Im nächsten Augenblick befanden wir uns in einem kleinen umzäunten und stark verwilderten Garten. In der hellen Sommernacht unterschied ich einen Feigenbaum, der sich über ein eisernes Tor neigte. Gras wuchs kniehoch über verstreute weiße Steine. Wir setzten uns nieder. Dann erkannte ich, daß wir uns dort befanden, wo einst das Mittelschiff von St. Leonhard Foster gestanden hatte. Ich legte mich ins tiefe Gras zurück, und meine Augen füllten sich mit Sternen.
Eine Weile später sagte Lefty zu mir: »Was du brauchst, ist Zugehörigkeit. Sobald du etwas tust und auf ein paar Leute losgehst, wirst du anfangen, einige von ihnen zu hassen. Und nichts vernichtet Abstraktion so gründlich wie Haß.«
»Das ist wahr«, bestätigte ich faul. »Augenblicklich hasse ich niemanden.«
Wir sprachen leise. In der Nähe lagen Finn und Dave und murmelten ebenfalls.
»Dann solltest du dich schämen«, behauptete Lefty.
»Aber was könnte ich tun?« fragte ich.
»Darüber muß man nachdenken«, erwiderte Lefty. »Wir behandeln unsere Mitglieder ganz wissenschaftlich, und fragen uns bei jedem: Wo treffen sich seine und unsere Bedürfnisse? Was wird er am liebsten tun, das gleichzeitig uns am meisten nützt? Natürlich verlangen wir auch reine Routinearbeit.«
»Natürlich«, sagte ich und beobachtete dabei, wie der Orion durch den Graswald aufstieg.
»In deinem Fall«, meinte Lefty, »ist es glücklicherweise ganz klar, was du tun kannst.« »Was?«

»Stücke schreiben.«
»Das kann ich nicht. Genügen Romane nicht?«
»Nein. Wer liest heute noch Romane? Jemals versucht, ein Stück zu schreiben?«
»Nein.«
»Nun also, je schneller du damit beginnst, desto besser. Muß natürlich im West End herauskommen.«
»Es ist nicht so einfach, im West End ein Stück aufgeführt zu kriegen«, gab ich zu bedenken.
»Glaub doch das nicht!« sagte Lefty. »Man muß nur gewisse übliche Konzessionen an den Allgemeingeschmack machen. Bevor du damit anfängst, kannst du ja ein paar von den letzten Erfolgsstücken systematisch analysieren. Deine Krux ist, daß du nicht hart arbeiten kannst. Gib der Sache den richtigen Rahmen und den kannst du dann mit jedem beliebigen Inhalt ausfüllen. Komm aber lieber zu mir irgendwann in der nächsten Woche, dann besprechen wir das Ganze. Also, wann kannst du kommen?«
Lefty zog sein Notizbuch hervor und blätterte die eng beschriebenen Seiten um. Ich versuchte eine Ausrede zu finden, aber mir fiel keine ein. Der Orion stand jetzt dicht vor meinem Auge.
»Dienstag, Mittwoch, Donnerstag...«, sagte ich, »aber ich will nichts versprechen.«
»Ich bin ziemlich besetzt«, erklärte Lefty. »Wie steht's mit Freitag um drei Uhr fünfzehn? Ich bin frei bis vier, wenn's gut geht, etwas länger. Komm ins Büro der *Unabhängigen*!«
»Gut, gut«, erwiderte ich. Leftys bleiches Gesicht wandte sich mir zu.
»Du wirst es vergessen«, sagte er, nahm eine Karte heraus, schrieb Ort und Zeit darauf und steckte sie mir in die Tasche.
»Und jetzt sagst du mir vielleicht, was du in dieser Gegend gesucht hast.«

Diese Frage rührte mich, teils weil sie das erste unverkennbare Zeichen war, daß Lefty menschliche Gefühle hatte, teils weil sie mich an Hugo erinnerte, der meinem Gedächtnis in den letzten Stunden sonderbarerweise entfallen war. Ich setzte mich auf. Mein Kopf fühlte sich an, als säße er auf einer Sprungfeder und als versuche jemand, ihn wegzuziehen. Ich preßte beide Hände an die Schläfen.

»Ich habe Belfounder gesucht«, antwortete ich.

»Hugo Belfounder?« fragte Lefty mit einem Anflug von Interesse in der Stimme.

»Ja, kennst du ihn?«

»Ich weiß, wen du meinst.«

Ich sah zu ihm hin, aber seine riesigen Augen waren nur zwei schwarze Flecken in der Blässe seines Gesichts. »Hast du ihn heute abend gesehen?« fragte ich.

»Er ist nicht zu Skinners' gekommen.«

Ich wollte Lefty noch mehr Fragen stellen; es interessierte mich, wie er Hugo sah. Als Kapitalisten? Aber mein Kopf beanspruchte im Augenblick meine ganze Aufmerksamkeit.

Etwas später, kurz nach zwei Uhr, äußerte Finn den Wunsch, schwimmen zu gehen. Lefty unterhielt sich gerade mit Dave, und ich kam wieder zu Atem. Die Nacht war wunderbar warm und still. Kaum hatte Finn diesen Vorschlag gemacht, als er uns allen außer Dave ganz unwiderstehlich vorkam. Wir überlegten, wohin wir gehen sollten. Die Serpentine war zu weit weg, ebenso der Regent's Park, und der St. Jame's Park ist immer voller Polizisten. Blieb also nichts übrig als die Themse.

»Die Flut wird euch wegschwemmen«, meinte Dave.

»Nicht, wenn die Gezeiten gerade wechseln«, entgegnete Finn. Das war ein ausgezeichneter Einfall. Aber wann wechselten sie?

»Mein Kalender kann uns das sagen«, erklärte Lefty. Wir scharten uns um ihn, während er ein Streichholz anzündete.

Flut an der London Bridge: zwei Uhr achtundfünfzig. Großartig! Gleich darauf kletterten wir über die Mauer.

»Seht euch vor den Polizisten vor!« sagte Lefty. »Sie werden denken, wir wollen ein Lagerhaus ausrauben. Wenn ihr einen seht, dann tut, als wäret ihr betrunken.«

Das war ein recht unnötiger Rat.

Nach einem mondbeschienenen Platz gingen wir den Weg entlang, der einmal Fyefoot Lane gewesen war; manch melancholisches Schild in den Ruinen der City wies darauf hin, wo einst Kirchen und wo Schenken gestanden hatten. Neben dem einzigen Turm von St. Nicholas bogen wir in die Upper Thames Street ein. Kein Laut war zu hören, nicht eine Glocke, nicht ein Schritt. Wir setzten leise einen Fuß vor den anderen und traten aus dem Mondschein in ein Labyrinth von Gassen und ausgeräumten Lagerhäusern, wo undefinierbare Gegenstände zu Haufen aufgetürmt waren. Zeitungsfetzen lagen auf der Straße verstreut, unbeweglich in der regungslosen Nacht. Die wenigen Laternen enthüllten durchlöcherte Backsteinmauern und warfen gelegentlich den Schatten einer streunenden Katze. Schließlich mündete eine Straße, dunkel und tief wie ein Brunnen, auf einen steinernen Wellenbrecher, und auf der anderen Seite, am Fuß einiger Stufen, sahen wir wieder den Mond, zersplittert auf dem Fluß. Wir kletterten zu den Stufen hinunter und standen eine Weile schweigend da. Uns zu Füßen plätscherte das Wasser.

An der einen Seite ragten die Lagerhausmauern hervor, schnitten uns den Blick ab und schützten die Bucht, aus der die Strömung auf uns zukam, von Schaum und treibenden Holzsparren schwer, zum Überfließen voll im Herzen Londons. Ein Geruch von verfaultem Grün lag in der Luft. Finn zog die Schuhe aus. Niemand, der den Liffey gesehen hat, kann sich noch über den Schmutz eines anderen Flusses entsetzen.

»Vorsichtig!« riet Lefty. »Bleibt in der Nähe der Stufen! Dann kann uns von der Straße aus keiner sehen. Redet nicht laut und springt nicht hinein! Die Flußpolizei könnte sich hier herumtreiben.« Er zog das Hemd aus.
Ich sah Dave an. »Kommst du auch?« fragte ich ihn.
»Selbstredend nicht«, antwortete er. »Ich finde euch alle verrückt.« Und er setzte sich hin mit dem Rücken zu dem Wellenbrecher.
Mein Herz schlug heftig. Auch ich begann mich auszuziehen. Finn stand bereits bleich und nackt mit den Füßen im Wasser. Er stieß das anschwemmende Strandgut zur Seite und stieg langsam die Stufen hinunter. Das Wasser reichte ihm erst bis an die Knie, dann bis an die Hüften, schließlich verschwand er ganz mit einem sanften Platschen, und das Holz stieß gegen den Stein, als die kleinen Wellen zurückkamen.
»Was für einen höllischen Lärm er vollführt!« sagte Lefty.
Mein Magen war eiskalt, und ich schauderte. Dann streifte ich mein letztes Kleidungsstück ab. Lefty war bereits ausgezogen.
»Mach's leise!« sagte er. »Ich möchte nicht wegen so etwas verhaftet werden.«
Wir blickten einander an und lächelten in der Dunkelheit. Er wandte sich dem Fluß zu und begann sich unbeholfen hinunterzulassen; sein Körper wurde in dem schwarzen Wasser immer weniger. Die Nachtluft umwehte meinen Leib mit einem Hauch, der weder warm noch kalt, sondern sehr sanft und überraschend war. Nervös klopfte das Blut unter meiner Haut. Lautlos war Lefty Finn gefolgt. Das Wasser packte meine Knöchel mit einem kalten Griff. Beim Hineingehen sah ich Dave über mir hocken wie ein Monument. Dann ging mir das Wasser bis an den Hals, und ich schoß hinaus in den offenen Strom.
Wie ein entrolltes Banner tat sich der Himmel über mir auf,

sprühend von Sternen und bleich wie der Mond. Die schwarzen Schalen der Boote verdunkelten das Wasser hinter mir, und am anderen Ufer erhoben sich undeutlich düstere Türme und Zinnen. Ich schwamm weit hinaus in den Fluß. Er schien mir erstaunlich breit. Als ich stromauf- und -abwärts schaute, sah ich auf der einen Seite die dunklen Pfähle unter der Blackfriars Bridge und auf der anderen die Pfeiler der Southwark Bridge im Mondlicht glitzern. Die ganze Weite des Wassers lag lichtübergossen da. Mir war, als schwämme ich in Quecksilber. Ich schaute nach Finn und Lefty aus und sah bald ihre Köpfe unfern auf- und niedertauchen. Sie kamen auf mich zu, und eine Zeitlang schwammen wir nebeneinander her. Wir hatten wunderbar den Gezeitenwechsel abgepaßt: es gab nicht die leiseste Spur einer Strömung.

Von den dreien war ich bei weitem der beste Schwimmer. Finn schwimmt kräftig, aber linkisch, verschwendet seine Energie in unnötigen Bewegungen und rollt viel zu viel von einer Seite zur andern. Lefty schwamm recht ordentlich aber kraftlos. Wahrscheinlich würde er bald ermüden. Ich selbst schwimme ausgezeichnet, gebe mich ganz dem Wasser hin und kraule so mühelos, daß ich endlos damit fortfahren kann. Schwimmen hat eine natürliche Verwandtschaft mit Judo. Beide Künste basieren auf der Bereitwilligkeit, den starren, nervösen Hang zur Senkrechten aufzugeben. Beide lassen die Muskeln des gesamten Körpers spielen. Beide erfordern über eine weite Strecke körperliche Aktivität, daß man jede überflüssige Bewegung vermeidet. Beide gleichen der Dynamik des Wassers, das durch viele Rinnen läuft, um seinen Stand zu finden. Doch hat man einmal gelernt, den Körper zu beherrschen und die eingeborene Angst vor dem Fallen, die so tief im menschlichen Bewußtsein sitzt, zu überwinden, so gibt es kaum eine physische Kunst oder Anmut, die einem dadurch nicht offenstünde oder die einem

zumindest nicht leichter fiele. Ich, zum Beispiel, bin dadurch ein guter Tänzer und ein achtbarer Tennisspieler. Wenn irgend etwas mich über meinen kleinen Wuchs hinwegtrösten könnte, so wären es diese Dinge.
Inzwischen waren die beiden anderen zu den Stufen zurückgekehrt. Ich schwamm zu einem Boot, hielt mich eine Weile an seinem Tau fest und warf den Kopf zurück, um das Panorama des blauschwarzen Himmels und des schwarzsilbernen Wassers zu betrachten und meinen Körper zur Ruhe zu bringen, bis die Stille mit Macht in mich eindrang. Dann zog ich mich am Tau aus dem Wasser und klammerte mich daran wie ein weißer Wurm. Schließlich ließ ich mit den Füßen los und hangelte mich mit den Händen vorwärts, bis ich mich geräuschlos wieder ins Wasser hinunterließ. Als meine Beine die Wasseroberfläche durchstießen, spürte ich einen sanften und dauernden Zug. Die Flut fiel. Ich strebte zu den Stufen.
Finn und Lefty zogen sich mit gedämpfter Heiterkeit an. Ich tat das gleiche. Eine Spannung war gelöst, ein Ritual vollzogen. Jetzt hätten wir gerne gebrüllt und uns gebalgt. Aber die Notwendigkeit, leise zu sein, verwandelte unsere überschüssige Kraft in Gelächter. Wiederangezogen war mir warm, ich war fast nüchtern und kannibalisch hungrig. Ich durchsuchte die Taschen meines Regenmantels und fand die Kekse und die *foie gras,* die ich Sadie geklaut hatte. Sie wurden mit gedämpftem Beifall aufgenommen. Wir setzten uns auf die Stufen, die jetzt weiter heraustraten, da sich das Wasser zurückzog und zu unseren Füßen zerbrochene Kisten, Blechbüchsen und ein Gemisch von Gemüseabfall hinterließ. Ich öffnete die Pâtébüchsen mit meinem Taschenmesser und verteilte die Kekse. In den Flaschen der anderen war immer noch ein Rest Cognac, nur in meiner nicht; aber Dave erklärte, er habe genug, und trat mir seine Rechte ab. Lefty verkündete, er müsse bald gehen, da die

Partei an diesem Morgen in ein neues Zweigbüro ziehe. Er bot den Rest in seiner Flasche Finn an, der ihn nicht zurückwies. Wir aßen vergnügt und ließen die Büchsen von einer Hand zur anderen gehen. Der Cognac rutschte meine Kehle hinunter wie himmlisches Feuer und ließ mit erwachendem Tageslicht mein Blut rasen.

Was sich danach zutrug, weiß ich nicht mehr genau. Der Rest dieser Nacht taucht nur stückweise durch den Dunst auf, der über meinem Gedächtnis hängt. Lefty ging nach einem Schwur ewiger Freundschaft und meiner Erklärung, mich für die Sache der Sozialisten einzusetzen, wirklich von dannen. Mit Dave hatte ich ein langes, sentimentales Gespräch, ich glaube, über Europa. Finn, der noch betrunkener war als ich, ging verloren. Als wir ihn zuletzt sahen, hatte er die Füße im Wasser. Etwas später sagte Dave, es sei vielleicht sein Kopf gewesen, der im Wasser gelegen habe; deshalb kehrten wir zurück, um nach ihm Ausschau zu halten, konnten ihn aber nicht mehr finden. Als wir bei erbleichendem Himmel durch die leeren Straßen wanderten, ertönte ein sonderbarer Laut in meinen Ohren, der vielleicht von den verklingenden Glocken von Saint Mary, St. Leonhard, St. Vedast, St. Anne, St. Nicholas und St. John Zachary herrührte. Der anbrechende Tag griff mit langem Arm in die Nacht. Erstaunlich bald erschien das Tageslicht wie zerfließender Nebel, und als wir an St. Andrew-by-the-Wardrobe vorübergingen und ich den letzten Schluck Cognac zu mir nahm, zeigte der Horizont bereits Streifen lichten Grüns.

IX

Das nächste, woran ich mich erinnere, ist Covent Garden Market, wo wir einen Kaffee tranken. Dort gibt es einen Morgen-Kaffee-Stand für Lastträger, aber wir schienen die einzigen Kunden zu sein. Es war jetzt heller Tag, ich glaube, schon seit einiger Zeit. Wir standen in jenem Teil des Marktes, wo man Blumen verkauft. Als ich mich umsah und die Pracht ungewöhnlich vieler Rosen erblickte, mußte ich an Anna denken. Wir durchwanderten eine Gasse voll verpackter Blüten, und ich beschloß, ihr einige mitzubringen, was ich Dave mitteilte. Es waren so wenig Leute da und so viele Blumen, daß es das Natürlichste schien, sich selbst zu bedienen. Ich ging zwischen Wällen aus noch taufeuchten, langstieligen Rosen durch und nahm mir ein paar weiße, rosa- und safranfarbene. An einer Ecke traf ich Dave, der mit weißen Pfingstrosen beladen war. Ihre weit offenen Knospen zeigten rötliche Tupfer. Zusammengelegt ergaben sie einen ganzen Arm voll. Da es offenbar keinen Grund zum Aufhören gab, nahmen wir noch einige Kisten mit Veilchen und Anemonen mit und füllten uns die Taschen mit Stiefmütterchen, bis unsere Ärmel durchtränkt waren und wir im Blütenstaub fast erstickten. Dann verließen wir, krampfhaft unsere Sträuße haltend, den Markt und setzten uns auf die Stufe eines Türeingangs in Long Acre.

Mein Kopf schmerzte heftig, und von Nüchternheit konnte keine Rede sein. Wie im Traum hörte ich Dave sagen: »Lieber Himmel, das habe ich ganz vergessen. Da ist vor zwei Tagen ein Brief für dich gekommen. Ich trage ihn seitdem in der Tasche.« Er reichte ihn mir, und ich nahm

ihn matt entgegen. Dann sah ich, daß er Annas Handschrift trug.
Meine Finger zitterten vor Angst und Ungeschicklichkeit, als ich den Umschlag aufriß. Die Buchstaben tanzten und verschoben sich vor meinen Augen. Als sie sich schließlich beruhigten, las ich folgende kurze Botschaft: »Ich muß dich dringend sprechen. Bitte, komm ins Theater!« Ich stützte den Kopf in die Hände und stöhnte.
»Was gibt's?« fragte Dave.
»Hol mir ein Taxi!« ächzte ich.
»Mir geht's genauso schlecht wie dir«, murrte Dave. »Hol dir dein verdammtes Taxi selbst!«
Also stand ich auf und ging, wobei ich die Blumen mitnahm. Dave blieb mit geschlossenen Augen, an die Tür gelehnt, auf der Stufe sitzen.
In Strand fand ich ein Taxi und sagte dem Fahrer die Hammersmith-Adresse. Mein Herz hämmerte den Refrain: *Zu spät.* Den ganzen Weg über saß ich nach vorne gebeugt, und die Blumenstengel brachen in meiner Hand. Wir waren fast angelangt, als ich bemerkte, wie tief mir die Dornen in die Haut gedrungen waren. Mit dem immer noch feucht-schmutzigen Hemdsärmel wischte ich das Blut ab, entließ das Taxi an der Hammersmith Town Hall und ging zu Fuß zum Fluß. Dabei merkte ich, daß ich ständig gegen Mauern stieß und in meinem Herzen war ein solcher Schmerz, daß es mir fast den Atem nahm. Da war das Theater. Aber irgend etwas Seltsames ging hier vor. Die Tür stand offen. Ich beschleunigte den Schritt. Zwei oder drei Lastwagen hielten davor. Ich stürzte in die Eingangshalle, wobei meine Füße über einen teppichlosen Boden klapperten. Ich flog die Treppe hinauf, fast ohne die Dielen zu berühren, und warf mich in Annas Zimmer.
Der Raum war vollkommen leer. Ich brauchte eine Weile, um ganz sicher zu sein, daß dies derselbe Raum war. Das

ganze vielfarbige Chaos war verschwunden, nicht ein Seidenband, nicht ein Flitterchen war liegengeblieben. Das Zimmer war ausgeräumt und gefegt worden. Die auf den Fluß gehenden Fenster standen weit offen. Nur in der äußersten Ecke sah man ein paar Tische auf Böcken mit Papierstößen bedeckt. Mir war schlecht vor Überraschung, und ich zog mich auf den Treppenabsatz zurück. Deutlich empfand ich die Verwandlung des ganzen Hauses. Es summte und knackte und hallte. Aus mehreren Räumen drangen Stimmen zu mir, und schwere Schuhe stampften über nackte Bretter. Türen schlugen zu. Durch jedes Fenster drang der geschäftige Lärm des Sommermorgens herein. Ungestüme Hände hatten dieses Haus angefaßt; es war vergewaltigt worden. In einer plötzlichen Aufwallung ging ich zur Tür des Auditoriums. Ich rüttelte daran, aber sie war immer noch verschlossen. Welch ein Geheimnis das Herz dieses seltsamen Gebäudes auch gehütet haben mag, hier konnte es dieses Geheimnis wenigstens noch eine Weile hegen.

Eine fröhlich aussehende junge Frau in Jeans kam pfeifend die Treppe herauf: Als sie mich da stehen sah, fragte sie: »Kommen Sie wegen des Krimskrams?«

Ich starrte sie wie ein Irrer an, und gleich darauf sagte sie: »Verzeihung, ich dachte, Sie seien der Mann von der Paddington-Gesellschaft.«

»Ich suche jemanden vom Theater«, erklärte ich.

»Ach«, erwiderte sie, »die sind, glaube ich, alle schon weg.« Sie ging in Annas Zimmer.

Ich stand immer noch da, die eine Hand am Geländer, in der anderen mein Riesenbündel von Blumen, als zwei Männer in Kordhosen, die ein großes Brett trugen, an mir vorbeigingen. Auf dem Brett standen die Buchstaben NUSP, die Abkürzung für die Unabhängigen Sozialisten.

Dann stand ich plötzlich draußen auf der Straße. Zwei

weitere Lastwagen waren vorgefahren. Ich ging langsam die Straße hinunter, die parallel zum Fluß verläuft. Als ich beim letzten Lastwagen ankam, einem von denen, die schon bei meiner Ankunft dort gestanden hatten, zog etwas innen drinnen meine Aufmerksamkeit an. Ich trat näher. Da packte mich eine seltsame Erregung. In dem Wagen steckte der Inhalt von Annas Zimmer. In dieser Riesenkiste lagen, nur von der hohen Ladeklappe gehalten, alle Schätze, deren ich mich entsann, in wildem Durcheinander. Ich warf einen raschen Blick nach allen Seiten. Niemand beobachtete mich. Im nächsten Augenblick war ich über die Ladeklappe geklettert und warf die Blumen und alles in einem Regen von fallenden Blütenblättern mitten in die ergebene Masse von Spielsachen und Stoffen. Ich schaute genauer hin. Alle meine alten Freunde waren da: das Schaukelpferd, die ausgestopfte Schlange, das Donnerblech, die Masken. Ich betrachtete sie eingehend, und ein tiefer Kummer erfüllte mich. Im harten Sonnenlicht schienen sie nichts zu sein als ein besudelter und zerbrochener Wirrwarr. Die geheimnisvolle Ordnung, die im Theater über ihrem Chaos geherrscht hatte und so sanft und natürlich von Annas Gegenwart in ihrer Mitte ausgegangen war, hatte sich aufgelöst. Alles lag nun der Länge und Breite nach unbeholfen aneinander, und ihr Zauber war dahin.

Während ich in diesen Augenblick vertieft war, gab es plötzlich einen Ruck, und der Lastwagen fuhr los. Ich wurde nach vorn geschleudert und schlug mit der Wange auf etwas Hartes, während eine Kaskade der verschiedensten Dinge mich im Bauch des Wagens nahezu begrub. Eine Weile blieb ich still liegen, das Gesicht dicht vor einer boshaft blickenden Maske, im Rücken das Mundstück einer Blechtrompete. Dann machte ich mich langsam frei. Der Wagen fuhr durch die King Street. Ich überlegte, ob er mich vielleicht, wenn ich drinnen bliebe, zu Anna bringen würde.

Aber bei näherem Nachdenken war ich mir sicher, daß dies nicht so wäre. Diese Dinge hier sahen verlassen aus, und es war viel wahrscheinlicher, daß sie für das Lager eines Auktionators bestimmt waren. Langsam und traurig begann ich, darin zu wühlen und erkannte und grüßte jedes einzelne Stück, dabei zerpflückte ich auch die Blumen und verteilte die Blätter der Rosen und Pfingstrosen auf den Haufen von Tand mit dem Gefühl, das Grab eines seltsamen Erlebnisses zu bestreuen.

Ich beugte mich vor, um meinen Fuß von einem gläsernen Halsband zu befreien, als etwas am Hals des Schaukelpferdes, das auf der Seite lag und in dem Wirrwarr fast versank, meinen Blick auf sich zog. Am Zügel war ein Briefumschlag befestigt. Aufgeregt schaute ich näher hin. Auf dem Kuvert stand der Buchstabe J. Ich machte es los, entfaltete das darinsteckende Papier in atemloser Hast und las: »Tut mir leid, ich konnte nicht länger warten. Ich habe ein Angebot bekommen, das ich, obwohl ich nicht davon entzückt bin, meine annehmen zu sollen. Anna.« Wie vom Donner gerührt, starrte ich darauf, und entsetzliches Elend legte sich mir aufs Herz. Was hieß das? Ach, warum war ich nicht früher gekommen? Um was für ein Angebot handelte es sich? Vielleicht Hugo... Ich riß meinen Fuß aus der Verstrickung und löste dabei einen heftigen Regen von Glasperlen aus, die umherrieselten und schließlich in den Löchern und Rissen des schwankenden Berges versanken. Ich erhob mich auf die Knie, zerfetzte dabei die Seidenstoffe und bahnte mir einen Weg zur Ladeklappe. Gerade fuhren wir an der Albert Hall vorüber.

Ich warf einen letzten Blick auf Annas Sachen. Halb versteckt unter einem gestreiften Schal sah ich die vergoldete Krone, mit der ich sie zur Königin ihres schweigenden, bunten Reiches gekrönt hatte. Ich schob eine Hand hindurch, streifte die Krone den Arm hinauf und bereitete mich zum Absprung vor. Der Lastwagen verlangsamte seine Geschwindigkeit wegen der Verkehrsampeln von Knightsbridge. Als ich wankend auf den Füßen stand, sah ich das Donnerblech, das, mit einer Ecke tief in die Masse gebohrt, unangenehm wippte. Ich packte es und schüttelte es mit aller Kraft. Dann sprang ich ab. Als der Wagen wieder Gas gab und in die Brompton Road einbog, hallte das unheimliche Getöse so laut durch die Querstraßen, daß alles stehenblieb, aufhorchte und hinstarrte. Mit diesem Gepolter im Ohr wanderte ich in den Hyde Park, fiel der Länge nach ins Gras und schlief fast augenblicklich ein.

X

Ich erwachte – wie mir schien, viele Tage später – sah aber, daß es erst halb zwölf Uhr war. Ich brauchte einige Zeit, bis ich mich erinnerte, warum ich mich so elend fühlte. Einige Minuten lang starrte ich die Goldkrone an, die ich im Schlaf festgehalten hatte, ohne mir erklären zu können, was es war und wie ich dazu gekommen war. Als mir die kummervollen Erlebnisse der jüngsten Vergangenheit wieder in den Sinn kamen, setzte ich mich auf und überlegte, was nun zu tun sei. Das wichtigste schien mir, mich zu einem Apotheker zu schleppen und etwas gegen die Kopfschmerzen zu nehmen. Das tat ich dann auch. Meinen rasenden Durst stillte ich an einem Brunnen. Seinen Durst zu stillen ist ein so köstliches Vergnügen, daß es eine Schande ist, daß keinerlei Erfindungsgabe es verlängern kann. Danach setzte ich mich auf eine Bank an der Hyde Park Corner, rieb mir den Kopf und versuchte, einen Plan zu machen.

Inzwischen war mir völlig klar, daß es mit meinem bisherigen Leben vorbei war. Ich kann einen Wink vom Schicksal erkennen. Was für ein Leben zur gegebenen Zeit sich für mich auftun würde, hätte ich allerdings nicht sagen können. Inzwischen gab es aber gewisse Probleme, die mir bestimmt keine Ruhe lassen würden, ehe ich nicht wenigstens den Versuch gemacht hätte, sie zu lösen. Sofort wieder nach Holborn Viaduct zu eilen, reizte mich sehr. Doch fand ich es nach weiterem Überlegen ratsamer, vor einer Begegnung mit Hugo erst einmal zu mir zu kommen. Ich fühlte mich immer noch merkwürdig. Außerdem war es unwahrscheinlich, Hugo am Tag in seiner Wohnung anzutreffen. Diese Überlegungen sprachen auch dagegen, in sein Studio zu gehen. Es war richtiger, den Tag ruhig zu verbringen, vielleicht am Nachmittag zu schlafen und später wieder mit der Jagd auf Hugo zu beginnen. Viel lieber hätte ich Anna gesucht. Aber ich hatte keine Ahnung, wo ich anfangen sollte. Auch wollte ich den fürchterlichen Verdacht verdrängen, wo ich Hugo träfe, würde ich auch Anna finden. Über diese Vorstellung nachzudenken, war unerträglich, deshalb dachte ich auch nicht darüber nach.

Dann ließ ich das Drama der letzten Tage an mir vorüberziehen, und dabei fiel mir zu meinem Verdruß ein, daß ich in meiner Aufregung beim Verlassen von Sadies Wohnung vergessen hatte, das Buch *Der Schalldämpfer* mitzunehmen, das ich zu meinem eigenen Gebrauch konfiszieren wollte. Je länger ich darüber nachdachte, desto mehr ärgerte ich mich darüber. Es blieb noch abzuwarten, ob ich jemals wieder ein Gespräch mit Hugo haben würde; aber auf jeden Fall fand ich es an der Zeit, den Dialog nochmals zu überprüfen und zu entscheiden, ob er etwas enthielt, das wert war, gerettet zu werden. Ich fand, man dürfe mit der eigenen Vergangenheit nicht allzu verschwenderisch umgehen. Der Mann, der dieses seltsame Werk geschrieben hatte, lebte immer noch in mir und könnte vielleicht noch andere Dinge schreiben. Es war mir klar, daß *Der Schalldämpfer* eine unvollendete Angelegenheit war.

Wo konnte ich ein Exemplar davon bekommen? Es in Bibliotheken oder Buchhandlungen zu versuchen, hatte keinen Sinn. Das Vernünftigste war also, zu Sadie zurückzukehren und das ihre zu holen. Ich hatte zwar keine Lust, Sadie wiederzusehen, aber es war sehr unwahrscheinlich, sie jetzt zu Hause anzutreffen. Um das Hineinkommen machte ich mir keine Sorgen, ich konnte es ja genauso machen wie Finn. Als ich mir diesen Plan zurechtgelegt hatte, fand ich ihn ganz ausgezeichnet. Ich war im Begriff, etwas zu tun, das ebenso wichtig wie eine Ablenkung war, und es würde mich davon abhalten, mir wegen Anna und Hugo Sorgen zu machen. Nach diesem Entschluß nahm ich den Dreiundsiebziger-Bus zur Oxford Street, gab Annas Krone bei der Gepäckaufbewahrung in Oxford Circus ab, trank eine große Portion schwarzen Kaffee und kaufte bei Woolworth ein Paket Haarnadeln.

Ich gehöre zu den Leuten, die lieber einen Zwanzig-Minuten-Weg zu Fuß zurücklegen, als daß sie für eine Fünf-Minuten-Bus-Fahrt fünf Minuten an der Haltestelle stehen. Wenn ich mir wegen etwas Sorgen mache, dann werden Untätigkeit und Warten für mich zur Qual. Taucht aber ein praktischer, wenn auch vielleicht aussichtsloser Plan auf, so bin ich wieder zufrieden und schließe die Augen vor allem anderen. Deshalb hatte ich, als ich die Welbeck Street hinunterschritt, das Gefühl, etwas Nützliches zu tun, und obwohl mir das Herz weh tat – und mein Kopf nicht weniger –, war ich durchaus nicht verzweifelt. Als ich von der Straße in die Hintergasse einbog, konnte ich Sadies Feuertreppe leicht erkennen. Ich stieg hinauf, fingerte nach meinen Haarnadeln und hoffte, alles werde reibungslos vor sich gehen.

Als ich mich jedoch Sadies Tür näherte, hörte ich Stimmen, die zweifellos aus der Küche kamen. Das war eine Enttäuschung. Unentschlossen stand ich da. Dann dachte ich, daß die Sprecher vielleicht die Putzfrau und ihr Freund seien und ich sie überreden könnte, mich einzulassen. Ich stieg noch ein, zwei Stufen hinauf, glaubte Sadies Stimme zu vernehmen und wollte gerade umkehren, als ich jemanden Hugos Namen nennen hörte. Eine innere Stimme sagte mir, daß dies mich anging, deshalb fand ich, es könnte nichts schaden, noch ein bißchen mehr zu erfahren. Ich stieg also noch ein paar Stufen höher, bis ich kurz vor Sadies Treppenabsatz stand und mein Kopf gerade bis zum Milchglasrand der Tür reichte. Gelächter ertönte, männliches und weibliches. Dann hörte ich Sadie sagen: »Wer seine Korrespondenz

nicht aufbewahrt, ist Wachs in den Händen derer, die es tun.« Weiteres Gelächter folgte, danach das Klappern von Eis in Gläsern. Darauf eine Antwort der Männerstimme; was sie sagte, vernahm ich nicht, denn ich war zu verblüfft, als ich sie wiedererkannte. Sie gehörte Sammy.
Ich setzte mich auf die Stufen und runzelte die Stirn. Sammy war also ein Freund von Sadie, oder? Instinktiv wußte ich, daß die beiden nichts Gutes im Schilde führten, und dachte besorgt an Madge. Doch hatte es keinen Sinn, dies an Ort und Stelle zu Ende zu denken, besonders mit diesem Kopf, den ich immer noch hatte. Das einzige, was ich tun konnte, war, noch mehr Eindrücke zu sammeln. Denken konnte ich auch später. Im Sitzen hörte ich nichts, und Stehen war ermüdend, vor allem wenn das Ganze länger dauerte. Also kroch ich die letzten zwei, drei Stufen zu Sadies Treppenabsatz hinauf und setzte mich im Schneidersitz mit dem Rücken zur Tür. Hier trennten mich nur wenige Fußbreit von den Rednern, doch ohne daß sie mich sehen konnten, außer sie kämen auf den Gedanken, die Tür aufzumachen; und ich hoffte natürlich, daß sie das nicht tun würden.
Sadie sagte: »Wir müssen ihn sofort abfangen, wenn er in London ankommt. Er gehört zu den Leuten, die gern vor ein *fait accompli* gestellt werden. Es handelt sich nur darum, die Initiative zu ergreifen.«
Sammy antwortete: »Glaubst du, er wird mitmachen?«
Sadie: »Vielleicht ja, vielleicht nein. Wenn nein, so ist damit kein Schaden angerichtet, und wenn ja...«
»Und wenn ja«, sagte Sammy, »Dann greifen wir nach den Sternen.«
Wieder lachten sie. Sie waren vielleicht schon etwas angetrunken. Bestimmt war es ein *tête-à-tête.*
Dann fragte Sammy: »Bist du sicher, daß Belfounder keine Schwierigkeiten machen wird?«

»Ich sagte dir ja, es ist ein Übereinkommen unter Ehrenmännern.«
»Und du bist kein Ehrenmann«, bemerkte Sammy und erstickte fast vor Lachen.
Und jetzt war mir klar, daß ich recht daran getan hatte, zu horchen. Wenn je zwei Menschen etwas ausgeheckt haben, dann Sadie und Sammy. Aber worum handelte es sich? Wen wollten sie in London abfangen? Eines ergab Sinn; Sadie versuchte aus Eifersucht auf Anna, Hugo hereinzulegen. Ich muß mehr davon hören, dachte ich, und saß da mit vorquellenden Augen. Gleichzeitig aber bemerkte ich etwas sehr Ärgerliches. Die Rückseite von Sadies Haus stand dicht an der Rückseite des Hauses in der nächsten Straße. Man hätte sagen können, die beiden Häuser überwachten einander. Die Feuertreppe des anderen Hauses war sozusagen der Zwilling von der Sadies, und zwischen diesen beiden lag ein Abstand von höchstens zwei Metern. Meine Horcherstellung zwang mich daher, direkt in die Zimmer des anderen Hauses zu schauen. Das heißt, mein Kopf war mehr oder weniger in diese Richtung gewandt, wenn ich auch viel zu beschäftigt war, als daß ich etwas wahrgenommen hätte. Jetzt aber bemerkte ich zwei Frauen, die mich vom gegenüberliegenden Zimmer aus eingehend beobachteten. Die eine trug eine rote Schürze, die andere war eine mächtige Person mit Hut. Ich senkte den Blick und horchte jäh wieder auf die Unterhaltung hinter mir, als ich meinen eigenen Namen hörte. Der ganze Satz aber war mir entgangen. Sammy sagte als nächstes: »Als Filmmanuskript ist es sicher nicht schlecht.«
»Spricht für Madge!« erklärte Sadie. »Sie hat einen Riecher für den Sieger.«
»Nur schade, daß sie nicht auch darauf gesetzt hat«, erwiderte Sammy. Abermals großes Gelächter.
»Bist du sicher, daß er keinen Rechtsfall daraus machen kann?« fragte Sammy.

»Keinen eindeutigen«, erwiderte Sadie, »und das ist die Hauptsache. Er besitzt wahrscheinlich nichts Schriftliches, und wenn er je etwas besessen hat, so wird er es längst verloren haben.«
»Immerhin kann er uns die Erlaubnis verweigern, es zu benutzen«, warf Sammy ein.
»Aber siehst du denn nicht«, fragte Sadie, »daß das nichts zu sagen hat? Wir brauchen nur eines, und das ist die Unterschrift von H. K.«
Dies alles war äußerst interessant, nur konnte ich beim besten Willen nicht erraten, was es zu bedeuten hatte.
In diesem Augenblick ereignete sich wieder etwas Ablenkendes. Die beiden Frauen auf der gegenüberliegenden Seite öffneten ihre Fenster weit und betrachteten mich mit unverkennbarem Argwohn. Es ist schwer, dauernd den Blick von jemandem abzuwenden, der, nur zwei Meter von einem entfernt, versucht, ihn zu erhaschen, und besonders dann, wenn es im ganzen Umkreis nichts anderes gibt, das man vernünftigerweise betrachten könnte. Ich lächelte höflich.
Sie berieten sich. Dann rief die eine mit Hut: »Ist bei Ihnen alles in Ordnung?«
Das war enervierend. Es verlangte eiserne Disziplin, nicht aufzustehen und wegzurennen. Ich flehte zum Himmel, daß Sadie und Sammy nichts davon hörten. Inzwischen nickte ich herzhaft und schaute mit einem seligen Lächeln zu den beiden Damen hinüber.
»Bestimmt?« fragte die gleiche.
Nahezu verzweifelt nickte ich abermals und fügte meinem Lächeln so überzeugende Gebärden hinzu, wie dies einem Menschen in sitzender Stellung, mit dem Rücken gegen eine Tür gelehnt, möglich ist. Ich schüttelte mir selbst die Hand, bildete mit Daumen und Zeigefinger ein O und lächelte noch nachdrücklicher.
»Wenn du mich fragst, ich glaube, das ist ein entsprungener

Irrer«, meinte die andere. Sie zogen sich ein wenig vom Fenster zurück.
»Ich werde es meinem Mann sagen«, hörte ich noch die eine äußern.
Sadie und Sammy sprachen weiter. Meine Ohren strebten nun fast weg von meinem Kopf und klebten sich an die Tür hinter mir.
»Was macht dich denn so nervös?« fragte Sadie. Es bestand kein Zweifel darüber, wer wen bei dieser Übereinstimmung widerwärtiger Charaktere ausnutzte. »Bring ihm den Star, das Drehbuch und deine Kontakte, dann haben wir leichtes Spiel. Belfounder kann uns rechtlich nichts anhaben; und wenn er Klage erhebt, bin ich in der Lage, mit Gegenklagen über die Art, wie ich behandelt wurde, reichlich aufzuwarten. Und den kleinen Donaghue können wir kaufen, wann wir wollen.« Dies machte mich so wütend, daß ich beinahe aufgestanden wäre und gegen die Tür geschlagen hätte.
Aber sofort erwiderte Sammy: »Ich weiß nicht. Diese Burschen haben manchmal komische Skrupel.«
Spricht für Sammy! dachte ich, und zugleich packte mich ein krampfhaftes Lachbedürfnis. Ich preßte die Hände an den Mund, um es zu unterdrücken.
Die Frau mit der Schürze erschien wieder, und zur gleichen Zeit tauchte die Frau mit Hut, die offenbar einen Stock höher wohnte, in Begleitung eines Mannes an einem höher gelegenen Fenster auf.
»Da ist er«, sagte sie und deutete auf mich. Dann traten sie auf die Feuertreppe.
»Vielleicht ist er taubstumm«, sagte die Frau mit der Schürze.
»Können Sie nicht etwas sagen?« rief der Mann auf der Feuertreppe.
Jetzt wurde es unangenehm. Ich sah ihn an, zeigte auf meinen Mund und schüttelte den Kopf. Ich weiß nicht, ob

Nicken meine Absicht deutlicher zum Ausdruck gebracht hätte, aber so oder so waren die Möglichkeiten des Mißverstehens so riesig, daß es eigentlich auf das gleiche herauskam.
»Er hat Hunger«, sagte die Frau mit der Schürze.
»Warum unternimmst du nichts?« meinte die Frau mit Hut zu ihrem Mann in dieser aufreizenden Art, die Frauen leicht an sich haben. Ich hatte fast Mitleid mit ihm.
Er kratzte sich am Kopf. »Ach, lassen wir ihn doch in Ruhe«, sagte er. »Er tut ja nichts Böses.«
Das war eine so vernünftige Bemerkung, daß ich mich nicht zurückhalten konnte, ihm anerkennend und kameradschaftlich zuzuwinken. Die Wirkung muß furchtbar gewesen sein. Er fuhr zurück.
»Man kann ihn da nicht einfach sitzen lassen«, sagte die Frau mit der Schürze. Auch sie stand jetzt auf der Feuertreppe. »Er schaut gerade in unsere Zimmer. Denk doch, wenn die Kinder ihn sehen!«
»Ich sage dir, der ist von irgendwo ausgebrochen!« versicherte die obenstehende Frau.
Ein weibliches Wesen, offensichtlich eine Putzfrau, erschien nun in der Küchentür der unteren Wohnung, und ihr mußte nun die ganze Sache erzählt werden. In kalten Schweiß gebadet, fürchtete ich, der Tumult könne Sadies und Sammys Aufmerksamkeit auf sich lenken, aber die beiden waren entweder zu betrunken oder von ihrem Komplott so absorbiert, daß sie bis jetzt noch nichts bemerkt hatten.
»Ich möchte es noch einmal durchsehen, bevor ich mit H. K. zusammenkomme«, sagte Sadie. »Wo ist es im Augenblick?«
»In meiner Wohnung«, antwortete Sammy.
»Können wir nicht anrufen und es sofort herüberbringen lassen?« fragte Sadie.
»Niemand zu Hause«, erwiderte Sammy, »das heißt, wenn

unser neuer Star nicht angekommen ist, was ich aber nicht glaube.« Er lachte.
»Weißt du, ich glaube, das war eine ziemlich schlechte Idee von dir«, sagte Sadie. »Die Sache ist eigentlich schon veraltet.«
»Du bist nur eifersüchtig«, bemerkte Sammy. »Also, ich komm heute abend zu dir und bring es dir. In Ordnung?«
»In Ordnung«, antwortete Sadie.
»Spät«, fügte Sammy hinzu.
»In Ordnung.«
Wieder Gelächter und eine Art Handgemenge. Ich wünschte den beiden viel Glück. Aber vor allem wünschte ich zu begreifen, worum in aller Welt es sich hier handelte.
»Die Sache mit Donaghue unter Dach und Fach zu bringen, überlasse ich dir«, sagte Sammy.
»Wir stehen nicht sehr gut miteinander«, meinte Sadie. »Habe ich dir erzählt, daß ich versucht habe, ihn als Haushüter anzustellen? Aber er hat sich aus dem Staub gemacht.«
»Für einen tobenden Belfounder brauchst du einen bewaffneten Wächter«, fand Sammy. »Aber warum nimmst du dazu so einen Esel wie Donaghue? Du hast wirklich deine Sinne nicht beisammen.«
»Ich habe ihn gern«, erwiderte Sadie. Das rührte mich tief.
»Nun, dann paß gut auf ihn auf!« sagte Sammy.
»Ach, mach dir nicht so viele Sorgen«, bemerkte Sadie. »Eine Übersetzung ist so gut wie die andere. Wenn er uns die seine nicht überläßt, können wir uns eine andere kaufen, wann wir wollen. Das Wichtigste ist, daß wir H. K. das Stück jetzt auf englisch vorlegen. Und was den Franzosen betrifft, der verkauft uns für gute Dollars auch seine Großmutter.«
Dies versetzte mich in einen Wirbel, und ich war des Rätsels Lösung schon auf der Spur, als Sammy sie mir gab. »Ein hübscher Titel, was?« sagte er. *»Die hölzerne Nachtigall.«*
Ich saß da mit offenem Mund. Aber es war keine Zeit zum

Nachdenken. Die Szene gegenüber erforderte abermals meine Aufmerksamkeit. Da drüben schien sich alles schnell zu entwickeln.

»Wenn Sie mich fragen«, sagte die Putzfrau, »dann rufen Sie lieber die Polizei. Besser, die Polizei befaßt sich mit dieser Sorte, das sage ich immer.«

Das gegenüberliegende Haus stand an der einen Seite eines breiten Kiesweges, der zur Queen Anne Street führte. An der Ecke dieses Weges sah ich nun eine kleine Menschengruppe, die das Drama auf der Feuertreppe herbeigelockt hatte.

»Sehen Sie, wie der heruntersieht!« rief die Putzfrau. »Der weiß genau, was vorgeht.«

»Mach jetzt, und ruf neun neun neun an!« sagte die Frau mit Hut zu ihrem Mann.

Dann erschien die Putzfrau wieder, die für einen Augenblick verschwunden war, und war mit einem riesig langen Besen bewaffnet. »Soll ich ihn mit meinem Besen puffen und sehen, was er macht?« fragte sie. Und im Nu war sie auf der Feuertreppe, handhabte ihre Waffe und stieß mich heftig am Fußgelenk.

Das ging zu weit. Ich hatte ohnehin genug gehört und alles Notwendige zusammen, um das Problem zu lösen. Außerdem packte mich Todesangst, Sadie und Sammy könnten jeden Augenblick herauskommen.

Mit lässiger Anmut wand ich unter den faszinierten Blikken sehr vieler Augen die Beine auseinander und rutschte bäuchlings die ersten Stufen hinunter. Dann stand ich auf, rieb mir die Glieder, die ganz steif geworden waren, und ging ohne Eile die Feuertreppe hinunter.

»Ich hab gleich gesagt, er ist verrückt«, rief die Frau mit der Schürze.

»Jetzt geht er weg. Tu doch was!« befahl die Frau mit Hut.

»Ach, laßt ihn doch laufen, den armen Teufel!« sagte der Mann.
»Schnell!« rief die Putzfrau, und sie rannten alle über die andere Feuertreppe und gesellten sich zu der unten wartenden Menge.
Als ich den Fuß der Treppe erreicht hatte, warf ich noch einen raschen Blick zurück, um zu sehen, ob sich jemand vor Sadies Wohnung zeigte. Aber niemand erschien. Meine Peiniger standen nun alle beisammen auf dem Kiesweg. Schweigend sahen wir einander an.
»Macht euch langsam an ihn heran!« rief die Putzfrau.
»Vorsicht, er könnte gefährlich sein!« mahnte jemand.
Zögernd standen sie da. Ich warf einen Blick hinter mich. Die Gasse, die zur Welbeck Street führte, war frei. Da stieß ich ein durchdringendes Zischen aus und stürzte auf die Leute zu. Erschreckt stoben sie auseinander; die einen zogen sich auf die Feuertreppe zurück, die anderen auf den Kiesweg. Dann wandte ich mich der Welbeck Street zu und gab Fersengeld.

XI

Ich strebte zum nächsten ruhigen Ort, den ich kannte, in diesem Falle die Wallace-Sammlung, um mich niederzusetzen und die Fragmente meiner Reaktion zusammenzusetzen. Ich saß da, jenes zynische Grinsen von Frans Hals' »Cavalier« vor mir, und mühte mich ab. Mein Kopf funktionierte noch immer nicht sehr schnell. Offensichtlich hatte Sammy meine Übersetzung von Breteuils *Rossignol de Bois* entwendet, die ich bei Madge gelassen hatte. Nein, falsch! Madge hatte sie ihm gezeigt. Wozu? Um einen Film daraus zu machen. Durch wen? Anscheinend durch einen Burschen, H. K. genannt, der kein Französisch verstand. Amerikaner wahrscheinlich. Was hat Sadie davon? Sammy verkauft dem Yankee die Idee und gleichzeitig auch Sadie. Und was ist dann mit Bounty Belfounder? Sadie tritt dort aus. Kann man ihr deswegen etwas anhaben? Offenbar nicht, man hat Sadie nicht vertraglich gebunden. Und ich? Wenn ich nicht mitspiele, schert sich keiner einen Pfifferling darum, sobald die Idee an H. K. verkauft ist. Wird Jean Pierre mich verteidigen? Natürlich nicht. Er verhandelt direkt mit der Stelle, wo die Dollars herkommen. Und habe ich überhaupt irgendwelche Rechte? Keine. Warum beschwere ich mich also? Mein Manuskript wurde gestohlen. Gestohlen? Madge zeigt es Sammy, der es H. K. zeigt. Gestohlen? Was hat Madge eigentlich davon? Madge wird von Sammy hintergangen, der sie mit Sadie betrügt. Sammy benutzt Madge, und Sadie benutzt Sammy, um sich an Hugo zu rächen und gleichzeitig eine Menge Dollars einzuheimsen. Langsam sah ich das ganze Bild. Das Verrückteste daran war, daß *Die hölzerne Nachtigall* sich tatsächlich ausgezeichnet zum Verfilmen eignete. Sie bot wirklich alle Voraussetzungen. Madge hatte mir seinerzeit, als sie noch an die Möglichkeit geglaubt hatte, man könne mich zum Geldverdienen bringen, dauernd damit in den Ohren gelegen. Die arme Madge! Sie hatte auf den Sieger gesetzt, aber Sadie und Sammy wollten den Gewinn einstecken.

»Aber nicht, wenn ich es verhindern kann!« rief ich und begab mich zum Ausgang.

»Eine unterhaltsame Geschichte«, sagte der Cavalier. »Ich beglückwünsche Sie zu Ihrem Entschluß.«

Was war mein Entschluß? Da gab es ja gar keine Wahl. Ich mußte versuchen, mein Manuskript sofort zurückzubekommen. Damit konnte ich meine eigenen Interessen ebenso wie die Hugos verteidigen und vor allem Sadie und Sammy übers Ohr hauen. Damit war auch Madge gerächt. Wo befand sich das Manuskript? In Sammys Wohnung. Wo war Sammys Wohnung? Die Telephon-Auskunft, die ich anrief, sagte mir: in Chelsea. Es war klar, daß ich rasch zu handeln hatte. Ich mußte das Manuskript in Händen haben, ehe dieser H. K. es zu sehen bekam. Die Art, wie Sadie davon gesprochen hatte, ließ vermuten, daß es nicht noch einmal abgeschrieben worden war. Sammy hatte angedeutet, er werde nicht vor Abend nach Hause kommen, und gesagt, daß sich wahrscheinlich jetzt niemand dort befinde. Ich rief Sammys Nummer an und bekam keine Antwort. Da beschloß ich, daß ich dringend Finn brauchte.

Ich wählte Daves Nummer; nach einiger Zeit antwortete Finn mit ziemlich belegter Stimme. Ich gab meiner Freude Ausdruck, daß er nicht ertrunken war, und sagte ihm, ich brauchte ihn dringend, und wir müßten uns so schnell wie möglich treffen. Nachdem ihm endlich die Identität seines Gesprächspartners klargeworden war, verfluchte er mich wortreich auf gälisch, weil ich ihn geweckt hatte. Ich gratulierte ihm zu seinem langen Schlaf und fragte, wann er kommen könne. Nach längerem Murren versprach er, mich in der King's Road in etwa dreiviertel Stunden an der üblichen Stelle zu treffen. Jetzt war es zwanzig vor drei.

Ich war so umsichtig gewesen, Finn zu bitten, ein Werkzeug mitzunehmen, das wir den Hauptschlüssel nannten, ein schloßknackendes Instrument einfachster Form, das wir nach wissenschaftlichen Methoden zusammen entworfen hatten. Man wird es vielleicht von zwei gewöhnlichen, gesetzestreuen Bürgern wie Finn und mir seltsam finden, daß wir uns mit solch einem Ding ausgerüstet haben. Aber Erfahrung hatte uns gelehrt, daß es für unsere Gesellschaftsschicht überraschend viele Gelegenheiten gibt, da man rein zur Verteidigung der eigenen Rechte, wie in diesem Fall, durch eine verschlossene Tür kommen muß, zu der man keinen Schlüssel hat. Und außerdem konnte man auch einmal ausgesperrt vor dem eigenen Haus stehen, und man will doch nicht immer gleich die Feuerwehr rufen.

Um sicherzugehen, daß die Wohnung leer war, riefen wir noch einmal an; auf dem Weg dorthin erzählte ich Finn in Umrissen die ganze Geschichte. Er fand sie so interessant, daß er bald seine schlechte Laune vergaß. Doch hatte er immer noch einen scheußlichen Kater. Wie stets bei solchen Gelegenheiten, schielte er ein wenig und schüttelte beim Gehen den Kopf. Ich habe ihn oft gefragt, warum er immer bei einem Kater den Kopf schüttle, und er sagte, er wolle dadurch die Flecken vor seinen Augen verjagen. Es überrascht mich stets, daß Finn mit seinem irischen Training einem Trinkgelage weniger gewachsen ist als ich. Was auch immer der Grund dazu sein mag: er war jedenfalls in miserabler Verfassung, während ich mich wieder vollkommen wohl fühlte, nur ein wenig flau im Magen.

Ich war mir durchaus nicht sicher, ob es leicht sein würde, in Sammys Wohnung zu gelangen. Sammy sah es ähnlich, ein Spezialschloß oder, noch schlimmer, eine Alarmsirene an seiner Tür zu haben. Überdies wohnte er im riesigen Block eines Apartmenthauses, wo wir bei unserer Arbeit leicht vom Portier oder einem anderen Wichtigtuer gestört werden konnten. Als wir dort ankamen, schickte ich Finn auf die andere Seite des Gebäudes, um nachzusehen, ob es für den Fall einer Störung einen Lieferanteneingang gab, während ich zur Vordertür ging und nach Hausmeistern spähte. Wir trafen uns vor Sammys Tür im vierten Stock. Finn berichtete von einem angenehmen, ruhigen Hintereingang und ich von einem Portier, der hinter einer Glaswand am Vordereingang saß und nicht sehr beweglich aussah. Finn holte den Hauptschlüssel hervor, während ich am Ende des Ganges Wache stand. In wenigen Augenblicken war Sammys Tür offen, und wir gingen leise hinein.

Wir kamen in eine geräumige Diele. Sammy hatte eine der großen Eckwohnungen. Dann probierten wir eine Tür, die in die Küche führte.

»Wir wollen uns auf Wohn- und Schlafzimmer konzentrieren«, schlug ich vor.

»Hier ist sein Schlafzimmer«, sagte Finn und fing an, Schubladen aufzuziehen. Mit der Raschheit und Geschicklichkeit eines Akkordarbeiters nimmt er jeweils Dinge auf und legt sie wieder hin, und es merkt, wie er es selbst auszudrücken pflegt, kein Schwein, daß etwas anderes als der Frühlingswind die Dinge gestreift hat. Natürlich trugen wir beide Handschuhe. Ich beobachtete ihn einen Augenblick und ging dann dorthin, wo ich das Wohnzimmer vermutete. Und richtig trat ich in ein großes Eckzimmer mit Fenstern zu beiden Seiten. Aber was ich sah, als ich die Tür öffnete, ließ mich auf der Stelle erstarren.

Ich stierte eine Weile darauf und rief dann Finn zu: »Komm einmal her und schau dir das an!«

Er kam. »Heilige Muttergottes!« flüsterte er.

Genau in der Mitte des Zimmers stand ein blinkender

Aluminiumkäfig, etwa ein Meter hoch und anderthalb Meter breit. Darin saß, leicht knurrend und den glänzenden Blick nervös auf uns gerichtet, ein riesiger schwarzbrauner Schäferhund.

»Kann er heraus?« fragte Finn.

Ich näherte mich dem Käfig, während das Tier lauter knurrte und auf doppeldeutige Hundeart gleichzeitig heftig mit dem Schwanz wedelte.

»Sei vorsichtig mit der Bestie!« rief Finn, der sich nichts aus Hunden macht. »Sie wird sich auf dich stürzen.«

Ich untersuchte den Käfig. »Kann nicht raus«, sagte ich.

»Na, Gott sei Dank!« meinte Finn und zeigte, als dies klar war, kein weiteres Interesse an diesem Phänomen. »Neck das Vieh nicht«, fügte er noch hinzu, »sonst fängt es zu heulen an und hetzt uns die Polizei auf den Hals.«

Ich betrachtete das Tier voller Neugierde. Es hatte ein intelligentes Gesicht und schien trotz der Knurrerei zu lächeln.

»Hallo!« sagte ich und steckte meine Hand durch das Gestänge. Daraufhin wurde der Hund ruhig und leckte mich ausgiebig. Ich streichelte ihm die lange Nase.

»Und spiel auch nicht den Zauberer bei ihm!« sagte Finn. »Wir haben nicht den ganzen Tag zur Verfügung.«

Das wußte ich. Finn begab sich wieder in Sammys Schlafzimmer, und ich untersuchte den Wohnraum. Ich war wirklich sehr begierig, das Manuskript zu finden. Manchmal aber hielt ich inne, um mir mit Entzücken Sammys Wut über das verschwundene Werk vorzustellen. Ich durchwühlte Sammys Schreibtisch und eine Kommode. Dann forschte ich in einem Schrank auf dem Gang. Ich sah in Koffer und Mappen, unter Kissen und hinter Bücher und befühlte sogar die Taschen von sämtlichen Jacken und Mänteln. Dabei stieß ich auf manch Interessantes, jedoch nicht auf das Manuskript. Keine Spur davon weit und breit. Auch Finn arbeitete

ergebnislos. Wir inspizierten die anderen Räume, doch mit geringer Hoffnung, da sie recht unbenutzt aussahen.
»Wo, zum Teufel, können wir denn noch suchen?« fragte Finn.
»Sicher hat er ein Geheimfach«, vermutete ich. Durch seinen unverschlossenen Schreibtisch war mir diese Idee gekommen. Wenn ich meinen Sammy recht kannte, hatte er eine ganze Menge zu verbergen.
»Wenn er eines hat, dann brauchen wir es nicht zu suchen«, meinte Finn, »denn wir kriegen es doch nicht auf.«
Ich mußte ihm leider recht geben. Aber wir durchstöberten die ganze Wohnung nochmals, beklopften die Bodenplanken, schauten hinter Bilder, und stellten fest, daß wir keine Schublade und keinen Schrank übersehen hatten.
»Komm«, sagte Finn, »machen wir uns aus dem Staub!«
Ich stand fluchend im Wohnzimmer. »Das verdammte Ding muß doch irgendwo sein.«
»Wie klug von dir«, meinte Finn, »und dort wird es auch bleiben.« Er deutete auf seine Uhr.
Der Hund hatte uns die ganze Zeit über beobachtet und dabei mit dem buschigen Schweif gegen die Stangen geschlagen. »Ein guter Wachhund bist du«, äußerte Finn.
Das Käfigdach, das wie der Boden aus solidem Aluminium bestand, war so hoch, daß das Tier aufrecht stehen konnte, doch nicht hoch genug, daß es beim Stehen die Ohren hätte spitzen können.
»Armer Kerl!« sagte ich. »Weißt du«, wandte ich mich an Finn, »es kommt mir merkwürdig vor, daß der Hund überhaupt hier ist. Ich habe noch nie jemanden gesehen, der einen Hund in einem solchen Käfig gehalten hätte.«
»Wahrscheinlich ist er ein besonderer Hund«, erwiderte Finn. Und da pfiff ich durch die Zähne; denn plötzlich dachte ich daran, was Sammy über einen neuen Star gesagt hatte; und im selben Augenblick erkannte ich das Tier.

»Hast du jemals *Godfreys Rache* gesehen?« fragte ich Finn, »oder *Fünf im Hochwasser*?«
»Bei dir stimmt's wohl nicht«, meinte Finn.
»Oder *Sternguckers Farm* oder *Taufrischer Morgen*?«
»Worauf willst du eigentlich hinaus?« fragte er.
»Das ist Mister Mars«, rief ich und deutete auf das Tier. »Der Wunderhund Mister Mars, der Hundestar. Erkennst du ihn denn nicht? Sammy muß ihn für die neue Firma gekauft haben.« Ich war von dieser Entdeckung so fasziniert, daß ich das Manuskript völlig vergaß. Nichts regt mich so auf wie die Begegnung mit einem Filmstar im wirklichen Leben, und ich war jahrelang ein großer Verehrer von Mars.
»Ach, du bist verrückt«, sagte Finn, »Schäferhunde sehen alle gleich aus. Komm jetzt, bevor der Kerl zurück ist!«
»Aber es *ist* Mars«, rief ich. »Bist du nicht Mister Mars?« fragte ich den Hund. Er richtete sich auf und wedelte noch heftiger als vorher. »Na, siehst du«, sagte ich zu Finn.
»Großartiger Beweis!« höhnte Finn. »Bist du nicht Rin Tin Tin?« wandte er sich an den Hund, der jetzt den Schweif mit noch größerer Geschwindigkeit bewegte.
»Nun, und was sagst du dazu?« fragte ich.
Ganz bescheiden standen auf dem Käfigdach die Worte: *Wunderhund Mister Mars* – und auf der anderen Seite: *Eigentum der Phantasiefilm GmbH.*
»Das letzte stimmt nicht mehr«, bemerkte ich.
»Nun, dann will ich nicht streiten«, sagte Finn. »Ich gehe«, fügte er hinzu und eilte zur Tür.
»Nein, warte!« rief ich in so dringendem Ton, daß er anhielt.
In mir reifte ein wundervoller Gedanke. Während er sich entwickelte, preßte ich beide Hände an die Schläfen und starrte Mister Mars an, der ein paarmal ermutigend aufbellte, als wüßte er, was mir in den Sinn gekommen war.

»Finn«, sagte ich langsam, »ich habe eine hinreißende Idee.«
»Was?« fragte er argwöhnisch.
»Wir entführen den Hund.«
Finn starrte mich an. »Um Himmels willen, warum das denn?«
»Ja, siehst du denn nicht?« rief ich, und als mir die glorreiche Kühnheit und Selbstverständlichkeit meines Planes immer klarer wurde, machte ich einen Luftsprung durch das Zimmer. »Wir halten ihn als Geisel und tauschen ihn gegen das Manuskript ein.«
Finns verblüffter Ausdruck wich einem nachsichtigen Lächeln. »Sie werden nicht darauf eingehen«, sagte er langsam, als spreche er mit einem Kind oder einem Irren. »Warum sollten sie auch? Wir werden nur Schwierigkeiten bekommen. Und abgesehen davon haben wir auch gar keine Zeit dazu.«
»Ich gehe nicht mit leeren Händen aus diesem Haus«, erklärte ich entschlossen.
Das Zeitproblem war allerdings ernst. Aber mich hatte der fieberhafte Wunsch gepackt, in diesem Drama mitzuspielen. Das war es wert, ein Risiko mit Mars einzugehen. Sammys Lage war durch das Manuskript so prekär, daß er sich zurückhalten würde. Konnte ich ihn in Verlegenheit bringen, indem ich ihm Mars vorenthielt oder ihn sogar glauben machte, Mars' Leben stehe auf dem Spiel, so konnte ich ihn wenigstens dazu bringen, mit mir über das Manuskript zu verhandeln. In Wirklichkeit hatte ich keinerlei klaren Plan im Kopf. Ich bin ein rascher, intuitiver Typ beim Denken. Ich wußte nur, daß ich hier einen Verhandlungsfaktor in Händen hielt und ein Narr wäre, daraus keinen Vorteil zu ziehen. Selbst wenn das ganze Manöver Sammy nur Ungelegenheiten und Ärger verursachen sollte, war es mir die Anstrengung wert. Dies erklärte ich Finn, während ich den Käfig untersuchte, wie er zu öffnen war. Finn zuckte ange-

sichts meiner Entschlossenheit die Schultern und begann ebenfalls den Käfig zu untersuchen. Mars folgte uns von innen und beobachtete unsere Bewegungen mit offensichtlichem Beifall.

Ein merkwürdiges Ding. Es gab weder eine Tür noch Riegel, Bolzen oder Schrauben, so weit wir sehen konnten. Das Gestänge schloß dicht an Boden und Dach an.

»Vielleicht klappt eine ganze Seite auf«, mutmaßte ich. Aber wir fanden keine Spur von einem Spezialverschluß. Das Ganze war glatt wie ein Kiesel.

»Er ist verlötet«, sagte Finn.

»Kann sein«, gab ich zu. »Aber bestimmt wurde das Ganze nicht so heraufbefördert.«

»Wahrscheinlich gibt es irgendeinen modernen Trick«, meinte Finn. Das war nicht sehr hilfreich. »Wenn wir einen guten Hammer hätten und wüßten, wo man hinschlagen muß ...« Aber wir hatten keinen. Ich bearbeitete den Käfig eine Zeitlang mit einem Schuh, aber nichts bewegte sich.

»Können wir die Stangen auseinanderbrechen?« fragte ich.

»Die sind hart wie Eisen«, sagte Finn.

Wir suchten in der Küche nach einem Schraubenzieher, fanden aber keinen, ebensowenig ein Brecheisen. Dann verbogen wir einen Feuerhaken an den Stangen, ohne sie auch nur um einen Millimeter zu verrücken. Ich wurde wütend. Gerne hätte ich Finn nach einer Feile ausgeschickt, aber es war schon spät. Er sah auf die Uhr. Zehn nach vier. Ich wußte, es trieb ihn fort, wußte aber auch ebensogut, da wir uns nun einmal in ein besonderes Unternehmen eingelassen hatten, würde er mir beistehen, solange ich ihn brauchte. Er hockte jetzt neben dem Käfig, und er und Mars sahen zu mir auf, Finn mit jenem sanften Blick, den er sich für schwierige Situationen vorbehält.

»Jedes Mal, wenn ich ein Geräusch auf der Treppe höre, rutscht mir das Herz in die Hosen«, sagte er.

Mir ging es ebenso. Aber ich wollte nicht ohne Mars weggehen. Ich zog die Handschuhe aus und hatte das deutliche Gefühl, die Sache kam nun in eine neue Phase.
»Dann nehmen wir eben den ganzen Käfig mit«, sagte ich.
»Er wird nicht durch die Tür gehen«, meinte Finn, »und irgend jemand wird uns bestimmt aufhalten.«
»Versuchen wir's! Ich verspreche dir, geht er nicht durch die Tür, dann gebe ich auf.«
»Bleibt dir auch nichts anderes übrig«, meinte Finn.
Ich war so gut wie sicher, daß es gelingen werde. Aber um den Käfig durchzubringen, mußten wir ihn zur Seite kippen. Auf dem Aluminiumboden stand jedoch eine Schale mit Wasser.
»Das beweist«, sagte Finn, »daß die das Ding mit Sicherheit hier oben aufgebaut haben. Wir kommen nicht raus.«
Ich schüttete das Wasser aus der Schale in eine Vase, die ich dicht an die Stangen hielt. Dann kippte ich den Käfig vorsichtig. Mars, der uns dauernd beobachtete, wurde sehr erregt.
»Paß auf!« rief Finn. »Er kann dir die Hand abbeißen.« Wir kippten den Käfig, bis er ganz auf der Seite lag, währenddessen rutschte Mars herunter, bis er auf den Stangen stand, die nun auf dem Boden lagen. Er begann nervös zu bellen.
»Ruhig!« ermahnte ich ihn. »Denk an die Klemme, in der du in *Fünf im Hochwasser* gesteckt hast und bei der alles gut ausgegangen ist.«
»Wenn wir den Käfig jetzt heben«, sagte Finn, »rutscht er mit den Pfoten durch die Stangen und kann sich ein Bein brechen, wenn er sich dagegen wehrt.«
Das war ein vernünftiger Gedanke. Wir dachten darüber nach. Zeit spielte schon keine Rolle mehr. Wir waren entschlossen weiterzumachen, selbst wenn es noch zwei weitere Stunden dauerte.
»Wir müssen etwas über die Stangen legen«, sagte ich,

ergriff ein Tischtuch, stopfte es in den Käfig und versuchte, es unter Mars' Pfoten auszubreiten. Aber er zerrte scharf daran.
»Du mußt es irgendwie befestigen«, sagte Finn, »sonst kratzt er es weg.«
»Eine Schnur«, war meine Antwort.
»Würde abrutschen«, warnte Finn. »Man braucht etwas, das so groß ist, daß man es doppelt nehmen und es unten drunter verknoten kann.«
Er verschwand und kam einen Augenblick später mit einem Bettlaken. Wir maßen es an den Käfigecken ab.
»Zu kurz, die Enden kommen nicht zusammen«, meinte Finn. Ich versuchte, die Ecken des Leintuches an die Stäbe zu binden, aber es war sehr gestärkt, und die Knoten gingen sofort wieder auf. Verzweifelt sahen wir uns um.
»Wie wär's mit den Vorhängen?« schlug ich vor.
»Um sie runterzuholen, brauchen wir eine Leiter«, entgegnete Finn.
»Keine Zeit«, sagte ich und riß kräftig daran, so daß die Halter aus der Wand brachen und die Vorhänge unter großem Messingringgeklirre auf uns herabfielen. Einen davon breiteten wir aus. Er war außerordentlich lang. Wir zwängten ihn in den Käfig und veranlaßten Mars, die Pfoten zu heben und darauf zu stehen. An beiden Enden hing nun noch so viel Stoff heraus, daß man ihn unter den Stäben hätte verknüpfen können. Aber wir schafften es nicht, darunter zu gelangen.
»Wir brauchen einen Wagenheber«, sagte Finn.
Ich holte zwei Stühle und stellte sie an die beiden Enden des Käfigs. »Hinauf damit!« befahl ich.
Wir hoben den Käfig an, aber sofort rutschten Mars' Pfoten durch die Stangen und brachten den Vorhang durcheinander. Gleichzeitig begann er laut zu bellen. Wir setzten den Käfig wieder ab.

Ich sah Finn an. Er schwitzte. Er sah mich an.
»Mir ist gerade was anderes eingefallen«, sagte er ruhig.
»Was denn?« fragte ich.
»Angenommen, wir könnten die Enden des Vorhangs wirklich zusammenbinden, dann zieht der Knoten den Vorhang in den Stangen zu einem Seil zusammen, so daß das Biest wieder nichts unter den Füßen hat. Verstehst du, was ich meine?«
Ich verstand. Gedankenversunken lehnten wir an den Käfigwänden.
»Vielleicht sollten wir es doch mit Schnüren versuchen«, schlug Finn vor. »Wenn wir an jedem Ende zwei Stücke durch die Vorhangringe ziehen und dann zwei Löcher machen...«
»Zum Teufel damit!« rief ich. »Jetzt versuchen wir gar nichts mehr«, und ich fing an, den Vorhang unter Mars' Füßen wegzuziehen. Sofort packte er einen Zipfel mit dem Maul und wollte ihn nicht mehr loslassen.
»Hol ihm das Zeug aus den Zähnen!« forderte ich von Finn.
»Tu du das!« entgegnete er, »ich ziehe.«
Mit größter Anstrengung zwang ich Mars, das Maul zu öffnen, und wir retteten, was vom Vorhang noch übrig war. Danach setzte ich mich auf den Boden, lehnte den Kopf gegen die Stangen und begann hysterisch zu lachen.
»Mir ist auch etwas eingefallen«, teilte ich Finn mit.
»Was?«
»Vielleicht geht er gar nicht durch die Tür.«
Ich konnte nicht mehr aufhören zu lachen. Das steckte Finn an, und wir lagen beide auf dem Boden und lachten wie die Irren, bis wir nur mehr stöhnen konnten.
Danach machten wir uns auf die Jagd nach Sammys Whisky, und gossen uns, nachdem wir ihn gefunden hatten, eine tüchtige Portion davon hinter die Binde. Finn

merkte man an, daß er sich gern damit niedergelassen hätte, aber ich führte ihn zum Käfig zurück.
»Komm!« sagte ich energisch, »laß ihn mit den Pfoten machen, was er will.«
Wir hoben den gekippten Käfig vom Boden, indem wir ihn zu beiden Seiten an den Stangen packten. Zuerst rutschte und schlitterte Mister Mars; aber bald zeigte es sich, daß wir in unserer Besorgnis um sein Wohlbefinden nicht mit seiner eigenen Intelligenz gerechnet hatten. Kaum war ihm klar geworden, daß er nichts zum Stehen unter sich hatte als die Stangen, als er auch schon die Beine beugte und sich ein wenig unbequem, aber völlig ruhig hinlegte. Bei diesem Anblick fingen wir wieder so zu lachen an, daß wir den Käfig abstellen mußten.
»Zum Teufel!« sagte ich schließlich, und wir gingen zur Tür.
Der Käfig selbst wog nicht viel, das Hauptgewicht war Mars. Das Tragen fiel nicht schwer. Ich hielt den Atem an. Das Ding kratzte gegen den Türrahmen.
»Weiter!« sagte ich zu Finn, der vorausging. Er sah mir ins Gesicht, weil er sich rückwärts bewegte, und ich sah, wie seine Augen tellerrund wurden. Wir stießen und drängten schweigend weiter. Finn erreichte rückwärtsgehend den Gang, und der Käfig glitt durch die Tür wie ein Kolben durch den Zylinder. Kein Fingerbreit blieb frei.
»Geschafft!« rief Finn.
»Warte!« mahnte ich, »da ist noch die andere Tür.«
Wir öffneten die Korridortür. Wie geölt rutschte der Käfig hindurch. Draußen setzten wir ihn ab und schüttelten einander die Hand. Ich ging zurück in Sammys Behausung und warf einen letzten Blick auf das Wohnzimmer. Es glich einem Schlachtfeld, aber ich mußte es lassen, wie es war.
Ich wollte gerade die Gangtür schließen, als Finn sagte: »Hör mal, selbst wenn wir ungeschoren aus dem Haus

kommen, wie wollen wir denn das Ding fortschaffen? Die Polizei wird uns fragen, was wir da tun.«

»Wir nehmen ein Taxi.«

»Ein gewöhnliches Taxi nützt uns nichts. Wir müssen eines mit einem Dach finden, das man zurückschlagen kann.«

»Dann mieten wir einen Lastwagen, mir ist es gleich.«

»Aber wo lassen wir das Ding inzwischen?«

Ich atmete schwer. »Du hast natürlich recht«, sagte ich. »Geh hinaus und suche so ein verdammtes Taxi mit einem zurückschlagbaren Dach, oder einen Lastwagen, oder was du willst, wenn du es in zehn Minuten schaffst. Wenn nicht, dann komm zurück, und wir tragen das Ding in drei Teufels Namen weg. Ich warte hier.«

»Wäre es nicht besser, du wartest drinnen?«

Wir schauten einander tief in die Augen, hoben den Käfig auf und trugen ihn in Sammys Wohnung zurück.

»Ich warte im Korridor«, sagte ich. »Erscheint Sammy, dann mache ich mich aus dem Staub. Bin ich nicht da, wenn du wieder kommst, weißt du, daß es schiefgegangen ist.«

Wir drückten einander abermals die Hand, und Finn ging. Ich stand im Gang, biß mir auf die Fingergelenke und lauschte auf jedes Geräusch. Der Gedanke, Mars könne mir im letzten Augenblick noch verlorengehen, quälte mich bis zum Wahnsinn. Ich sah nach ihm und sprach mit ihm durch die Stangen. Dann ging ich in Sammys Küche und fand dort zwei Schweinekoteletts, die ich ihm verehrte. Dann kehrte ich auf meinen Posten im Gang zurück.

Nach etwa fünf Minuten hörte ich Schritte auf der Stiege und bereitete mich zur Flucht vor. Aber es war Finn. Er blickte erstaunlich kühl drein.

»Ich habe ein Taxi mit Verdeck«, sagte er.

Wir hoben den Käfig an, und abermals glitt er hinaus in den Gang. Ich schloß Sammys Tür. Dann machten wir uns zur Treppe auf.

»Wir gehen hinten raus«, sagte ich, »und vermeiden damit den Portier.«
»Das Taxi wartet vorne.«
»Nun, dann tragen wir eben das verdammte Ding außen um das Haus herum.«
Da verlor Mars ein Kotelett, ich trat darauf, und wir wären beinahe die erste Treppe hinuntergefallen. Aber übers Sorgenmachen war ich hinaus. Als wir unten ankamen, wandten wir uns rasch dem Lieferanteneingang zu. Finn führte. Dort mußten wir erkennen, daß die Tür verschlossen war. Kurz nach dieser Entdeckung rief eine Stimme hinter uns: »He!«
Wir fuhren zusammen, als hätte man geschossen. Es war der Portier, ein plumper, langsamer Mensch mit hartnäckigem Gesichtsausdruck.
»Sie können hier nicht raus«, sagte er.
»Warum nicht?« fragte ich.
»Weil die Tür ab vier Uhr dreißig geschlossen ist.«
»Nun, dann gehen wir eben vorne rum«, erwiderte ich. Ich hätte ihm das Genick gebrochen, nur um Mars aus dem Haus zu schaffen. »Heb an!« sagte ich zu Finn. Wir hoben an.
»He, nicht so schnell!« rief der Portier und versperrte uns den Weg. Er kaute auf einem Kaugummi.
»Wir sind in Eile«, erklärte ich ihm. »Vorwärts, marsch!« befahl ich Finn, wir schoben den Portier zur Seite und strebten zum Haupteingang. Durch die Glastür sah ich das wartende Taxi und den Fahrer, und es war wie ein Blick ins gelobte Land.
Der Portier ging voraus und legte die Hand auf die Türklinke. »Nicht so schnell, habe ich gesagt«, meinte er.
»Und ich habe gesagt, daß wir in Eile sind«, erwiderte ich.
»Ich muß wissen, was Sie da machen, verstehen Sie«, sagte der Portier, »und wer Sie beauftragt hat.«

»Wir tragen dieses Tier aus dem Haus«, antwortete ich, »und unser Auftraggeber ist Mr. Starfield. Etwas dagegen?«
Der Portier kaute nachdenklich. Schließlich sagte er: »Dagegen? Nicht daß ich wüßte. Immer wieder hab ich Mr. Starfield gesagt, es ist gegen die Regel, hab ich gesagt, man darf keine Haustiere in diesen Wohnungen halten. Das ist kein Haustier, sagt er zu mir, das ist ein Theaterhund. Theaterhund, sag ich zu ihm, dann soll er mal hier ja kein Theater machen, sonst schicke ich Ihnen den Verwalter auf den Hals, sag ich. Ich hab Ihnen gesagt, es ist gegen die Regel, sag ich. Wenn ich wollte, könnte ich Sie raussetzen lassen, sag ich. Hat keinen Sinn, mir Geld anzubieten. Ich will doch nicht meinen Posten verlieren, oder? Ich muß meine Pflicht tun, oder? Ich selbst hab nichts dagegen, sag ich zu ihm. Mir ist's gleich, ob Sie einen Hund mitbringen, sag ich. Meinetwegen einen Hund oder eine Frau, sag ich. Aber die Regel...«
Inzwischen brachten wir Mars auf die Straße. Der Taxifahrer, der das Dach des Wagens zurückgeschlagen hatte, half uns beim Einladen. Der Käfig nahm den ganzen rückwärtigen Sitz des Taxis ein. Das eine Ende berührte fast den Boden, das andere schaute weit über das Dach hinaus. Der arme Mars war nun wieder auf seinem Aluminiumboden, da dieser aber in einem Winkel von fünfundvierzig Grad gekippt war, rutschte er abermals gegen die Stangen mitsamt seiner Wasserschale, die einen irren Lärm machte, als wir den Käfig zurechtrückten. Mars hielt das übriggebliebene Schweinekotelett mit aller Entschlossenheit in den Zähnen, was ihn glücklicherweise am Bellen hinderte.
»Der arme Kerl!« sagte der Taxifahrer, der die Sache philosophisch aufnahm. »Er hat's nicht sehr bequem, wir wollen mal so versuchen.« Und er machte sich nochmals am Käfig zu schaffen.
»Lassen Sie ihn!« rief ich. »Es ist sehr gut so.«

»Aber ich habe jetzt keinen Platz mehr für zwei«, sagte der Fahrer.
»Platz genug«, belehrte ich ihn und gab ihm eine halbe Krone. Finn setzte sich neben ihn, und ich kletterte auf den Käfig und zwängte mich in die Ecke zwischen dem Käfig und die Rücklehne des Fahrersitzes.
»Das ist nicht gut«, meinte der Fahrer. »Wenn Sie sich vielleicht...«
»Fahren Sie los, bitte!« brüllte ich. Es fehlte nur noch, daß der Anlasser versagte. Aber der Wagen fuhr ab. Der Portier winkte uns nach, und wir steuerten auf die King's Road zu. Finn drehte sich um, sah mich, und wir lachten einander schweigend an. Es war ein Lachen des Triumphes nach vollbrachter Leistung.
»Sie haben mir nicht gesagt, wohin«, bemerkte der Fahrer und hielt an der King's Road.
»Fahren Sie Richtung Fulham«, sagte ich, »wir sagen Ihnen dann weiter Bescheid.« Ich wollte es nicht riskieren, Sammy in seinem Wagen auf dem Heimweg von Sadie zu begegnen. Wir mußten höchst verdächtig aussehen. Die ganze Zeit über drehten die Leute sich um und starrten uns nach.
»Das erste, was wir tun müssen«, sagte ich zu Finn, »ist, eine Feile kaufen und das Tier herauslassen.«
»Die Geschäfte sind geschlossen«, erinnerte mich Finn.
»Nun, dann muß eben eines wieder aufmachen«, fand ich.
»Halten Sie bei einem Eisenwarenhändler!« sagte ich zu dem Fahrer, der bis jetzt nicht mit der Wimper gezuckt hatte. Nichts kann einen Londoner Taxichauffeur in Staunen versetzen. Er hielt vor einer Eisenwarenhandlung in der Fulham Palace Road, und nach längerem Klopfen und Argumentieren erstanden wir eine Feile.
»Jetzt bringen Sie uns an den nächsten ruhigen Ort, wo wir ungestört mit dem Ding arbeiten können«, sagte ich zu dem Fahrer.

Da er sein London gut kannte, fuhr er uns zu einem unbenutzten Hof für Bauholz bei der Hammersmith Bridge und half uns beim Abladen des Käfigs. Ich hätte ihn gern an Ort und Stelle entlassen, nur fürchtete ich, daß wir nicht genug Geld bei uns hatten, um ihn zu bezahlen. Finn hatte wohl wie gewöhnlich drei Shilling und acht Pence mit sich. Was der Fahrer sich bei unserem Unternehmen dachte, wissen die Götter. Er machte jedenfalls keine Bemerkung. Vielleicht rechnete er damit, daß das Trinkgeld um so größer ausfiel, je zweifelhafter unser Tun war.
Wir machten uns mit der Feile an die Arbeit und versuchten es abwechselnd; doch schafften wir es bei härtester Anstrengung nicht vor einer halben Stunde. Die Stangen wollten sich nicht biegen lassen, selbst als sie an einem Ende bereits durchgefeilt waren. Deshalb mußten wir jede zweimal bearbeiten. Mars winselte begierig und leckte uns dabei die Hände. Er wußte genau, was vorging. Als wir schließlich drei Stangen losgelöst hatten und die vierte sich eben zur Seite legte, zwängte Mars sich bereits durch die Lücke. Ich empfing das warme, riesige, flinke Tier in meinen Armen, und einen Augenblick später rannten wir alle zusammen unter Hundegebell und Männergebrüll rund um den Hof und feierten seine Befreiung.
»Paß auf, daß er nicht wegläuft!« warnte Finn.
Ich hielt Mars nicht für so undankbar, daß er uns nach all der Mühe, die wir uns seinetwegen gemacht hatten, verlassen würde, war aber doch erleichtert, als er auf meinen Zuruf: »Hierher, Sir!« sofort gehorchte.
Danach besprachen wir, was mit dem Käfig geschehen sollte. Finn schlug vor, ihn in den Fluß zu werfen, aber ich war dagegen. Nichts kann die Londoner Polizei so wenig leiden wie den Anblick von Leuten, die etwas in der Themse verschwinden lassen. Schließlich beschlossen wir, ihn da zu lassen, wo er war. Wir kümmerten uns ja nicht darum,

unsere Spuren zu verwischen, falls das überhaupt möglich gewesen wäre.
Während unserer Beratung nahm der Fahrer den Käfig in Augenschein. »Unzuverlässig«, sagte er, »diese modernen Schlösser. Immer klemmen sie, nicht?« Er griff mit einer Hand durch die Stangen und drückte auf eine Feder unterhalb des Daches. Wie ein geölter Blitz fiel die eine Seite des Käfigs auf. Das setzte unserem Disput ein Ende. Finn und ich musterten das Gesicht des Fahrers. Er schaute arglos zurück. Wir fühlten uns zu einer Erklärung außerstande.

*

»Ich sag' dir was«, begann Finn, »ich bin müde. Können wir jetzt irgendwohin gehen und uns ausruhen?«
Ich dachte nicht an Ruhe, fand es aber besser, Finn zu entlassen. Auch verspürte ich den plötzlichen Wunsch, mit Mars allein zu sein. Deshalb gab ich Finn fünf Shilling, mehr konnte ich nicht entbehren, und riet ihm, mit dem Taxi zur Goldhawk Road zu fahren und sich bei Dave den Rest zu borgen. Er wollte mich nicht gern verlassen, und es bedurfte einiger Zeit, bis ich ihn davon überzeugt hatte, daß ich es wirklich wollte. Schließlich fuhr das Taxi los, und Mister Mars und ich machten uns zu Fuß zum Hammersmith Broadway auf.
Als ich mit Mars an der Seite dahinschritt, fühlte ich mich wie ein König. Wir schauten einander immer wieder an, und ich konnte mich des Gefühls nicht erwehren, daß ich ihm ebenso gut gefiel wie er mir. Mich rührte sein Gehorsam. Es wundert mich immer, wenn ein anderes Wesen tut, was ich sage. Mir erschien im Augenblick die Aneignung von Mars der beste Einfall meines Lebens. Nicht, daß ich darüber nachdachte, was ich Besonderes nun mit ihm anstellen könnte. Nichts war mir jetzt ferner als der Gedanke an Sadie

und Sammy. Ich freute mich einfach nur darüber, Mars bekommen zu haben, nachdem ich dafür solche Anstrengungen unternommen hatte. Mit erhobenem Kopf gingen wir zusammen in eine Schenke am Hammersmith Broadway.

Mars erregte viel Aufmerksamkeit. »Einen schönen Hund haben Sie da«, sagte jemand zu mir. Nachdem ich etwas bestellt hatte, nahm ich eine Abendzeitung zur Hand, die auf dem Bartisch lag. Mir fiel ein, daß es an der Zeit war, nach einem Anhaltspunkt für H. K.'s Identität zu suchen. Dies könnte mir auch die Termine erklären, an denen Sadie und Sammy herumbastelten. Ich überflog die Zeitung und brauchte nicht lange zu suchen. Eine Überschrift lautete: *Filmmagnat fährt auf der Queen Elizabeth.* Darunter stand:

EIN »KÖNIGMACHER« AUS HOLLYWOOD SUCHT IDEEN IN ENGLAND

In einer Luxuskabine der Queen Elizabeth, die in Bälde hier einlaufen wird, sitzt ein stiller, kleiner Mann und trinkt Coca-Cola. Sein in der Öffentlichkeit wenig bekannter Name ist eine Zauberformel in Hollywood. Wer die Filmbranche wirklich kennt, weiß, daß Homer K. Pringsheim die Macht hinter so manchem Thron und der Schöpfer und Zerstörer so mancher Filmkarriere ist. Mr. Pringsheim, der ganz einfach lebt und jeder Publizität ausweicht, teilte einer Pressekonferenz in New York mit, er gehe »hauptsächlich als Tourist« nach Europa. Doch ist es allgemein bekannt, daß H. K., wie diese hervorragende Persönlichkeit in Los Angeles liebevoll genannt wird, auf der Suche nach neuen Stars und Ideen ist. Auf die Frage, ob er für eine engere Zusammenarbeit zwischen der britischen und der amerikanischen Filmindustrie sei, antwortete Mr. Pringsheim: »Nun, vielleicht.«

Dies war jetzt immerhin klar. Ich überlegte, wie Sadie es anstellen würde, Zugang zu H. K. zu bekommen und wieviel Zeit sie brauchte, ihn zu einer Unterschrift zu bringen. Dabei hegte ich keinen Zweifel, daß Sadie genau wußte, was sie tat. Wahrscheinlich hatte sie diesen stillen, kleinen Mann schon bei einem früheren Zusammentreffen becirct. Ich mußte also schnell arbeiten und vor allem feststellen, wann die *Elizabeth* einlief.

Ich überflog zu diesem Zweck die Zeitung nochmals, als ich plötzlich am Fuße einer Seite folgende kleine Notiz las:

ANNA QUENTIN NACH HOLLYWOOD ENGAGIERT?

Den Freunden der Gesangskunst ist der Name Anna Quentin, der hervorragenden und gewandten Volksliedersängerin, wohlbekannt. Miss Quentins Verehrer, die bedauern, daß die Künstlerin sich vor kurzem vom Rampenlicht zurückgezogen hat, werden die Nachricht von ihrem Engagement nach Hollywood mit gemischten Gefühlen aufnehmen. Miss Quentin, die für einen kurzen Aufenthalt nach Paris geht, hat es abgelehnt, das Gerücht, sie habe einen langfristigen Vertrag unterzeichnet, um in Amerika zu arbeiten, und werde in Bälde auf der *Liberté* hinüberfahren, zu bestätigen oder zu widerlegen. Miss Quentin ist die Schwester der bekannten Filmschauspielerin Sadie Quentin.

Diese Notiz studierte ich etwa zehn Minuten lang und versuchte, zwischen den Zeilen zu lesen. Wie Miss Quentins andere Verehrer hatte ich gemischte Gefühle. Im ganzen war ich tief erleichtert. Dieser Hollywood-Vertrag war zweifellos das Angebot, das Anna so zögernd angenommen hatte. Wahrscheinlich war sie der Meinung, die einzige Möglichkeit, Hugos Drängen zu entgehen, sei die Flucht. Andererseits wußte ich, daß sie Europa nur ungern verließ. Was meine spontane Regung betraf, so wollte ich Anna lieber an Hollywood verlieren als an Hugo. Von Hollywood konnte sie zurückkommen; und auf jeden Fall war sie offensichtlich noch nicht fest entschlossen, hinzufahren. So weit ich ihren Charakter kannte, mußte ich annehmen, daß Anna es jedermann sofort wissen lassen würde, wenn sie sich auf Grund ernster Bedenken entschieden hatte, etwas zu unternehmen.

So sah meine Reaktion in den ersten fünf Minuten aus. Danach aber, als mir die schwerste Befürchtung abgenommen war, begann mich wie einen Mann, der, von einem gefährlichen Fieber geheilt, plötzlich Zahnschmerzen hat, der alternative Stand der Dinge an sich zu bedrücken. Zwar hatte ich kein dringendes Bedürfnis empfunden, ins Theater zurückzugehen und Anna mit meinen Aufmerksamkeiten zu belästigen, doch hatte ich gewußt, daß Anna dort war, und damit gerechnet, sie werde mich bald rufen. Was ja auch geschehen war, wie ich mich schmerzlich erinnerte. Aber Anna in den USA erweckte ganz andere Überlegungen. Der Gedanke kam mir, ich könnte sie, wenn ich sofort aufbräche, in Paris abfangen und ihr die ganze Sache ausreden.
Dieser Gedanke hatte für kurze Zeit etwas sehr Verlockendes. Meine Betrachtungen wurden jedoch von Mars unterbrochen, der mir eine breite, trockene Pfote aufs Knie legte. »Ja«, sagte ich zu ihm, »dich hatte ich ganz vergessen.« Natürlich konnte ich Mars zurückbringen. Wenn ich kein Verlangen nach Sammys Gesicht verspürte, konnte ich mit dem Tier nach Chelsea fahren und es vor der Tür anbinden. Oder es im Notfall bei einer Polizeistation abgeben. Was ging mich denn in Wirklichkeit die ganze *Hölzerne Nachtigall* an? Sollten sie das verdammte Ding doch haben! Mir dämmerte, daß die Aneignung von Mars zum Verrücktesten gehörte, was ich je getan hatte. Wäre ich dadurch nicht ins Unrecht geraten, so könnte ich mich jetzt des Manuskripts wegen vor Sadie und Sammy groß moralisch entrüsten – Sammy jedenfalls hatte ohnehin ein schlechtes Gewissen deswegen – und ihnen eine Menge Geld abknöpfen. Auch saß ich mit dem Tier fest. Ginge es nicht um Mars, könnte ich die ganze verdammte Sache fallenlassen und Anna hinterher eilen.
Doch wäre es, dachte ich weiter, sehr schlimm, gerade jetzt London zu verlassen. Vor allem mußte ich Hugo vor Sadies

Plan warnen. Nicht daß Hugo etwas dagegen hätte unternehmen können; aber er mußte es wissen, vorher fühlte ich mich nicht wohl in meiner Haut. Was meinen Instinkt betraf, den Kampf gegen Sadie und Sammy mit ihm gemeinsam aufzunehmen, so war er völlig richtig gewesen. Zumindest sähe dieses Schlangenpaar sich dann vor ein unerwartetes Hindernis gestellt. Und wenn ich daran dachte, wie Madge von Sammy behandelt worden war, so wünschte ich nur, ich hätte ihm einen noch viel größeren Schrecken einjagen können. Vom Erpresserstandpunkt aus blieb noch abzuwarten, wie sehr ihm Mars wirklich am Herzen lag. Ich verzehrte meine Fleischpastete, Mars die seine, und dann sah ich auf die Uhr. Es war zehn vor acht. Je rascher ich Hugo fand, desto besser. Und tatsächlich packte mich, kaum erschien sein plumpes, bärenhaftes Bild vor mir, ein großes Verlangen, ihn zu sehen, zumal ich spürte, daß ein boshaftes Geschick uns voneinander fernzuhalten suchte. Es wurde mir zu einer geistigen Notwendigkeit, Hugo zu finden.

Wenige Minuten später rief ich bei Lloyd an. Die *Queen Elizabeth* sollte übermorgen einlaufen. Das war nicht übel. Dann wählte ich Hugos Holborn-Nummer und bekam keine Antwort. Gleich darauf telephonierte ich an das Bounty Belfounder-Studio, da ich es für möglich hielt, daß Hugo sich noch dort aufhielt. Das Studio antwortete und teilte mit, sie seien alle noch bei der Arbeit. Ob Mr. Belfounder auch anwesend sei, wüßten sie nicht. Er sei am frühen Abend dort gewesen, aber vielleicht schon wieder gegangen. Das genügte mir. Ich beschloß, mich zum Studio aufzumachen.

XII

Das Belfounder-Studio liegt in einem Vorort Süd-Londons, wo das Zufallartige des Baustils mir Übelkeit verursachte. Ich fuhr, so weit mein Geld reichte, in einem Taxi und legte den Rest des Weges im Bus zurück. Dadurch war ich völlig bargeldlos, aber im Augenblick dachte ich nicht an später. Wer je ein Filmatelier gesehen hat, weiß, wie dicht dort Glanz und Verfall beieinander liegen. Bounty Belfounder neigte eher zu letzterem. Das Studio erstreckte sich über ein beträchtliches Gebiet zwischen einer Eisenbahnlinie und einer Hauptstraße und war auf der Straßenseite von einem sehr hohen Wellblechzaun umgeben. Der Haupteingang in der Mitte einiger niedriger Notbauten glich dem Tor eines Zoologischen Gartens. Der ständig in Neonlicht aufleuchtende, darüberstehende Name *Bounty Belfounder* ließ so manches Mädchen seufzen, das auf seinem täglichen Weg zur Arbeit in und um die Old Kent Road daran vorüberging. Mars und ich entstiegen dem Bus. Wer jemals versucht hat, ein Filmatelier zu betreten, weiß, daß die Chancen, als Unbefugter hinausgesetzt zu werden, sehr groß sind. Ich selbst bin eine Art professioneller Unbefugter und bestimmt schon an mehr Orten vor die Tür gesetzt worden als irgendein anderes Mitglied der englischen Intelligentsia. Während ich nun auf das Atelier blickte, wurde mir bewußt, daß es wahrscheinlich schwer sein würde, hineinzukommen. Der Haupteingang bestand aus einem Paar Eisentoren, die nicht nur verschlossen, sondern von nicht weniger als drei Mann bewacht waren. Sie saßen in einem kleinen Büro, von wo aus sie die Straße überblickten, und kamen offenbar ihrer Aufgabe mit Freuden nach, die Prominenz kriecherisch hineinzuführen und den Plebs zu vertreiben. Ich wußte, daß es sinnlos war, sie nach Hugo zu fragen. Deshalb beschloß ich, außen um das Gebiet herumzugehen und nachzusehen, ob es nicht eine einladendere Art gab, hineinzukommen. Ich erregte bereits die Aufmerksamkeit der drei Zerberi, und ihre Blicke bezichtigten mich des Herumlungerns. Auch fiel mir ein, daß Mars gerade in diesem Milieu erkannt werden könnte. Zwar neigte ich zu Finns Ansicht, alle Schäferhunde sähen gleich aus; aber es gibt Leute, die eben ausgekrochene Küken und Chinesen voneinander unterscheiden können. Mit beiläufigem Blick wandten wir uns ab.

Wir gingen am Wellblechzaun entlang bis zur Eisenbahn. Er war mit Werbeplakaten des Films bedeckt, der anscheinend gerade im Innern gedreht wurde. Ich erinnerte mich, auch schon etwas darüber in den Zeitungen gelesen zu haben. Der Film handelte von der Verschwörung des Catilina und sollte so bemerkenswert sein, weil er mit ungemeiner Sorgfalt diese viel diskutierte und zweifellos oft falsch wiedergegebene Episode darstelle. *Endlich!* verkündeten die Plakate verwirrten Londonern, *Die Wahrheit über Catilina!* Nicht weniger als drei namhafte Geschichtsforscher standen auf der Liste der Mitwirkenden. Sadie spielte die Orestilla, Catilinas Frau, von der Sallust sagte, kein anständiger Mann habe sie je gerühmt, außer um ihrer Schönheit willen, und die Cicero nicht nur für Catilinas Frau, sondern auch für seine Tochter hielt. Auf dieses Gerücht geht der Film nicht ein, aber vorige Aussage widerlegt er, indem er Orestilla, entweder der neuesten Forschung oder den Anforderungen des Drehbuchs folgend, als eine Frau mit goldenem Herzen und gemäßigten, reformistischen Grundsätzen auftreten läßt.

Die Festung schien uneinnehmbar. Vielleicht gab es an der Bahnseite eine Möglichkeit, hineinzugelangen, aber ich ließ mir das als letzte Zuflucht; denn wenn ich auch keine Angst vor Autos habe, so machen Züge mich nervös. Ich weiß, daß dies unlogisch ist, da Züge, abgesehen von Katastrophen, auf Schienen laufen und einen nicht wie Autos auf Trottoirs und in Läden verfolgen können, doch wurden meine natürlichen Ängste nun durch die Anwesenheit von Mars geschürt. Ich sah ihn bereits deutlich von einem Zug überfahren, was meiner erregten Phantasie als die unvermeidliche Konsequenz unserer Kühnheit erschien, die Geleise zu überqueren. Also kehrte ich zum Haupteingang zurück.

Hier bemerkte ich, daß die drei Männer, die mich für einen herumlungernden Verbrecher gehalten hatten, weggegangen waren und nur ein Mann in dem Fensterrahmen zu sehen war. Ich blickte durch das Tor und gewahrte im Atelierhof den großen schwarzen Alvis, den ich vom Riverside-Theater hatte wegfahren sehen. Ich war sicher, den gleichen Wagen vor mir zu haben. Dies festigte meinen Entschluß. Irgendwo auf der anderen Seite dieses Tores befand sich Hugo. Ohne festen Plan trat ich an das Fenster. Der Mann sah mich fragend an. Ich beugte mich zu ihm.

»Ich bin Georges Freund«, sagte ich zwischen den Zähnen und schaute ihm fest in die Augen. Den Namen murmelte ich so, daß er auch John, Joe, James oder Jack hätte lauten können. Eines dieser Geschosse erreichte anscheinend sein Ziel. Der Mann nickte ziemlich verächtlich und berührte einen Hebel. Das Tor tat sich auf.

»Geradeaus über den Hof und dann links«, sagte er. Ich ging hinein.

Es widerstrebte mir, Mars zu rufen, weil ich die Aufmerksamkeit nicht auf ihn lenken wollte, und ich hoffte auf seinen Verstand, mir gleich zu folgen. Als ich hörte, wie das Tor sich hinter mir langsam wieder schloß, konnte ich nicht umhin, mich ein wenig umzuwenden und nachzusehen, was mit ihm geschah. Aber alles verlief in bester Ordnung. Er war mir nicht nur dicht auf den Fersen, sondern hatte auch beim Vorübergehen an dem Bürofenster den Schweif gesenkt. Ohne nochmals zurückzuschauen, eilte ich über den Hof an Hugos Wagen vorbei und betrat auf der anderen Seite ein Labyrinth von Gebäuden. An der breiten Tür zur Linken stand: Statisten. Dies war offenbar das gewünschte Ziel von Joes Freund, und ich überlegte kurz, ob es mir nicht zum Vorteil gereichen würde, diese Rolle weiterzuspielen. Aber ich sah keinen Grund, warum ich mich als alter Römer verkleiden sollte, um Hugo zu finden, besonders da das geheißen hätte, meine Hosen einer anderen Person zu überlassen, wogegen ich einen primitiven Abscheu habe. Deshalb ging ich geradeaus weiter, nahm dabei meine Krawatte ab und verknotete sie mit Mars' Halsband. Jetzt war ich zu allem bereit.

Aus der Ferne hörte ich eine Stimme, die auf glühende, rhetorische Art etwas vortrug. Ihr Ton drang klar durch die empfängliche Abendluft. In diese Richtung wandte ich meinen Schritt, denn ich zweifelte nicht daran, im Zentrum aller Vorgänge Hugo entdecken zu können. Keinen Menschen sah ich, und keinen anderen Laut vernahm ich. Das Büropersonal war offensichtlich bereits nach Hause gegangen. Mit Mars an der Seite lief ich durch eine Straße von Betonhäusern, dann durch eine zweite. Irgendwo weiter vorne gab es viel Licht. Dann bog ich um eine Ecke, und hier tat sich vor mir ein überraschendes Bild auf.

Im Hintergrund stand wie eine Explosion aus Farbe und Form ein Stück vom antiken Rom. Auf Ziegelwälle, Bogengewölbe, Marmorpfeiler und Säulen fielen leuchtend weiße Scheinwerferstrahlen, unter denen die Gebäude übernatürlich stark hervortraten und die Luft darum herum sich durch den Gegensatz zu dunstigem Zwielicht verdunkelte. Weiter vorn befand sich ein Wald hölzerner, von Kabeln umwundener Gerüste, wo die riesigen Lampen aufgestellt waren. Und dazwischen hingen auf Stahlstangen und Kranen unzählige

Kameras wie Augen. Das Seltsamste von allem aber war die Menge von etwa tausend Menschen, die auf der offenen Arena vor der Stadt in völlig regungslosem Schweigen verharrten. Mit dem Rücken zu mir schienen sie gebannt der vibrierenden Stimme einer einzelnen Gestalt zu lauschen, die, über sie hinausragend, auf einem Triumphwagen stand und sich im Brennpunkt des strahlenden Lichts wiegte und wild gestikulierte.
Dies war zweifellos Catilina, der das römische Volk entflammte. Durch die unnatürliche Weiße des Lichts brannten mir die Farben in die Augen, so daß ich den Kopf abwenden mußte. Zu jedem anderen Zeitpunkt hätte es mich fasziniert, dem Geschehen zuzusehen. In diesem Augenblick hatte ich jedoch nur einen Gedanken, nämlich, daß es fast sicher war, daß mich nur mehr eine kleine Entfernung von Hugo trennte. Ich begann mich langsam hinter dem Gerüst vorwärtszubewegen, hinter den Lichtstrahlen war es, wie wenn jemand hinter einem Wasserfall geht. Ich wollte nicht, daß Hugo mich zuerst sähe. Währenddessen schien die Stadt sich aufzutun, und sie bot mir durch irgendeinen szenischen Trick immer weitere Einblicke in Straßen, Tempel und säulengeschmückte Marktplätze. Benommen ging ich weiter, außerhalb des Farbenkreises mit der Strahlenkaskade auf der einen und dem Zwielicht auf der anderen Seite. Selbst Mars war wie unter einem Bann, ein dahingleitender Hund, dessen Gelenke sich regten, ohne daß seine Pfoten die Erde berührten. Die leidenschaftliche Stimme fuhr fort, eine endlose Flut von erhabenen Protesten und Aufrufen über die Menge zu ergießen. Einige Worte, die sie formte, fanden nun langsam den Weg zu meinem Ohr. Sie sagte: »Und dies, Genossen, ist der Weg, mit dem kapitalistischen System aufzuräumen. Ich sage nicht, es sei der einzige, bestimmt aber ist es der beste.« Ich blieb stehen. So viel ich wußte, konnte der Marxismus aus dem Studium der antiken

Geschichte rapide etwas anderes machen; trotzdem klang dies sehr seltsam. Und dann erkannte ich blitzartig, daß der Sprecher nicht Catilina, sondern Lefty war.

Die Stimme schwieg, und die Menge erwachte aus ihrer Erstarrung. Mit einem Gemurmel, das sich bis zum Gebrüll steigerte und von den Fassaden der künstlichen Stadt widerhallte, applaudierten die Zuhörer ohrenbetäubend und wandten sich geräuschvoll und gebärdenreich einander zu. Einige unter ihnen waren in Togen gehüllte Römer, aber die Mehrheit bestand offensichtlich aus Ingenieuren und Technikern in blauen Overalls und Hemdsärmeln. Weiter hinten sah ich nun, da die Träger sich bewegten und es ins Blickfeld kam, ein langes, zwischen zwei Stangen gespanntes Banner, auf dem in riesigen Lettern stand: *Sozialismus ist möglich.* Und in diesem Augenblick entdeckte ich Hugo.

Er stand allein, ein wenig gesondert von der Menge, aber im vollen Lichtschein auf den Stufen eines Tempels am Rande der Stadt und blickte über die Köpfe des Volkes hinweg zu Lefty hinüber. Bei dem vielwinkeligen Strahleneinfall warf er keinen Schatten und sah in der Weiße des Lichtes seltsam bleich aus, als sei sein Gesicht mit Kalk bedeckt. Gedankenvoll faltete und löste er die Hände, was wie ein Nachklang des Beifalls wirkte. Er stand in seiner charakteristischen Haltung, an die ich mich so gut erinnerte, ein wenig vorgeneigt da, mit hochgezogenen Schultern und nach vorne geworfenem Kopf, scharf blickenden Augen und leicht sich bewegenden Lippen. Dann fing er an, seine Nägel zu beißen. Ich blieb wie angewurzelt stehen. Lefty begann von neuem zu sprechen, und tiefes Schweigen umgab sofort seine Stimme.

Hugo spürte meinen Blick und wandte sich leicht um. Nur etwa fünfzehn Meter trennten uns voneinander. Ich trat aus dem Schatten ins Licht. Da erblickte er mich. Einen Augenblick sahen wir einander an. Ich fühlte mich nicht gedrängt, zu lächeln oder mich zu bewegen. Ich hatte das Gefühl, wie aus einer anderen Welt auf Hugo zu blicken. Ernst und Trauer senkten sich zwischen uns wie Schleier, und für Sekunden empfand ich kaum, daß Hugo mich sah, so intensiv sah ich ihn. Dann lächelte er und hob die Hand, und gleichzeitig fing Mars an, mich zu ihm zu ziehen. Tiefes Elend erfaßte mich. Anstelle der Würde von Schweigen und Ferne sollte nun der Gemeinplatz des Wortes treten. Ich lächelte mechanisch und erforschte Hugos Gesicht. Was drückte es aus? Freundschaft, Verachtung, Gleichgültigkeit, Ärger? Es war unergründlich. Ich erstieg die Stufen und stand nun neben ihm.

Hugo führte weder langsam noch hastig Lächeln und Gruß zu Ende und wandte sich dann wieder der Versammlung zu. Dabei machte er eine Geste zu Lefty hin, die zu besagen schien: »Hör dir das an!«

»Hugo!« flüsterte ich.

»Schsch!« machte er.

»Hugo, paß auf!« wisperte ich, »ich muß sofort mit dir sprechen. Können wir nicht an irgendeinen ruhigen Ort gehen?«

»Schsch!« machte Hugo abermals. »Später. Ich möchte dies hören. Es ist ungeheuer.« Er warf mir einen scharfen Seitenblick zu und machte eine bittende Handbewegung. Lefty hatte soeben einen Gedanken zum Abschluß gebracht, und ein leises, zustimmendes Murmeln ging durch die Menge.

»Hugo«, sagte ich jetzt laut und mit Nachdruck, »ich muß dich warnen...«

Wieder war Stille eingetreten. Hugo schüttelte den Kopf, führte einen Finger an die Lippen und wandte seine Aufmerksamkeit Lefty zu.

Ich fuhr mit leiserer Stimme fort und versuchte, die Worte seinem Ohr zuzuleiten: »Sadie spielt ein doppeltes Spiel mit dir, sie...«

»Das tut sie immer«, erwiderte Hugo. »Sei still, Jake, bitte! Wir können später reden.«
Verzweiflung überkam mich. Ich setzte mich auf die Stufen zu Hugos Füßen. Mister Mars nahm neben mir Platz. Die Scheinwerferstrahlen bohrten sich in mein linkes Auge, und Leftys Stimme durchdrang meinen Kopf wie ein Bratspieß. »Fragt euch selbst, was euch wirklich wichtig ist«, sagte Lefty. »Ihr wißt, was es heißt, wenn man sagt: Wo euer Schatz ist, dort ist euer Herz.« Plötzlich hatte ich das Gefühl, alles, was ich in letzter Zeit getan hatte, war sinnlos – Anna ging nach Amerika, Sadie und Sammy taten, was ihnen gefiel, und niemand konnte sie daran hindern, Madge war hintergangen worden, und ich hatte Hugo gefunden, der aber nicht mit mir reden wollte. Mir blieb nur, daß ich wegen Hundediebstahls verhaftet und ins Gefängnis gesteckt wurde. Ich legte einen Arm um Mars, und er leckte mich teilnehmend hinter dem Ohr.
Lefty schien für eine weitere Stunde in seinem Fahrwasser zu sein. Er war wirklich ein ausgezeichneter Redner. Er sprach einfach, aber flüssig. Sein Vortrag war weitläufig, doch wohlgeordnet. Nicht ohne Schnörkel, entbehrte er trotzdem keineswegs der Kraft. Obwohl ich mich später nur mehr an wenige eindringliche Sätze erinnerte, hatte ich jetzt den Eindruck, daß ein gründlich durchdachtes Argument dargelegt wurde. Er verband den vertrauten Ton des Volkspredigers mit dem dramatischen, aufrüttelnden Stil des Demagogen. Beschwingt von Lauterkeit und Leidenschaft, fiel seine Rede blank und durchdringend von oben herab wie ein Pfeil. Atemlos standen die tausend Männer unter seinem Bann; ihre Augen hingen gespannt an ihm. Eine Zeitlang beobachtete ich sie. Dann gab es eine leichte Unruhe am Rande der Menge. Uns gegenüber und hinter dem Redner sah man einige Bretter mit Schlagworten darauf. Diese Bretter begannen leicht hin und her zu schwanken wie Korken in

einem Teich, der plötzlich aufgestört wird. Ich bemerkte, daß sich in der Nähe des Haupteinganges ein Getümmel entwickelte. Aber fast niemand drehte sich um. Lefty nahm die Menge vollauf in Anspruch.
Ich blickte zu Hugo. Er stand da wie ein Mensch in Ekstase. Ich drehte mich um, wandte der Versammlung den Rücken zu und blickte in die Straßen dieser erfundenen Stadt hinter mir, die durch das Übermaß an Licht in einem Übermaß an Farben aufleuchteten. Dahinter schien alles dunkel zu sein. Ich seufzte. Dann sah ich wieder Hugo an. Meine Verzweiflung verwandelte sich plötzlich in Ärger, und ich spürte, wie mich jener nervöse Drang überkam, um jeden Preis zu handeln; er kommt so leicht über mich in Zeiten der Enttäuschung. Ich ließ Mars los. Hinter uns führte eine Doppeltür in einen Tempel. Ich vergewisserte mich mit einem Blick, daß dies echte Türen waren und der Tempel einen wirklichen Innenraum hatte. Dann überprüfte ich Hugos Haltung. Solch ein rasches Vorstudium kann bei Judo von großer Wichtigkeit sein. Man muß darauf achten, wo des Gegners Gewicht ruht und an welchem Punkt ein Druck ihn am sichersten aus der Balance wirft. Ich überlegte mir verschiedene Griffe und fand eine Version des O-Soto-Gari-Stoßes, wie wir ihn nennen, am geeignetsten. Dann erhob ich mich lässig.
Ich stellte mich auf die oberste Stufe neben ihn. »Hugo!« sagte ich scharf. Er wandte sich mir halbwegs zu. Da packte ich ihn am rechten Arm zwischen Handgelenk und Ellbogen und drückte ihn fest auf meine linke Seite, indem ich ihn zwang, mich anzuschauen. Gleichzeitig hakte ich mein rechtes Bein hinter sein rechtes Kniegelenk ein. Als feste Einheit schwenkte mein Körper sanft um mein linkes Hüftgelenk, während meine rechte Hand Hugos Gürtel ergriff und ihn halb stoßend, halb hebend in meine Kreisbewegung zog. Als er nachgab, ging ich zwei, drei Stufen rückwärts, und wir

fielen zusammen durch die Doppeltüren und rollten ins Innere des Tempels. Die Türen schlossen sich hinter uns, aber nicht bevor Mars sich hindurchgezwängt und als Wächter davor hingesetzt hatte.

Hugo und ich rafften uns auf. Hugo rieb sich die Körperstellen, die bei diesem Transport am meisten gelitten hatten. Das Innere des Tempels war bis auf das wenige Licht, das durch ein enges Gitter unterhalb des Daches hereinfilterte, völlig dunkel, und abgesehen von einer Holzkiste, ebenso leer. Auf diese Kiste setzte sich Hugo. Ich gesellte mich zu Mars an der Tür und ließ mich im Schneidersitz nieder. Wir blickten zu Hugo hinüber. Mars war sich offensichtlich nicht darüber im klaren, wie er sich ihm gegenüber verhalten sollte, und sah mich immer wieder aufschlußheischend an. Ab und zu knurrte er leise, als versuche er die Situation zu beherrschen, ohne ernsthaft einzugreifen. Ich holte meine Zigaretten hervor, wählte eine aus und zündete sie an. Dabei wartete ich darauf, daß Hugo etwas sagte.

»Warum hast du das getan, Jake?« fragte er schließlich.

»Ich habe dir doch gesagt, daß ich mit dir reden muß«, antwortete ich.

»Nun deswegen brauchst du doch nicht so grob zu sein«, fand Hugo. »Du hast mir beinahe das Genick gebrochen.«

»Unsinn«, entgegnete ich, »ich wußte genau, was ich tat.«

»Was willst du mir denn sagen?« fragte Hugo. Er schien sich darein zu ergeben, gefangengehalten zu werden.

»Eine ganze Menge«, erwiderte ich, »aber vor allem dies.« Und ich erzählte ihm rasch, was ich von Sadies Plänen wußte.

»Ich danke dir, daß du mir das gesagt hast«, äußerte Hugo. Er machte weder einen sehr überraschten noch einen sehr interessierten Eindruck.

Dann fügte er hinzu: »Ich sehe, Mister Mars ist bei dir.« Auch dies schien ihn nicht sonderlich zu wundern.

Ich wollte gerade antworten, als ein riesiger Lärm hinter uns ausbrach. Der Boden wankte, und das Gebäude erzitterte rings um uns.
»Was ist das?« fragte ich. Mars hub zu bellen an.
»Die Vereinigten Nationalisten haben gesagt, sie werden die Versammlung sprengen«, antwortete Hugo. »Wahrscheinlich sind sie gerade angekommen. Als nächstes wird die Polizei eintreffen.«
Während er noch sprach, ertönten aus der Ferne schrille Pfeifen. »Gehen wir hinaus und schauen, was los ist«, sagte er.
Wir verließen den Tempel. Eine wilde Szene bot sich unseren Augen. Die Menge, die vor wenigen Minuten noch so fügsam gewesen war, hatte sich in ein Chaos kämpfender Gruppen zersplittert. Wohin wir auch blickten, überall war ein hartes Ringen im Gange. Die ganze Masse schwankte hin und her wie ein riesiges Rugby-Getümmel, in dessen Mitte sich immer wieder einer von dem Gerüst oder den Kamerakranen auf Freund oder Feind warf. Aus diesem wogenden Haufen puffender, stoßender und ringender Menschheit stieg ein ständiges Brüllen, in dem sich Schmerzens- und Wutschreie unentwirrbar vermischten. Die Bogenlampen, die die Bounty Belfounder-Gesellschaft eine beträchtliche Summe Geldes pro Stunde kosteten, überstrahlten die Szene in unverminderter Schärfe und zeigten uns mit erstaunlicher Klarheit die aufgebrachten Gesichter der Kämpfenden. In der Ferne sahen wir Lefty immer noch auf dem Triumphwagen, immer noch unter großen Gesten den Mund öffnen und schließen, während rings um ihn wie einst um Hektor die Schlacht mit äußerster Wildheit auf und nieder wogte. Das lange Banner mit den Worten *Sozialismus ist möglich* stieg und sank mit der Brandung. Da der eine Standartenträger bei einem Angriff hinfiel, senkte sich das eine Ende, dann das andere, aber eifrige Hände richteten es sofort wieder auf,

damit seine tiefsinnige Botschaft weiter über die Szene flattere.

Die Polizeipfeifen schrillten jetzt direkt am Eingang des Studios. Wir hatten keine Zeit zu verlieren. Selbst wenn ich nicht weiß, auf welche Seite ich mich zu schlagen habe, hasse ich es, einem Kampf zuzusehen, ohne daran teilzunehmen. Bei diesem Anlaß gab es jedoch keinen Zweifel, wem meine Sympathie gehörte, und es fiel mir auch nicht ein, nach der Hugos zu fragen.

»Welche sind welche?« wollte ich wissen.

»Ich fürchte, es gibt keine Möglichkeit, sie auseinanderzuhalten«, erwiderte Hugo.

Da dem so war, schien es mir das Klügste, hinzugehen und die einzige Person, deren Identität uns bekannt war, zu verteidigen, und das war Lefty. Ich sagte es Hugo, machte mich auf und hielt Mars, der jetzt aussah, als sei ihm nach Beißen zumute, am Halsband fest. Hugo folgte mir. Nur mit Mühe bahnten wir uns einen Weg durch die Schlacht zum Triumphwagen. Das Getöse war erschreckend, und hinter uns hoben sich gegen die zunehmende Nacht die strahlend beleuchteten Umrisse der Ewigen Stadt ab und schwankten leicht hin und her, da der Boden unter tausend trampelnden Füßen erzitterte.

Wir brauchten einige Zeit, bis wir Lefty erreichten. Zum Schutz unseres Rechts weiterzukommen mußten wir uns gewaltsam mit manchem oder auch manchen einlassen, die uns dieses Recht streitig machen wollten. Deshalb schlugen wir um uns und hofften, hauptsächlich die Bösen damit zu treffen. Ich drang mehr oder weniger unverletzt durch, aber Hugo bekam einen Schlag ins Auge, der ihn in beträchtliche Wut versetzte. Als wir vor dem Triumphwagen anlangten, sprang Lefty, der bis jetzt den Versuchen des Feindes, ihn herunterzuziehen, standgehalten hatte, plötzlich mit einem Wutschrei auf einen seiner Angreifer, und die beiden rollten über den Boden. Im gleichen Augenblick tauchten zwei schwere Jungens auf, offensichtlich Freunde von Leftys Gegnern, warfen sich über ihn, und es wäre Lefty übel ergangen, hätten Hugo und ich uns nicht mit dem Ungestüm von Schwimmern, die ins sommerliche Meer springen, auf den Haufen gestürzt. Mars, den ich schon etwas früher losgelassen hatte, sprang rund um das Gefecht und biß ziemlich unterschiedslos einmal in dieses, einmal in jenes Bein. Die Auseinandersetzung, in deren Verlauf ich meine Kenntnisse im Bodenkampf einbringen und einige besonders seltene und köstliche Beinhaken anwenden konnte, dauerte nur wenige Minuten. Lefty schlug sich wie eine Wildkatze, während Hugo, der mehr denn je einem Bären glich, aufrecht dastand und mit den Armen wie eine Windmühle wirbelte. Ich selbst ziehe vor, meinen Gegner so schnell wie möglich zu Boden zu zwingen. Der Feind floh. Wir hoben Lefty auf, der ein wenig mitgenommen aussah.

»Danke!« sagte er. »Hallo, Donaghue, nett, dich zu sehen! Ich wußte gar nicht, daß du da bist.«

»Ich wußte gar nicht, daß du Lefty kennst«, sagte Hugo.

»Ich wußte auch nicht, daß *du* Lefty kennst«, entgegnete ich.

Aber wir hatten keine Zeit, auf diese interessanten Entdekkungen näher einzugehen. »Seht mal!« rief Lefty. Wir wandten uns dem Studio-Eingang zu und sahen dort ein starkes Polizeiaufgebot zu Fuß und zu Pferd auf die Schlacht zukommen, die immer noch mit unverminderter Kraft tobte.

»Verdammt!« zischte Lefty. »Jetzt werden sie alle, die in Sicht sind, verhaften – besonders mich, was im Augenblick recht ungelegen käme. Gibt es hier hinten keinen Ausgang?«

Wir zogen uns in die Straßen Roms zurück, wo wir bereits eine kleine Anzahl Mitkämpfer vorfanden, die jedoch mehr mit gegenseitigen Angriffen und Mißhandlungen befaßt

waren als mit der Möglichkeit einer Flucht. Wir traten unter einen Torbogen aus Backstein.
»Ich glaube nicht, daß es hier weitergeht«, meinte Hugo. »Das Ganze endet an der Mauer.«
Die Stadt war in Wirklichkeit viel kleiner, als es mir auf den ersten Blick geschienen hatte. Einen Augenblick später standen wir an der Mauer, einem hohen Bauwerk aus unechten roten Ziegeln, das in Abständen von Wachttürmen überragt wurde und den Eindruck von unermeßlicher Stärke erweckte. Hinter den Gebäuden verlief sie in einem ungebrochenen Halbkreis. Lefty schlug mit der Faust dagegen.
»Hat keinen Sinn«, sagte Hugo. Die Mauer war glatt wie eine Kastanie und zu hoch zum Hinüberklettern.
»Wir sitzen in der Falle«, bemerkte Lefty. Der Lärm in der Arena hatte eine neue Note bekommen. Wir hörten die Polizei durch Lautsprecher Anordnungen verkünden. Bestürzt sahen wir uns um.
»Was sollen wir tun?« fragte ich Hugo.
Er stand mit glänzenden Augen da und wandte mir langsam den großen Kopf zu. Der Lärm kam näher, und wir sahen bereits einige Polizisten durch den Torbogen eilen.
»Überlaßt es mir!« sagte Hugo. Er fingerte in seiner Tasche und zog einen kleinen Gegenstand hervor.
»Belfounders Haushaltsgeschoss«, sagte er. »Unersetzlich zum Entfernen von Baumwurzeln und Säubern von Kaninchenlöchern.« Der Gegenstand endete in einer Spitze, die Hugo in den Fuß der Mauer bohrte. Dann zog er eine Streichholzschachtel heraus. Einen Augenblick später gab es ein wild zischendes Geräusch.
»Zurücktreten!« schrie Hugo. Eine scharfe Explosion folgte, und wie durch Zauber war in der Mauer ein Loch von etwa anderthalb Metern Durchmesser entstanden, durch das wir in der frühen Dunkelheit ein unebenes, mit Wellblechschuppen bedecktes und von einem niedrigen Zaun und

einer Bovrilreklame umgrenztes Feld sahen. Dahinter lag die Eisenbahn. Als ich dieses Bild in mich aufnahm, war Lefty bereits an uns vorbeigestürzt und wie ein Zirkushund, der durch Reifen springt, graziös durch das Loch geschnellt. Einen Augenblick später sahen wir ihn über den Zaun setzen und unter den flackernden roten und grünen Lichtern über die Schienen verschwinden.

»Rasch!« sagte Hugo zu mir. Aber etwas anderes geschah. Durch den Druck der Explosion mußte sich etwas im Gefüge der Stadt verschoben haben; denn plötzlich begann das ganze Bauwerk auf die erschreckendste Weise zu wakkeln und zu wanken. Ich schaute auf und sah wie im Traum die Ziegel- und Marmorumrisse in trunkener Unentschlossenheit torkeln, während ein langsames Crescendo von Reißen, Splittern und Krachen einsetzte.

»Verdammt, das hat eingeschlagen«, sagte Hugo. »Macht nichts«, fügte er hinzu. »Ist alles nur aus Plastik und Pappe.«

Wir schienen von brüllenden Polizisten umgeben. Weiter weg sah ich Säulen sich langsam zur Seite neigen und Triumphbögen abbröckeln, durchsacken und schließlich wie Klapphüte zusammenfallen. Ein Grollen war zu hören, so wie ein Erdbeben sich ankündigt. Einen Augenblick lang beobachtete ich alles wie versteinert. Dann wandte ich mich wieder dem Mauerloch zu. Aber es war bereits zu spät. Unmittelbar über uns fing der Wall an, sich nach innen zu neigen. Zu bemerken, wie etwas, das wie ein fünfzehn Meter langer solider Ziegelbau aussieht, sich auf einen herabsenkt, ist einfach entnervend, selbst wenn man weiß, daß er nur aus Plastik und Pappe besteht. Mit widerwärtigem Gekrache begann er zu fallen. Ich warf Mars zu Boden und mich über ihn, legte einen Arm um den Hund, den anderen schützend auf meinen Nacken. Im nächsten Augenblick brach das Ganze mit apokalyptischem Gepolter über uns zusammen.

Die Welt verdunkelte sich und irgend etwas traf mich heftig an der Schulter. Ich hatte mich ganz flach gemacht und mich fast in die Erde gebohrt. Das Brüllen und Splittern dauerte an. Ich versuchte mich aufzurichten, aber etwas hielt mich nieder. Panik ergriff mich; ich schlug wild um mich, und schließlich saß ich aufrecht mitten in den Überbleibseln der Mauer, die in Stücken von verschiedener Größe rings um mich verstreut lag. Aufgeregt guckte ich nach Mars und sah ihn bald unter einem Trümmerhaufen hervorkriechen. Er schüttelte sich und kam gleichmütig auf mich zu. Wahrscheinlich hatte seine Filmlaufbahn ihn mit Zwischenfällen dieser Art längst vertraut gemacht. Wir erforschten die Szene.

Alles war anders. Ganz Rom lag nun horizontal, und aus seinen Ruinen stiegen riesige Staubwolken, dicht wie Nebel im Schein der Lampen. In der Arena befand sich wie auf einem offiziellen Bild der Schlacht von Waterloo eine Menge schwarzer Gestalten, einige hoch zu Roß, andere auf Wagen, wieder andere zu Fuß, in geordnete Gruppen eingeteilt. Eine Stimme verkündete etwas Unverständliches durch den Lautsprecher. Der Vordergrund glich mehr dem Augenblick nach der Schlacht. Der Boden war besät mit beinlosen Torsen, halben oder an den Schultern abgeschnittenen Männern, die sich aber alle fröhlich damit beschäftigten, ihre Ganzheit wieder herzustellen, indem sie die verborgenen Teile ihres Leibes aus den flachen Klumpen der Szenerie, die jetzt wie ein großer Kartenstoß dalag, hervorzogen. Manche Teile zeigten noch Backstein und Marmor, während andere auf ihren hinfälligen Rückseiten die Namen von Handelsfirmen und Anweisungen für Kulissenschieber aufwiesen. Als ich mich freischüttelte, sah ich Hugo wie einen an die Oberfläche kommenden Walfisch auftauchen und seine mächtigen Schultern durch die Trümmer stoßen, als seien sie aus Papier. Beim Aufstehen wirbelte er die Überreste nach links und rechts. Einen Augenblick lang stand er als Silhouette gegen den Himmel, dann stürzte er fort in Richtung Eisenbahn, tauchte im trüben Licht auf, sprang über die Schienen wie ein stampfender Büffel und verschwand in der Ferne.

Ich erhob mich taumelnd und wollte ihm gerade folgen, als Mars eine unselige Ablenkung erfand. Rings um uns krabbelten wie aufgestörte Asseln Polizisten aus Brettertrümmern hervor. Ob dies in Mars' simplem Gemüt eine Erinnerung wachrief, weiß ich nicht; offenbar aber setzte ein starker Reflex ein. Er war offensichtlich so daran gewöhnt, Leute aus schlimmen Lagen zu befreien, daß der gleichzeitige Anblick von so vielen Hilfsbedürftigen zur Auswahl zu viel für ihn war. Er stürzte sich auf den nächsten Polizisten, packte ihn bei den Schultern und zog ihn mit Macht aus der Wirrnis. Diese Geste, die ich, wie ich gestehe, wohl selbst mißverstanden hätte, wurde von dem Polizisten übel aufgefaßt; da er sich offenbar angegriffen fühlte, schlug er heftig zurück. Ich sah eine Weile zu, bis ich Angst bekam, Mars könnte verletzt werden. Da griff ich ein und zog ihn weg, wobei ich dem Polizisten erklärte, daß Mars meiner Meinung nach freundliche Absichten gehegt habe und nicht, wie jener glaubte, aggressive. Der Polizist antwortete unhöflich. Deshalb zog ich vor, die Diskussion nicht zu verlängern, packte mit festem Griff meine Krawatte, die immer noch von Mars' Halsband herabhing, und wollte – Züge hin, Züge her – Hugos Spuren folgen.

Man stelle sich mein Entsetzen vor, als ich sah, daß sich zwischen mir und den Eisenbahnschienen über das unbenutzte Feld von einer Seite zur andern ein schmaler, aber richtiger Polizeikordon erstreckte. Beiden, der Polizei und den Zügen, den Fehdehandschuh hinzuwerfen, ging über meine Kraft. Der Augenblick verlangte jedoch, die Nähe des angegriffenen Polizisten zu fliehen. Deshalb rannte ich mit

Mars an den Rand des Studios und hoffte, dort eine Lücke zu finden, wo die Ateliermauer endete und die der Polizei vielleicht noch nicht begann. Aber es gab keine solche Lücke. Ich befand mich wieder an der Vorderseite des Studios, wo die vorigen Kämpfer jetzt in fügsamen Gruppen beisammenstanden, eine Masse von Uniformen den Ausgang versperrte und eine übermenschliche Stimme rief: *Niemand verläßt den Ort.* Da sagte ich mir, daß die Polizei unmöglich jedermann verhaften könne und ich, da ich nichts auf dem Gewissen hatte, besser daran täte, hier in Frieden auf die Entlassung zu warten, als hin und her zu rasen und die Aufmerksamkeit auf mich zu ziehen. Als ich aber dann zu Mars niederblickte, kam mir als zweiter Gedanke, daß dies nicht der ideale Augenblick war, in die Arme des Gesetzes zu fallen.

Ich hielt inne und dachte nach. Beim Denken ging ich weiter auf den Haupteingang zu, wo sich der größere Teil der Polizei neben dem Labyrinth von Bürobauten versammelt hatte.

Ich sprach mit Mars: »Du hast mich hier reingebracht, du kannst mich auch wieder rausbringen.« Dann führte ich ihn in den Schatten eines Gebäudes und blickte um mich. Von hier aus konnte ich am Ende einer Seitengasse die Tore des Haupteinganges sehen. Sie standen offen, und ein Trupp berittener Polizei kam gerade in den Hof. Durch die Gitter sah ich die Menge draußen, die hereinschaute, und die aufblitzenden Kameras der Zeitungsreporter. Dazwischen, dicht am Tor selbst, stand eine kleine Polizeitruppe, die wegen der Gebäude das Schlachtfeld nicht sehen konnte, so daß ich annehmen durfte, sie seien nicht Zeugen meiner letzten lächerlichen Sprünge gewesen. Ich wandte mich Mars zu. Der entscheidende Augenblick war gekommen.

Ich streichelte ihn und sah ihm in die Augen, um seine

Aufmerksamkeit auf etwas von höchster Bedeutung zu lenken. Er gab mir den Blick erwartungsvoll zurück.

»Scheintot«, sagte ich zu ihm. »Tot! Toter Hund!« Ich hoffte, daß diese Ausdrücke in seinem Wörterbuch vorkamen. Sie kamen vor. Im nächsten Augenblick sackten Mars' Beine zusammen, sein Körper wurde schlaff, und er sank mit verdrehten Augen und offenem, hängendem Maul zu Boden. Es war so entsetzlich echt, daß ich ganz beunruhigt war. Dann nahm ich mich zusammen und warf einen raschen Blick zum Tor. Niemand hatte uns gesehen. Ich kniete nieder, hob Mars hoch und hängte ihn mir über die Schulter. Ich hatte das Gefühl, er wog eine Tonne. Die Schlaffheit seines Körpers schien ihn zu Boden zu ziehen. Eine Hand gegen die Mauer gestützt, stand ich mühsam auf. Mars' Kopf mit der heraushängenden Zunge lag schwankend auf meiner Brust, und sein Hinterteil stieß mir immer wieder ins Kreuz. Ich setzte mich in Bewegung.

Als ich zum Haupteingang kam, wurde ich zum Mittelpunkt des Interesses, nicht nur bei der Polizei, die das Tor besetzt hielt, sondern auch bei der draußen stehenden Menge. Kaum waren wir gut sichtbar, als ein mitleidiges Murmeln durch die Massen ging. »Ach, der arme Hund!« hörte ich mehrere Frauen sagen. Mars war aber auch ein herzzerreißender Anblick. Ich beschleunigte den Schritt, so gut ich konnte. Da trat mir die Polizei in den Weg. Sie hatte den Befehl, niemand hinauszulassen.

»Halt!« sagte einer.

Ich schritt resolut weiter und rief, als ich nahe genug gekommen war, im Ton höchster Dringlichkeit: »Der Hund ist verwundet. Ich muß zum Tierarzt. Dort unten an der Straße ist einer.«

Die ganze Zeit über hatte ich tödliche Angst, Mars könne des Spieles überdrüssig werden. Es mußte für ihn äußerst unangenehm sein, dazuhängen und meine Schulterknochen

ständig an seinem Magen zu spüren. Aber er hielt durch. Der Polizist zögerte.
»Er muß sofort behandelt werden«, wiederholte ich.
Von der Menge begann ein unwilliges Gemurmel aufzusteigen. »Laßt doch den armen Kerl raus, damit sein Hund versorgt wird«, sagte jemand, und dies schien die allgemeine Stimmung auszudrücken.
»Nun gut, hinaus mit Ihnen!« sagte der Polizist.
Ich durchschritt das Tor. Die Menge teilte sich unter anerkennenden und mitleidigen Bemerkungen. Als ich sie hinter mir hatte und vor mir die offene Weite der New Cross Road sah, uneingezäunt und frei von Polizei, konnte ich es nicht länger aushalten.
»Wach auf!« rief ich Mars zu. »Lebendiger Hund!« Als ich niederkniete, sprang er mir von der Schulter, und zusammen rannten wir in größter Hast die Straße hinunter. Hinter uns hub nun, durch die Distanz abnehmend, ein ungeheures, brüllendes Gelächter an.

XIII

Es war um Stunden später – so schien es wenigstens meinen Füßen –, und wir gingen immer noch dic Old Kent Road hinunter. Vor einiger Zeit schon hatte das Triumphgefühl, auf so kluge Art entwischt zu sein, der Niedergeschlagenheit Platz gemacht, als ich entdeckte, daß ich kein Geld bei mir hatte und mir nichts anderes übrig blieb, als weiter nordwärts zu wandern. Einen Augenblick lang hatte ich daran gedacht, ein Taxi zu nehmen und es am anderen Ende von Dave bezahlen zu lassen. Der Gedanke, daß Dave bereits an diesem Abend eine Fahrt für mich bezahlt hatte und vielleicht kein Bargeld mehr besaß, hätte mich nicht davon abgehalten, wenn ich imstande gewesen wäre, einen Wagen zu finden. Aber in diese südlichen Wüsten verirrt sich ja niemals ein nach Kunden suchendes Taxi, und ich hatte schon vor einiger Zeit diesen Gedanken als eine hoffnungslose Vision aufgegeben. Ich hätte gern um Hilfe telephoniert, hatte aber dummerweise meinen letzten Penny für ein Exemplar des *Unabhängigen Sozialisten* geopfert, dessen Ausgabe vom nächsten Tag bereits an die vom Kino kommende Menge verkauft wurde. Die Zeitung enthielt einen Bericht über die Versammlung im Bounty Belfounder und einige Bilder von der Schlacht. Eine dramatische Photographie von mir und Mars beim Durchschreiten des Haupttores trug die Überschrift: *Ein Hund Opfer polizeilicher Brutalität.* Die Kneipen blieben noch auf beträchtliche Zeit geschlossen, und die Straße lag ausgestorben da. Das Kinopublikum war das letzte Lebenszeichen gewesen. Sogar Mars sah niedergeschlagen aus. Kopf und Schwanz gesenkt, folgte er mir auf den Fersen nur durch den Geruchssinn, ohne die Augen zu heben. Vielleicht war er hungrig, ich jedenfalls war es. Betrübt dachte ich an das Schweinekotelett, das wir auf Sammys Treppe zurückgelassen hatten. Grundsatz: Tritt niemals die Kost mit Füßen, die du in die Tasche stecken kannst.

Es war weit nach Mitternacht, als wir uns über die Waterloo Bridge schleppten. Ich hatte den Eindruck, einen äußerst langen Tag hinter mir zu haben; und als wir an der Nordseite der Brücke angelangt waren, wurde mir klar, daß ich nicht weiter konnte. Wieder war es eine wolkenlose Nacht mit einer Luft wie warme Milch, und wir standen eine Zeitlang da und blickten auf den Fluß, nicht um seine Schönheit zu bewundern, sondern weil eine Gehpause nötig war. Meine Füße fühlten sich an, als seien sie seit Jahrhunderten wund, und mein Körper war mir durch eine Reihe von Achs und Wehs gegenwärtig, die mir die Außenwelt fast unsichtbar machten. Dann stolperten Mars und ich müde die Stufen hinunter.

Wer je versucht hat, auf dem Victoria Embankment zu schlafen, weiß, daß das Haupthindernis darin besteht, daß die Banksitze in der Mitte geteilt sind. Eine eiserne Armstütze macht es unmöglich, sich dort auszustrecken. Ich bin nicht sicher, ob dies eine zufällige Einrichtung ist, oder ob es zu den Maßnahmen der Londoner Sicherheitspolizei gegen Vagabundieren gehört. Auf jeden Fall ist es höchst unbequem. Verschiedene Methoden sind möglich. Man kann versuchen, die Armlehne als Kissen zu benutzen, oder sie unter die Kniekehle nehmen und die Unterschenkel auf der anderen Seite herabhängen lassen. Oder aber man kann sich auf der einen Hälfte des Sitzes zusammenrollen. Dies ist selbst für einen so kleinen Menschen wie mich eine sehr verkrampfte Stellung. Ist man aber ein so unruhiger Schläfer wie ich, dann scheint es die beste Methode zu sein; deshalb wählte ich sie. Bevor ich mich zur Ruhe legte, wickelte ich mir die Blätter des *Unabhängigen Sozialisten* sorgfältig um die Füße und band sie mit meiner Krawatte und meinem Taschentuch fest. Zeitungspapier ist ein guter Isolator, wie jeder Vagabund weiß. Ich wünschte nur, ich hätte mir zwei Exemplare leisten können. Dann legte ich mich nieder. Mars kroch auf die andere Hälfte des Sitzes. Wir schliefen.

Ich erwachte, und es war immer noch Nacht. Die Sterne schienen einen langen Weg zurückgelegt zu haben. Ich war steif vor Kälte. Dann schlug Big Ben dreimal. Erst drei Uhr! Ich stöhnte. Eine Weile lag ich in schmerzender Starre da. Ich versuchte, mir die Glieder zu reiben, aber die Anstrengung, dies zu tun, war so peinigend, daß sie kaum das Ergebnis rechtfertigte. Mit dem Gefühl tiefsten Elends setzte ich mich auf. Dann fiel mir Mars ein. Er lag ruhig da, schlief unerschütterlich und schnarchte dabei leise. Zitternd und vereinsamt saß ich da und betrachtete ihn, während sich die menschenleeren Trottoirs unter hohen Straßenlampen dahinzogen, die in den stillen Blättern der Platanen ein geisterhaftes Grün beleuchteten und darunter die Reihen leerer Sitze zeigten, die alle ebenso unbequem waren wie die unseren. Nackt wie eine Brücke im Film, die nie jemand betritt, brütete Waterloo Bridge über dem Fluß. Ich erhob mich, und das Blut rann dick und schmerzend in meine Füße.

Mars war ein Bild des Schlafes. Erst ärgerte ich mich, daß er so friedlich schlummerte, während ich wachte und fror. Dann fielen mir Geschichten von Männern in Rettungsbooten ein, die am Leben blieben, weil treue Hunde sie warm hielten. Ich bin nicht sicher, ob so etwas nicht in einem von Mars' Filmen vorgekommen ist. Mit einiger Mühe gelang es mir, Mars zu wecken und ihn zu bewegen, zur Seite zu rücken, so daß ich neben ihm liegen konnte. Es stimmte. Sein Körper war strahlend warm von Schnauze bis Schweif. Eine Zeitlang rutschten wir hin und her, um eine Lage zu finden, die uns beiden zusagte. Schließlich aber hatten wir uns eingerichtet. Mein Gesicht lag im lockeren Fell seines Halses, und seine Hinterbeine bogen sich in meinen Magen. Er leckte mir die Nase. Muß für ihn gewesen sein, als lecke er einen Eisblock. Ich streckte eine Hand aus und legte sie ihm auf den Kopf. Aus seinen Ohren hätte man ohne viel Mühe seidene Beutel machen können. Beim Einschlafen dachte ich daran, daß mein sehnlichster Wunsch als Kind ein Hund gewesen war, und wie gründlich meine Eltern mir eingeredet hatten, dieser Wunsch sei extravagant und unschicklich, bis er traurig zu einem geheimen Traum verblaßte und etwa in meinem neunten Jahr von der ebenso tiefen Sehnsucht ersetzt wurde, Besitzer eines Rennwagens zu sein.

Die Polizei vertrieb uns so gegen sechs Uhr. Um diese Stunde beginnt man aus unerfindlichen Gründen, eine Bedrohung von Recht und Ordnung zu sein. Dies hatte ich in jenen Tagen erfahren, da ich noch erfolgloser gewesen war als jetzt. Nach einer Rast auf dem Trafalgar Square, einem anderen Ort, wo die Polizei einen nicht gerne liegen sieht, erreichten wir Mrs. Tinckhams Laden, als dieser gerade aufmachte. Hier, unter den entsetzten Blicken eines halben Dutzends von buckelnden, fellsträubenden Katzen, konsumierte der Held von *Fünf im Hochwasser* eine große Schale Milch, und ich borgte mir ein Pfund. Finn öffnete mir die Tür in der Goldhawk Road und geleitete mich geradenwegs zu dem Bett, das er soeben verlassen hatte. Dort schlief ich lang.

*

Als ich erwachte, war es bereits Nachmittag. Ich wachte mit einem Gefühl der dumpfen Bedrücktheit auf, so wie wenn ein Urlaub vorüber ist und sich ein Haufen Arbeit angesammelt hat und darauf wartet, erledigt zu werden. Mühsam zog ich mich aus dem Bett. Es regnete. Eine Zeitlang starrte ich dieses Phänomen an. Ein Wetterwechsel überrascht mich immer; auch kann ich mir bei einer bestimmten Witterung nie vorstellen, wie es anders wäre. Den Regen hatte ich ganz vergessen. Ich machte das Fenster auf und übte etwa vier Minuten lang Zwerchfellatmung. Dabei öffnet man die Lungen, so weit man kann, legt die Hände auf die unteren Rippen und weitet langsam das Zwerchfell. Man hält den Atem an, während man gemächlich bis acht zählt, und entläßt ihn wieder ruhig mit einem Zischlaut durch den Mund. Es ist nicht gut, dies zu lange zu tun, da es zu Ohnmachten führen kann. Ich habe Zwerchfellatmung von einem Japaner gelernt, der behauptete, dies habe sein Leben verwandelt, und wenn es auch das meine nicht verwandelt hat, kann ich es doch als harmlos und denkbar wohltuend empfehlen, besonders jemandem, der so leicht zu beeinflussen ist wie ich.

Ich kleidete mich an und steckte den Kopf vorsichtig aus der Tür, um nach Finn auszuschauen. Ich hatte es nicht eilig, Dave zu begegnen, der wohl, wie ich fürchtete, einige schwerwiegende Bemerkungen über die Mars-Episode zu machen hatte. Finn, der mich hatte aufstehen hören, war bereits in der Nähe und kam sofort. Ich bat ihn, etwas Pferdefleisch für Mars kaufen zu gehen, aber es stellte sich heraus, daß er dies bereits getan hatte. Hunde kann er zwar nicht leiden, aber er ist ein rücksichtsvoller Mensch. Dann händigte er mir einen Packen Briefe aus. Der einzige, der vom Standpunkt der augenblicklichen Geschichte einiges Interesse für mich hatte, war jener, der einen Scheck über sechshundertdreiunddreißig Pfund zehn enthielt. Ein paar Sekunden lang starrte ich diesen Scheck völlig verwirrt an und fragte mich, wem solch ein seltsamer Irrtum unterlaufen sein mochte. Dann zog ich ein maschinenbeschriebenes Blatt aus dem Umschlag, auf dem folgende Namen standen: Little Grange, Peter of Alex, Hal Adair, Dagenham, Saint Cross, Queen's Rook. Sie klangen wie Namen aus der Geschichte. An den Fuß dieser Liste hatte Sammy geschrieben: *Man setzt und gewinnt. Schlage vor, das nächste Mal auf Lyrebird zu setzen.* Ich errötete. Als Finn das sah, verließ er das Zimmer. Vielleicht dachte er, es sei ein Brief von Anna. Aber von Anna gab es keinen Brief.

Sammys ehrenhaftes Verhalten trieb mich zu fieberhafter Eile, die Sache mit Mars in Ordnung zu bringen. Ich ging sofort ins Wohnzimmer, wo Dave an der Schreibmaschine saß und Finn nachdenklich am Türrahmen lehnte. Dave schrieb für *Mind* einen Artikel über die Unvereinbarkeit der Gegensätze. An diesem Artikel arbeitete er schon seit geraumer Zeit. Während er schrieb, saß er vor dem Spiegel und starrte abwechselnd sein Spiegelbild und seine beiden Hände an. Mehrmals schon hatte er versucht, mir seine Lösung zu erklären, aber ich bin nicht einmal so weit gekommen, das Problem zu verstehen. Als ich hereinkam, hielt er mit Tippen inne und sah mich unter zusammengezogenen Augenbrauen an. Finn setzte sich unauffällig hin wie jemand, der seinen Platz hinten im Gerichtssaal einnimmt. Mars, der auf dem Teppich gelegen hatte, bereitete mir ein stürmisches Willkommen. Danach ging ich sofort aufs Ganze.

»Vielleicht war es wirklich ein schlechter Einfall«, sagte ich, »aber die Frage ist, was wir nun tun sollen. Ich möchte gern, daß ihr, du und Finn, mir beim Schreiben eines Briefes behilflich seid.«

Dave streckte die Beine von sich. Ich sah, man konnte ihn nicht zur Eile antreiben. »Was bist du doch für ein Anfänger, Jake!« sagte er.

Ich fand dies ein wenig unfreundlich. »Gehen wir praktisch an die Sache heran«, schlug ich vor. »Ich glaube, das erste ist, Starfield wissen zu lassen, in wessen Händen Mars sich befindet und weshalb er mitgenommen wurde. Es hat keinen Sinn, unsere Identität zu verbergen. Sammy würde ohnehin dahinterkommen, sobald wir unsere Bedingungen stellen.«

»Als Antwort darauf«, erwiderte Dave, »möchte ich zwei Dinge anmerken. Erstens, daß mir der Gebrauch von *wir* nicht gefällt. Ich habe diesen Hund nicht gestohlen. Zweitens, daß Finn und ich Starfield schon telephonisch über die Identität des Entführers informiert haben.«

»Warum?« fragte ich überrascht.

»Weil es, wie es selbst für einen Erpresser von mittelmäßiger Begabung klar sein sollte, ratsam war, Starfield, wenn irgend möglich, davon abzubringen, daß er die Polizei benachrichtigte. Daß unsere Information ihn wirklich zurückgehalten hat, beweist die Tatsache, daß du immer noch frei bist. Ich stelle fest, daß du dir die Mühe gemacht hast, dein Bild in alle Zeitungen zu bringen.«

Ich setzte mich. Als ich sah, wie sehr Dave meine Lage genoß, schwand meine Befürchtung, ihm durch meine Streiche Unannehmlichkeiten zu bereiten.

»Ich weiß deine Sorge um mich zu schätzen«, sagte ich kühl. »Aber du übersiehst die Tatsache, daß es durch deine voreilige Enthüllung für mich sinnlos geworden ist, ihm den Vorschlag zu machen, Mars gegen das Manuskript einzutauschen. Inzwischen kann Sammy das Ding hundertmal photokopiert haben.«

»Du bist naiv«, entgegnete Dave. »Kannst du dir nicht vorstellen, daß er das ohnehin schon längst getan hat? Für einen Mann wie Starfield rackern sich tausend Schreibmaschinensklaven Tag und Nacht ab. Nicht eine Minute lang würde er ein wichtiges Dokument in nur einem Exemplar existieren lassen.«

»So, wie er sprach, bin ich sicher, daß es jedenfalls bis gestern nachmittag nur eines gegeben hat«, antwortete ich.

»Das kannst du nicht wissen«, warf Dave ein, »und auf jeden Fall ist sicher, daß die Polizei dich mit verbundenen Augen hätte erwischen können. Wann wirst du lernen, nicht mit Taxis zu fahren?«
Ich glaubte nicht, daß es so leicht gewesen wäre, mich zu fangen, aber ich ließ das durchgehen. »Nun gut«, sagte ich. »Als Ergebnis deiner wohlmeinenden Geste werden wir wohl unseren Vorschlag abändern müssen. Er lautet nun nicht auf Austausch des Manuskripts gegen Mars, sondern auf ein Schriftstück, das mir eine angemessene Entschädigung für die Benutzung meines Werkes zusichert.«
»Du bist nicht bei Trost«, sagte Dave, »und es ist klar, daß du die Sache überhaupt nicht durchgedacht hast.« Er schob die Schreibmaschine zur Seite und machte den Platz vor sich auf dem Tisch frei.
»Zuerst müssen wir einmal die Situation analysieren«, meinte er. »Betrachten wir sie unter zwei Gesichtspunkten! Erstens, wieviel Macht hast du, und zweitens, wie willst du sie benutzen? Punkt zwei zu betrachten, bevor der erste feststeht, ist sinnlos, nicht wahr? Du mußt logisch denken, Jake. Also gut?«
»Gut«, sagte ich, und mir war zumute, wie den Opfern von Sokrates zumute gewesen sein muß. Es schien unmöglich, diesen Menschen zur Eile anzuspornen.
»Nummer eins«, fuhr Dave fort, »zerfällt in zwei Fragen: A, wie dringend braucht Starfield diesen Hund, und B, wie weit ist dieser Starfield wegen deiner Übersetzung im Unrecht? Vielleicht kannst du uns sagen, was du über A weißt?« Dave sah mich an, als erwarte er eine besondere Information darüber.
»Keine Ahnung«, antwortete ich.
»Keine Ahnung!« rief Dave mit gespielter Überraschung. »So ist es also möglich, daß Starfield diesen Hund weitere Wochen und Monate nicht braucht. Vielleicht steht

noch nicht einmal fest, ob er ihn überhaupt je auftreten läßt?«

»Ich las eben in einer Gallup-Rundfrage, daß das Publikum von Tierfilmen genug hat«, warf Finn ein.

»Auf jeden Fall«, dozierte Dave weiter, »ist es nicht klar, ob Starfield es damit eilig hat. Und inzwischen kann er es sich leisten, dir den Hund zu überlassen. Bedenke nur, wieviel Geld er dadurch spart! Finn, wieviele Pfund Fleisch, sagst du, braucht er pro Tag?«

»Anderthalb«, erwiderte Finn.

»Zehneinhalb Pfund Fleisch in der Woche«, errechnete Dave, »ganz abgesehen von allem anderen.«

Wir drehten uns alle um und betrachteten den gewaltigen Fleischfresser. Er schlief fest.

»Heute hat er zwei Pfund gefressen«, bemerkte Finn.

»Jedenfalls aber«, sagte ich, »wird er sich um das Wohlergehen des Biests Sorgen machen. Er will es heil zurückhaben.«

Dave sah mich mitleidig an. »Womit willst du ihm denn Angst einjagen?« fragte er. »Dem Tier den Schwanz abhakken? Selbst wenn du nicht zu den Leuten gehörtest, denen der Charakter auf dem Gesicht geschrieben steht, so kennt deine Sadie dich gut genug, um zu wissen, daß du keiner Fliege etwas zuleide tun könntest, geschweige denn einem großen Hund.«

Das stimmte. Jetzt kam mir allmählich die Vermutung, daß mein erster Versuch in *chantage* auf bestem Wege war, schlecht auszugehen.

»Natürlich ist es möglich«, fuhr Dave fort, »daß sie das Tier sehr dringend brauchen, aber sicher ist es nicht. So viel zu Punkt A. Vielleicht könntest du dich jetzt zu Punkt B äußern. Gehören die Übersetzungsrechte von Breteuils Buch dir persönlich?«

»Nein, natürlich nicht. Ich habe nur immer eine einzelne Abmachung mit dem Verleger für jedes Buch.«

»Nun also«, sagte Dave. »Wenn hier irgendwelche Interessen bedroht sind, dann handelt es sich um die des Verlegers und nicht um deine. Doch wollen wir uns zuerst diese Bedrohung näher ansehen. Worin besteht sie?«
Ich strich mir mit den Fingern durchs Haar. Ich hatte das Gefühl, alles, was ich jetzt sagte, werde einfältig klingen. »Hör mal, Dave«, antwortete ich, »geschehen ist, daß sie meine Übersetzung gestohlen haben und sie Mr. Pringsheim zeigen wollen, um ihn zu überreden, einen Film daraus zu machen.«
»Stimmt!« rief Dave, »aber bis jetzt haben sie diese Übersetzung noch nicht anderweitig benutzt. Wäre das Buch veröffentlicht, so könnten sie ein Exemplar in jedem Laden kaufen.«
»Aber es ist nicht veröffentlicht«, sagte ich, »und sie haben mein Manuskript geklaut.«
»Dieses Verbrechen«, meinte Dave, »steht auf einer anderen Liste. Jedenfalls scheint mir bis jetzt noch nicht das Copyright verletzt. Dieser Amerikaner, der nicht französisch kann, wirft einen Blick auf deine Übersetzung, das ist alles. Entschließt er sich, einen Film daraus zu machen, dann werden sie über die Einzelheiten mit demjenigen verhandeln, der die Filmrechte besitzt, voraussichtlich mit dem Autor selbst.«
»Gut, aber jedenfalls hat hier ein Diebstahl stattgefunden«, rief ich verzweifelt.
»Das ist noch die Frage«, entgegnete Dave, »moralisch ja, aber kann man dies beweisen? Deine Freundin Madge händigt das Manuskript Starfield aus. Starfield wird sagen, er habe keine Ahnung gehabt, daß du etwas dagegen einwenden könntest. Eure Madge im Zeugenstand sagt das gleiche und erzählt jedes Detail über die Art eurer Beziehung, das der Verteidiger aus ihr herausholen kann.«
Ich sah es vor mir. »Gut«, sagte ich, »ja, ja, ja, gut!«

»Soll ich zusammenfassen?« fragte Dave.
»Fang an«, antwortete ich vergrämt.
»Es ist unwahrscheinlich, daß sie den Hund brauchen, wenigstens für die nächste Zeit. Nach dieser Zeit, wenn dieser Amerikaner das Buch gesehen hat, werden sie dir in aller Höflichkeit das Manuskript zurückgeben und dafür den Hund verlangen. Verweigerst du die Rückgabe, so gehen sie zur Polizei. Was könntest du dann gegen sie vorbringen? Der Amerikaner hat gesehen, was er braucht, und es ist ihm egal, wessen Übersetzung er in der Hand gehabt hat. Wenn du weiter drängst, verlierst du dich in einem Labyrinth. Nur eines ist klar, du hast den Hund gestohlen.«
»Aber«, gab ich zu bedenken, »wenn sie keine Angst vor einem Verhör haben, warum sind sie dann nicht schon längst zur Polizei gegangen? Vorausgesetzt, daß du mit der Annahme recht hättest, wir wüßten es bereits, wenn sie es getan hätten.«
»Kannst du dir das nicht selbst beantworten?« fragte Dave höhnisch. »Sie sind einfach nett zu dir. Starfield hätte dir vielleicht gern die Polizei auf den Hals gehetzt, aber deine Freundin Sadie beschwichtigt ihn, du seist doch so ein lieber Kerl, und deshalb lassen sie dich laufen.«
Diese Vermutung machte mich um so wütender, als ich einsah, daß sie wahrscheinlich stimmte. »Es ist dir gelungen, mir zu zeigen, was für ein Idiot ich bin«, rief ich. »Dabei wollen wir es belassen. Ich gehe spazieren.«
»Aber nein, Jake«, wehrte Dave, »wir haben ja den zweiten Gesichtspunkt noch gar nicht besprochen.«
»Da ich ja, wie du mir bewiesen hast, keine Macht zum Verhandeln in den Händen habe, kommt die Frage, wie ich sie anwende, wohl gar nicht erst auf«, antwortete ich.
»Es ist ja nicht sicher, daß du keine Macht in den Händen hast«, sagte Dave, »obgleich es mir nicht sehr wahrschein-

lich vorkommt. Aber du hast den Hund. Was willst du mit ihm tun? Ihn Starfield zurückschicken?«
»Niemals!« rief ich, »solange ich nicht unbedingt dazu gezwungen bin.«
»Nun, dann wollen wir Nummer zwei besprechen«, sagte Dave. Er setzte sich entspannt und nachdenklich nieder, als halte er ein Seminar ab, nur daß in seinem Auge ein Schimmer von Vergnügen glomm.
»Du kannst immer noch zu verhandeln suchen«, sagte er. Nachdem er zuerst die Sache so schlimm wie möglich hingestellt hatte, zeigte er sie mir jetzt von der besten Seite. »Es ist nicht unwahrscheinlich, daß sie den Hund tatsächlich sofort brauchen oder daß sie sich um sein Befinden sorgen und dir ein Angebot machen, um ihn schnell zurückzubekommen. Dies wäre der beste Weg, den sie einschlagen können, wenn sie sich der Unterschlagung wegen überhaupt unbehaglich fühlen. Ob sie sich unbehaglich fühlen, hängt von einem unbekannten Faktor ab, nämlich vom Benehmen und der Gemütsverfassung deiner Madge.«
In diesem Punkte war ich pessimistischer als Dave. »Das ist aussichtslos«, sagte ich. »Ich wollte sie ja nur davon zurückhalten, das Manuskript zu mißbrauchen; da das unmöglich ist, denke ich jetzt besser darüber nach, was ich vor Gericht sagen werde.«
»Unsinn!« rief Dave. »Suche zu verhandeln, nur darfst du dabei nicht das Gesicht verlieren. Appeliere an die Ritterlichkeit deines Freundes Starfield!«
Das gab mir einen Stich ins Herz. Ich wollte nicht mehr Sammys Ritterlichkeit verpflichtet sein. »Lieber würde ich mit Sadie verhandeln«, sagte ich.
»Gut, dann schreib ihr!« meinte Dave. »Wir werden den Brief zusammen aufsetzen. Aber zuerst müssen wir entscheiden, in welcher *persona* du schreibst, als gekränkte Partei oder als einfacher Erpresser. Und vergiß nicht«, fügte

er hinzu, »mit wem wir zu verhandeln haben. Meiner Ansicht nach werden diese Leute, falls sie den Hund sofort zurückhaben wollen, sich nicht mit Verhandlungen und Polizei aufhalten, sondern herausfinden, wo er ist, und vier kräftige Männer in einem Wagen schicken und ihn abholen lassen.«

In diesem Augenblick wurden wir durch ein donnerartiges Klopfen an der Eingangstür unterbrochen.

»Polizei!« sagte Finn. Ich vermutete eher Sammys starke Männer. Wir schauten einander an. Mars knurrte und stellte das Fell auf. Das Klopfen wiederholte sich. »Tun wir, als sei niemand da!« meinte Finn. Da bellte Mars ohrenbetäubend.

»Das beendet die Sache«, sagte Dave.

»Laß uns durch das Glas der Tür gucken und sehen, wieviele es sind«, schlug ich vor.

Ich war bereit, für Mars zu kämpfen, außer natürlich, es stellte sich heraus, es war die Polizei. Leise betraten wir den Gang. Das bunte Glas von Daves Korridortür gab uns ein verzerrtes Bild von dem, was dahinter stand. Es schien sich nur um eine Person zu handeln.

»Die andern warten auf der Treppe«, flüsterte Finn.

»Ach, verdammt!« sagte ich und öffnete die Tür.

»Zwei Telegramme für Donaghue«, sagte der Depeschenbote.

Ich nahm sie entgegen, und er verschwand treppabwärts. Dave und Finn lachten, aber ich zitterte vor Furcht, als ich das erste Telegramm aufriß. In diesem Augenblick war alles erschreckend. Ich las es mehrmals durch. Dann ging ich damit ins Wohnzimmer zurück. Es lautete: *komm sofort per flug paris hotel de clèves für wichtige besprechung stop alle auslagen bezahlt stop dreißig pfund für sofortige spesen im extraumschlag. madge.*

»Was gibt's?« fragten Finn und Dave, die mir gefolgt

waren. Ich reichte ihnen das Telegramm. Das andere enthielt die Anweisung auf die dreißig Pfund.

Wir setzten uns alle nieder. »Wofür kann das sein?« fragte Dave.

»Ich habe nicht die leiseste Ahnung«, antwortete ich. Was in aller Welt konnte Madge nun vorhaben? Alles war so seltsam unwirklich. Nur nicht die dreißig Pfund. Die waren echt wie der nächstliegende Gegenstand am Morgen, der beweist, daß nicht alles ein Traum ist. Was tat Madge in Paris? Fieberhafte Neugier jagte mir bereits durchs Blut. Blitzschnell überlegte ich ein Dutzend Möglichkeiten, ohne jedoch eine glaubwürdige zu finden.

»Natürlich gehe ich«, sagte ich nachdenklich zu den beiden anderen. Madges Telegramm war von jedem Gesichtspunkt aus ein höchst willkommenes Ereignis. Nicht, daß ich meinen Erpresserplan satt gehabt hätte, aber er hatte sich als recht enttäuschend erwiesen, und seine letzten Phasen würden wohl in der gleichen Weise ernüchternd sein. Vielleicht war es wirklich das beste, das Ganze aufzugeben. Man braucht nicht viel Überredungskunst, um mich nach Paris zu locken, am wenigsten jetzt, da Anna dort war. Oder vielmehr vielleicht dort war. Aber nein, sie *mußte* dort sein, fühlte ich, so sehr war das Bild dieser Stadt, das nun in mir aufstieg, mit ihrer Anwesenheit gefüllt. Und schon sah ich mich mit Anna die Champs Elysées entlanggehen, während die warme Brise des ewigen Pariser Frühlings unsere Gesichter streifte wie Blütenblätter, die Vorboten kommender Glückseligkeit.

»Und du läßt uns hier zurück mit dem Baby?« fragte Dave stotternd vor Entrüstung. »Begehst Diebstähle und Erpressungen, und wenn alles im größten Chaos ist, verschwindest du nach Paris und läßt uns das gestohlene Gut, damit die Polizei es hier findet, was?«

»Alle Auslagen bezahlt«, meinte Finn.

»Hört mal«, sagte ich, »ich bleibe nicht lange, nur einen halben Tag, wenn's nicht anders geht. Ich möchte nur wissen, was Madge will. Sollte es hier schlimm werden, so könnt ihr mir telegraphieren, und ein paar Stunden später bin ich wieder da.«

Dave beruhigte sich ein wenig. »Kannst du nicht warten?« fragte er.

»Es klingt so dringend«, antwortete ich, »und vielleicht ist Geld drin.« Der Alle-Auslagen-bezahlt-Aspekt ließ mich dies stark vermuten.

Dies machte Dave noch nachdenklicher. »Nun gut«, sagte er nach einer weiteren kleinen Diskussion, »vielleicht verdienst du dir doch noch die Sporen. Aber erstens müssen wir zuvor beschließen, was für einen Brief wir schreiben, und zweitens mußt du uns für das Hundefutter und für den Fall der Fälle noch viel Geld da lassen.«

»Geld ist das wenigste«, erwiderte ich mit einem durch Sammys Scheck gestärkten Sicherheitsgefühl.

Dann riß mich ein furchtbarer Gedanke herum wie eine Kugel in der Schulter. Natürlich hatte Sammy, sobald ihm mitgeteilt worden war, wer Mars entführt hatte, den Scheck sperren lassen.

»Was gibt's?« fragte Dave. »Du gehst mir langsam auf die Nerven.«

Wie weit reichte Sammys angeborene Fairness? Nicht weit, dessen war ich ziemlich sicher. Oder hing es davon ab, wie wütend er war? Der Anblick seines Wohnzimmers, wie ich es zuletzt gesehen hatte, erstand wieder vor mir, und ich stöhnte. Vielleicht aber hatte er in seinem Zorn den Scheck überhaupt vergessen.

»Hast du Sammy selbst am Telephon gesprochen?« fragte ich.

»Ja, natürlich«, antwortete Dave, »von einem Automaten aus.«

»War er böse?«
»Tollwütig war er.«
»Hat er noch etwas Besonderes gesagt?« fragte ich.
»Ja, jetzt fällt es mir ein«, erinnerte sich Dave. »Ich wollte es dir schon früher mitteilen. Er sagte: ›Bestellen Sie Donaghue, er kann das Mädchen haben, und ich behalte das Geld.‹«
Ich hätte weinen mögen. Jetzt mußte ich ihnen natürlich alles davon erzählen. Ich holte den Scheck, und wir schauten ihn zusammen an. Es war, als beugten wir uns über den Leichnam eines lieben Verstorbenen. Finn sagte, er habe noch nie einen Scheck über so viel Geld gesehen. Sogar Dave blieb nicht unbewegt.
»Jetzt *muß* ich nach Paris«, rief ich. Da die Welt mir so viel Geld schuldete, mußte sofort etwas Entscheidendes geschehen.
Finn studierte Sammys Kontoauszug. »Uns bleibt immer noch Lyrebird«, sagte er. »Den kann er nicht zurücknehmen.«
»Nur hat er noch nicht gewonnen«, warf Dave dazwischen.
»Ihr zwei seht in den Zeitungen nach«, sagte ich. »Ich habe etwa sechzig Pfund auf der Bank. Wieviel kannst du aufbringen, Finn?«
»Zehn Pfund.«
»Und du, Dave?«
»Sei doch kein Narr!«
Schließlich kamen wir überein, daß wir zu dritt fünfzig Pfund auf dieses Pferd setzen wollten. Wir waren alle noch ein bißchen aus den Angeln gehoben durch den Verlust von sechshundertdreiunddreißig Pfund zehn.
Danach diskutierten wir über den Brief. Ich hielt an meiner Ansicht fest, mit Sadie zu verhandeln. Daves Vermutung schmerzte mich immer noch, und ich erinnerte mich mit Pein an Sadies Äußerung, sie habe mich gern. Wäre mehr

Zeit gewesen, so hätte ich darüber nachgedacht, ob dies meinen Entschluß beeinflußte. Doch war dies nicht der geeignete Augenblick, sich der Analyse von Motiven hinzugeben. Wenn man gute Gründe für eine Handlung hat, soll man sich nicht abhalten lassen, sie zu vollziehen, weil man auch schlechte haben könnte. Ich fand, Skrupel seien hier nicht am Platz. Sadie war intelligenter als Sammy, und soweit es dieses Abenteuer betraf, war Sadie der Boss. Auch hatte man bei ihr nicht die Vorhänge aus der Wand gerissen und in ihrem Wohnzimmer das Unterste zuoberst gekehrt. Daß Sadie mich vielleicht immer noch gut leiden konnte, spielte hier keine Rolle. Jedenfalls gefiel mir die Sache nicht, und ich wollte nichts wie weg.

Schließlich kamen wir überein, daß Dave über meiner Unterschrift einen einfachen Brief mit dem Vorschlag an Sadie schreiben solle, Mars gegen eine formelle Anerkennung meiner Position in Sachen Übersetzung und eine angemessene Entschädigung für ihre Benutzung einzutauschen. Eine Zeitlang argumentierten wir über die Höhe der Entschädigung. »Worauf bist du aus«, formulierte Dave, »auf Rückerstattung, Schadenersatz oder Rache?« Finn fand, wir sollten daraus einen klaren Fall von Erpressung machen und so viel verlangen, wie wir wohl durch Vorenthaltung von Mars und versteckte Andeutungen über eine Verschlechterung seines Gesundheitszustandes herausholen könnten, und schlug fünfhundert Pfund vor. Dave meinte, wir sollten nur etwa das verlangen, was das Honorar für einen Einblick in die Übersetzung ausmache. Er gab zu, keine Ahnung zu haben, wieviel das sei, und sagte, genau genommen komme es dem Verleger zu und nicht mir, aber unter den Umständen und um meine Würde aufrechtzuerhalten, solle ich fünfzig Pfund fordern. Ich war der Ansicht, daß ich nicht nur das übliche Honorar erhalten müsse, sondern auch eine Entschädigung

für die Entwendung des Manuskripts, und schlug bescheiden zweihundert Pfund vor.
Schließlich setzten wir die Summe auf hundert Pfund fest. Ich fand dies sehr zahm; aber ich war nun ganz besessen von der Idee, nach Paris zu fahren, und hätte mich mit allem einverstanden erklärt. Ich setzte meinen Namen ans Ende von einigen Briefbogen. Auf einen davon sollte Dave den Brief tippen, nachdem er den besprochenen Richtlinien gemäß aufgesetzt worden war. Dave wollte, ich solle ihm noch ein paar zärtliche oder persönliche Worte hinzufügen, um den Brief authentischer aussehen zu lassen. Aber ich bestand darauf, ihn so unpersönlich und sachlich wie möglich zu machen. Sehr zögernd gab ich Dave einen Blankoscheck. Dann eilte ich zur Victoria Station, um noch die Nachtfähre zu erreichen, da ich Geld sparen wollte und Luftreisen mich nervös machen.

XIV

Ich finde, Seereisen regen zum Nachdenken an. Nicht daß die Nachtfähre eigentlich eine Seereise im üblichen Sinn genannt werden könnte. Ein unentbehrliches Element beim Erlebnis einer Schiffahrt ist der Geruch, wohingegen es zu den besonderen Merkmalen der Nachtfähre gehört, daß man die ästhetischen Empfindungen, die ein Schiff vermittelt, zusammen mit den Geruchseindrücken des Zuges erfährt. Mitten in einem derartigen *dérèglement de tous les sens* geschah es, daß ich dalag und über Hugo nachdachte.

Meine Unterredung mit ihm konnte man kaum erfolgreich nennen; andererseits war sie eigentlich auch kein ausgesprochener Mißerfolg. Ich hatte Hugo etwas mitgeteilt, das er unbedingt wissen mußte, und dabei mit ihm keine unfreundlichen Worte gewechselt. Wir erlebten sogar ein gemeinsames Abenteuer, das ich zumindest ohne Schmach bestand. In gewisser Beziehung konnte man sagen, das Eis zwischen uns war gebrochen. Aber es ist möglich, das Eis zu brechen, ohne das Hackebeil zu begraben. Da ich seit meiner Begegnung mit Hugo äußerst beschäftigt gewesen war, hatte ich noch keine Zeit gefunden, meine Eindrücke zu überdenken. Nun sammelte ich sie alle und betrachtete einen nach dem anderen. Lebhaft erinnerte ich mich des ersten Anblicks von Hugo, als er oben auf den Stufen gestanden hatte wie der Zar aller Reußen. Er erschien mir jetzt, da ich auf meinem wogenden Kissen lag, als ein Bild von Macht und Geheimnis. Deutlicher denn je fühlte ich, daß wir noch nicht miteinander fertig waren. Wie auch immer die Fäden meines Geschicks mit dem seinen verwoben waren, der Knoten mußte erst noch gelöst werden. Dies überkam mich mit

solcher Macht, daß ich es nun bedauerte, daß ich nach Paris fahren und, wenn auch nur für einen Tag, die Möglichkeit aufgeben mußte, ihn wiederzusehen.
Was bei unserer Unterredung überhaupt nicht klar geworden, und weshalb man sie von diesem Gesichtspunkt aus für einen Mißerfolg halten konnte, waren Hugos augenblickliche Gefühle mir gegenüber. Er hatte durchaus keine offene Feindseligkeit gezeigt. Sein Verhalten war, wenn überhaupt irgend etwas, ziemlich beiläufig gewesen. War dies nun ein schlechtes oder ein gutes Zeichen? Ich rief mir bis ins einzelne Hugos Ausdruck ins Gedächtnis zurück, den Ton seiner Stimme, sogar seine Gesten, und verglich sie mit meinen früheren Erinnerungen, ohne aber zu irgendeinem Schluß zu gelangen. Bis zu welchem Grad Hugo mich satt hatte, mußte sich erst noch herausstellen. Dann dachte ich an den *Schalldämpfer* und konnte nicht umhin, mir zu wünschen, Sadie und Sammy hätten einen anderen Ort für ihre verschwörerische Unterhaltung gewählt als Sadies Küche. Wenn ich mir alles überlegte, hätte ich mir lieber das Buch verschafft und hätte nichts erfahren, und mir wäre viel vergangenes und künftiges Ungemach erspart geblieben; denn ich redete mir nicht ernstlich ein, meine Warnung an Hugo sei mehr als eine Geste guten Willens. Was das Buch betraf, so war es meiner Ansicht nach nicht nur ein *casus belli* zwischen Hugo und mir, sondern auch eine Zusammenfassung von Gedanken, bei denen ich nicht so unredlich sein konnte, so zu tun, als seien sie ohne Zusammenhang mit meinem übrigen Weltbild. Ich mußte das darin Gesagte überdenken. Wo aber konnte ich jetzt ein Exemplar finden? Mir kam in den Sinn, daß ich Jean Pierre vielleicht den Band, den er nach der Veröffentlichung bekommen und vermutlich nie aufgeschlagen hatte, wieder wegnehmen könnte, wenn er ihn überhaupt noch hatte. Der Gedanke an Jean Pierre brachte mich dazu, wieder an Paris zu denken, an diese

herrliche, grausame, zärtliche, beunruhigende und bezaubernde Stadt, und mit dieser Vorstellung schlief ich ein und träumte von Anna.

In Paris anzukommen hat für mich immer etwas Schmerzliches, auch wenn ich nur für kurze Zeit weg war. Es ist eine Stadt, die ich stets voller Erwartung aufsuche und immer enttäuscht verlasse. Es gibt eine Frage, die nur ich stellen und die nur Paris beantworten kann. Aber ich bin nie fähig gewesen, sie zu formulieren. Gewisse Dinge habe ich tatsächlich hier gelernt, zum Beispiel, daß mein Glück ein trauriges Gesicht hat, so traurig, daß ich es jahrelang für mein Unglück gehalten und verscheucht habe. Aber Paris bleibt für mich immer noch eine ungelöste Harmonie. Es ist die einzige Stadt, die ich personifizieren kann. London kenne ich zu gut, und die anderen Orte liebe ich nicht genug. Mit Paris treffe ich zusammen, aber so, wie man mit einem geliebten Menschen zusammentrifft, endlich vereint und schweigend, und man bekommt fast kein Wort heraus. *Alors, Paris, qu'est-ce que tu dis, toi? Paris, dis-moi ce que j'aime.* Aber ich bekomme keine Antwort, nur das traurige Echo von bröckelnden Mauern, *Paris.*

Als ich ankam, hatte ich es nicht eilig, Madge zu sehen. Ich wollte mich von dem bekannten Zauber gefangennehmen lassen. Das Leben hat so wenige Augenblicke, die sich als heilig ankündigen. Später war immer noch Zeit genug, die Gedanken zu denken, zu denen die Unterhaltung mit Madge mich nötigen sollte. Und als ich auf die Seine zuging, war ich davon überzeugt, daß für mich das, was ich jetzt erlebte, wirklich war, wo immer auch die Grenze zwischen Schein und Wirklichkeit zu ziehen war. Die Aussicht, Madge zu begegnen, rückte völlig in den Hintergrund. Es war jene Morgenstunde, da geheimnisvolle Bäche, von Fetzen alter Sackleinwand gelenkt, die Rinnsteine von Paris entlang fließen. Das wolkenlose Licht warf einen Hauch von Farbe auf die grauen Fassaden der *quais* und ließ sie so weich und feierlich aussehen wie Zuckerguß. Es gibt Einzelheiten, die selbst das zärtlichste Gedächtnis immer wieder vergißt. Die von Fensterläden besänftigten Häuser mit ihren hohen Stirnen. Lange Zeit stützte ich mich auf die Brüstung und blickte ins Spiegelbild der Brücke Pont Neuf, deren Rundbögen mit ihren Reflexen ein vollkommenes O bilden, wo man nicht unterscheiden kann, was Spiegelung ist und was nicht; so still fließt die Seine in ihrer glasigen Ruhe dahin, wie es der von den Gezeiten bewegten Themse nie gelingt. Ich lehnte dort und dachte an Anna, die diese Stadt für mich in einer neuen Ballung von Einzelheiten hatte entstehen lassen, als ich sie ihr zum ersten Male zeigte, wenn ich Paris auch schon seit Jahren kannte.

Schließlich sehnte ich mich nach meinem Frühstück. Ich ging in die Richtung von Madges Hotel und ließ mich *en route* in der Nähe der Opéra in einem Café nieder. Hier bemerkte ich langsam auch die irdischeren Einzelheiten dieser geschäftigen Stadt. Nachdem ich dort eine Zeitlang gesessen hatte, zog irgendein Aufruhr auf dem Bürgersteig dicht neben dem Café meine Aufmerksamkeit auf sich. Ein paar Männer in Hemdsärmeln standen herum, als erwarteten sie etwas; ich sah mit halbem Interesse zu ihnen hinüber. Bald erkannte ich, daß sie aus der Buchhandlung neben dem Café herauskamen. Ich überlegte eine Zeitlang, worauf sie wohl warteten. Sie trieben sich in der Nähe herum, blickten die Straße hinunter, kehrten in den Buchladen zurück, kamen wieder heraus und standen abermals erwartungsvoll da. Ein wenig später wandte ich mich dem Laden zu und sah etwas, das diese Szene erklärte. Das Hauptschaufenster war völlig leer, und darüber stand in großen Lettern geschrieben *Prix Goncourt.* Alljährlich, wenn die großen Literaturpreise verteilt werden, stehen die Verleger jener Bücher, die als hoffnungsvolle Kandidaten angesehen werden, auf dem

Sprung, um sofort nach Verkündigung mit einer neuen Riesenauflage des Siegerbuches herauszukommen. Dieses Werk wird dann in einer Neuauflage von Zehntausenden in größter Eile in die Buchhandlungen gebracht, so daß sich das Publikum, noch ehe die Neuigkeit ihren Reiz verloren hat, zur Genüge an diesem so herausgehobenen Stück Literatur delektieren kann. Um sich auf dieses Ereignis vorzubereiten, machen alle Buchhandlungen mit intellektuellen Ansprüchen ihre besten Schaufenster frei und stehen bereit, den Sieger mit der halsbrecherischen Geschwindigkeit der letzten Nachrichten vom Dienst willkommen zu heißen.
Ich saß da, trank meinen Kaffee und dachte beim Beobachten dieser Szene an den Unterschied zwischen französischen und englischen Literatur-Sitten, als ich ein Kreischen von Bremsen vernahm und einen Lastwagen scharf am Randstein halten sah. Die hemdsärmeligen Männer stürzten sich darauf, bildeten gleich danach eine Kette und reichten einander mit erstaunlicher Geschwindigkeit große Bündel von Büchern. Im Innern des Ladens sah ich die anderen eifrig die Werbeständer ins Schaufenster stellen, das in wenigen Minuten von vorne bis hinten mit der monotonen und triumphierenden Wiederholung des Siegernamens vollgestopft war. Der ganze Vorgang hatte die hastige Präzision einer Polizei-Razzia. Belustigt sah ich zu, wie der Lastwagen sich leerte, während hinter mir das Fenster weiß von Büchern wurde. Ich wandte mich um und betrachtete es genauer; da sah ich etwas, das mir das Lächeln jäh gefrieren ließ.
Im ganzen Schaufenster sah ich mit dem emotionalen Nachdruck eines wiederholten Schreis den Namen Jean Pierre Breteuil und darunter ebenso oft wiederholt *»Nous Les Vainqueurs Nous Les Vainqueurs Nous Les Vainqueurs.«* Ich sprang von meinem Stuhl hoch und betrachtete abermals den Streifen, auf dem *Prix Goncourt* stand. Es gab keinen Zweifel. Ich bezahlte meinen Kaffee, stand auf und trat vor

das Fenster, wo sich unter meinen Augen die Botschaft zehn-, hundert-, fünfhundertmal wiederholte: *Jean Pierre Breteuil Nous Les Vainqueurs.* Der Bücherberg wuchs vor meinen Augen. Da war nicht eine andersdenkende Stimme. Er türmte sich zu einer Spitze. Das letzte Buch wurde ganz obenauf gelegt, und dann kamen die Ladengehilfen heraus, um sich ihr Werk von vorne anzusehen. Name und Titel flimmerten mir vor den Augen, so daß ich mich abwenden mußte.

Erst da wurde mir schockierend klar, daß meine vorherrschende Regung Pein war, eine Pein, die so tief ging, daß ich sie zuerst gar nicht begriff. Ich lief aufs Geratewohl weiter und versuchte, Klarheit in das Ganze zu bringen. Natürlich war ich sehr überrascht, Jean Pierre in der Rolle eines Goncourt-Gewinners zu sehen. Die Goncourt-Jury, diese Versammlung ruhmreicher Namen, konnte vielleicht manchmal irren, machte aber nie einen groben oder phantastischen Fehler. Daß ihre Krönung Jean Pierres dem hellen Wahnsinn entsprungen sei, war eine Theorie, die ich beiseite schieben konnte. Ich hatte das Buch nicht gelesen. Verschiedene Möglichkeiten blieben offen; je länger ich aber darüber nachdachte, desto wahrscheinlicher schien es mir, daß Jean Pierre am Ende wirklich einen guten Roman geschrieben hatte.

Mitten auf dem Bürgersteig blieb ich stehen. Warum fand ich das so absolut unerträglich? Warum war ich so betroffen, daß Jean Pierre ihn gekriegt hatte? Ich ging in ein Café und bestellte einen Cognac. Zu sagen, ich sei eifersüchtig, hätte die Sache zu einfach gemacht. Mein Gefühl war entrüsteter Schrecken, so als ob ein Naturgesetz umgestoßen worden sei, so wie ein Mensch vielleicht fühlte, wenn seine feste Überzeugung von einem Schimpansen bis ins letzte widerlegt würde. Ich hatte Jean Pierre ein für allemal eingeordnet. Sollte er wirklich heimlich das Fell gewechselt, heimlich seinen Stil verbessert, seine Gedanken veredelt, seine Regungen geläutert haben – es war wirklich zu dumm. In Gedanken bedachte ich das Buch bereits mit jedem nur möglichen Vorzug, und je länger ich dies tat, desto deutlicher empfand ich einen mit Wut vermischten Schmerz, der mir jeden anderen Gedanken aus dem Hirn jagte. Ich bestellte einen zweiten Cognac. Jean Pierre hatte kein Recht dazu, sich verstohlen in einen guten Schriftsteller zu verwandeln. Ich fühlte mich als Opfer eines Betrugs, eines Schwindels. Seit Jahren hatte ich für diesen Mann gearbeitet, mein Wissen und meine Feinfühligkeit dazu verwandt, seinen Schund durch die englische Sprache zu versüßen; und jetzt wurde er plötzlich hinter meinem Rücken ein guter Schriftsteller. Ich stellte ihn mir vor mit seinen plumpen Händen und seinen kurzen grauen Haaren. Wie konnte ich mit diesem Bild, das ich seit so langer Zeit so gut kannte, den Begriff eines guten Romanciers verbinden? Es wurmte mich wie die Wandlung einer grundlegenden Ordnung. Ein Mann, den ich als Geschäftspartner angesehen hatte, entpuppte sich als Rivale in der Liebe. Eines war mir klar: Da ich nun mit Jean Pierre nicht mehr zynisch verkehren konnte, konnte ich überhaupt nicht mehr mit ihm verkehren. Warum sollte ich meine Zeit damit vergeuden, seine Werke zu übersetzen, statt eigene zu produzieren? Niemals würde ich *Nous Les Vainqueurs* übertragen. Nie, nie, nie!

Es schlug zehn, ehe mir Madge wieder einfiel. Ich nahm ein Taxi zu ihrem Hotel, und während der Fahrt gerann die Wut in mir und wurde zur ungestümen Energie, die meine Sehnen stärkte und mich den Kopf höher tragen ließ. Ich schlich mich nicht ins Hotel Prince de Clèves, wie ich es sonst getan hätte, sondern schritt hinein, daß die Empfangschefs und das übrige Personal nur so katzbuckelten. Sie brauchten nicht so zu tun, als sähen sie die Lederflicken an meinen Ellbogen nicht; denn ich glaube, sie haben sie wirklich nicht gesehen, so stark ist die Macht des menschlichen Auges, wenn es Blitze schleudert. Ich befahl, zu Madge geführt zu werden, und stand wenige Augenblicke später vor ihrer Tür. Sie tat sich auf, und ich sah Madge auf einer *chaiselongue* in einer Haltung ruhen, die sie sichtlich in Erwartung meiner Ankunft seit längerem eingenommen hatte. Die Tür wurde hinter mir sanft wie hinter einem Prinzen geschlossen. Ich blickte auf Madge nieder, und mir wurde klar, daß es mich mehr freute, sie zu sehen, denn je zuvor. Unter meinem Blick schmolz ihre Erhabenheit dahin, und ich bemerkte unverhüllt in ihrem Gesicht, wie tief bewegt, erleichtert und entzückt sie war, mich wiederzusehen. Mit einem Schrei stürzte ich mich auf sie.

*

Eine Weile später wurde es nötig, mit dem Sprechen zu beginnen. Gleich beim Hereinkommen war mir eine weitere Veränderung Madges aufgefallen, nur war dieser Eindruck sofort verdrängt worden. Als sie sich nun die Nase puderte, saß ich da und nahm folgendes wahr. Ihre Kleidung war stiller, schlichter und beunruhigend gut geschnitten, und sie trug das Haar auf ganz andere Art. Keine englische Dauerwelle mehr, und ihr Haar war ihrem Kopf angepaßt wie eine ausgeschnittene Kappe. Sie wirkte schlanker und aufregender; sogar ihre Bewegungen waren anmutiger geworden. Offensichtlich hatte ein anderer sich ihrer angenommen, jemand viel sachkundigerer als Sammy. Sie beobachtete mich aus den Augenwinkeln, während sie den zärtlich stolzen Mund einer Frau rot nachzog, die weiß, daß sie begehrt wird; und als ich zu ihr ging, um sie zu küssen, wandte sie den Kopf zur Seite, und bot mir mit königlicher Gebärde die parfümierte und künstliche Jugendfrische ihrer Wange dar. Es war entnervend, einen Menschen sich so rasch verwan-

deln zu sehen, so als ob man die Bewegung der Sterne wahrnähme oder die Drehung der Erde.
»Madge, du bist schön«, sagte ich. Wir setzten uns.
»Jakie«, erwiderte sie, »ich kann dir gar nicht sagen, wie sehr ich mich freue, dich zu sehen. Ich kann es einfach nicht ausdrücken. Du bist das erste menschliche Gesicht, das ich seit Ewigkeiten sehe.«
Ich überlegte schon, welche Art Gesichter Madge wohl in letzter Zeit gesehen hatte; doch war ja Zeit genug, dies später aus ihr herauszuholen. Wir hatten einander sehr viel zu erzählen.
»Wo sollen wir beginnen?« fragte ich.
»Oh, Liebling!« antwortete Madge und schlang die Arme um mich. Wir verschoben den Beginn noch ein wenig.
»Hör mal«, sagte ich nach einer Weile, »wir wollen anfangen festzustellen, was wir beide wissen, zum Beispiel, daß Sammy ein Gauner ist.«
»Ach, Liebster«, rief Madge, »mir war ja so elend zumute wegen Sammy.«
»Warum? Was ist geschehen?« fragte ich.
Das wollte Madge mir offensichtlich nicht sagen. Ich sah, wie sie nach einer Ausflucht suchte. »Du verstehst Sammy nicht«, meinte sie schließlich, »er ist ein unglücklicher, wirrköpfiger Mensch.« Dies ist eine klassische Bemerkung von Frauen über Männer, die sie verlassen haben.
»Hast du ihn deshalb mit meiner Übersetzung beschenkt?« fragte ich.
»Ach, *das*!« erwiderte Madge. »Das habe ich nur deinetwegen getan, Jakie.« Sie hielt mich mit ihren großen Augen in Schach. »Ich dachte, Sammy könnte dir helfen, damit etwas dabei herauskommt. Aber woher weißt du, daß er sie hat?«
Ich gab ihr eine höchst erlesene Darstellung meiner jüngsten Abenteuer. Dabei sah ich, wie zuwider Madge die Sache mit Sadie und Sammy war.

»Ein feines Schwindlerpaar!« rief sie.
»Aber von Sammys Plan hast du doch gewußt, nicht wahr?« fragte ich.
»Bis vor zwei Tagen hatte ich keine Ahnung davon«, erwiderte sie.
Das stimmte offensichtlich nicht; denn mehr oder weniger mußte sie gewußt haben, was Sammy vorhatte, als sie ihm mein Manuskript gab. Doch damals war sie zweifellos überzeugt gewesen, sie und nicht Sadie sei die Frau, auf die es ankomme. Vielleicht hatte Sammy das zunächst auch gedacht. An unserem sportlichen Nachmittag war sein an Madge gezeigtes Interesse bestimmt echt gewesen. Es konnte schon sein, daß Sammy wirr war. Ob er unglücklich war, konnte ich weder beurteilen, noch interessierte es mich.
»Nun, wie wäre es, wenn du mir etwas erzähltest?« sagte ich. »Was für ein wichtiges Gespräch wolltest du mit mir führen?«
»Das ist eine lange Geschichte, Jake«, antwortete Madge. Sie schenkte mir einen Drink ein und sah mich dann gedankenvoll an. Nun hatte sie das verhaltene, katzenhafte Aussehen einer Frau, die ihre Macht kennt und sich als Kleopatra sieht. »Möchtest du sofort dreihundert Pfund verdienen und monatlich hundertfünfzig auf unbestimmte Zeit?«
Während ich mir das überlegte, beobachtete ich Madge in ihrer neuen Rolle. »Wenn die Nebenumstände annehmbar sind«, erwiderte ich, »lautet meine Antwort: ja. Wer aber ist der Zahlmeister?«
Madge wanderte langsam durchs Zimmer. Ihr Sinn für Dramatik war so heftig, daß er den ganzen Raum elektrisierte. Dann wandte sie sich mir mit der Ruhe eines Menschen zu, der weiß, wie wirksam Ruhe ist.
»Ach, hör doch auf damit, Madge«, rief ich, »und heraus mit der Sprache! Dies ist keine Probeaufnahme.«

»Ein Mann«, sagte Madge und wählte die Worte mit Sorgfalt, »der in Indochina ein Vermögen mit Schiffen oder etwas ähnlichem gemacht hat, will sein Geld in die Gründung einer anglo-französischen Filmgesellschaft stecken. Es soll ein Riesenunternehmen werden. Diejenigen, die das Ganze in die Hand nehmen, suchen nach talentierten Leuten. Natürlich«, fügte sie hinzu, »ist alles, was ich dir jetzt sage, streng vertraulich.«

Ich starrte Madge an. Seit ich sie zuletzt gesehen hatte, war sie offenbar in die Schule gegangen. Wo konnte sie nur diese Worte wie »Unternehmen« und »streng vertraulich« aufgeschnappt haben?

»Das ist sehr interessant«, sagte ich, »und ich hoffe, das Auge des Talentsuchers ist dir freundlich zugewandt. Aber was habe ich damit zu tun?«

»Du hast damit als Drehbuchautor zu tun«, erwiderte Madge und schenkte sich selbst ein Glas ein. Der Zeitpunkt war bestens gewählt.

»Sieh mal, Madge«, sagte ich, »ich weiß das sehr zu schätzen. Ich danke dir für alle deine freundlichen Bemühungen um mein Wohlergehen. Aber ich kann doch nicht einfach so eine Arbeit übernehmen. Ein Drehbuch zu schreiben, ist eine höchst technische Angelegenheit. Ich müßte das zuerst lernen, ehe jemand mit gesundem Menschenverstand mir eine solche Summe dafür bietet, wie du sie genannt hast. Außerdem bin ich durchaus nicht sicher, ob mir an einer solchen Arbeit liegt. *Ce n'est pas mon genre.*«

»Spiel kein Theater, Jake!« sagte Madge. Offenbar hatte sie sich durch meine vorige Bemerkung getroffen gefühlt. »Du bist doch wild auf dieses Geld. Laß mich dir also erzählen, was du zu tun hast, um es zu bekommen.«

Es stimmte, daß es mich nicht unberührt ließ. »Gib mir noch etwas zu trinken«, bat ich, »und sage mir, wie du mich da hineinschieben willst.«

»Du brauchst nicht hineingeschoben zu werden«, erwiderte Madge. »Du kommst ganz natürlich hinein, und zwar durch Jean Pierre.«

»Mein Gott!« rief ich. »Was hat denn der damit zu tun?« Ich schien heute morgen von Jean Pierre nicht loszukommen.

»Er ist im Vorstand, oder wird es sein, wenn alles unterzeichnet ist. Und rate, was unsere erste Produktion sein wird!« sagte sie in der Art, wie man einen schlagenden Beweis liefert. »Ein englischer Film von seinem letzten Buch.«

Mir wurde übel. »Meinst du *Nous Les Vainqueurs?*« fragte ich.

»Jawohl«, erwiderte Madge, »das, welches den So-und-so-Preis bekommen hat.«

»Ich weiß«, sagte ich, »den *Prix Goncourt.* Ich habe es auf meinem Weg hierher in einem Laden gesehen.«

»Würde das nicht einen herrlichen Film ergeben?« fragte Madge.

»Ich weiß es nicht«, erwiderte ich. »Ich habe es nicht gelesen.« Ich saß da und starrte auf den Teppich. Seit langer Zeit war mir nicht so zum Weinen zumute gewesen.

Madge beobachtete mich, während ich mit hängendem Kopf da saß. »Was ist los mit dir, Jake?« rief sie. »Fühlst du dich nicht wohl?«

»Mir geht's gut«, antwortete ich. »Erzähl weiter!«

»Jake«, sagte Madge, »alles hat sich wunderbar entwickelt. Du kannst es nur noch nicht übersehen. Dies ist besser als alles, was wir uns in der Earls Court Road erträumt haben. Und daß es gerade Jean Pierre sein soll! Es hat sich alles bestens gelöst.«

Daß sich etwas gelöst hatte, sah ich selbst. »Madge«, sagte ich, »ich bin kein Drehbuchautor. Ich verstehe nichts vom Film.«

»Liebling«, erwiderte Madge, »darum geht es nicht, außerdem macht es nichts.«
»Das dachte ich mir schon, daß es darum nicht geht.«
»Du hast nichts verstanden«, meinte Madge. »Alles ist geregelt. Die Stellung gehört dir.«
»Verfügst du darüber?« fragte ich.
»Was meinst du damit?« fragte Madge zurück.
»Ich meine, kannst du sie nach Belieben vergeben?«
Wir sahen einander an. »Ich verstehe«, sagte ich und lehnte mich in meinen Stuhl zurück. »Schenk mir noch einmal ein, ja?«
»Jake, sei doch nicht so schwierig!« bat Madge.
»Ich möchte klar sehen«, erwiderte ich. »Du bietest mir also eine Sinekure an.«
»Ich weiß nicht, was das ist«, sagte Madge, »aber ich glaube, so was ist es.«
»Eine Sinekure ist etwas, wobei man Geld für Nichtstun bekommt.«
»Aber ist das nicht genau das, was du dir immer gewünscht hast?«
Ich blickte in die Bernsteintiefen meines Glases. »Vielleicht«, erwiderte ich, »aber ich wünsche es mir jetzt nicht mehr.« Ich war nicht ganz sicher, ob dies der Wahrheit entsprach. Das mußte sich erst erweisen.
»Außerdem«, sagte Madge, »wäre es gar nicht für Nichtstun. Du wirst vielleicht eine ganze Menge zu tun haben, zum Beispiel ist das Buch zu übersetzen, was ja ohnehin deine Arbeit wäre.«
»Du weißt genau, daß das etwas ganz anderes ist«, erwiderte ich.
»Du mußt doch heilfroh sein, daß er endlich ein gutes Buch geschrieben hat. Alle sagen, es sei großartig. Besonders seit es diesen Wie-heißt-der-Preis bekommen hat.« »Ich werde kein Buch von Jean Pierre mehr übersetzen«, sagte ich.

Madge starrte mich an, als sei ich verrückt geworden. »Was willst du damit sagen?« fragte sie. »In der Earls Court Road hast du dich immer beklagt, daß du deine Zeit damit verschwenden müßtest, so schlechte Sachen zu übersetzen.«
»Das ist wahr«, gab ich zu. »Aber die Logik dieser Situation ist sehr seltsam. Es folgt nämlich nicht daraus, daß ich es als eine geringere Zeitverschwendung ansehen würde, wenn ich bessere Sachen übersetzte.«
Ich stand auf, trat ans Fenster und schaute hinaus. Ich vernahm, wie Madge mir über den dicken Teppich dorthin folgte.
»Jake«, sagte sie dicht hinter meinem Ohr, »hör damit auf! Du hast hier die Chance deines Lebens. Vielleicht gibt es zu Anfang nicht viel zu tun, aber später ändert sich das. Und laß diesen Unsinn wegen Jean Pierre!«
»Du würdest es nicht verstehen«, sagte ich. Wir sahen einander an.
»Deine Freundin ist nach Hollywood gegangen«, bemerkte Madge nach einem Augenblick des Schweigens.
Ich griff nach Madges schlaffer und teilnahmsloser Hand. »Das hat nichts damit zu tun«, sagte ich. »Übrigens«, fügte ich hinzu, »bitte ich dich, Anna nicht meine Freundin zu nennen. Wir haben uns seit Jahren nicht gesehen, ausgenommen einmal letzte Woche.«
»Oh!« meinte Madge ziemlich skeptisch.
»Außerdem«, fuhr ich fort, »ist sie nicht nach Hollywood gegangen.« Bis zu diesem Augenblick war ich dessen nicht so sicher gewesen. »Oder *weißt* du etwa, daß sie abgereist ist?« fragte ich Madge.
»Nun, nicht absolut sicher«, antwortete sie, »aber man hat es mir erzählt. Alle gehen nach Hollywood, wenn sie können.«
Ich machte eine Geste voller Verachtung für eine Welt, in der dies so ist. Aber ich hatte bereits zu viel Erregung

gezeigt und wollte das Thema wechseln. »In welcher Beziehung wird deine Gesellschaft zur Bounty Belfounder stehen?« fragte ich.
»Beziehung?« rief Madge. »Vom Erdboden wird sie die wischen«, sagte sie mit grausamer Genugtuung. Ich zuckte die Schultern.
»Tu doch nicht so, als kümmertest du dich einen Pfifferling darum!« sagte Madge. »Außerdem erweist du damit deinem Freund Belfounder den größten Gefallen. Er wünscht ja nichts so sehr, wie sein ganzes Geld zu verlieren.«
Das erschreckte mich. Anscheinend verkehrte Madge in Kreisen, die Hugo fallengelassen hatten. »Das kann er auch ohne meine Hilfe schaffen«, sagte ich und wandte mich ab.
Eine verworrene Mattigkeit befiel mich. Man bot mir eine Menge Geld an, und es war mir durchaus nicht klar, warum ich es ablehnte: wenn das, was ich tat, eine Ablehnung war. Was noch wichtiger war: man hielt mir den Schlüssel zu einer Welt hin, in der Geld nur so fließt und der gleiche Einsatz zu viel üppigeren Ergebnissen führen kann: so wie wenn man einfach ein Gewicht weiterschiebt. Und mit meinem Gewissen könnte ich wohl in wenigen Monaten fertigwerden, und bald wäre ich so gut wie jeder andere fähig, in dieser Welt meinen Lebensunterhalt zu verdienen. Ich brauchte nichts weiter zu tun, als die Augen zu schließen und mich hinein zu begeben. Warum fiel mir der Weg so schwer? Mir war angst und bange. Ich schien etwas Greifbares wegzuwerfen und einem Phantom nachzujagen. Ich gab einer Leere den Vorzug, über die ich mir keine Rechenschaft ablegen konnte.
Madge beobachtete mich mit wachsender Pein.
»Madge«, sagte ich, nur um etwas zu sagen, »was geschieht mit der *Nachtigall*?«
»Ach, das ist in Ordnung«, erwiderte Madge. »Einer von Sadies Leuten hat sich deswegen an Jean Pierre herange-

macht, aber er hat ihn abgewiesen. Und jetzt besitzt unsere Gesellschaft die Filmrechte für seine sämtlichen Bücher.«
Das war frech. Ich lächelte Madge an, und auch sie lächelte und zwar erleichtert. »Also hat man es Sadie und Sammy gezeigt«, meinte ich.
»Denen hat man's gezeigt«, bestätigte Madge.
Ich erinnerte mich meines Mitleids mit Madge, und dann fiel mir ein, daß Madge wahrscheinlich schon angefangen hatte, Sammy zu betrügen, ehe sie wußte, daß Sammy sie betrog. Man braucht Zeit, um ins Hotel Prince de Clèves zu gelangen. Dies war so komisch, daß ich zu lachen anfing, und je länger ich mir alles überlegte, desto mehr lachte ich, bis ich mich schließlich auf den Boden setzen mußte. Zuerst lachte Madge mit, dann aber hörte sie auf und sagte scharf: »Jake!« Das brachte mich wieder zu mir.
»Also wird Sammy schließlich doch Tierfilme machen müssen«, bemerkte ich.
»Was das anbetrifft«, sagte Madge, »mit dem jungen Hund hat man Sammy auch reingelegt. Das ist nämlich gar kein junger Hund.«
»Was soll das heißen?«
»›Phantasiefilm‹ hat Sammy betrogen. Weißt du, wie alt Mister Mars ist?«
Ein trauriger Schatten fiel auf mein Herz. »Nein«, antwortete ich. »Wie alt ist er denn?«
»Vierzehn«, erwiderte Madge. »Er pfeift auf dem letzten Loch. Schon den letzten Film, den sie mit ihm gemacht haben, konnte er kaum mehr durchhalten. ›Phantasiefilm‹ wollten ihn sowieso aus dem Geschäft nehmen. Da interessierte Sammy sich für ihn, und man hat ihm den Hund verkauft, ohne sein Alter zu verraten. Sammy hätte ihm ins Maul schauen müssen.«
»Man kann das Alter eines Hundes nicht erkennen, indem man ihm ins Maul schaut«, sagte ich.

»Dann hat Sammy eben Pech gehabt«, meinte Madge.
Das war mir gleichgültig. Ich dachte an Mars. Er war alt, sollte nie mehr arbeiten, nie mehr über die Ufer getretene Flüsse durchschwimmen, hohe Zäune erklimmen oder in einsamen Gegenden mit Bären kämpfen. Seine Kraft war im Schwinden, seine Intelligenz konnte ihm nichts nützen, sein Tod war nahe. Diese Erkenntnis schloß den Kreis meiner Trauer. Und damit nahm mein Entschluß klare Züge an.
»Ich kann es nicht tun, Madge«, sagte ich.
»Du bist verrückt«, rief Madge. »Warum denn nicht, Jake, warum?«
»Ich weiß es selbst nicht genau«, entgegnete ich. »Ich weiß nur, daß es mein Tod wäre.«
Madge trat zu mir. Ihre Augen waren hart wie Achat. »Hier ist die Wirklichkeit, Jake«, sagte sie, »wach doch endlich auf!« und sie schlug mich fest auf den Mund. Vor Schmerz zuckte ich ein wenig zurück. So standen wir uns eine Sekunde lang gegenüber, und sie hielt meinen Blicken stand, während die Tränen ihr langsam in die Augen stiegen. Dann warf sie sich mir in die Arme.
»Jake«, schluchzte sie in meine Schulter, »verlaß mich nicht!«
Ich trug sie halb zum Sofa. In mir war Ruhe und Entschlossenheit. Ich kniete neben ihr nieder, nahm ihren Kopf und strich ihr das Haar zurück. Ihr Gesicht kam mir entgegen wie eine aufstrebende Blume.
»Jake«, sagte Madge, »ich muß dich bei mir haben. Deswegen habe ich das alles gemacht. Verstehst du denn nicht?«
Ich nickte. Meine Hand strich über ihr glattes Haar hinunter über die Wärme ihres Nackens.
»Jake, sag doch etwas!«
»Ich kann es nicht machen«, sagte ich. Madge war *lancée*; auch konnte ich nicht wissen, nach was für einer Parabel sie

schließlich zur Erde zurückkehren würde. Ich konnte nichts für sie tun. »Ich kann nichts für dich tun«, fügte ich hinzu.
»Du könntest in der Nähe sein«, erwiderte Madge. »Das wäre für mich alles in der Welt.«
Ich schüttelte den Kopf.
»Hör zu, Madge«, begann ich, »laß es mich einfach sagen! Ich könnte dir erzählen, du seist mir zu wichtig, als daß ich ruhig zusehen könnte, wenn du mit den Männern, die dir zu deiner Karriere verhelfen, ins Bett steigst. Aber das entspräche nicht der Wahrheit. Hätte ich dich ein wenig lieber, dann würde ich vielleicht gerade das wollen. Tatsache ist, daß ich mein eigenes Leben leben muß. Und das liegt ganz einfach nicht in dieser Richtung.«
Madge sah mich durch echte Tränen an. Sie spielte ihre letzte Karte aus. »Wenn es wegen Anna ist«, sagte sie, »so weißt du, daß ich nichts dagegen hätte. Das heißt, vielleicht hätte ich etwas dagegen, aber es würde keine Rolle spielen. Ich brauche dich einfach hier in meiner Nähe.«
»Es hat keinen Sinn, Madge«, erwiderte ich und stand auf. Und in diesem Augenblick liebte ich sie wirklich. Wenige Minuten später ging ich die Treppe hinunter.

XV

Ich überquerte die Straße und ging automatisch auf den Fluß zu. Ich stieß auf dem Bürgersteig mit Leuten zusammen und wurde mehrmals beinahe überfahren. Mir zitterten die Knie. Als ich die Seine erreicht hatte, setzte ich mich auf eine Bank, zog die Jacke aus und merkte, daß mein Hemd schweißdurchtränkt war. Ich knöpfte es am Hals auf und fuhr mir mit der Hand über die Brust und unter die Arme. Was ich getan hatte, war mir durchaus nicht klar, nur wußte ich, daß es sich um Wichtiges handelte. Mir war in dem Augenblick, als hätte ich in einem Zustand der Trunkenheit einen Mord begangen. Als ich um mich blickte, setzte sich Paris wieder neu zusammen wie ein Spiegelbild, das zu schwanken aufhört, wenn das Wasser sich beruhigt. Schließlich wurde es still wie Glas. Was *hatte* ich getan?

Eine runde Summe abgelehnt, die sich unter der Voraussetzung, daß ich nach mindestens sechs Monaten gefeuert würde, auf zwölfhundert Pfund hätte belaufen können. Abgelehnt, den leichten Schritt aus der Welt dauernder Knappheit in die Welt der fortwährenden Üppigkeit zu tun. Und wofür? Für nichts. In diesem Augenblick kam mir meine Handlungsweise völlig sinnlos vor. In Madges Zimmer hatte ich anscheinend einen notwendigen Grund dafür gesehen. Jetzt konnte ich mich nicht um alles in der Welt daran erinnern, was für ein Grund das gewesen sein mochte. Ich stand auf und ging über die eiserne Brücke. Die Uhr am Institut zeigte zehn nach zwölf. Und während ich so dahinwanderte, ging mir eine große Wahrheit auf: Nichts auf der Welt ist wichtiger als Geld. Warum hatte ich das nicht früher begriffen? Madge war durchaus im Recht gewesen, als sie

gesagt hatte, dies sei das wirkliche Leben. Es war das einzige, was man brauchte, und ich hatte es zurückgewiesen. Ich kam mir vor wie Judas.
Ich blieb stehen, um auf Paris zu blicken. Seine sanften, klaren, niemals heftigen Farben erwachten für mich in der Julisonne. Die Fischer fischten, die *flaneurs* flanierten, und die Hunde bellten unten auf den Treppenstufen, als Leute sie zu überreden suchten, in der Seine zu schwimmen. Wie merkwürdig, daß es die Menschen so aufregend finden, ihre Hunde schwimmen zu sehen! Jenseits der grünen Bäume erhoben sich die Türme von Notre-Dame zärtlich gen Himmel wie Liebende, die sich aus dem Gras erheben. »Paris«, sagte ich laut. Wieder einmal war mir etwas durch die Finger geschlüpft, nur wußte ich dieses Mal sehr genau, was es war: Geld, das Herz der Realität. Ich hatte die Wirklichkeit verschmäht, das ist *das* Verbrechen. Ich war ein Träumer, ein Verbrecher. Stumm rang ich die Hände.
Als ich ans linke Ufer kam, packte mich ein irrsinniges Verlangen zu trinken, und gleichzeitig wurde mir bewußt, daß ich fast kein Bargeld bei mir führte. Vor meiner Abreise hatte ich rasch die paar Scheine in die Tasche gesteckt, die mir von meiner letzten Frankreichfahrt übriggeblieben waren, und ich hatte vorgehabt, mir bei Madge etwas zu borgen. Doch niemand mit auch nur etwas ästhetischem Feingefühl borgt sich fünftausend Franc von jemandem, dessen Angebot von zweitausend Pfund er eben zurückgewiesen hat. Im übrigen hatte ich einfach nicht daran gedacht. Ich fluchte, wanderte weiter bis zum Bouleverd St. Germain und überlegte, was zu tun sei. Dann verspürte ich ein zweites, ebenfalls kostspieliges Bedürfnis: meine Sorgen irgendeinem Menschen mitzuteilen. Ich wog diese beiden Bedürfnisse gegen mein Barvermögen und gegeneinander ab: das Mitteilungsbedürfnis war das größere. Deshalb begab ich mich auf die Post in der Rue du Four und

adressierte ein Telegramm an Messrs. Gellman und O'Finney: *Soeben Minimumsumme von zwölftausend Pfund endgültig abgelehnt. Jake.* Dann betrat ich das Reine Blanche und bestellte einen Pernod, der, wenn auch nicht der billigste, so doch der Apéritif mit dem höchsten Alkoholgehalt ist. Ich fühlte mich ein klein wenig besser.

Ich blieb lange sitzen. Zunächst dachte ich über das Geld nach. Ich brütete über jedem Aspekt, wechselte es in Franc ein, dann in Dollar, brachte es von einer europäischen Hauptstadt in die andere, legte es habsüchtig mit hohem Zinssatz an, verschwendete es leichtsinnig an Wein und Weiber und kaufte den allerneuesten Rennwagen. Ich mietete eine Wohnung mit Ausblick auf den Hyde Park und füllte sie mit Werken weniger bekannter holländischer Meister. Ich lag auf einem gestreiften Sofa neben einem zartgrünen Telephon, während die Gewaltigen der Filmwelt Schmeicheleien, Bittgesuche und Lobgesänge über den Draht auf mich ergossen. Der überragende Star, Idol dreier Kontinente, lag wie eine Pantherin zu meinen Füßen und kredenzte mir ein Glas Champagner nach dem anderen. »H. K. ist am Apparat«, flüsterte ich ihr zu, die Hand über der Sprechmuschel, »dieser langweilige Kerl.« Ich warf ihr eine Orchidee zu, die auf dem Tisch lag; und mit schlängelnden Händen meinen Körper ergreifend, zog sie sich hinauf, um sich neben mich zu legen, während ich H. K. mitteilte, daß ich mitten in einer Konferenz sei und sicherlich in ein, zwei Tagen ein Treffen organisiert werden könne, wenn er sich mit meiner Sekretärin in Verbindung setzen wolle.

Als ich dieses Spiel satt hatte, dachte ich über Madge nach und überlegte, wer es wohl sei, der sie im Hotel Prince de Clèves untergebracht und dessen unsichtbare Gegenwart im Hintergrund unseres Gesprächs geschwebt hatte. War es der Mann, dem Schiffe oder so etwas in Indochina gehörten? Ich malte ihn mir aus, weißhaarig und schwer, von Wind und

Wetter gegerbt, von fernöstlicher Sonne gebräunt, mit Macht und Intelligenz in den Gesichtszügen eines alten Franzosen, der zu seiner Zeit viel gesehen hatte. Er war mir sympathisch. Sein Reichtum überstieg selbst die Träume größter Habsucht. Viele Jahrzehnte waren vergangen, seit er in voller Leidenschaft dem Gelde nachgejagt war. Und er hatte es erjagt bis zum Überfluß, es geliebt, dafür gekämpft, dafür gelitten und andere dafür leiden lassen; er hatte darin gebadet, bis er an nichts anderes mehr dachte noch sah als Gold. Und schließlich war er dessen müde geworden und hatte es nach und nach mit vollen Händen hinausgeworfen. Aber Geld verläßt keinen, der dessentwegen so viel erduldet hat. Er war ermattet, hatte sich gefügt. Jetzt lebte er damit wie mit einer alternden Ehefrau. Er war nach Frankreich zurückgekommen, erschöpft und desinteressiert, mit der Teilnahmslosigkeit eines Menschen, der sich jeden Wunsch erfüllt und der jede Erfüllung als gleich vergänglich erkannt hat. Wahrscheinlich sah er mit sanfter Gleichgültigkeit dem Stapellauf seiner Filmgesellschaft zu, wobei jeder Beteiligte, er selbst ausgenommen, allein durch den Geruch des Geldes schon halb wahnsinnig wurde.
Oder vielleicht war Madges Schirmherr irgendein verschrobener Engländer: ein Mann mittleren Alters, stellte ich mir vor, mit langjährigen Erfahrungen in der Filmbranche; vielleicht ein erfolgloser Regisseur, der seine künstlerischen Talente in den geschäftlichen Bereich dieser Industrie eingebracht hatte und sich nun mit dem Scheffeln von Geld über den Verlust eines Schönheitstraumes hinwegtröstete, der ihn dessenungeachtet sein ganzes Leben lang verfolgte und ihn reizbar machte, wann immer er in die Nähe des Ateliers kam und andere Männer mit den gleichen Problemen ringen sah, die ihn mit fünfundzwanzig in Ekstase versetzt, mit dreißig schlaflose Nächte gekostet und schließlich in Verzweiflung gestürzt hatten. Wo war Madge ihm begegnet? Wahrschein-

lich auf einer jener Partys von »Filmleuten«, von denen Sammy erzählt hatte, daß Madge dort hingehe; er hatte es erwähnt, als er mir den Rat gab, Frauen nie aus dem Auge zu lassen.

Oder vielleicht – dieser verheerende Gedanke kam mir jetzt erst – vielleicht war Madges Freund Jean Pierre selbst. Diese Vorstellung war mir schlichtweg zuwider. Doch hatte sie nichts Unmögliches an sich. Madge war, obgleich sie mich oft darum gebeten hatte, niemals durch mich mit Jean Pierre bekannt geworden. Eine instinktive Vorsicht hatte mich abgehalten, diese besondere Gegenüberstellung zu begünstigen. Es gibt Engländerinnen, auf die Franzosen sozusagen *ex officio* romantisch wirken, und ich glaube, ich verdächtigte Madge, zu diesen zu gehören. Doch war Madge natürlich imstande, sich selbst mit Jean Pierre bekannt zu machen, ohne mir etwas davon zu sagen. Ich erinnerte mich an die vertraute Art, mit der sie ihn in unserem letzten Gespräch bei seinen Vornamen nannte; und obgleich sie das auch einfach von mir oder ihrem neuen Milieu übernommen haben konnte, war es doch nicht ausgeschlossen, daß sie ihm die Rolle als ihr Glücksbringer zugedacht hatte. Er entsprach nicht meiner Vorstellung eines Herzensbrechers, aber Frauen sind komisch.

Ich überlegte mir das noch eine Zeitlang und verwarf es dann als allzu unwahrscheinlich. Von meinen drei Hypothesen schien mir die zweite die glaubwürdigste. Noch ein wenig später wußte ich, daß mir eine so gleichgültig war wie die andere. Ein Glas Pernod hatte mich dahin gebracht, ein zweites führte mich noch weiter. Langsam erhob sich die Sonne über meiner intellektuellen Landschaft, und schließlich sah ich mit aufblitzender Klarheit die Wahrheit dessen, was mich so dunkel zu jener Entscheidung getrieben hatte, die mir so sinnlos vorgekommen war. Es handelte sich nicht nur darum, daß ich Madges Welt nicht betreten und Madges

Spiel nicht mitspielen wollte. Ich hatte mein Leben mit Kompromissen und Halbwahrheiten schon so vollgestopft, daß es auf ein paar nicht mehr angekommen wäre. Die gewundenen Gänge der Verlogenheit erschrecken mich immer wieder, aber ich betrete sie dauernd; wahrscheinlich weil ich sie für kurze Korridore halte, die wieder hinausführen in die Sonne; allerdings ist dies vielleicht die einzige *verhängnisvolle* Lüge. Ich riß mich nicht um die Rolle des *valet de sentiment*, die Madge mir zugedacht hatte, aber ich hätte sie, weil ich Madge wirklich gut leiden konnte und um des lieben Geldes willen, vielleicht ertragen, wenn nicht noch etwas anderes auf dem Spiel gestanden wäre. Ich hatte zu Madge gesagt, es sei nicht Annas wegen, und ich glaube, das stimmte. Was mich meine Beziehung zu Anna in Zukunft zu tun oder zu lassen zwingen würde, blieb abzuwarten. Ich hatte dazu eine fast fatalistische Haltung. War Anna stark genug, mich über jedes Hindernis hinweg zu sich zu ziehen, so sollte das eben so sein, und die Hindernisse würden sich dann wohl zu gegebener Zeit überwinden lassen. Inzwischen hatte Madge keinen Anlaß, sich zu beschweren. Nein, das war es nicht.

Fragte ich mich, was es war, erstand gebieterisch das Schaufenster vor mir, das ich am frühen Morgen gesehen hatte, und über dem die Worte *Prix Goncourt* ragten. Was den *Prix Goncourt* selbst anbetraf, *je m'en fichais*, das war nur ein Etikett. Was wirklich zählte, war das, was Jean Pierre getan hatte. Aber nein, auch das zählte nicht einmal. Selbst wenn es sich herausstellen sollte, daß *Nous Les Vainqueurs* genau so schlecht war wie seine anderen Bücher, war dies auch nicht von Wichtigkeit. Das einzige, was zählte, war eine Vision, die ich von meinem eigenen Schicksal gehabt hatte und die sich mir aufzwang wie ein Befehl. Was hatte ich mit dem Schreiben von Drehbüchern zu tun? Als ich Madge erklärte, dies sei nicht mein *genre*, hatte ich nicht überlegt, was ich sagte, und doch war es die Wahrheit gewesen. Die Arbeit meines Lebens lag anderswo. Es gab einen Pfad, der auf mich wartete und der, falls ich es nicht schaffte, ihn einzuschlagen, für immer unbetreten bleiben sollte. Wie lange wollte ich es noch hinausschieben? Das war das Wesentliche, und alle anderen Dinge waren Schatten, nur dazu da, abzulenken und zu täuschen. Was kümmerte mich Geld? Es bedeutete mir nichts. Im Lichte dieser Vision schrumpfte es zusammen wie Herbstblätter, sein Gold wurde braun und zerfiel zu Staub. Als mir diese Gedanken kamen, war ich plötzlich erfüllt von einer tiefen Zufriedenheit, und im selben Augenblick beschloß ich, Anna zu suchen.

Doch da war eine unmittelbare Schwierigkeit, ich hatte nicht genug Geld, um die Rechnung zu bezahlen. Ich hatte offenbar vier Glas Pernod getrunken, und das belief sich auf mehrere hundert Franc. Ich hatte um fünfzig Franc zu wenig, vom Trinkgeld ganz zu schweigen. Ich überlegte, ob ich nicht zum *patron* gehen und ihn bitten sollte, Jean Pierre, der im Reine Blanche wohlbekannt ist, damit zu belasten, als ein Schnorrer von internationalem Ruf am Horizont auftauchte, der ein alter Bekannter von mir war. Er segelte mit glitzernden Augen auf mich zu, und wenige Minuten später hatte ich die Genugtuung, ihm die Tausendfrancnote abzunehmen, die er mir aus Scham und in Erinnerung an Hunderte von Drinks, die ich ihm in mindestens drei europäischen Hauptstädten bezahlt hatte, nicht vorzuenthalten wagte. Ich verließ ihn als einen zwar ärmeren, aber besseren Menschen.

Es war irrational, davon überzeugt zu sein, daß Anna noch in Paris weilte, aber ich war es. Als ich heil um die nächste Ecke gekommen war, suchte ich ein Telephon. Zuerst rief ich den *Club des Fous* an, eine Schwulenbar ohne Vorurteile, wo Anna vor einigen Jahren ihr Pariser Debüt gegeben

hatte. Aber niemand dort wußte etwas über sie. Nur, daß sie in Paris gewesen war, aber ob sie immer noch dort war und wie ihre Adresse lautete, konnte man mir nicht sagen. Dann telephonierte ich mit verschiedenen Leuten, die ihr vielleicht begegnet waren, aber sie teilten mir alle das gleiche mit. Nur einer meinte, sie sei den Tag zuvor aufs Schiff gegangen, vielleicht sei es aber auch Edith Piaf gewesen, er könne sich nicht genau erinnern. Danach nahm ich mir die Hotels vor, zuerst diejenigen, in denen ich mit Anna gewohnt hatte, falls eine gefühlvolle Regung sie dorthin geführt haben sollte, dann die luxuriöseren, von denen ich wußte, daß Anna sie kannte; denn vielleicht hatte Komfort über das Gefühl triumphiert oder das Gefühl sich gegenteilig ausgewirkt. Alles vergebens. Niemand hatte sie gesehen, niemand wußte, wo sie steckte. Ich gab es auf und ging verzweifelt weiter. Es war sehr heiß.
Falls Anna sich noch in Paris aufhielt, was mochte sie tun? Vielleicht war sie nicht allein. Gab es jemanden in ihrer Nähe, so hatte ich da nichts zu suchen. Ich mußte auf der Annahme weiterbauen, sie sei allein. War sie nicht bei den Gesangs- oder Theaterleuten, was machte sie hier so ganz allein? Da ich Annas Wesen kannte, war die Antwort klar. Wahrscheinlich saß sie an irgendeiner Stelle, die ihr gefiel, und hing ihren Gedanken nach. Oder sie wanderte langsam im fünften oder sechsten *arrondissement* irgendeine Straße entlang. Natürlich konnte sie auch zum Montmartre gegangen sein; aber sie jammerte dort immer über die Stufen. Oder zum Père-Lachaise. Aber ich wollte nicht über den Tod nachdenken müssen. Wenn ich einen Rundgang zu unseren Heiligtümern am linken Ufer machte, hatte ich vielleicht eine kleine Chance, sie zu finden. Die andere Möglichkeit war, sich zu betrinken. Ich kaufte eine *tartine* und machte mich zum Jardin de Luxembourg auf.
Ich ging direkten Wegs zum Médici-Springbrunnen. Es war

niemand da, aber die Atmosphäre dieser Stelle nahm mich sofort gefangen, so daß ich nicht weggehen konnte. Als ich vor langer Zeit mit Anna in Paris gewesen war, pflegten wir täglich hierher zu pilgern. Während ich einen Augenblick schweigend da stand, konnte ich nicht umhin zu glauben, sie müsse kommen, falls ich nur lang genug wartete. Das Geplätscher eines Springbrunnens an einem einsamen Ort hat etwas Zwingendes. Er plaudert aus, was Dinge tun, wenn niemand sie beobachtete. Es ist, als hörte man etwas Unhörbares. Eine sanfte Widerlegung von Berkeley. Bunte Platanen umsäumten den Platz. Langsam ging ich darauf zu. Heute lag kaum ein Tröpfchen auf den grünen Stufen, und die große Grotte schwankte nur leicht im Wasser, auf dem wenige breite Blätter lotosgleich schwammen. Über die Stufen wateten Pfauentauben hinein, um ausgiebig zu trinken. Oberhalb von ihnen liegen die Liebenden unbeweglich, sie in einer Pose hingebungsvoller Scheu, wobei sie ihren herrlichen Körper darbietet, während er ihren Kopf mit einer Gebärde stützt, die zu viel Ergriffenheit ausdrückt, als daß man sie sinnlich nennen könnte. So liegen sie da, zu schweigender Ruhe versteinert vom einäugigen Blick des riesigen, regengezeichneten, wettergebeizten, von Tauben beschmutzten, dunkelgrünen Polyphemus, der sich über den Felsen niederbeugt und sie sieht. Lange stand ich dort, an eine Marmorurne gelehnt und in die Betrachtung ihres Schenkels versunken. Wie sie das rechte Bein unter sich gezogen hat und das nackte linke ausstreckt in jener reinen Wellenlinie, die Beschaulichkeit und Verlangen fast gleichzeitig zum höchsten Punkt der Bewußtheit treiben kann, die Rundung des Schenkels einer ruhenden Frau! Da liegt die Liebende, angespannt und doch locker, herrlich nackt und leise lächelnd mit geschlossenen Augen. Ich wartete lange, aber Anna kam nicht.

Dann rief ich mir alle Dinge und Plätze in Erinnerung, die

Anna in Paris am meisten geliebt hatte. Die Chamäleons im Jardin des Plantes hatten ihr gefallen. Ich ging hin und sah sie mir an. Ganz langsam kletterten sie in ihrem Käfig herum und ringelten und entringelten die langen Schwänze mit unaussprechlicher Bedachtsamkeit, während sie in kaum wahrnehmbarer Bewegung eine ihrer langen Hände ausstreckten, um einen anderen Zweig zu umfassen. Ihre schrägen Augen starrten regungslos eine Zeitlang vor sich hin, bis eines davon sich ganz sanft einer anderen Richtung zukehrte. Sie gefielen mir sehr. Dies ist das wahre Tempo der Welt, belehrten sie mich, wenn sie mit fast unerträglicher Ruhe einen anderen Arm ins Spiel brachten und zu starrer Unbeweglichkeit erschlaffen ließen. Während ich sie beobachtete, verlangsamte sich mein Gefühl für Dauer und setzte fast gänzlich aus. Auch dort blieb ich lange, wo jede Sekunde sich zur Minute ausdehnte, und Bewegung und Stillstand nahezu völlig eins wurden. Anna kam nicht.
Ich verließ den Jardin in Eile und rannte die *quais* entlang. Ich stürzte mich in eine Kirche nach der anderen, St. Julien, St. Séverin, St. Germain, St. Sulpice, falls Anna sich dort aufhielt mit zurückgeworfenem Kopf, traurige Wünsche nährend. Niemand. Ich ging in den Garten hinter Notre-Dame, wo die Kirche sich senkt wie ein Schiff und wir so oft die Spatzen gefüttert hatten. Ich begab mich zum rechten Ufer und suchte den Garten hinter dem Grand Palais ab, der die ganze Nacht über geöffnet ist. Niemand. Dann ging ich zu St. Eustache und wanderte in einem Wald vielgestaltiger Säulen. Danach gab ich es auf. Es war schon später Nachmittag. Vor den *halles* säuberte man das Pflaster mit Schläuchen. Früchte und Gemüse schwammen in den Rinnsteinen. Ich kaufte ein wenig Brot und einen Camembert. Durch die Unmenge fetter Weiber, die an den Enden der langen Brotstangen knabberten, mit denen sie nach Hause gingen, trugen mich meine Füße automatisch zurück zum Quartier

St. Germain. Während ich so dahinging und Annas Bild etwas vor meinen Augen verblaßte, bemerkte ich, daß die Stadt mehr als üblich mit Trikoloren geschmückt war, und in den Seitenstraßen sah ich Schnüre voller Fähnchen, die sich über die Straßen von Haus zu Haus erstreckten. Irgendein Fest wurde gefeiert. Dann fiel mir ein, daß es der vierzehnte Juli war.

Als ich schließlich bei der Brasserie Lipp ankam, hatte ich das dringende Bedürfnis, mich zu setzen. Also nahm ich Platz und bestellte mir einen Wermut. Die Ereignisse des Morgens schienen weit zurückzuliegen, und ebenso fern lag der Augenblick der Einsicht, der darauf gefolgt war. So weit ich überhaupt etwas empfand, das mit diesen Dingen zusammenhing, verspürte ich eine Art dumpfen, dummen Schmerzes, der von der Trauer um das Geld herrühren oder ganz einfach die Wirkung von allzu viel Pernod um die Mittagszeit sein konnte. Aber mein Verlangen nach Anna hatte nichts von seiner Dringlichkeit eingebüßt. Wo war sie in diesem Augenblick? Vielleicht saß sie keine halbe Meile weit entfernt in irgendeinem Hotelzimmer auf ihrem Bett und blickte auf einen halbgepackten Koffer. Als ich mir die traurige Neigung ihres Kopfes vorstellte, wurde mir dieser Gedanke unerträglich. Nein, zweifellos befand sie sich bereits auf See, lehnte an der Reling und sah im Geiste nichts als Amerika. Ich konnte nicht entscheiden, welches Bild mir schmerzlicher war.

Erst wenige Minuten saß ich in der Brasserie Lipp, als ich einen Kellner ausrufen hörte: »Monsieur Dohnagu, Monsieur Dohnagu!« Ich habe meinen Namen schon über die *terrasses* der Cafés von ganz Europa schallen hören, deshalb war ich nicht allzu erstaunt. Winkend hob ich die Hand. Der Kellner kam mit einem Telegramm. Mein erster, vernunftwidriger Gedanke war, es müsse von Anna aus New York sein. Hastig ergriff ich es. Es kam aus England und war von Dave, der meine Vorliebe für die Brasserie Lipp kannte und mir das Telegramm auf die vage Hoffnung hin sandte, daß es mich dort finden werde. Es lautete: *Macht nichts lyrebird siegte heute zwanzig zu eins.*

Paris begann vor Vorfreude auf den *quatorze* zu erzittern. Ich machte mich zu einem Spaziergang über den Boulevard St. Germain auf. Obgleich ich in Hemdsärmeln war, empfand ich es trotz des nahen Abends als immer noch sehr heiß. Ich ging langsam dahin, an Diderot vorüber, der zwischen den Akazienbäumen sitzt und mit verständlichem Zweifel zum Café Flore hinüberschaut. Viele Menschen gingen hier auf und ab, und ein wirres Gesumme von Stimmen und Gelächter übertönte den Verkehr. Ganz Paris war auf den Beinen. Als ich zum Odéon kam, sah ich, daß die Cafés sich über die Hälfte der Straße ausgebreitet hatten, und in Rue de l'Ancienne Comédie tanzten die Leute bereits zu den Klängen eines Akkordeons. Darüber leuchtete eine Reihe bunter Lampen ins abendliche Tageslicht. Ich setzte mich eine Zeitlang nieder und beobachtete.

Wer wie ich ein Kenner der Einsamkeit ist, dem empfehle ich das Erlebnis, am vierzehnten Juli allein in Paris zu sein. An diesem Tag läßt die Stadt ihr wirres Haar herab, das der Hochsommer mit Wärme und Duft salbt. In Paris hat jedermann sein Mädchen. An diesem Tage aber ist jeder Mann ein Sultan. Die Menschen scharen sich zusammen und ziehen schwatzend durch die Stadt wie Schwärme leuchtend bunter Vögel. Während die Banner entfaltet werden, Raketen aufsteigen, losgelassene Tauben sich in die Luft erheben und Korken knallen, schwillt die gemeinsame Fröhlichkeit mit dem zunehmenden Abend von Stunde zu Stunde an. Niemand bleibt ihr fern. Schließlich hat die gesamte Stadt sich zu einem Riesenfest vereint. Allein zu sein in solch einem Karneval, ist ein seltsames Erlebnis. Ich beschloß, nicht zu trinken; denn ich wußte, daß mir nach einigen

Gläsern ein sentimentales Einsamkeitsgefühl meine Gelöstheit verderben würde. Dagegen der kühle, gesammelte Beobachter von Szenen toller Schwelgerei zu bleiben, der Einzelgänger, der mit einem matten Lächeln die Frauen wegschiebt, die sich an ihn heranmachen, und die bunten Banner, mit denen die Feinde der Einsamkeit ihn hastig zu umgarnen suchen, das war das Vergnügen, das ich mir von diesem Abend versprach, und ich hatte nicht vor, mir solche seltsam reichgemischten Augenblicke der Betrachtung durch jämmerliche Sehnsüchte nach der einen Frau verderben zu lassen, die ich nicht finden konnte.

Mit diesen guten Vorsätzen bahnte ich mir einen Weg durch die Tänzer und wanderte die Rue Dauphine hinunter. Ich strebte zum Fluß. Als ich näherkam, wurde die Menge noch größer und ihre Stimmen schwirrten wie Fledermäuse durch die dichte Abendluft. Ein Gefühl der Erwartung überkam mich. Meine Füße wurden geführt. Ich ging weiter auf den Pont Neuf. Es war noch nicht dunkel, aber die Scheinwerfer brannten bereits. Die Tour St. Jacques ragte golden wie ein Gobelin-Turm auf, und der schlanke Finger der Sainte Chapelle erhob sich geheimnisvoll aus dem Palais de Justice; jede Zacke, jede Blüte hob sich deutlich ab. Hoch in der Luft sandte der Eiffelturm einen sich drehenden Strahl aus. Unten im Vert Galant gab es Brüllen und Lachen und den Laut von in den Fluß geworfenen Sachen. Davon wandte ich mich ab; denn ich brauchte den Anblick von Notre-Dame. Deshalb überquerte ich die Place Dauphine und gewann am Pont St. Michel wieder festes Land. Ich wollte die geliebten Türme über den Fluß hinweg sehen. Von Festteilnehmern angerempelt, drückte ich mich gegen das Geländer und blickte auf ihre perlfarbenen Türme, hinter denen die Nacht sich zu sammeln begann. Wie seltsam zwergenhaft klein, wie so manche Frauen, wirkt diese Kirche in ihrer Schönheit! Ich ging auf sie zu, bis ich darunter im Spiegel des fleckenlosen Flusses eine diabolische Notre-Dame skizziert, aber niemals ganz regungslos sah, als erschiene ein Schädel im Spiegelglas als Reflex eines Kopfes. Sehr sanft und hingegeben an den eigenen ruhigen Rhythmus erstand und zerfiel dies erleuchtete Bild und achtete der Menge nicht, die jetzt über alle Brücken nach beiden Richtungen strömte.

Ich lehnte auf der Brüstung. Ohne eine Abkühlung zu bringen, setzte die Dunkelheit ein, und die blauen Schatten wurden immer tiefer. Ein Wagen mit Akkordeonspielern kam vorüber, und eine Menge lief hinterdrein. Ein Mann mit einem Papierhut lief auf mich zu und bewarf mich mit Confetti. Auf dem Pont St. Michel sangen ein paar Studenten. Ein kleiner Menschenhaufen marschierte hinter einer Fahne daher. Mir kam allmählich der Gedanke, daß ich vielleicht doch etwas trinken sollte. So fragwürdig ist die Einsamkeit. Dann gab es plötzlich hoch oben in der Luft eine zischende Explosion, die in einem Gemurmel abebbte. Ich sah hinauf. Das Feuerwerk hatte begonnen. Als die erste Gruppe langsam niederschwebte und verschwand, erhob sich ein entzücktes »Aaah« aus Tausenden von Kehlen, und alles blieb stehen. Weitere Raketen folgten. Ich spürte, wie die Menge hinter mir sich allmählich verdichtete, da die Leute auf die *quais* kamen, um besser sehen zu können. Ich wurde gegen die Brüstung gepreßt.

Vor Menschenmengen habe ich Angst, und ich hätte mich gern herausgewunden, doch es war unmöglich, sich zu bewegen. Ich beruhigte mich selbst und beobachtete das Feuerwerk. Es war ein herrliches Schauspiel. Manchmal stiegen die Raketen einzeln auf, manchmal in Gruppen. Manche zerplatzten mit ohrenbetäubendem Krach und zersprühten in einem Regen von winzigen Goldsternen, andere begannen mit einem sanften Seufzer und öffneten sich fast bewegungslos zu einer großen bunten Lichtgestalt, die mit äußerster Langsamkeit wie zusammengebunden herabsank.

Dann schossen sechs oder sieben Raketen auf einmal hinauf, und für einen Augenblick war der Himmel von einem Ende bis zum anderen übersät mit Goldstaub und fallenden Blumen, so daß er aussah wie das Chaos auf dem Fußboden eines Kinderzimmers. Mein Nacken wurde steif. Ich rieb ihn ein wenig, nahm wieder die normale Kopfhaltung ein und blickte müßig auf die Menge. Da sah ich Anna.
Sie stand auf der anderen Seite des Flusses an der Ecke vom Petit Pont, ganz oben auf den Stufen, die zum Wasser führen. Direkt über ihr brannte eine Straßenlaterne, so daß ich ihr Gesicht ganz deutlich erkennen konnte. Kein Zweifel, das war Anna. Als ich sie ansah, schienen ihre Züge plötzlich aufzuleuchten wie das Antlitz einer Heiligen auf einem Bild, und alle die unzähligen, sie umgebenden Gesichter wurden dunkel. Ich begriff gar nicht, wieso ich sie nicht sofort gesehen hatte. Sekundenlang starrte ich hin wie gelähmt. Dann versuchte ich, mir einen Durchgang zu erkämpfen. Aber es war völlig unmöglich. Ich befand mich im dichtesten Gewühl der Menge und war förmlich an die Wand genagelt. Ich konnte nicht einmal meinen Körper drehen, geschweige denn mich durch die Menge kämpfen. Mir blieb nichts übrig, als auf das Ende des Feuerwerks zu warten. Ich preßte die Hand gegen das Herz, das versuchte, mit seinem Klopfen aus mir herauszutreten, und heftete die Augen auf Anna.
Ich fragte mich, ob sie allein war. Dies ließ sich schwer feststellen. Sie stand völlig regungslos da, blickte hinauf, und so heftig das entzückte Gemurmel auch war, das die Menge bei dieser oder jener besonders herrlichen Rakete von sich gab, wandte sie sich nie jemandem zu, um ihre Freude mit ihm zu teilen. Bestimmt war sie allein. Ich fühlte mich überglücklich, aber auch ebenso voller Angst, sie, wenn die Menge sich auflöste, zu verlieren. Ich wollte ihr zurufen, aber das Stimmengeraune um uns war so stark, daß mein

Ruf sie nie erreicht hätte. Also hielt ich sie mit brennenden Blicken fest und rief sie mit aller Macht meiner Gedanken.
Dann bewegte sie sich. Die Menge auf dem anderen Ufer stand weniger dichtgedrängt. Sie tat zwei Schritte und zögerte. Ich beobachtete sie voller Entsetzen. Dann begann sie zu meiner Erleichterung die Stufen zum Uferweg unmittelbar mir gegenüber hinunterzusteigen. Dadurch trat ihre ganze Gestalt in mein Blickfeld. Sie trug einen langen blauen Rock und eine weiße Bluse und hatte weder Mantel noch Handtasche bei sich. Ich war unsäglich gerührt und rief ihren Namen. Aber es war, als schösse man einen Pfeil gegen den Sturm. Tausende und Zehntausende von Stimmen überdeckten meinen Schrei. Die Stufen waren mit Menschen übersät, die darauf saßen oder standen, um das Feuerwerk zu beobachten, und Anna hatte Mühe, sich einen Weg hinunterzubahnen. Auf halber Strecke hielt sie inne und nahm mit einer unaussprechlich anmutigen und charakteristischen Gebärde, die ich so gut kannte, den Rock von hinten zusammen und fuhr fort, hinunterzusteigen.
Sie fand einen leeren Platz dicht am Uferrand, setzte sich und zog die Füße unter den Rock. Dann schaute sie wieder auf und beobachtete die Raketen. Der Fluß war unter dem Nachthimmel nun schwarz und glasig, ein dunkler Spiegel, in den jede Lampe einen Pfahl aus Licht pflanzte, und die Feuersbrunst am Himmel ab und zu ein Stück Gold fallen ließ. Die Reihe der Menschen auf dem anderen Ufer spiegelte sich deutlich darin wider. Annas Bild unter ihr war ganz ruhig. Ich fragte mich, ob der Fluß, der an dieser Stelle des linken Ufers ganz dicht bis zur Mauer des Fahrdammes reicht, mein eigenes Spiegelbild ebenso klar zeigte. Ich bewegte die Arme in der Hoffnung, ich oder mein Bild im Wasser könnten Annas Aufmerksamkeit auf sich ziehen. Dann nahm ich eine Streichholzschachtel und zündete ein, zwei Hölzchen dicht vor meinem Gesicht an. Aber in solch

einer Flut von Glanz konnte mein kleines Lichtchen nicht viel ausrichten. Anna blickte weiter in die Höhe. Während ich fuchtelte und winkte und mit dem Oberkörper schaukelte wie eine lächerliche Marionette, saß sie still wie eine verzauberte Prinzessin da, den Kopf zurückgeworfen, eine Hand um das Knie gelegt, und ein Strom von Sternen fiel vom Himmel fast in ihren Schoß. Einen Augenblick später schlug etwas mit hartem Klappern auf die Brüstung dicht neben meine Hand. Mechanisch griff ich danach. Es war der Stab einer Rakete. Als ich ihn im Licht des nächsten berstenden Sternes an die Augen hob, las ich den Namen, der darauf geschrieben stand: BELFOUNDER.
Eine Sekunde lang starrte ich ihn voller Staunen an. Dann warf ich ihn, sorgfältig zielend, ins Wasser, so daß er unmittelbar in Annas Spiegelbild fiel, und zugleich winkte und rief ich. Das Bild zerbrach, und der Spiegel erzitterte ein langes Stück zwischen den zwei Brücken. Anna senkte den Kopf. Und während ich mich in ihre Richtung lehnte, bis ich fast kopfüber ins Wasser fiel, heftete sie den Blick auf den Raketenstab, der jetzt ganz, ganz langsam den Weg zum Meer antrat und dabei deutlich bewies, daß fließendes Wasser ein makelloses Spiegelbild geben kann. Dann sagte jemand hinter mir: *»C'est fini!«* und ich spürte, wie der Druck in meinem Rücken sich verringerte.
Ruhig beobachtete ich jede Bewegung Annas. Die Leute auf dem anderen Ufer schickten sich an, die Stufen beider Brücken zu erklimmen. Anna erhob sich langsam und schüttelte ihren Rock aus. Dann beugte sie sich nieder, rieb einen Fuß und machte sich somit auf den Weg zurück zum Petit Pont. Ich kämpfte mich durch in die gleiche Richtung und sah noch, wie sie die Stufen hinaufstieg; dann verlor ich sie aus den Augen. Gegen den Strom überquerte ich die Brücke. Stimmen und Gelächter wehten herüber wie ein Windstoß. Unter den hellen Lichtern preßten sich für Augenblicke

Gesichter gegen mich; jedes blühte zu einem Lächeln auf und wandte sich dann rasch wieder ab. Ich gelangte zur anderen Seite und ging auf den Pont St. Michel zu. In einiger Entfernung gewahrte ich eine goldene Haarkrone und folgte ihr. Und als ich den Boulevard du Palais überquerte, erkannte ich, daß es tatsächlich Anna war, die vor mir in der Menge dahinschritt. Nun war mir schon weniger angstvoll zumute. Ich hätte sie einholen können, wenn ich mir sehr große Mühe gegeben hätte, aber ich ließ uns beide von der Masse vorwärtstragen und wartete, bis sie sich ein wenig lichtete. So gingen wir an der Insel entlang.

Anna ging über den Pont Neuf zum rechten Ufer, und wir kamen zu den Bürgersteigen neben dem Louvre, die weit weniger belebt waren; und als wir an einer Menschenmenge vorbei waren, die sich am Pont des Arts drängte, war sie nur mehr etwa sechzig Meter vor mir und in der Helligkeit der lichtüberfluteten Fassade so klar wie der Tag zu erkennen. Ich sah, daß sie ein wenig hinkte. Vielleicht taten ihr die Schuhe weh. Trotzdem schritt sie kräftig und entschlossen dahin, und da schoß es mir zum ersten Mal durch den Kopf, daß sie wohl nicht ohne Ziel war. Jetzt hätte ich sie ganz leicht einholen können. Aber irgend etwas hielt mich davon zurück. Es konnte ja nichts schaden zu sehen, wohin sie ging. Deshalb wanderte ich weiter hinter ihr her, bis sie sich am Pont Royal stadteinwärts wandte.

Was sah Anna, wovon war ihr goldenes Köpfchen im Augenblick erfüllt? fragte ich mich. Welches traurige oder vielversprechende Bild verwischte für sie den Weg ins Zentrum, den sie traumwandlerisch immer weiter verfolgte? Dachte sie vielleicht an mich? War Paris für sie so besetzt von mir, wie es für mich von ihr besetzt war? Zum Teil war es die närrische Hoffnung auf ein Zeichen von ihr, die mich davon abhielt, zu ihr zu laufen. Anna und ich hatten oft nachts die Gärten der Tuilerien aufgesucht. Sie sind von den *quais,* der Concorde oder der Rue Rivoli aus nicht zu bezwingen; nähert man sich ihnen aber von der Rue Paul Deroulède aus, werden sie nur von einem grasbedeckten Graben und einem niedrigen Gitter bewacht. An gewöhnlichen Abenden stehen dort *gendarmes,* deren Aufgabe es ist, in diesem ungeschützten Bereich ihre Runde zu drehen, ein Hindernis, das den Tuilerien bei Nacht den gefährlichen Reiz eines Zaubergartens verleiht. An diesem Tag waren aller Wahrscheinlichkeit nach die üblichen Gesetze gelokkert. Während ich Anna auf diese Gärten zuwandern sah, hüpfte mein Herz wie das des Aeneas, als er Dido beobachtete, wie sie sich zur Höhle aufmachte. Ich beschleunigte den Schritt.

Die Straße glänzte von Licht. Auf der einen Seite stand der Arc du Carrousel da wie ein Phantasie-Torbogen, durch seine makellosen Proportionen aus Zeit und Raum gerückt. Dahinter schloß die riesige Ausdehnung des Louvre, feenhaft beleuchtet und strahlend bis in die letzte Einzelheit, das Bild ab. Auf der anderen Seite lag der unwirkliche Garten mit seinem metallisch grünen Gras unter den gelben Lampen, seinen Blumen, fast scheu in ihrer Farbenpracht und still wie Traumblumen, die sich entfalten und im selben Augenblick unbeweglich bleiben können. Etwas weiter jenseits der Gitter begannen die Bäume und hinter diesen Bäumen kündigte ein Ausbruch von Helligkeit die Place de la Concorde an, oberhalb derer der lichtgebadete Arc de Triomphe sich auf seinem Hügel gegen einen Hintergrund von Dunkelheit abhob. In der Mitte wehte in der vollen Höhe des Bogens eine riesige *tricolore.*

Anna ging, immer noch leicht hinkend, bereits auf dem Rasen, zwischen den weißen Statuen durch, die mit lorbeerbekränzten Häuptern und marmornen Hinterteilen in verschiedenen Posen eleganter Asymmetrie diese Rasenflächen bevölkern. Sie gelangte gleich hinter den bronzenen Panthern an jene Stelle der Gitter, wo wir so oft hinüber geklettert waren. Sie war die grasbedeckte Böschung hinauf gelaufen und raffte nun ihren weiten Rock, und ich stand so dicht, daß ich, als sie sich über das Gitter schwang, das Aufblitzen ihres langen Beines bis zum Oberschenkel sah. Als ich hinübersprang, spazierte sie, dreißig Schritte entfernt, zwischen Blumenbeeten dahin. Ein Stückchen weiter war der Rasen zu Ende, und die Bäume begannen. Sie hob sich gegen den Wald ab wie das einsame Mädchen einer Sage. Dann hielt sie inne. Auch ich blieb stehen. Ich wollte den Zauber dieser Minuten in die Länge ziehen.

Anna beugte sich nieder und streifte einen Schuh ab. Dann zog sie auch den anderen aus. Ich stand im Schatten eines Gebüschs und hatte Mitleid mit ihren armen Füßen. Warum trug dies dumme Kind immer zu enge Schuhe? Als ich dastand und sie beobachtete, stiegen die Düfte der Nacht aus dem Boden und umhüllten mich wie eine Wolke. Mit ihren weißen Füßen stand sie nun auf dem kühlen Gras; sie trug keine Strümpfe. Sehr langsam ging sie, die Schuhe in der Hand, am Grasrand weiter. Wie durch ein Schlepptau gezogen, folgte ich. Gleich würden wir den Wald betreten. Vor uns erstreckten sich sehr dicht unzählige Reihen von Kastanienbäumen. Deutlich hoben sich im diffusen Licht die Blätter ab, jene winzigen Blätter, wie sie nur die Kastanienbäume von Paris zu haben scheinen, klar in der Zeichnung und schon im Juli goldbraun an den Rändern. Anna ging in den Wald.

Hier endete der Rasen, und lockerer Sandboden begann. Anna betrat ihn ohne Zögern. Ich folgte ihr in die Dunkelheit. Sie ging ein kurzes Stück auf einer der Alleen und hielt dann wieder inne. Sie blickte um sich auf die Bäume. Dann näherte sie sich einem und schob ihre beiden engen Schuhe in eine Mulde an den Wurzeln. Danach wanderte sie unbelastet weiter. Dies rührte mich unsäglich. Ich lächelte im

Dunkeln. Beinahe hätte ich gelacht und in die Hände geklatscht. Als ich zu der Stelle kam, wo Annas Schuhe lagen, konnte ich nicht umhin, stehenzubleiben und sie anzusehen, wie sie da halb verborgen und wie zwei Kaninchen aneinander geschmiegt ruhten. Ich betrachtete sie eine Zeitlang und nahm sie dann, einem unwiderstehlichen Zwang gehorchend, an mich.
Ich bin kein Fetischist und würde jederzeit lieber eine Frau im Arm halten als ihre Schuhe. Nichtsdestoweniger zitterte ich, als meine Finger sie umschlossen. Einen in jeder Hand, ging ich lautlos über den sandigen Boden weiter. Gerade als ich stehengeblieben war, um die Schuhe aufzuheben, war Anna in eine andere Allee abgebogen. Diagonal durch die Bäume konnte ich ihre weiße Bluse vor mir her wehen sehen wie eine bleiche Flagge. Wir waren nun im dichtesten Teil des Waldes. Ich beschleunigte meine Schritte. Nach dieser langen Jagd konnte ich nicht mehr daran zweifeln, daß sie jetzt an mich dachte, daß sie mir zugetan war. Dies war ein Rendezvous. Mein Verlangen nach ihr zog mich vorwärts wie eine physische Kraft. Unsere Umarmung würde den Kreis der Jahre schließen und das goldene Zeitalter eröffnen. Wie der Stahl zum Magneten eilte ich zu ihr.
Ich holte sie ein und breitete die Arme aus. *»Alors, chéri?«* fragte eine sanfte Stimme. Die Frau, die mir das Gesicht zukehrte, war nicht Anna. Ich fuhr zurück wie ein Verwundeter. Die weiße Bluse hatte mich getäuscht. Eine Sekunde lang schauten wir uns an, dann wandte ich mich ab und lehnte mich an einen Baum. Und dann rannte ich aufs Geratewohl durch eine der Alleen und schaute nach rechts und nach links. Anna konnte nicht weit sein. Aber es war äußerst dunkel im Wald. Einen Augenblick später sah ich mich vor den Stufen des Jeu de Paume. Durch das Eisengitter blinkten die hellen Lichter von der Concorde, wo Tausende von Menschen in einem wirren Musik- und Stimmen-

lärm tanzten. Dies Geräusch brach plötzlich über mich herein; ich wandte den Kopf davon ab wie jemand, dem man Pfeffer in die Augen gestreut hat, und tauchte unter die Bäume zurück.

Ich rannte umher und rief Annas Namen. Doch jetzt schien der Wald plötzlich voll zu sein von Statuen und Liebespaaren. Jeder Baum blühte von einem flüsternden Paar, und jede Allee spottete meiner mit einer Steinfigur. Schlanke Gestalten flitzten über die Wege, und bleiche, versteckte Gesichter zogen das dünne Licht auf sich, das den Wald durchdrang. Der Lärm von der Concorde hallte über die Baumwipfel. Ich rannte gegen einen Stamm und verletzte mir die Schulter. Ich lief die Baumreihe entlang auf eine regungslose Gestalt zu, die mich mit Marmoraugen herausforderte. Ich blickte um mich und rief wieder. Aber meine Stimme verfing sich im Samt der Nacht wie ein Messerwurf in einem Mantel. Es war sinnlos. Ich überquerte die Hauptallee in dem Gedanken, Anna sei vielleicht in die andere Hälfte des Waldes gegangen. Ein Männergesicht starrte mich an, und ich stolperte über irgendeinen Fuß. Eine Zeitlang rannte ich hin und her wie ein verirrter Hund.

Als ich schließlich erschöpft und verzweifelt stehenblieb, merkte ich, daß ich immer noch Annas Schuhe in den Händen hielt. Ich wandte mich um und ging mit erneuter Hoffnung an die Stelle zurück, wo wir zu Anfang die Baumreihen betreten hatten. Den Punkt genau festzustellen, war schwer, so sehr glich eine Allee der anderen. Als ich glaubte, ihn gefunden zu haben, suchte ich nach dem Baum mit der Mulde an den Wurzeln. Aber jeder hatte eine Mulde an den Wurzeln, und doch sah keine genauso aus wie jene, in die Anna ihre Schuhe gesteckt hatte. Mir kam der Gedanke, ich hätte mich im Ausgangspunkt getäuscht, und ich ging zum Rasen zurück, um es von neuem zu versuchen, auch nicht mit größerer Gewißheit. Schließlich kam ich zu dem Entschluß, daß ich nichts anderes tun konnte als warten und hoffen, Anna werde zurückkommen. Ich stand an einen Baum gelehnt, während flüsternde Paare an mir vorüber in die Dunkelheit wanderten, und wenn ich von Zeit zu Zeit Annas Namen rief, klang es immer trauriger. Dann spürte ich eine große Müdigkeit. Ich setzte mich an den Fuß des Baumes, immer noch die Schuhe in der Hand. Eine unendliche Zeit verging; und währenddessen senkte sich eine tieftraurige Stille auf mich wie Tau. Ich ließ das Rufen sein und wartete schweigend. Die Nacht wurde kühler. Ich wußte jetzt, daß Anna nicht kommen würde.

Schließlich stand ich auf und rieb mir die steifen Glieder. Dann verließ ich die Tuileriengärten. Die Straßen waren übersät mit dem weggeworfenen Tand des Abends. Durch ein Meer von buntem Papier machten sich müde Menschen auf den Heimweg. Das Fest war vorbei. Ich schloß mich dem Zug an. Und als ich mit seinem Strom auf die Seine zuging, fragte ich mich, mit welchen Gedanken und durch welche Straßen, vielleicht nicht fern von hier, Anna barfuß nach Hause wanderte.

XVI

Ich wartete auf den Sonnenuntergang. Schon seit einigen Tagen war ich wieder in der Goldhawk Road. Die Sonnenstrahlen wanderten sehr langsam über die weiße Mauer des Krankenhauses und warfen den langen Schatten von einem Sims die halbe Mauer hoch. Der Schatten wurde immer länger, und so wie er sich bewegte, drehte ich den Kopf auf dem Kissen. Die Mauer leuchtete mittags strahlend weiß, aber gegen Abend schwand das Leuchten, und ein sanfteres Licht erglühte wie aus dem Innern des Mörtels und zeigte die kleinen Unregelmäßigkeiten im Stein. Gelegentlich flog ein Vogel zwischen den Fenstern und der Mauer dahin, glich aber immer mehr einem künstlichen Vogel an der Schnur als einem echten, der, sobald er das Krankenhaus hinter sich hätte, wohl eher anderswo hinfliegen oder sich vielleicht auf irgendeinem Baum niederlassen würde. Nichts wuchs auf dieser Krankenhausmauer. Manchmal versuchte ich mir vorzustellen, irgendein Gewächs sprieße auf dem Sims: feuchte Pflanzen mit langen Fingerblättern, die aus den Rissen herniederhingen und sich zu gesprenkelten Blüten erschlossen. In Wirklichkeit aber gab es da nichts, und selbst in der Phantasie widerstand mir die Mauer und blieb glatt und weiß. In zwei Stunden würde die Sonne untergegangen sein. Vielleicht konnte ich dann einschlafen. Bei Tage erlaube ich mir das nie. Der Tagesschlaf ist ein verruchter Schlummer, aus dem man verzweifelt erwacht. Die Sonne duldet ihn nicht. Wenn sie kann, späht sie einem unter die Lider und drängt sie auseinander. Und wenn man schwarze Vorhänge an die Fenster macht, so belagert sie das Zimmer, bis es so stickig heiß ist, daß man mit stieren Augen zum Fenster taumelt, die Vorhänge zurückreißt und vor dem schrecklichsten aller Anblicke steht, dem vollen Tageslicht außerhalb eines Zimmers, in dem man geschlafen hat. Es gibt besondere Alpträume für Tagschläfer: kleine, nervöse Träume, die sich in die kurzen, ruhelosen Augenblicke der Unbewußtheit gedrängt haben, um dann die Oberfläche des Erinnerungsvermögens zu durchbrechen und sich sofort mit dem Schrecken einer nun aufkommenden Vision zu vermengen. So sieht solches Erwachen aus, es ist wie das Erwachen in einem Grab, wenn man, starr ausgestreckt und mit geballten Händen die Augen öffnet und auf ein drohendes Unheil wartet. Aber lange liegt dies Erwachen einem bis zum Ersticken auf der Brust und regt sich nicht.

Ich hatte Angst vor dem Einschlafen. Wann immer ich mich schläfrig fühlte, rückte ich mich in eine unbequemere Lage, was nicht schwierig war, da ich auf Daves Feldbett lag, das zahllose Möglichkeiten an Unbehagen bot. Es gehörte zu jenen Betten, in denen das Segeltuch in einem Rechteck starrer Stangen befestigt ist, und das Ganze wird von vier W-förmigen Stahlbeinen gehalten. Wo die Beine und das Rechteck zusammentreffen, ragen Scharniere hervor, in die auch die Stangen passen, die das Segeltuch halten. Durch Drehen des Körpers konnte ich mir dies oder jenes Scharnier in die Rippen oder den Rücken bohren. So lag ich dann eine Zeitlang zusammengekrümmt da, bis der Schlafdunst verscheucht und durch eine schmerzende Benommenheit ersetzt war, die, wie ich aus Erfahrung wußte, ewig anhalten konnte, ohne daß sie je in die Bewußtlosigkeit überglitte. Mein Kissen hatte eine Stütze in Daves Rucksack, der eine klumpige Masse von Schuhen und alten, seit Jahren nicht gelüfteten Kleidern enthielt. Manchmal fiel das Kissen heraus, und ich lag, eingetaucht in dessen Aura alten Schweißes, auf dem Rucksack. Ich mußte das Fenster sehen. Die Sonne bewegte sich noch immer.

Mars befand sich irgendwo im Zimmer. Lange Zeit lag er so still da, daß ich oft dachte, er sei vielleicht weggegangen; suchte ich ihn aber mit den Augen, so fand ich ihn immer dicht bei mir und begegnete seinem Blick. Ab und zu versuchte er, sich neben mich aufs Bett zu legen, aber ich wehrte ab. Seinem warmen Fell entströmte ein Schlafaroma, vor dem ich Angst hatte. Dann streckte er sich neben mir auf dem Boden aus, und ich ließ eine Hand auf seinen Hals herunterhängen. Später tappte er gelangweilt im Zimmer herum und ließ sich mit einem Seufzer in einer entfernten Ecke nieder. Dann hörte ich seine Pfoten wieder über das Linoleum tapsen. Er kam heran, stieß mir seine lange Nase ins Gesicht und sah mich mit einem gequälten Blick an, der fast schon über seine Natur hinausging, und ich stieß seinen Kopf weg und wühlte in seinem Rückenfell, um mich zu vergewissern, daß er nur ein Hund war.
Ich machte mir Sorgen, weil er nicht genug Bewegung hatte. Dave nahm ihn allerdings jeden Morgen und Abend mit zum Shepherd's Bush Green, wie er mir berichtete, und dort raste das Tier wie ein Irrer herum, bis es an der Zeit war, wieder heimzukehren. Aber dies konnte einem so großen Hund nicht genügen. Und in ein, zwei Tagen sollte der Sommerkurs beginnen, den Dave übernommen hatte. Dann konnte er ihm noch viel weniger Zeit widmen. Ich fragte mich, ob Mars unglücklich war; und dann überlegte ich, ob man einen Hund, von dem man ja nicht sagen konnte, er wisse, daß er unglücklich sei, unglücklich nennen dürfe. Ich beschloß, Dave gelegentlich darüber zu befragen.
Dave war während des Tages oft zu Hause, und ich hörte das Geklapper seiner Schreibmaschine. Dann war es wieder still. Er brachte mir mittags und abends etwas zu essen. Wir sprachen kein Wort miteinander. Manchmal machte er nachmittags die Tür auf und betrachtete mich eine Weile. Ich sah ihn, als blickte ich durch das falsche Ende eines Teleskops.

Viel später erinnerte ich mich, daß die Tür sich geschlossen hatte und er gegangen war. Dave hatte mich schon früher so gesehen. Das Bett knarrte und zitterte, sobald ich mich rastlos darin umdrehte. Ich war in Hemd und Unterhose, und trotz des sonnigen Tages lag ich unter zwei Decken. Mir war kalt bis ins Mark meiner Knochen. Ich hob mein Kissen wieder auf, bedeckte den Rucksack damit und wandte mich vom Fenster ab. Keine Sonne kam in dieses Zimmer, aber in dem reflektierten Licht von der Krankenhausmauer her zeichnete sich alles mit anormaler Deutlichkeit ab, als habe die ganze Fläche eine neue Dimension erhalten, und die Gegenstände traten mit einer solchen Schärfe hervor und wichen zurück, daß sie fast unerträglich gegenwärtig wirken. Ich lag da, blickte auf meine Schuhe und fragte mich, was wohl mit Finn passiert war.

Am Morgen des fünfzehnten war ich aus Paris zurückgekehrt. In der Goldhawk Road hatte ich Dave und Mars vorgefunden und von Dave erzählt bekommen, wie er und Finn den vergangenen Nachmittag in Sandown Park verbracht hatten, wo Lyrebird uns allen zu Gefallen mit einer solch hohen Quote Sieger geworden war. Sie hatten beim Rennen selbst gesetzt, und Finn war, gleich nachdem Dave das Geld kassiert hatte, von ihm ausbezahlt worden. Sein Anteil belief sich auf zweihundertzehn Pfund. Finn hatte diese Summe, die zum größten Teil aus Fünf-Pfund-Noten bestand, in sämtliche Taschen seines ganzen Anzugs verstaut, und zwar in absolutem Schweigen, etwa in der Art eines Mannes, der sich für einen gefährlichen Sprung den Fallschirm umschnallt. Danach hatte er stumm eine Zeitlang Daves Hand geschüttelt, sich auf dem Absatz umgedreht und war in der Menge verschwunden, ohne nachts in die Goldhawk Road zurückzukehren. Dave hatte angenommen, er sei vielleicht zu mir gefahren, bis ich bei meiner Ankunft am nächsten Morgen nach Finn Ausschau hielt und fragte, wo er stecke. Seitdem war er nicht wieder erschienen. Ich machte mir noch keine wirklichen Sorgen. Wahrscheinlich befand Finn sich auf einer Sauftour. Ich weiß, daß einmal eine drei Tage lang gedauert hat, und davon wurde er in einer Ambulanz heimgebracht. Ich dachte nicht, daß ihm etwas Ernstliches zugestoßen war. Trotzdem wünschte ich sehr, er käme bald zurück.

Nach meiner Ankunft hatte ich sofort an jemanden vom *Club des Fous* geschrieben und ihn gebeten, herauszufinden, wo Anna war, und mich zu benachrichtigen. Aber bis jetzt war noch keine Antwort gekommen. Auch hatte ich mich vergebens bemüht, mit Hugo in Kontakt zu treten. Von seiner Wohnung kam keine Antwort, und im Studio sagte man mir, er sei aufs Land gefahren. Dave hatte mir die Kopie des Briefes gezeigt, der in Sachen Mars an Sadie geschickt worden war. Er stellte eine meisterhafte Mischung von freundschaftlicher Beweisführung und Drohung dar. Aber auch von Sadie war bis jetzt noch kein Lebenszeichen eingetroffen. Ich selbst hatte an Jean Pierre geschrieben, ihm zu seinem Erfolg gratuliert und mich danach ins Feldbett gelegt. Der Tag meiner Verabredung mit Lefty war gekommen und verstrichen. Seitdem hatte er zweimal angerufen und nach mir gefragt. Dave hatte ihm gesagt, ich sei krank, was wahrscheinlich stimmte.

Die Krankenhausmauer lag nun fast ganz im Schatten. Ich konnte nur ganz oben am Fenster ein goldenes Dreieck sehen, das die Sonne gerade noch erreichte. Dave machte die Tür auf und rief Mars, den ich bei der Aussicht auf seinen Abendspaziergang im Gang tanzen und bellen hörte. Wenn Dave mit Mars zurückkam, sollte ich ans Schlafen denken. Oder vielleicht war es dann auch noch zu früh. Ich würde einschlafen, um schon wieder aufzuwachen, noch ehe es wirklich Nacht geworden war. Davor hatte ich einen Horror. Ich erhob mich und brachte mein Bett in Ordnung, nur um mich wieder ein bißchen wach zu machen. Vorsichtig legte ich mich dann nieder und lag ganz ruhig, bis das Bett aufgehört hatte zu zittern. Mars kehrte zurück, schaute mir nah ins Gesicht und brachte eine beunruhigende Frische von der Außenwelt mit. Seine feuchte Nase und seine Augen glänzten; die lichtbraune Zeichnung über seiner Braue gab ihm einen Ausdruck ständiger Erwartung. Einmal bellte er. »Still!« sagte ich zu ihm. Dies störende Geräusch hallte mir noch im Ohr, als die Ruhe schon längst wieder hergestellt war.

Am folgenden Morgen wartete ich auf die Ankunft des Postboten. Dies tat ich jetzt immer in der Früh. Meine Uhr war stehengeblieben, aber ich las die Zeit von der Krankenhausmauer ab. Es war schon fast an der Zeit. Es *war* an der Zeit. Dann hörte ich seinen Schritt auf der Treppe und das Klappern des Briefkastens und einen Augenblick später ein schweres Plumpsen. Viele Briefe mußten heute morgen gekommen sein. Ich hörte, wie Dave in den Flur ging. Dies war der einzige wirkliche Augenblick des Tages. Ich wartete. Stille. Jetzt kam Dave an meine Tür und sah herein.

»Nichts für dich, Jake«, sagte er.

Ich nickte und drehte mich weg. Doch sah ich, daß Dave immer noch auf der Schwelle stand. Mars hatte sich an ihm vorbei in den Flur begeben.

»Jake«, sagte Dave, »um Himmels willen, steh auf und tu etwas, einfach irgend etwas! Ich werde ganz nervös davon, wenn ich denke, daß du die ganze Zeit über hier herumliegst. Ich kann mich nicht mit Philosophie befassen, wenn du mich so nervös machst.« Ich schwieg.

Dave wartete ein wenig. Dann sagte er: »Nimm's mir nicht übel, Jake! Wer bin ich, daß ich so sprechen dürfte? Aber du solltest dir selbst zuliebe aufstehen.«

Ich schloß die Augen und hörte ein wenig später, wie die Tür zuklinkte und Dave mit Mars hinausging. Nach einiger

Zeit war Mars wieder im Zimmer, und Dave hatte das Haus verlassen, wahrscheinlich um zu seinem Sommerkurs zu gehen. Ich beschloß aufzustehen.
Zuerst konnte ich meine Kleider nicht finden. Das Zimmer wirkte auf mich wie ein Chaos unzusammenhängender Dinge. Automatisch packte ich Daves Rucksack aus und schleuderte ihn mit dem Fuß weg. Dann entdeckte ich meine zerknüllten Hosen in einer Ecke, wo Mars sie als Bett benutzt hatte. Sie waren voller kurzer schwarzer Haare. Ich schüttelte sie aus und zog sie an. Dann öffnete ich weit das Fenster und machte ein paar Atemübungen. Die Hitzewelle war vorüber, und ein angenehmer Sommerwind erfrischte den Tag. Ich lehnte mich hinaus, erblickte hoch oben über der Krankenhausmauer den Himmel und sah sein Blau und die kleinen weißen Wolken, die eilig vorüberzogen. Winselnd vor Freude umtanzte mich Mars und sprang mit seinen rauhen Pfoten an mir hoch. Als er so dastand auf seinen Hinterbeinen, war er fast so groß wie ich. Allerdings bin ich, wie ich schon erwähnt habe, ziemlich klein. Ich machte ein wenig Ordnung im Zimmer, wobei ich meine Jacke fand. Dann ging ich mit Mars aus dem Haus.
Die Goldhawk Road war scheußlich. Der Verkehr verursachte ein ständiges, knurrendes Dröhnen, und auf den Bürgersteigen wimmelte es von Menschen, die sich vor den mit billigem Geschirr und Blechdosen angefüllten Schaufenstern aneinander vorbeidrängten. Es gelang mir, mit Mars bis zum Green zu kommen. Dort setzte ich mich unter einen Baum auf die harte Erde, deren Versuch, ein wenig Gras hervorzubringen, völlig mißlungen war. Mars sprang herum und spielte mit ein paar anderen Hunden. Immer wieder kehrte er zurück, um mir zu versichern, daß er mich nicht vergessen habe. Ich heftete den Blick auf den Himmel über Shepherd's Bush Empire. Mit ungewöhnlicher Schnelligkeit purzelten die stockigen Massen weißer Wolken hinter den

Dächern herunter. Der ganze Himmel war in gigantischer, harmonischer Eile, die das Hetzen der Menschen auf der Straße nervös und nichtswürdig erscheinen ließ. Ich erhob mich und ging, von Mars begleitet, ein paarmal rund um den Green. Dann brachte ich ihn in die Wohnung zurück. Es machte mich ängstlich, ihn mitten im Verkehr bei mir zu haben. Ich hatte vergessen, seine Leine mitzunehmen. Dann rief ich in Hugos Wohnung und im Studio an, aber überall mit dem gleichen negativen Ergebnis wie zuvor. Danach ging ich wieder aus und spazierte allein umher, bis die Kneipen aufmachten.

Auf meinem Weg zurück zu Daves Wohnung kam ich am Eingang des Krankenhauses vorbei und hielt inne. Das Haus ist ein großes weißes Betongebäude mit regelmäßigen, quadratischen Fenstern und einem Flachdach. Es stand noch nicht lange. In Architekturzeitschriften waren viele Bilder davon erschienen. Es hat einige Flügel oder Transepte, die vom Hauptblock aus in verschiedene Richtungen streben und das Auge listig von seiner Linienmonotonie ablenken. Die durch die Transepte entstandenen Zwischenräume oder Furchen sind mit Rasen und kleinen Bäumen bepflanzt. Eines Tages, wenn sie zu großen Bäumen herangewachsen sein werden, werden die Krankenhauskommissionen eine endlose Debatte darüber führen, ob sie erhalten bleiben sollen. Denn sie werden sich hin- und hergerissen fühlen zwischen dem therapeutischen Nutzen des Zaubers der Natur und der Notwendigkeit, ein wenig mehr Licht in die Abteilungen der unteren Stockwerke zu bringen. Ich stand eine Zeitlang da und beobachtete das Kommen und Gehen der Wagen im viereckigen Hof vor dem Haupteingang. Dann überquerte ich die Straße, trat ein und bat um eine Anstellung.

XVII

Rückblickend überraschte es mich, wenn ich daran dachte, wie bereitwillig man mir diese Stelle gegeben hatte. Man kam mir mit keinen Fragen, forderte keine Empfehlungen. Vielleicht flöße ich Vertrauen ein. Nie zuvor in meinem Leben hatte ich mich um eine Stellung beworben. Das war etwas, das meine Freunde gelegentlich für sich zu tun versuchten und immer eine Angelegenheit langwieriger und schwieriger Verhandlungen und sogar Intrigen zu sein schien. Tatsächlich hatten der Anblick ihres Mißerfolgs und natürlich auch mein eigenes Temperament mich davon abgehalten, mich je in dieser Richtung umzutun. Es wäre mir niemals im Traum eingefallen, man könne eine Stellung bekommen, indem man ganz einfach hinging und danach fragte, und bei normaler Gemütsverfassung hätte ich auch nie einen Versuch unternommen. Man kann mit Recht darauf hinweisen, die Tätigkeit, die ich so mühelos antrat, fiel in eine Kategorie, die keinerlei Ausbildung verlangte, dazu noch unbeliebt war, und deshalb sorgte ein erschrekkender Mangel an Bewerbern für eine rasche Anstellung eines jeden, der nicht absolut schwachsinnig war; dagegen handelte es sich bei den Stellungen, die für meine Freunde so schwer zu erlangen waren, um die von höheren Beamten, Zeitungskolumnisten, Beamten des British Council, College-Dozenten oder von Leitern der BBC. Das stimmt. Trotzdem war ich an dem Punkt, den unsere Geschichte nun erreicht hat, tief davon beeindruckt, nicht nur eine Stellung bekommen zu haben, sondern auch noch ungeahnte Fähigkeiten dabei zu beweisen.

Ich war das, was man einen Krankenwärter nennt. Ich

arbeitete von acht Uhr morgens bis sechs Uhr abends mit dreiviertelstündiger Mittagspause und einem freien Tag in der Woche. Die Station, auf der ich arbeitete, hatte sich auf Kopfverletzungen spezialisiert und wurde »Corelli« genannt der Sitte gemäß, die Stationen nach Namen vermögender Wohltäter zu bezeichnen. Mr. Corelli, Seifenfabrikant aus Sizilien, dessen Sohn sich beim Fahren seines Lancia in der Uxbridge Road nach Alkoholgenuß einen Schädelbruch zugezogen hatte, war nach der Heilung seines Sprößlings von angemessener Großzügigkeit gewesen. Daher trug die Station, auf der ich seit vier Tagen tätig war, seinen Namen. Meine Aufgaben waren einfach. Wenn ich um acht Uhr morgens ankam, nahm ich Schrubber und Eimer und reinigte drei Gänge und zwei Treppenabsätze. Diese Flächen waren leicht zu säubern. Mit Hilfe von ein bißchen Seife erreichte ich sichtliche Farbverwandlungen. Danach wusch ich das Frühstücksgeschirr der Patienten ab, das bereits aufgestapelt in der Stationsküche meiner harrte. Corelli erstreckte sich über drei Korridore; der im unteren Stockwerk hieß Corelli I, die beiden im ersten Stock Corelli II und III. Die Stationsküche befand sich in Corelli III, und hierauf konzentrierte sich meine Tätigkeit. In eine Nische neben der Küche hängte ich meine Jacke und zog mich dorthin zurück, um mich hinzusetzen und Zeitung zu lesen, sobald ich einen freien Augenblick hatte. Nach dem Abwaschen holte ich die Milchkannen aus der Hauptküche, Transept-Küche genannt, auf einem Rolltisch, den ich in einem speziellen Dienstlift zu Corelli III heraufbrachte. Dies machte mir viel Spaß. Um die Transept-Küche zu erreichen, mußte ich einen langen Weg durch die Korridore der anderen Stationen mit seltsamen Namen zurücklegen; und während ich rasch ausschritt und an unbekannten Leuten in weißen Kitteln vorüberkam, jeder kam seiner Pflicht nach, fühlte ich mich wie jemand, der mit einer wichtigen

Mission betraut ist. Wenn ich wieder in Corelli I war, durfte ich eine Verrichtung von fast klinischer Bedeutung machen: ich mußte auf einem elektrischen Ofen die Milch wärmen und in Becher gießen, welche die Pflegerinnen jenen Patienten brachten, die sie haben durften. Danach schnitt ich Brot und Butter, wusch die Becher und Töpfe und reinigte die Küche. Immer noch hatte ich ein wenig Angst vor meinen Kollegen und Vorgesetzten und war sehr bestrebt, ihnen zu gefallen. Mit den Pflegerinnen, hauptsächlich jungen irischen Mädchen ohne einen Gedanken im Hirn – wenn man Heiratsbesessenheit nicht einen Gedanken nennen will – stand ich von Anfang an sehr gut. Am zweiten Tag schon nannten sie mich »Jakie« und behandelten mich mit liebevoll neckender Tyrannei. Ich bemerkte mit Interesse, daß keine von ihnen mich ernstlich als Mann in Betracht zog. Ich verströmte ein Aroma, das sie, obgleich wir glänzend miteinander auskamen, irgendwie von mir fernhielt. Vielleicht sagte ihnen ein dunkler Instinkt, ich sei ein Intellektueller. Auch mit der Oberschwester stand ich gut, allerdings auf andere Weise. Diese Oberschwester war eine so erhabene Persönlichkeit, so ältlich und streng und mit einer so hohen Meinung von ihrer eigenen Würde, daß durch die soziale Kluft, die zwischen uns lag, die Möglichkeit gewisser Reibungen einfach wegfiel. Meine persönlichen Eigenheiten konnten sie nicht kränken, da mein Anspruch, ein Individuum zu sein, sie in keiner Weise interessierte. Die einzige Frage, die sie interessierte, war, ob ich ordentliche Arbeit leistete und nicht im Wege stand. Da ich dies tat, zeigte sie ihr Einverständnis, indem sie mich ignorierte. Nur bei jeder ersten morgendlichen Begegnung im Korridor pflegte sie mir ganz leicht den Kopf mit einem intensiveren Ausdruck zuzuwenden, der unter Umständen fast ein Lächeln hätte werden können.

Über die Oberschwester hinaus in die Stratosphäre der

Krankenhaushierarchie reichte mein Einblick nicht. Doch mit den dazwischenliegenden Rängen meiner kleinen Gemeinschaft gelang es mir nicht, eine angenehme Beziehung herzustellen. Der Oberschwester unterstanden drei Schwestern, eine für jeden Corelli, und unmittelbar von diesen Wesen erhielt ich die meisten Anweisungen. Diesen Frauen schon vorgerückten Alters wurde das Leben zur Hölle gemacht, einerseits durch die Oberschwester, die sie mit unablässigem Despotismus behandelte, andrerseits durch die Pflegerinnen, deren ständiger, versteckter Spott es den Schwestern heimzahlte, die glaubten, zur Wiederherstellung ihrer eigenen Würde alle unter ihnen Stehenden quälen zu müssen. Aus mir konnten die Schwestern nicht recht klug werden. Sie verdächtigten mich, sie übertrumpfen zu wollen, nicht nur, weil ich mit ihren Feindinnen, den Pflegerinnen, gut stand, sondern weil sie mehr als sonst jemand vom Krankenhaus, mit dem ich in Berührung kam, etwas von meiner wahren Art errieten. Ich stellte für sie ein Problem dar, das sie reizbar machte. Und von allen Frauen, mit denen ich hier zu tun hatte, waren sie die einzigen, für die ich als Mann existierte. Ein elektrischer Strom ging zwischen uns hin und her, sie mieden meinen Blick, und wenn sie mir Befehle gaben, wurden ihre schrillen Stimmen noch um einen halben Ton höher.

Besonders lieb war mir die Schwester von Corelli III, mit der ich am meisten zu tun hatte. Sie hieß Schwester Piddingham und wurde von den Pflegerinnen die Pid genannt. Die Pid mußte bereits über fünfzig sein, vielleicht sogar noch älter, und sicherlich hatte sie schon vor Jahren begonnen, ihr langes graues Haar schwarz zu farben. Ihre Stimme und Augen, geschärft durch ständigen Wortstreit und die berufliche Gewohnheit kritischer Musterung, folgten mir dauernd, wenn ich in der Küche arbeitete. Ihre wahre Lust, mich zu kritisieren, bildete ein Band zwischen uns. Ich hätte gerne etwas Besonderes und Unerwartetes getan, um ihr zu gefallen, zum Beispiel ihr Blumen gebracht, aber ich wußte, daß sie mich immerhin so ernst nahm, daß sie dies vielleicht als einen Akt der Herablassung ansehen und mich deshalb hassen würde. Für das traurige Geheimnis ihrer Art der Existenz empfand ich so etwas wie Respekt, der fast an Grauen grenzte. Außer den Genannten sah ich von der ganzen Krankenhausbevölkerung nur noch einen Mann namens Stitch, der dort wohnte und so etwas wie ein Hauptpförtner war, ein sehr dummer Mensch, der mich nicht ausstehen konnte, und eine oder zwei Stationsgehilfinnen, die mehr oder weniger schwachsinnig waren.

Täglich um die Mittagszeit kaufte ich mir in der Transept-Kantine ein paar Sandwiches und ging dann in Daves Wohnung, um Mars abzuholen. Manchmal erhaschte ich dabei einen Blick von Dave, in dessen Gesicht das Staunen, das darauf erschienen war, als ich ihm von meiner Stellung erzählte, sich noch nicht ganz gelegt hatte. Ich sagte mir dann, daß das ganze Unterfangen sich schon deshalb gelohnt hatte, weil Dave davon so erschüttert war. Dann kehrte ich mit Mars zurück, setzte mich in den Garten vor Corelli I und verzehrte meine Sandwiches. Dieser Garten bestand aus einem langen, glatten Rasen mit zwei Reihen im Gras stehender Kirschbäume. Daß es Kirschbäume waren, wußte ich durch die Schwestern, die immer davon sprachen, wie herrlich der Garten im Frühling aussehe. Unter einen dieser Bäume setzte ich mich, während Mars in der Nähe umhersprang und einmal diesem Baum, einmal einem anderen die Ehre erwies. Die jungen Pflegerinnen von Corelli pflegten dann herunterzukommen, sich wie Nymphen um mich zu scharen, über mich zu lachen und zu sagen, ich sähe, mit gekreuzten Beinen unter dem Baum sitzend, aus wie ein Weiser. Sie bewunderten Mars, machten viel von ihm her und verteidigten mich gegen Stitch, der mir gerne verboten hätte, Mars überhaupt in den Garten mitzubringen. Diese Mittagspausen machten mir viel Spaß.

Am Nachmittag gelang es mir endlich, etwas von den Patienten zu sehen. Aber dies war schon fast gegen Abend. Darauf freute ich mich den ganzen Tag. Ich befürchtete, je größer die Entfernung zu den Patienten wurde, um so unwirklicher wurde und um so ferner rückte das Krankenhaus. Sie waren das Zentrum, alles andere hatte eine Randbedeutung. In Corelli lagen nur Männer, alle in unterschiedlichen Verfassungen, die von Kopfverletzungen herrührten. Einige hatten eine Gehirnerschütterung mit oder ohne Schädelbruch, andere geheimnisvollere Kopfleiden. Da lagen sie mit ihren Turbanen aus weißen Bandagen und von Kopfschmerzen zusammengezogenen Augen und sahen mir zu, wenn ich den Fußboden reinigte. Ich empfand für sie eine Mischung aus Mitleid und Ehrfurcht, wie sie vielleicht der Inder für ein heiliges Tier fühlt. Ich hätte gerne mit ihnen geredet, und ein paarmal begann ich auch eine Unterhaltung; aber immer kam gleich eine Schwester und verbot es. Anscheinend war es für einen Krankenwärter unziemlich, Patienten anzureden.

Was noch mehr zu der numinosen Aura beitrug, die die Patienten umgab, war, daß ich, wenngleich ständig in ihrer Nähe beschäftigt, sie nur in ihrer vollen Krankenwürde erblickte, wie sie einsam und schweigend mit müßigen Händen dalagen, still zurückgezogen in ihre Leiden. Daß sie zu anderen Zeiten gewaschen und gefüttert wurden, Bettschüsseln benutzten und blutige und eiterdurchtränkte Verbände von den kahlgeschorenen Schädeln abgenommen bekamen, wußte ich nur aus zweiter Hand, indem ich aus dem schmutzigen Geschirr und den weniger lieblichen Dingen schloß, mit denen ich täglich zu tun hatte. Befaßten sich die Ärzte und Pflegerinnen mit ihren priesterlichen Pflichten, waren die Zimmertüren heilig verschlossen, und Schilder verkündeten: Eintritt verboten. Nur gelegentlich begegnete ich auf dem Gang einem der Patienten, der auf einer fahrbaren Liege hinein- oder herausgerollt wurde. Wann immer ich die Räder mit ihrem dumpfen, schweren Geräusch von Gummi auf Gummi vorüberfahren hörte, versuchte ich herbeizueilen, um einen Blick von einem eventuellen Neuankömmling erhaschen zu können. Sein Gesicht und frisch bandagierter Kopf, noch voller Erstaunen von der Außenwelt, überzeugte mich davon, daß die Patienten schließlich alle Menschen waren wie ich.

Wenn ich die Zimmer gesäubert hatte, gab es eine Arbeitspause für mich, in der ich mich in meine Nische zurückzog, wo ich gerade genug Platz zum Sitzen hatte. Bei schwachem elektrischen Licht las ich die Abendzeitungen. Es gab kein Fenster, und die Wände waren mit an Nägeln hängenden Jacken behängt, so daß die Nische aussah wie das Innere eines Kleiderschranks. Ich hatte nichts dagegen, da das Innere von Kleiderschränken schon seit meiner Kindheit einen besonderen Reiz auf mich ausübte, zweifellos aus Gründen, die dem Psychoanalytiker wohl bekannt sind. Doch haßte ich das trübe Licht, weshalb ich mir am zweiten Tag auf eigene Kosten eine stärkere Birne beschaffte, die am dritten von Stitch konfisziert und durch die alte, schwache ersetzt wurde. Da saß ich nun und überflog den *Evening Standard*, und während ich las, drangen die Neuigkeiten der Außenwelt zu mir wie ferne Schreie oder Schlachtrufe weit weg in Raum und Zeit. Leftys Name kam häufig vor. Einmal wurde ihm sogar ein ganzer Leitartikel gewidmet, der so abgefaßt war, daß Lefty als ernstliche öffentliche Gefahr und gleichzeitig als kleiner Straßenagitator, nicht der Beachtung wert, dastand. Wie ich erfuhr, beabsichtigten die Unabhängigen Sozialisten ein paar Tage später eine große Versammlung in West-London zu organisieren, und aus diesem Grund rief der Redakteur die *Optimaten* zu dieser besonderen Mischung von Geringschätzung und strengen Maßnahmen auf. Homer K. Pringsheim hatte in London eine Pressekonferenz abgehalten, bei der er sagte, die britischen und amerikanischen Filmindustrien hätten viel voneinander zu lernen, und war an die italienische Riviera weitergereist. Andere Namen, nach denen ich Ausschau hielt, wurden nicht erwähnt.

Auch diesen Teil des Tages genoß ich sehr. Jetzt konnte ich schon eine beträchtliche Müdigkeit mit dem mir gänzlich neuen Gefühl verbinden, etwas *getan* zu haben. Die intellektuelle Arbeit, die ich bis jetzt ausgeübt hatte, hinterließ bei mir immer die Empfindung, nichts geleistet zu haben: Man kann durch sie hindurchsehen wie durch eine leere Muschel. Ob dies aber im Wesen intellektueller Arbeit als solcher liegt oder an meiner Untauglichkeit, vermochte ich nie zu entscheiden. Wenn man den lebendigen Kontakt mit dem Gedanken, den ein Werk enthält, nicht mehr spürt, dann erscheint einem das Ganze bestenfalls trocken, schlimmstenfalls ekelhaft; besteht dieser Kontakt aber noch, so wird das Werk dadurch von der wechselnden Leere des gegenwärtigen Gedankens beeinflußt. Allerdings kann es sein, daß es doch gegenwärtige Gedanken von einigem Wert gibt, die nicht ein solches Gefühl der Leere hinterlassen. Ich frage mich, ob Kant, als er seine kopernikanische Revolution ausarbeitete, nicht von Zeit zu Zeit zu sich selbst sagte: »Aber das ist *nichts, nichts.*« Mir würde es gefallen, wenn er so reagiert hätte.

Ich hatte beschlossen, mit einem weiteren Versuch, Hugo zu sprechen, bis zum Wochenende zu warten. Das Gefühl für mein eigenes Schicksal, das mich in den Tagen, da ich auf Daves Feldbett gelegen hatte, so eigentümlich verlassen hatte, kehrte nun zurück. Ich war sicher, Gott werde, was auch immer er für mich und Hugo und das Zusammenlaufen unserer Lebenswege geplant hatte, sein Werk nicht unvollendet lassen. In dieser Hinsicht war ich also im Augenblick ziemlich ruhig. Unruhiger war ich wegen eventueller Briefe aus Frankreich, und vor allem war ich wegen Finn beunruhigt, von dem noch immer jede Spur einer Nachricht fehlte. Dave hatte gemeint, wir sollten Nachforschungen anstellen; aber dies war aus dem einfachen Grund unmöglich, weil es niemanden gab, bei dem wir hätten forschen können. Finn hatte, soviel wir wußten, außer uns keine Freunde in London, und über seinen gegenwärtigen Aufenthaltsort konnten wir uns nicht einmal eine Theorie bilden. Dave hatte vorgeschlagen, zur Polizei zu gehen, aber ich war dagegen. Wollte Finn sich irgendwo zu Tode trinken, so war das Finns Angelegenheit, und es sollte mein letzter trauriger Freundschaftsbeweis sein, ihn dabei nicht zu behelligen. Trotzdem war ich tief beunruhigt und dachte in diesen Tagen sehr viel an ihn.

Das andere ungelöste Problem, das ich wälzte, war das Problem Mars, und darüber machte ich mir Sorgen bis zum Wahnsinn. Sadie und Sammy hatten sich noch nicht gerührt, und ihr Schweigen fing an, mir auf die Nerven zu gehen. Manchmal fühlte ich mich versucht, Sadie aufzusuchen und die ganze Sache durchzusprechen. Aber ich hatte Angst davor, teils weil ich *au fond* immer ein wenig Angst vor Sadie verspürte, besonders jetzt, da ich mich selbst ins Unrecht gesetzt hatte, teils weil ich den Gedanken, Mars werde mir weggenommen, nicht ertragen konnte. Ich wollte Mars in seinem hohen Alter nicht jemandem wie Sammy in die Hände fallen lassen, den ich verdächtigte, wenig Ehrfurcht vor einem unausbeutbaren Leben zu haben, selbst wenn es ein menschliches wäre. Also tat ich nichts und wartete.

Ein, zwei Tage vergingen, und es war bereits später Nachmittag. Etwa in einer halben Stunde würde ich mit meiner Arbeit fertig sein. Dank meines außerordentlichen Fleißes war es eigentlich schon soweit, aber obgleich es nichts mehr für mich zu tun gab, durfte ich das Haus nicht vor Schlag sechs Uhr verlassen. In ein paar Minuten, überlegte ich, wollte ich den Küchenboden wischen. Ein Küchenboden kann nicht oft genug gewischt werden. Aber im Augenblick hatte ich es damit nicht eilig. Ich war sehr müde. Und es wurde mir klar, daß die Anstrengung die einzige Schattenseite meiner sonst so faszinierenden Stellung war. Ich beschloß, später einmal entweder hier oder anderswo nur noch halbtags zu arbeiten. Während der anderen Hälfte des Tages konnte ich ja ein wenig schreiben. Ich überlegte, daß der halbe, mit manueller Arbeit verbrachte Tag sich vielleicht sehr beruhigend auf die Nerven auswirkte, und begriff nicht, warum ich nicht schon früher an diese Lebensweise gedacht hatte. Dadurch war sichergestellt, daß kein Tag verging, ohne daß man *etwas* getan hatte, und daß dies das Gefühl der Nutzlosigkeit, das sich in längeren fruchtlosen Perioden einstellt, von mir fernhielt. Doch das alles war für die Zukunft. Im Augenblick hatte ich keinen anderen Gedanken, als weiterzumachen und darauf zu warten, daß mein Schicksal mich ereile. Ich vertraute darauf, daß es dies tun werde. Als ich wegen des schlechten Lichts im Stehen müßig im *Evening Standard* blätterte, ahnte ich allerdings noch nicht, wie schnell es in diesem Augenblick auf mich zugaloppierte, um mich zu überholen.

Ich ersah aus der Zeitung, daß Leftys große Versammlung an diesem Tag stattgefunden hatte und zwar nicht ohne beträchtliche Störungen und das schließliche Eingreifen der Polizei. Mehrere Bilder zeigten, wie berittene Schutzleute die Menge überwachten. Jemand hatte eine Magnesiumfakkel geworfen, und zwei Frauen waren in Ohnmacht gefallen. Die von Lefty gehaltene Rede war, soviel ich sehen konnte, voll von harmlosen, langweiligen Bemerkungen über technische Einzelheiten in linksgerichteten Zweigorganisationen zum Zweck einer Zusammenarbeit. Ein bekannter Gewerkschaftsführer, Mitglied von Leftys Partei, hatte auch eine Rede gehalten, ebenso eine Frau, Parlamentsabgeordnete, die nicht Mitglied, dafür aber sehr hübsch war.

Während ich dies durchlas, hörte ich, wie die Drehtüren, die zum Hauptgang führten, sich öffneten und eine Liege hereingerollt wurde. Man brachte einen neuen Patienten. Durch die Glastür meiner Nische sah ich die Pid vorübergehen und hörte das Klappern ihrer schwarzen Absätze sich im Korridor entfernten. Ich machte die Tür auf, ließ sie angelehnt und stand dicht dahinter. Stitch stieß die Liege in meine Richtung; unter einer roten Decke lag eine Gestalt ausgestreckt. Stitch sah mich und schüttelte ärgerlich den Kopf, um mich darauf hinzuweisen, daß ich kein Recht hatte, hier herumzustehen und zu glotzen. Eingedenk einer ungeschriebenen Regel, Krankenhauspersonal habe nicht zu reden, während es Patienten durch die Gänge rollt, sagte er nichts zu mir. Aber seine Blicke sprachen Bände. Ich gab ihm diesen Blick mit aller Unverschämtheit, die ich aufbringen konnte, zurück. Dann wandte ich das Auge dem Gesicht des Mannes auf der fahrbaren Liege zu, die in diesem Moment an mir vorbeifuhr. Der Mann auf der Liege war Hugo.

Das Gesicht war totenbleich, die Augen geschlossen. Eine dunkelgefleckte Bandage umgab seinen Kopf. Ich erstarrte. Dann rollte die Liege weiter. Ich trat in die Nische zurück, schloß die Tür und lehnte mich dagegen. Ein Widerstreit der Empfindungen erfüllte mich. Mein unmittelbares Gefühl war das der Schuld; wie Hamlet vor dem Geist seines Vaters. Ich hatte das seltsame Empfinden, Hugo sei durch irgendein Versäumnis meinerseits niedergestreckt worden. Gleichzeitig erlebte ich eine gewisse Genugtuung bei dem Gedanken, daß Hugo, gleich nachdem ich aufgehört hatte, nach ihm Ausschau zu halten, einen Schlag auf den Kopf bekommen hatte und zu mir gebracht wurde. Ich litt immer noch ein wenig unter seiner Beiläufigkeit mir gegenüber im Studio. Aber kaum war mir dieser Gedanke bewußt geworden, als mich Gewissensbisse überkamen und mir nichts anderes mehr wichtig schien als die Frage, wie schwer Hugo verletzt war. Ich trat auf den Korridor.

Man hatte Hugo ganz am anderen Ende in ein Einzelzimmer gebracht. Als ich die Pid herauskommen und zurückkehren sah, folgte ich ihr ins Operationszimmer.

»Was fehlt dem großen Kerl?« erkundigte ich mich. »Etwas Schlimmes?« Diese Frage hatte nichts Außergewöhnliches an sich; ich stellte sie immer, wenn ein neuer Patient auf die Station kam.

»Ich habe Ihnen doch schon oft gesagt, Sie sollen nicht in diesen Raum kommen«, antwortete die Pid. Niemals nannte sie mich beim Namen.

»Entschuldigen Sie!« sagte ich. »Ich gehe gleich. Aber ist es schlimm?«

»Kümmern Sie sich um Ihre Arbeit!« murrte die Pid. »Ich werde Stitch beauftragen, Ihnen mehr zu tun zu geben.« Ich schickte mich zum Gehen an. Als ich schon halb aus der Tür war, fügte sie hinzu: »Man hat ihm bei dieser Versammlung einen Ziegelstein an den Kopf geworfen. Gehirnerschütterung. Etwa fünf Tage wird er hier bleiben.«

»Danke!« sagte ich und schlüpfte sanft wie ein Fisch hinaus. Das war ein großes Zugeständnis gewesen.

Ich ging in die Küche und begann den Boden zu wischen. Stitch kam herein und machte eine Anzahl Bemerkungen, die ich kaum hörte. Ich überlegte, was ich tun konnte. Ich mußte Hugo sehen. Es war ein absonderlicher Trick des Schicksals, uns unter Bedingungen zusammenzuführen, die einen Umgang praktisch unmöglich machten. Wir wurden genau in die eine Situation versetzt, die jeden Austausch verhinderte. Ich überlegte hundert verschiedene Möglich-

keiten. Durch einen unseligen Wechsel sollte ich morgen meinen freien Tag haben; wollte ich also Hugo während des üblichen Ablaufs meiner Pflichten sehen, mußte ich bis übermorgen nachmittag auf den Augenblick warten, da ich sein Zimmer sauber machen würde. Selbst dann konnte ich höchstens fünfzehn Minuten bei ihm verbringen. Und auf jeden Fall war mir die Wartezeit zu lang. Falls Hugos Verletzungen sich als leicht erweisen sollten, bestand dazu die Möglichkeit, daß er dann das Krankenhaus bereits verlassen hatte. Aber ganz abgesehen davon, konnte ich den Gedanken, so lange warten zu müssen, nicht ertragen. Hugo war zu mir gebracht worden, und ich mußte ihn sofort sehen. Aber wie? Dann fiel mir eine weitere Schwierigkeit ein, nämlich, daß Hugo bewußtlos war.
Ich fluchte vor mich hin, während ich mit dem Schrubber wild unter die Küchenschränke fuhr. Stitch war hinausgegangen. Ich überlegte, ob mein freier Tag sich vielleicht verschieben ließ oder ob ich auf jeden Fall anbieten sollte, morgen zu arbeiten, um mich schon am Vormittag in Hugos Zimmer schleichen zu können. Dies wäre allerdings schwierig, mit all den Pflegerinnen und Ärzten in ständiger Nähe. Und würde man mir morgen zu arbeiten erlauben, selbst wenn ich es anböte? Die Sache käme dann Stitch zu Ohren, der gleich erriete, daß es mein Wunsch war, und es schon deshalb hintertriebe. Mit mehr Zeit zur Verfügung hätte ich mir irgend etwas ausdenken können, das ihn dazu gebracht hätte, es mir als Strafe aufzuerlegen: aber dafür war es jetzt zu spät. Während ich darüber nachdachte, kam eine Pflegerin herein; sie war die irischste von allen und hatte eine Stimme, die mich ständig an Finn erinnerte. Ich fragte: »Wie geht es dem großen Kerl?«
»Er brüllt nach Essen«, antwortete sie.
Als ich dies hörte, wußte ich, was ich tun würde. Und tatsächlich war auch nur dies eine möglich. Ich mußte mitten

in der Nacht ins Krankenhaus zurückkehren. Dieser Gedanke erfüllte mich mit einer Art heiligem Schrecken, während er mich gleichzeitig gewaltig anzog. Ich hatte das Krankenhaus noch nie nachts gesehen, es mir aber oft in Gedanken ausgemalt. Nicht nur daß ich mir die Stille und die Einsamkeit grauenhaft vorstellte, hinzukam auch noch das Gefühl, daß meine Anwesenheit dort zu einer solchen Stunde eine Art von Sakrileg wäre. Würde man mich entdecken, würde man mich bestimmt sofort niederschießen. Da konnte es keine Gnade geben. Aber mein Kommen war eine Notwendigkeit. Die Nähe Hugos wirbelte in mir einen Sturm auf, der nur durch ein Beisammensein beruhigt werden konnte. Ich mußte ihn sehen.

Ich stellte den Schrubber weg, zog den weißen Arbeitsanzug aus und dachte dabei in Windeseile nach. Sechs Uhr war vorüber. Ich mußte mir sofort die Einzelheiten meines Plans ausdenken, denn falls vorbereitende Schritte notwendig waren, mußten sie jetzt unternommen werden. Wie konnte ich ins Krankenhaus gelangen? Als ich mir das Gebäude vorstellte, kam es mir wie eine uneinnehmbare Festung vor. Der Haupteingang war die ganze Nacht über geöffnet, aber sehr hell beleuchtet, wie ich wußte, da ich dort zu allen Uhrzeiten vorüberging, wenn ich zu Dave heimkehrte. Bestimmt würde der diensttuende Nachtportier mich anhalten und nach meiner Befugnis fragen. Ich dachte mir verschiedene Lügen aus, die ich ihm hätte erzählen können; es schien mir jedoch keine glaubhaft genug, um mir den Einlaß ohne Begleitung zu gewähren. Dann gab es einen Hintereingang, der von Corelli I auf einen Hof führte, wo Kohlen und Fahrräder aufbewahrt wurden. Das war die Tür, die ich gewöhnlich benutzte. Aber Stitch hatte einmal erwähnt, sie sei ab zehn Uhr geschlossen. Und zweifellos galt dies auch für alle anderen Türen, die das Haus vielleicht noch aufzuweisen hatte. Natürlich gab es dann noch den Eingang zu der Notaufnahme. Aber auch dieser war besetzt, so daß es kaum möglich schien, unbeobachtet hindurchzukommen. Und ein einziger falscher Schritt konnte sich verhängnisvoll auswirken. Die sicherste Möglichkeit, hineinzugelangen, war durch ein Fenster; und wenn ich mich dazu entschloß, mußte ich eines auswählen und sofort hingehen und es öffnen.

Ich zog die Jacke an und ging langsam die Haupttreppe hinunter. Mein Kopf war in Aufruhr. Die Gebäudeseite zum Fahrradhof hin wurde die ganze Nacht über beleuchtet. Wenn jemand versuchte, dort einzudringen, wäre er deutlich von der Straße aus zu sehen. Die hinteren Teile der Transepte kamen in den Radius der Straßenlichter, und das Hauptgebäude hatte eine eigene Laternenreihe, die den Haupthof umgab. Also blieben nur mehr die Transeptgärten, die stockdunkel waren. Die meisten Fenster, die auf diese Gärten gingen, waren die von Krankenzimmern. Unmöglich, auch nur daran zu denken, durch diese hineinzukommen. Denn wenn ich auch jetzt den Mut gehabt hätte, hinzugehen und mich zu überzeugen, daß eines davon offenstand, so wäre ich bestimmt nicht kühn genug, es um zwei Uhr morgens als Einschlupf zu benutzen und das Risiko einzugehen, daß mich ein nervöser Insasse mit seinem Schreien verfolgte. Es gab noch andere Möglichkeiten, zum Beispiel das Fenster der Spülküche von Corelli I. Aber das hatte die Corelli I-Nachtschwester zu sehr im Auge, da ihr Zimmer gleich neben der Spülküche lag; und das gleiche galt für die anderen Fenster, die vom Garten in die Verwaltungsräume der Abteilung führten. Meine einzige Hoffnung waren die anonymen und öffentlicheren Teile des Transepts rings um die Transeptküche. Zwar befand sich wahrscheinlich irgend jemand die ganze Nacht über in der Küche oder jedenfalls in nächster Nähe davon, doch gab es dort noch eine Menge Wasch- und Abstellräume, die auch während

des Tages verlassen und unbenutzt schienen. Deren Fenster lagen ganz am Ende des Gartens, wo es am dunkelsten war. Unten an der Treppe angelangt, wandte ich mich mit dem Ausdruck verdächtiger Lässigkeit der Transeptküche zu. Wenn ich etwas im Sinn habe, ist es für mich schwer zu begreifen, daß ich wahrscheinlich nicht anders aussehe als sonst. Ich hatte das Gefühl, meine Gesichtszüge müßten mich entlarven, und sobald ich jemandem begegnete, drehte ich diese verräterische Fassade zur Seite. Entschlossen schritt ich an der Küchentür vorüber. Die obere Hälfte dieser Tür bestand aus einfachem Glas, und ich konnte mit einem Seitenblick die Gestalten sehen, die sich dahinter bewegten. Ich wählte die drittnächste Tür und trat ein. Meine Erinnerung hatte mich nicht getrogen. Hier war ein Abstellraum, an dessen Wänden eiserne Bettgestelle lehnten. Rasch schloß ich die Tür hinter mir und ging durch den Gang in der Mitte des Raumes. In einem Viereck aus Hell und Dunkel erblickte ich den Garten und die Kirschbaumreihen. Der Schatten von der Corelliseite fiel scharf auf den Rasen und zerschnitt ihn in zwei Dreiecke von kontrastierendem Grün. Einen Augenblick lang stand ich da und blickte hinaus. Dann klinkte ich das Fenster auf.
Es war ein einfaches Flügelfenster mit einem Schließhaken auf halber Rahmenhöhe und einer gelochten Stange unten, die den Öffnungsspalt regulierte. Ich löste die Stange und den Schließhaken und öffnete das Fenster einen Spalt, so daß sich der Schließhaken außen vor dem Glas befand. Das Fenster durfte nicht so aussehen, als stehe es offen. Andererseits wollte ich sicher sein, es zur gegebenen Zeit von außen aufdrücken zu können. Ich brauchte einige Minuten, um mich davon zu überzeugen, daß beide Bedingungen erfüllt waren. Dann merkte ich mir genau die Lage des Fensters anhand der Baumreihe. Danach ging ich zurück und horchte an der Tür, bis ich sicher war, daß niemand im Korridor

war. Dann trat ich hinaus, schloß die Tür und kehrte zu Corelli zurück. Niemand hatte mich gesehen. Einen Augenblick später verließ ich das Haus.

XVIII

Danach mußte ich mir erst einmal einen genehmigen. Mein Herz stampfte wie eine Armee auf dem Marsch. Niemals könnte ich an einer Verschwörung teilnehmen. Dann ging ich in die Wohnung und holte Mars, fuhr mit ihm im Bus nach Barnes, nahm dort im Red Lion Bier und Sandwiches zu mir und ging dann mit ihm bis Sonnenuntergang spazieren. Als wir zur Goldhawk Road zurückkehrten, war es schon fast dunkel. Ich ließ Mars in der Wohnung. Von Dave keine Spur. Sicher war er auf irgendeiner Versammlung. Dann ging ich aufs Geratewohl in die Richtung von Hammersmith. Ich wollte nur die Stunden so schnell wie möglich hinter mich bringen. Die Kneipen schlossen gerade, und ich goß in den letzten zehn Minuten noch so viel Whisky hinunter, wie ich nur konnte. Dann wanderte ich weiter, bis ich fast am Fluß anlangte. Währenddessen dachte ich an nichts im besonderen, aber mein Sinn war ganz und gar von Hugo beherrscht. Es war, als ob er mich von seinem einsamen Krankenbett aus an einem Seil festhielt, und ich spürte von Zeit zu Zeit, daß er daran zog. Dann war es wieder, als brütete Hugo über mir wie ein großer Vogel. Die Aussicht auf unsere bevorstehende Begegnung machte mir, abgesehen von einer blinden Genugtuung über das Hereinbrechen des Unvermeidlichen, wenig Freude.

Ich blickte auf die Uhr. Es war nach Mitternacht, und ich stand auf der Hammersmith Bridge nicht weit von der Stelle, wo wir Mars aus seinem Käfig befreit hatten. Ich blickte stromaufwärts und versuchte in der Masse der Gebäude auf dem Nordufer herauszufinden, wo das Mimen-Theater lag. Aber dazu war es zu dunkel. Dann packte mich Panik, ich könnte zu spät zum Krankenhaus zurückkommen. Rasch ging ich weiter und nahm am Hammersmith Broadway ein Taxi, das mich zur Goldhawk Road brachte. Nun aber war es noch zu früh. Mehrmals wanderte ich am Krankenhaus vorbei die Straße auf und ab. Es war noch nicht ein Uhr, und ich hatte beschlossen, nicht vor zwei hineinzugehen. Also entfernte ich mich vom Krankenhaus, aber irgend etwas zog mich immer wieder zurück. Ich mußte mir kleine Aufgaben stellen: diesmal wollte ich bis Seven Stars wandern, ehe ich umdrehte, das nächste Mal so lange unter der Eisenbahnbrücke stehenbleiben, bis ich eine Zigarette zu Ende geraucht hatte. Ich verging vor Erregung.

Etwa um zwanzig nach eins konnte ich es nicht mehr aushalten und beschloß, hineinzugehen. Doch diesmal schien mir, als ich mich näherte, die ganze Lage verflucht ungeschützt. Die Straßenlampen brannten, und das Gebäude selbst war von Licht überflutet. Als ich nahe genug war, sah ich Leute in der Eingangshalle stehen; alle Treppenfenster waren erleuchtet, ebenso einige der Stationen. Dieses Ausmaß an nächtlicher Beleuchtung hatte ich nicht vorausgesehen. Allerdings lagen die Transeptgärten in tiefer Dunkelheit, und so weit ich sehen konnte, brannte in Corelli kein Licht, abgesehen von einem schwachen Schimmer, der zweifellos aus dem Nachtschwesternraum kam. Um zu den Transeptgärten zu gelangen, mußte ich jedoch erst einmal den breiten Kiesweg und den Rasen überqueren, die sich am Krankenhaus entlang zu beiden Seiten des Hofs erstreckten, und dies ganze Gebiet war von den unermüdlichen Straßenlampen angestrahlt. Niedrige Pfähle, durch schaukelnde Ketten miteinander verbunden, grenzten den Kiesweg von der Straße ab. Die Dunkelheit schien weit weg.

Ich wählte den Punkt, der dem Haupteingang am fernsten lag, und blickte vorsichtig in beide Straßenrichtungen. Alles war wie ausgestorben. Dann nahm ich einen Anlauf über die

Ketten und stürmte schnurstracks über den Kies und diagonal über die größte Rasenfläche. Ich lief leichtfüßig, meine Sohlen berührten kaum den Boden. Einige Sekunden später hatte ich die Dunkelheit des Transeptgartens erreicht. Dort blieb ich auf dem Rasen stehen, um Atem zu schöpfen. Dann sah ich zurück. Kein Mensch. Tiefste Stille umgab mich. Ich blickte zu Corelli hinauf. Ein einziges Licht brannte im ersten Stock. Ich ging über den Rasen und berührte im Vorübergehen einen Kirschbaum nach dem anderen. Dem Schein der Straßenlampen entronnen, merkte ich, daß es eine sehr helle Nacht war. Aus der Ferne hatte der Garten pechschwarz gewirkt; hier aber war die Dunkelheit nicht dicht, sondern durchsichtig, und während ich leise dahinging, hatte ich das Gefühl, aus sämtlichen Fenstern gesehen werden zu können. Alle Augenblicke erwartete ich eine Stimme, die mich von oben her anrief. Aber ich hörte keine.

Von außen wirkte alles ganz anders, und ich brauchte einige Zeit, bis ich das Fenster des Abstellraumes herausfand. Als ich es entdeckte, war ich überrascht, wie hoch es über dem Erdboden lag. Mit angehaltenem Atem stieß ich sanft gegen die Scheibe. Zu meiner Erleichterung ging sie lautlos und ohne Behinderung auf. Ich schaute um mich. Der Garten lag leer und still da, die Kirschbäume waren mir zugewandt, unbeweglich wie Tänzer auf einem Bild. Noch immer zeigte sich niemand auf der Straße. Ich öffnete die Scheiben weit und hielt mich dann mit den Fingern fest an dem Stahlrahmen. Doch lag das Fenster zu hoch, als daß ich es mit den Knien hätte erreichen können. An der Außenseite gab es keinen Sims. Ich trat zurück. Ich zögerte hinaufzuspringen, aus Angst Lärm zu machen. Plötzlich glaubte ich Schritte zu hören, die sich von der Straße her näherten. Rasch wie ein Blitz fuhr ich mit einer Hand in die Öffnung und sprang. Die Stahlecke des Rahmens stieß mir in die Hüfte; im nächsten Augenblick hing ich sanft auf dem Sims der Innenseite und zog die Beine nach. Regungslos stand ich in dem Abstellraum. Es herrschte eine Stille, in die ich gerade, wie mir schien, eine Menge Lärm hineingelassen hatte. Aber die Stille hielt an.

Ich zog das Fenster zu und ließ es unverriegelt, wie es vorher gewesen war. Dann ging ich durch die Mitte des Raumes und fühlte die finsteren Massen der Eisenbetten mehr, als daß ich sie gesehen hätte. Hier war es wirklich stockdunkel; die Schwärze schien sich in ihrer Dichtheit über die Augäpfel zu legen. Ich tastete nach der Türklinke, lauschte einen Augenblick und trat dann auf den Korridor. Die hellen Lampen und weißen Wände stürzten mir entgegen und blendeten mich. Meine durch das Dunkel geweiteten Augen zwinkerten bei diesem Einbruch von Licht, und ich mußte sie bedecken. Dann wandte ich mich in die Richtung von Corelli, wobei meine Füße dumpf über den Gummibelag des Fußbodens tappten. Hier gab es kein Versteck. Ich konnte nur hoffen, eine gütige Gottheit werde dafür sorgen, daß ich niemandem begegnete.

Das Krankenhaus lag verödet da, war aber doch seltsam lebendig. Ich hörte es atmen und leise murren wie ein schlafendes Tier, und selbst wenn in Abständen gleichsam eine Woge der Stille herankam, konnte ich darin noch seinen großen Herzschlag vernehmen. Als ich an der Transeptküche vorbeikam, wandte ich den Kopf ab. Ich hatte Angst, wenn ich einem menschlichen Auge begegnete, würde sich meine Missetat so deutlich auf meinem Gesicht abzeichnen, daß sie sich selbst »Pfui!« zuriefe. Ich kam zur Haupttreppe. Verlassen und riesig lag sie da und schimmerte. Meine Schritte hallten über mir im großen Schacht des Treppenhauses wider, und als ich hinaufblickte, sah ich, wie sich die darüberliegenden Rechtecke des Geländers viele Stockwerke höher fast zu einem Punkt verkleinerten. In meinem Kopf war alles Denken ausgelöscht, selbst der vageste Gedanke an Hugo, und hätte mich irgend jemand angehalten, hätte ich gestottert wie ein Idiot. So gelangte ich zur Tür von Corelli I.

Hier hielt ich inne. Ich hatte keine klare Vorstellung von der Stationsorganisation bei Nacht. Falls irgendwelche Krankenschwestern auf der Station schliefen, dann unten! In Corelli III gab es wahrscheinlich außer den Kranken nur noch die Nachtschwester. Diese Person kannte ich nur vom Hörensagen, und schon bevor ich diese Eskapade geplant hatte, war sie in meiner Vorstellung einer nächtlichen Gottheit, einer Piddingham der Unterwelt, ähnlich. Als ich jetzt, die Hand auf der Klinke, an sie dachte, erfaßte mich ein Zittern wie den Bittsteller, der sich der Höhle der Sibylle naht. Leise öffnete ich die Tür und betrat den vertrauten Gang der Station.

Ein, zwei Lampen brannten im Korridor, aber die Krankenzimmer lagen im Dunkel, ebenso die Küche und die Verwaltungsräume, nur das Schwesternzimmer nicht, aus welchem Licht durch das Milchglas der oberen Tür drang. Durch dieses halb transparente Medium, befürchtete ich, könnte mich die Nachtschwester vorbeigehen sehen. Ich gestand ihr ohne weiteres übernatürliche Kräfte zu, ganz abgesehen von ihrem gewöhnlichen menschlichen Scharfsinn. Deshalb bewegte ich mich in der ersten Hälfte des Ganges auf Händen und Knien vorwärts. Als ich an ihrer Tür heil vorbei war, erhob ich mich und glitt weiter, ohne daß ich von meinen eigenen Schritten einen Laut vernommen hätte. Ich fühlte mich von einer unheimlichen Stille aufgesogen.

Jetzt stand ich vor Hugos Zimmer. Ich ergriff die schräge Stahlklinke, die niedergedrückt werden mußte, wollte man die Tür öffnen. Fest umfaßte ich sie, wie um sie zur Lautlosigkeit zu zwingen, und drückte sie mit einer kräftigen, glatten Bewegung nieder. Sie unten haltend, machte ich die

Tür auf. Sie öffnete sich so leise wie ein Traumtor, als gebe sie meinem Wunsch nach. Ich hielt die Klinke fest, bis ich über die Schwelle getreten war und mit der anderen Hand die Klinke der Innenseite ergriffen hatte. Diese ließ ich erst nach sorgfältigem Schließen der Tür wieder los. Nicht das leiseste Geräusch war entstanden.

Ich stand im Halbdunkel. In der Tür befand sich etwa in Kopfhöhe ein kleines, rechteckiges Fenster, durch das ein wenig Licht vom Korridor hereindrang. Ich konnte das Rot der Wolldecken sehen und eine gekrümmte Form auf dem hohen Bett. Instinktive Vorsicht hieß mich auf ein Knie niedergehen. Dann bewegte sich die Form, und Hugos Stimme fragte scharf: »Wer ist da?«

»Schsch!« machte ich und fügte hinzu: »Ich bin Jake Donaghue.«

Ein Augenblick der Stille folgte, dann sagte Hugo: »Mein Gott!«

Ich wollte aus dem Licht heraus. Deshalb ließ ich mich nieder und rutschte auf dem Hintern unter Hugos Bett hindurch. Den Fußboden hatte ich am vergangenen Nachmittag vor Hugos Ankunft gründlich gereinigt, und ich glitt so reibungslos dahin wie ein Junge über die Eisbahn. Als ich auf der anderen Seite des Bettes herauskam, lehnte ich mich mit angezogenen Knien gegen die Wand. Ich war nun ganz ruhig. Hugos Augen suchten mich im Dunkeln und fanden mich. Ich lächelte mit hingeneigtem Kopf.

»Das ist ja allerhand«, sagte Hugo. »Ich habe geschlafen.«

»Nicht so laut«, warnte ich, »sonst hört es die Nachtschwester.«

Er senkte die Stimme zu einem Flüstern. »Ich wollte, du würdest mich nicht überallhin verfolgen.«

Das ärgerte mich. »Ich verfolge dich nicht«, wisperte ich. »Ich arbeite hier. Daß du hierhergebracht würdest, war das letzte, was ich erwarten konnte.«

»Du arbeitest hier?« fragte Hugo. »Was machst du?«
»Ich bin ein Wärter.«
»Lieber Himmel!« meinte Hugo. »Trotzdem hättest du bis morgen warten können.«
»Es wäre mir sehr schwer gefallen, dich am Tage zu besuchen, wenn ich Dienst habe«, antwortete ich.
»Also bist du jetzt nicht im Dienst?«
»Nein.«
»Dann verfolgst du mich also doch.«
»Ach, zum Teufel damit!« sagte ich. »Höre, Hugo, ich muß über vieles mit dir sprechen.«
»Nun, diesmal kann ich dir nicht entfliehen, oder?« erwiderte Hugo.
Er legte sich im Bett zurück, und eine Zeitlang blickten wir einander an, so wie Leute schauen, wenn sie die Augen des Gesprächspartners nicht sehen können.
»Was treibt dich eigentlich so um, Jake?« fragte Hugo. »Ich habe es schon im Studio gespürt. Jahrelang unternimmst du keinerlei Versuch, mich zu sehen, und plötzlich fängst du an, wie verrückt hinter mir herzujagen.«
»Ich hatte das Gefühl, ehrlich sein zu müssen. Ich habe Sadie und Anna gesprochen, und das hat mich an dich erinnert«, sagte ich.
Ich sah, daß Hugo sich verschloß wie eine Seeanemone. »Wie hast du die beiden wiedergetroffen?« fragte er mit vorsichtiger Stimme.
Ich hatte das Gefühl, verdammt ehrlich sein zu müssen. »Die Frau, bei der ich gewohnt habe, hat mich vor die Tür gesetzt; deshalb bin ich zu Anna gegangen, und sie hat mich zu Sadie geschickt.« Ich sah, wie Hugo erschauerte. »Hat Sadie etwas von mir erzählt?« fragte er.
»Nichts Besonderes«, antwortete ich und sprach damit die erste Lüge aus. »Aber Anna hat mir von dir berichtet.« Ich wollte auf das Thema Anna zurückkommen.

»Ja«, flüsterte Hugo. »Sie hat mir erzählt, daß sie dich gesehen hat. Du bist eines Abends ins Theater gekommen, nicht wahr? Ich wollte dich danach sprechen, und es hat mir leid getan, als Anna mir sagte, du seiest bereits fort. Damals warst du offenbar nicht wild darauf, mich zu sehen.«

Ich fühlte mich nicht imstande, näher darauf einzugehen: »Ich hatte Angst davor, Hugo.«

»Ich begreife dich nicht, Jake. Wie kann jemand vor mir Angst haben! Ich habe nie begriffen, wieso du dich vorher einfach so aus dem Staub gemacht hast. Ich habe so gern damals mit dir geredet. Mit keinem konnte ich so gut diskutieren wie mit dir. Wir hätten auch deine Sache durchsprechen können.«

»Welche Sache?« fragte ich.

»Dein Buch«, sagte Hugo. »Ich habe vergessen, wann es herausgekommen ist, aber es muß bald danach gewesen sein, als du aus Battersea verschwunden bist. Sonst hätten wir darüber geredet, und ich kann mich nicht erinnern, daß wir dies je getan hätten.«

Ich lehnte den Kopf zurück und drückte ihn fest gegen die Wand, wie man es vielleicht tut, um sich den Zustand der Trunkenheit zu erleichtern.

»Meinst du den *Schalldämpfer*?« fragte ich.

»Ja, so hieß es«, antwortete Hugo. »Natürlich habe ich es zum Teil sehr schwierig gefunden. Wo hattest du nur diese ganzen Gedanken her?«

»Von dir, Hugo«, sagte ich kleinlaut.

»Nun«, meinte er, »natürlich habe ich gemerkt, daß es um vieles ging, worüber wir gesprochen hatten. Aber es klang so anders.«

»Ich weiß«, gab ich schwach zu.

»So viel besser, meine ich«, sagte Hugo. »Ich habe vergessen, worüber wir seinerzeit sprachen, aber es war ein

furchtbares Durcheinander, nicht wahr? Dein Zeug war so klar. Ich habe eine Unmenge daraus gelernt.«
Ich starrte Hugo an. Sein verbundener Kopf hob sich gegen das Licht des kleinen Fensters ab. Den Ausdruck darauf konnte ich nicht erkennen.
»Ich habe mich wegen dieses Zeugs so geschämt, Hugo«, sagte ich.
»Ich glaube, das tut man immer, wenn man etwas geschrieben hat«, meinte Hugo. »Ich hatte nie den Mut, irgend etwas zu schreiben. Hoffentlich hat es wenigstens Geld gebracht. Wurde es gut verkauft?«
»Nicht sehr gut«, antwortete ich, während ich mich fragte, ob er sich vielleicht über mich lustig machte. Aber das war unmöglich. Hugo war unfähig zum Spott.
»Zu anspruchsvoll, nehme ich an«, sagte Hugo. »Die Leute schätzen originelle Sachen fast nie auf den ersten Blick. Ich hoffe, das hat dich nicht davon abgebracht. Schreibst du wieder einen Dialog?«
»Nein!« antwortete ich und fügte hinzu, nur um das Gespräch in Fluß zu halten, während ich mich sammelte: »Kürzlich dachte ich daran, das Ganze wieder einmal durchzusehen und ein paar Gedanken weiterzuentwickeln, aber ich konnte kein Exemplar davon auftreiben.«
»Schade! Ich kann dir meines leihen. Es liegt in der Schublade meines Schreibtisches und ich schaue hin und wieder hinein. Es erinnert mich ein wenig an unsere Gespräche. Mir hatten sie damals viel Spaß gemacht. Inzwischen ist mein Hirn so ziemlich in die Binsen gegangen.«
»Ich bin letzte Woche einmal in deiner Wohnung gewesen«, sagte ich. »Du hattest einen Zettel hinterlassen, auf dem stand: ›Bin in der Kneipe‹. Und ich habe die ganzen Lokale nach dir abgesucht.«
»Da kannst du nicht weit gegangen sein«, meinte Hugo. »Ich war im King Lud.«

»Ich bin Richtung Osten gegangen«, sagte ich. »In jener Nacht habe ich Lefty kennengelernt.«

»Ach, natürlich, du kennst ja Lefty. Ich sprach ihn heute in der Versammlung, bevor jemand einen Ziegelstein nach mir geworfen hat.«

»Wie geht es übrigens deinem Schädel?« fragte ich.

»Ach, ganz gut«, antwortete Hugo. »Nur habe ich rasende Kopfschmerzen, die auch, wenn du nicht gekommen wärst, im Schlaf weiterrasen würden. Aber, Jake, du hast noch nicht gesagt, warum du seinerzeit verschwunden bist. Habe ich etwas getan, das dich verletzt hat?«

»Nein«, erwiderte ich nachsichtig. »Ich habe etwas getan, das dich verletzt hat. Aber jetzt weiß ich, es war ein Mißverständnis. Reden wir nicht davon!«

Ich sah, daß Hugo mich durchdringend anschaute. Der dicke Verband ließ seinen Kopf riesenhaft erscheinen. »Deine Schwierigkeit liegt darin, daß du dich von Menschen viel zu stark beeindrucken läßt. Du warst zu sehr beeindruckt von mir.«

Das überraschte mich. »Ich war wirklich beeindruckt«, gab ich zu, »aber ich wußte nicht, daß du es weißt.«

»Jeder muß seinen eigenen Weg gehen, Jake«, sagte Hugo. »Es ist alles nicht so wichtig, wie du meinst.«

Dies erbitterte mich. »Ich weiß nicht, was du meinst«, sagte ich. »Deiner Meinung nach war jedenfalls *etwas* wichtig genug, als du dir so viel Mühe mit dem Theater in Hammersmith gabst.« Ich wollte ihn zu dem Thema Anna führen.

»Ach, *das*...«, erwiderte Hugo und versank eine Zeitlang in Schweigen. »Das habe ich Anna zu Gefallen getan, aber es war eine Verrücktheit.« Ich hielt den Atem an. Nun mußte ich vorsichtig sein, wenn ich das ganze von mir so ersehnte Geständnis aus ihm herauslocken wollte. Und als ich langsam einatmete, konnte ich Hugos Gedanken riechen.

»Meinst du damit, daß es ihr nicht wirklich gefallen hat?« fragte ich einschmeichelnd.
»Ach, natürlich hat es ihr gefallen«, antwortete Hugo. »Aber was nützt das alles? Lügen haben kurze Beine. Nicht daß es wirklich eine Lüge gewesen wäre. Schließlich haben wir ja beide die Situation begriffen. Und doch war es eine Art von Lüge.«
Hier verlor ich ein bißchen den Boden unter den Füßen. »Willst du damit sagen, daß sie nicht wirklich daran interessiert, sondern mehr oder weniger darin gefangen war?« fragte ich.
»Nein, *sie* war wirklich daran interessiert«, antwortete Hugo, »aber *ich* nicht. Und dann hat sie das ganze östliche Zeug eingeführt, weiß der Himmel, wo sie es her hatte.«
»Von dir«, sagte ich mit so viel Schärfe, wie ich in ein Flüstern legen konnte.
»Unsinn!« meinte Hugo. »Sie mag ein paar unklare Begriffe von mir aufgeschnappt haben, aber die hätten nicht zu so etwas geführt.«
»Warum hast du in der Pantomime mitgewirkt, wenn du das Ganze so schlecht fandest?« fragte ich.
»Du hast recht, ich hätte es nicht tun sollen. Aber ich tat es ihr zu Gefallen. Und schließlich schien sie ja aus dem Ganzen etwas zu machen.«
»Ja«, sagte ich, »sie kann was zustande bringen.«
»Sowas könnt ihr beide, du und Anna«, fand Hugo.
»Warum sagst du das so?«
»Es fällt mir gerade auf«, sagte Hugo. »Ich habe in meinem Leben nichts hingekriegt«, fügte er hinzu.
»Warum hast du das Theater aufgelöst?« wollte ich wissen.
»Ich habe es nicht aufgelöst«, erwiderte Hugo. »Anna hat es getan. Ganz plötzlich fand sie alles sinnlos und ging weg.«
»Armer Hugo!« sagte ich. »Dann hast du es der Partei der Unabhängigen Sozialisten gegeben.«

»Nun, die Partei brauchte dringend ein Dach über dem Kopf, und da dachte ich, sie könnten es ebensogut haben.« Hugo tat mir leid. Ich stellte ihn mir allein im Theater vor, nachdem das Wesen, das dem Hause Leben verliehen hatte, ausgezogen war. »Ich wußte gar nicht, daß du politische Interessen hast«, sagte ich. »Das muß sich bei dir erst nach meiner Zeit entwickelt haben.«

»Ich habe nicht gerade politische Interessen«, antwortete Hugo. »Aber ich finde Leftys Ideen *anständig*.« Dies war ein Ausdruck hohen Lobes in Hugos Wortschatz.

»Arbeitest du mit ihm?« fragte ich.

»Lieber Himmel, nein!« erwiderte Hugo. »Ich wüßte nicht wie, ich gebe ihm nur Geld. Das ist alles, was ich kann.«

»Ich nehme an, Feuerwerksraketen sind immer noch ein gutes Geschäft. Selbst die Stadt Paris zählt zu deinen Kunden, wie ich bemerkt habe.« »Ach, Feuerwerksraketen«, meinte Hugo. »Ich habe die Fabrik verkauft, wie du weißt.«

»Ich weiß es nicht. Warum?«

»Nun, ich halte nichts von Privatunternehmen«, erwiderte Hugo, »wenigstens glaube ich, nichts davon zu halten. Diese Dinge sind mir so schwer begreiflich. Jedenfalls muß man, sobald man anfängt, sich Skrupel über Feuerwerksraketen zu machen, die Sache einfach aufgeben, oder? Und außerdem konnte ich, solange ich die Fabrik hatte, gar nicht umhin, Geld zu verdienen, und das will ich nicht. Ich möchte gepäcklos reisen. Anders wird man nie etwas begreifen lernen.«

»Ich bin immer gepäcklos gereist«, entgegnete ich, »aber ich kann nicht sehen, daß es mir geholfen hätte, etwas zu begreifen. Und wie steht es mit dem Film, oder ist das etwas anderes?«

»Da gehe ich auch raus«, sagte Hugo. »Es gibt eine neue anglo-französische Show-Gesellschaft, die die Bounty Belfounder übernehmen wird. Meinen Segen hat sie.«

»Ich verstehe«, sagte ich und war gerührt. »Aber du bist immer noch ein reicher Mann, Hugo«, fügte ich hinzu.
»Wahrscheinlich«, antwortete Hugo. »Ich denke nicht gern darüber nach. Aber irgendwie werde ich das Geld schon loswerden. Vor allem soll Lefty eine Menge bekommen. Du kannst auch etwas abhaben, wenn du willst.«
»Du bist ein seltsamer Mann, Hugo«, bemerkte ich. »Warum dieser plötzliche Drang, dich selber zu berauben?«
»Das ist nicht plötzlich«, erwiderte Hugo. »Ich war halt vorher feige und wirr. Ich glaube, ich hätte mich auch jetzt noch nicht entschlossen, etwas zu unternehmen, wenn mein Leben nicht zu einem so furchtbaren Chaos geworden wäre, daß selbst ich es nicht mehr übersehen kann.«
Ich dachte an Anna. »Bist du sehr unglücklich?«
»Natürlich bin ich das«, sagte Hugo. »Ich bin fast wahnsinnig. Aber das ist keine Entschuldigung für mein schlechtes Verhalten. Übrigens tut es mir leid, daß ich dich neulich, als ich in der Welbeck Street anrief, abgewürgt habe. Ich war so verwirrt, als ich deine Stimme am Telephon hörte. Ich habe mich meiner selbst so sehr geschämt, daß ich eingehängt habe.«
Dies verstand ich nicht. »Weswegen hast du dich denn so geschämt?« fragte ich.
»Ach, vieler Dinge wegen, die ich getan und zu tun beabsichtigt habe. Du denkst viel zu gut von mir, Jake. Du bist ein sentimentaler Mensch.«
»Schsch!« machte ich mit einiger Schärfe, und wir schwiegen beide.
Aus dem Korridor waren Schritte zu hören. Mit Entsetzen wurde mir klar, wo ich mich befand. Das leise Geräusch kam näher. Vielleicht hatte man unsere Stimmen gehört, als sie in der Hitze des Gesprächs lauter wurden. Ich schob mich leise an die Bettkante, um von der Tür aus nicht gesehen zu werden. Vielleicht machte die Nachtschwester

nur die übliche Runde und hatte nichts von uns wahrgenommen. Vor Hugos Tür hielten die Schritte inne, und die viereckige Scheibe verdunkelte sich. Ich preßte das Gesicht in die rote Decke und hielt den Atem an. Plötzlich kam mir der Gedanke, daß Hugo der Nachtschwester vielleicht meine Anwesenheit verraten werde, und einen Augenblick lang hielt ich ihn dazu für fähig. Aber Hugo lag regungslos da, und ich hörte, daß er tief atmete. Einen Moment später verschwand das Gesicht vom Türglas, und die Schritte wandten sich langsam dem nächsten Zimmer zu. Ich entspannte mich und blickte, immer noch gegen das Bett gelehnt, zu Hugo auf, während ich meine Gedanken wieder sammelte.

Ich hatte das Gefühl, jetzt nahe dran zu sein. Hugo war mitteilsam. Wenn ich die richtigen Worte fände, würde er mir alles erzählen.

Ich brach das Schweigen mit leisem Geflüster. »Anna hat das Singen aufgegeben.«

Hugo schwieg zuerst. Dann bemerkte er ziemlich kurz: »Anna geht es gut.«

Ich hatte einen falschen Zug gemacht und versuchte es jetzt direkter. »Hugo«, sagte ich, »weswegen hast du dich geschämt, als du dort angerufen hast und ich am Apparat war?«

Hugo zögerte. Ich sah ihn an seinem Verband zupfen und an mir vorbeischauen. »Ich habe mich ihr gegenüber so schlecht benommen«, antwortete er dann.

»Inwiefern?« Ich hauchte diese Frage und versuchte meine Anwesenheit zu einem Minimum zusammenschrumpfen zu lassen; denn ich wollte Hugo zu einem Selbstgespräch bringen. Dabei sah ich Annas fliehende Gestalt.

»Ach, ich habe sie schrecklich verfolgt«, sagte Hugo.

»Hat sie dich geliebt?« fragte ich, und die Luft rings um mich erzitterte.

»O nein«, erwiderte Hugo, »es war hoffnungslos. Weißt du«, fügte er hinzu, »manchmal glaubte ich, sie habe es auf dich abgesehen.«
Meine Muskeln lockerten sich einer nach dem anderen wie bei kleinen Tieren, wenn sie einschlafen, und ich streckte die Beine aus. Hugo tat mir leid, als ich ein wenig über das Bild nachdachte, das er heraufbeschworen hatte. Doch jetzt war nicht die Zeit zum Nachdenken. Ich mußte Tatsachen haben, Theorien konnten sich später bilden. Fast wissenschaftlich ging ich vor. »Wie kamst du darauf?« fragte ich. »Ich meine, daß sie es auf mich abgesehen habe.«
»Sie hat viel von dir gesprochen«, antwortete Hugo, »und mir Fragen über dich gestellt.«
»Wie langweilig für dich!« sagte ich und lächelte in mich hinein. Nichts macht einen rasender, als wenn einen das Objekt des eigenen Interesses über das Objekt ihres Interesses befragt, solange man selbst nicht das Objekt ist.
»Ich war froh, ihr zu Diensten sein zu können«, bemerkte Hugo mit geradezu widerlicher Demut.
Ist Hugo offen zu mir? fragte ich mich plötzlich. »Wann wirst du sie wiedersehen?« wollte ich wissen. »Will sie wirklich weggehen?«
»Ich weiß es nicht«, antwortete Hugo. »Ich kenne ihre Pläne nicht. Sie ist wie das Wetter. Man kennt sich ja nie aus bei Sadie.«
»Du meinst Anna, ja«, bemerkte ich.
»Ich meine Sadie«, sagte Hugo.
Die Namen der beiden Frauen ertönten wie Hornstöße, die durch den Wald hallen. Ein Bild in meinem Hirn zerbrach plötzlich, und die Fetzen davon umflatterten mich wie kleine Vögel.
Ich erhob mich auf ein Knie und brachte mein Gesicht nahe an das von Hugo. »Von wem haben wir denn jetzt gesprochen?« fragte ich.

»Von Sadie natürlich«, antwortete Hugo. »Von wem denn sonst?«
Meine Hand krallte sich in die Decke. Meine Gedanken, die nun einen neuen Weg gingen, zeigten mir bereits ein völlig anderes Bild. »Hugo«, sagte ich, »können wir das völlig klarstellen?«
»Ruhig!« warnte Hugo, »du sprichst zu laut.«
»Wen liebst du nun eigentlich?« fragte ich. »Wen von den beiden?«
»Sadie«, sagte Hugo.
»Bist du sicher?«
»Verdammt noch einmal! Ich werde es doch wissen. Mehr als ein Jahr habe ich wegen dieser Frau gelitten. Aber ich dachte, du weißt das alles.«
»Sie hat es mir erzählt«, sagte ich. »Sie hat es mir *erzählt*, aber ich habe es natürlich nicht geglaubt.« Ich setzte mich auf den Boden und wiegte den Kopf in meinen Händen.
»Warum ›natürlich‹?« fragte Hugo. »Schließlich hat sie dich doch gerufen, um sie gegen mich zu verteidigen, nicht wahr? Nur hast du dich aus dem Staub gemacht.« Er sprach verbittert.
»Sie hat mich eingeschlossen«, sagte ich, »und das konnte ich nicht ertragen.«
»Mein Gott! Ich wünschte, sie hätte mich eingeschlossen.«
»Ich konnte ihr nicht glauben. Ich konnte einfach nicht.«
»Hat sie dir gesagt, ich benähme mich schauderhaft?« fragte Hugo.
»Nun, sie hat angedeutet, du könntest möglicherweise hereinplatzen.«
»Sie ist wirklich eine liebenswürdige Frau, wenn sie dir nicht mehr als das gesagt hat. Ich habe mich wie ein Irrer benommen. Eines Nachts bin ich dort eingebrochen, und ein andermal bin ich am Tage gekommen, während sie im Studio war, habe nach Briefen gesucht und einiges von ihren

Sachen mitgenommen. Ich war absolut verrückt nach ihr. Ich sage dir, Jake, mein Leben ist seit fast einem Jahr ein vollkommenes Chaos. Das ist der Grund, warum ich mich ganz daraus zurückziehen und von vorne anfangen muß.«

»Aber, Hugo, das ist doch nicht möglich. Du *kannst* doch Sadie nicht lieben.«

»Warum nicht?« fragte er. Er war ärgerlich.

Ich fühlte mich hilflos. Die Unmöglichkeit von Hugos Liebe zu Sadie schien mir eindeutig, wenn auch unaussprechbar, und wenn ich mir die Tatsache betrachtete, daß Hugo Sadie doch liebte, konnte ich nur stottern. »Sie ist es nicht wert«, lag mir auf der Zunge, doch ich sprach es nicht aus. Übrigens war das auch nicht der Grund. »Aber du kanntest doch Anna«, sagte ich. »Wie kann man Anna kennen und Sadie vorziehen?«

»Ich will dir einen Grund nennen«, erwiderte Hugo mit wütender Stimme. »Sadie ist intelligenter.«

Ich hatte das verworrene Gefühl, etwas Schreckliches richte sich zwischen uns auf. Hugo sah es ebenfalls und fügte sofort hinzu: »Jake, du bist ein Narr. Du weißt genau, daß jeder jeden lieben und jeden Menschen jedem anderen vorziehen kann.«

Wir schwiegen. Ich hielt immer noch verkrampft die Decke fest, und Hugo saß halb aufgerichtet im Bett. Ich spürte seine Beine dicht neben meiner Hand. Sie waren wie erstarrt.

»Ich verstehe noch immer nicht«, sagte ich schließlich.

»Nicht daß ich das Ganze für unmöglich hielt. Aber alles deutete in die andere Richtung. Warum hast du dir denn so viel Mühe mit dem Mimen-Theater gemacht?«

»Ich habe es dir ja gesagt«, antwortete Hugo, »ich wollte Anna einen Gefallen tun.«

»Aber warum, warum?« Ich kämpfte mit diesem Gedanken.

»Nun, ich weiß es nicht«, äußerte Hugo ungeduldig.

»Wahrscheinlich hätte ich es nicht tun sollen. Bei solchen Zugeständnissen kommt nie etwas heraus. Man sagt dann nichts als Lügen.«

Seine Worte drangen dumpf und leer an mein Ohr. Dann erkannte ich ganz plötzlich die Wahrheit. Ich erhob mich. »Anna liebt dich«, sagte ich.

»Ja, natürlich«, gab Hugo zu. »Sie ist so verrückt nach mir wie ich nach Sadie. Aber ich dachte, du wüßtest das, Jake.«

»Ich wußte es auch«, erwiderte ich. »Ich wußte alles. Nur habe ich es in den falschen Hals gekriegt. Das ist alles.«

Ich ging zur Tür und blickte durch das kleine Fenster. Vor mir sah ich eine Reihe von weißen Türen auf der gegenüberliegenden Seite und einen roten Fußboden. Ich wandte mich wieder Hugo zu und sah zum ersten Mal deutlich sein Gesicht. Es war noch immer sehr bleich, und wie er so unter der Bandage mit seinem aufmerksamen, durchfurchten Gesicht gespannt zu mir aufblickte, sah er aus wie Rembrandt.

Ich kehrte zur anderen Seite des Zimmers zurück, denn ich wollte Hugos Gesicht dunkler vor mir haben. »Ich habe das alles nicht begriffen«, sagte ich, »sonst hätte ich mich anders verhalten.«

Im Moment fiel mir allerdings nicht ein, auf welche Weise ich mich anders verhalten hätte. Ich wußte nur, daß ein Ruck durch mich gegangen war, der die Vergangenheit, Gegenwart und Zukunft aus den Angeln gehoben hatte. Hugo blickte mich durchdringend an, und ich hielt ihm mein Gesicht hin, nicht aber meinen Blick. Konnte er die Wahrheit davon ablesen, dann Gott befohlen. Ich für mein Teil brauchte noch geraume Zeit, um mir klar zu werden.

»Sag mir einfach noch etwas mehr über Anna, ja, Hugo?« bat ich. »Sag irgend etwas, das dir in den Sinn kommt. Alles, was es auch sei, kann meinem Verständnis nachhelfen.«

»Nun«, sagte Hugo, »ich weiß nicht so recht, was ich sagen

soll. Das Ganze tut mir furchtbar leid, Jake. Aber so ist das Leben, nicht wahr? Ich liebe Sadie, die auf dich erpicht ist, und du liebst Anna, die hinter mir her ist. Pervers, nicht?«

»Komm, Hugo, erzähl mir etwas von Anna! Sag mir, wann es begonnen hat.«

»Vor langer Zeit«, antwortete Hugo. »Ich habe Anna durch Sadie kennengelernt. Sie liebte mich auf den ersten Blick. Anna, meine ich.«

»Kümmere dich nicht mehr um die Pronomen«, sagte ich. »Von jetzt an ist mir alles klar.«

»Zuerst verfolgte sie mich«, erzählte Hugo. »Sie ließ alles stehen und liegen und tat nichts anderes. Es nützte mir nichts, London zu verlassen und in ein Hotel zu gehen. Nach ein, zwei Tagen tauchte sie auf. Ich war außer mir.«

»Ich kann es kaum glauben«, bemerkte ich. »Das heißt nicht, ich meine, du erfindest es. Ich kann es nur schwer glauben.«

»Nun, dann versuch's!« sagte Hugo.

Ich wehrte mich, in dieser vom Wahn gepackten Mänade jene Anna zu sehen, die ich kannte, die kühl-zärtliche Anna, die stets die Forderungen ihrer Bewunderer mit der sanften Unparteilichkeit einer Mutter im Gleichgewicht hielt. Ich litt Folterqualen.

»Du hast gesagt ›zuerst‹. Was geschah dann?« wollte ich wissen.

»Es ist überhaupt nicht viel ›geschehen‹«, antwortete Hugo. »Sie schrieb mir Hunderte von Briefen. Herrliche Briefe! Einige davon habe ich aufbewahrt. Dann wurde sie vernünftiger, und ich sah sie ein wenig öfter.« Ich fuhr zusammen. »Ich traf mich gern mit ihr«, fügte Hugo hinzu, »weil ich mit ihr über Sadie reden konnte.«

»Arme Anna!« entfuhr es mir.

»Ich weiß«, sagte Hugo, »daß ich mich beiden gegenüber

wie ein Scheusal benommen habe. Aber nun mache ich mich aus dem Staub. Und ich rate dir, das gleiche zu tun.«

»Ich weiß nicht, was du meinst«, entgegnete ich, »aber verdammt will ich sein, wenn ich es tue.«

»Es gibt Situationen, die man nicht entwirren kann«, fuhr Hugo fort. »Man muß sie einfach sausen lassen. Du machst es dir schwer, indem du alles teilnehmend verstehen willst. Das ist unmöglich. Man muß einfach blindlings weitermachen. Die Wahrheit liegt im blinden Weitermachen.«

»Ach, zum Teufel mit der Wahrheit!« fluchte ich. Ich fühlte mich sehr verwirrt und sehr krank.

»Es ist sonderbar«, sagte ich und stocherte in den Dingen herum, die ich soeben erfahren hatte. »Ich war so sicher, das ganze Theater sei deine Idee; es war so ganz du. ›Taten lügen nicht, Worte tun es immer.‹ Aber jetzt sehe ich, daß das alles nur eine Halluzination war.«

»Ich weiß nicht, was du mit ›ganz ich‹ sagen willst«, meinte Hugo. »Das Theater war ganz und gar Annas Idee. Ich bin nur dazugestoßen. Sie hatte eine allgemeine Theorie darüber, aber ich habe nie ganz verstanden, worum es ging.«

»Deshalb war es ja ›ganz du‹«, erklärte ich. »Du warst es und spiegeltest dich in Anna wider, genau wie du jener Dialog warst, was sich in mir widerspiegelte.«

»Ich kann diese Widerspiegelungen nicht erkennen«, sagte Hugo. »Aber es kommt nur darauf an, daß jeder tut, was er kann, und damit basta.«

»Und was kannst du tun?« fragte ich.

Hugo schwieg eine Weile. »Kleine, knifflige Dinge mit den Händen«, sagte er dann.

»Ist das alles?« fragte ich.

»Ja«, antwortete Hugo. Wieder schwiegen wir.

»Was willst du damit anfangen?« erkundigte ich mich.
»Ich will Uhrmacher werden«, erwiderte Hugo.
»Was?«
»Uhrmacher. Natürlich werde ich viele Jahre dazu brauchen. Aber ich habe schon eine Stellung als Lehrling bei einem guten Mann in Nottingham gefunden.«
»Wo?«
»In Nottingham. Warum nicht?«
»Weiß ich nicht, warum nicht«, antwortete ich. »Aber warum das alles? Warum Uhrmacher?«
»Ich habe es dir ja gesagt«, erwiderte Hugo. »Ich bin ganz geschickt in diesen Dingen. Denk daran, wie gut ich bei diesen Feuerwerksraketen war. Nur daß diese Dinger völlig sinnlos sind.«
»Und Uhren sind nicht sinnlos?« fragte ich.
»Nein«, antwortete Hugo, »das ist ein altes Handwerk. Wie Brotbacken.«
Ich starrte Hugo ins verdunkelte Gesicht. Wie immer trug es den Ausdruck von Unschuld. »Du bist verrückt«, stieß ich hervor.
»Warum sagst du das, Jake?« fragte Hugo. »Jedermann muß ein Handwerk können. Deines ist Schreiben. Meines wird Uhrenmachen und -reparieren sein, wenn ich, wie ich hoffe, dazu tauge.«
»Und was ist mit der Wahrheit?« fragte ich aufgebracht. »Und mit der Suche nach Gott?«
»Was willst du sonst noch?« fragte Hugo. »Gott ist eine Aufgabe. Gott ist jede Einzelheit. Ist doch alles klar und erfaßbar.« Er griff nach einem Becher, der auf dem Tisch neben dem Bett stand. Das Licht, das durch die Türscheibe drang, glitzerte in diesem Becher und schien ein Antwortblitzen in Hugos Augen zu finden, während ich in der Dunkelheit zu erkennen suchte, was sie sagten.
»Gut«, flüsterte ich, »gut, gut, gut.«

»Immer *erwartest* du etwas, Jake«, sagte Hugo.

»Vielleicht«, erwiderte ich. Langsam wurde mir das Gespräch zur Last. Ich beschloß zu gehen und erhob mich. »Wie geht es deinem Kopf jetzt?« fragte ich.

»Viel besser«, antwortete er. »Du hast ihn mich vergessen lassen. Wie lange, glaubst du, werden sie mich hier behalten?«

»Etwa fünf Tage, hat die Schwester gesagt.«

»Großer Gott! Das ist unmöglich. Ich habe eine Unmenge von Dingen zu erledigen.«

»Vielleicht lassen sie dich früher raus«, meinte ich uninteressiert. Ich wollte nur irgendwo in Ruhe sitzen und verdauen, was Hugo mir erzählt hatte. »Ich gehe jetzt.«

»Nicht ohne mich«, beschloß Hugo und erhob sich aus dem Bett.

Ich war entsetzt, packte ihn und drückte ihn in die Laken zurück. Die Krankenhaus-Ethik saß bereits tief in mir. Der Patient muß tun, was man ihm sagt, und darf nicht davon ausgehen, wie ein freier Mensch handeln zu können. »Leg dich sofort wieder hin!« sagte ich laut flüsternd.

Einen Augenblick lang kämpften wir miteinander. Dann gab Hugo nach und zog die Füße ins Bett zurück. »Hab ein Herz, Jake!« bat er. »Wenn du mir jetzt nicht hilfst, hinauszukommen, werde ich vielleicht tagelang hier liegen müssen. Du weißt, wie solche Institutionen sind. Sie nehmen einem die Kleider weg, und man ist völlig hilflos. Wo sind übrigens meine Kleider?«

»In einem Schließfach am Ende dieses Ganges«, antwortete ich dummerweise.

»Sei kein Spielverderber! Geh und hol sie mir«, bat Hugo, »und zeig mir den Ausgang!«

»Dir geht es noch nicht gut genug«, drängte ich. »Die Schwester hat gesagt, Aufstehen sei für dich gefährlich.«

»Das hast du dir gerade ausgedacht«, erwiderte Hugo. »In

Wirklichkeit bin ich völlig in Ordnung, ich weiß es, und du weißt es auch. Ich *muß* raus aus diesem Haus. Ich muß morgen wichtige Dinge erledigen, und lieber springe ich aus dem Fenster, als daß ich mich hier einsperren lasse. Jetzt geh, und hol meine Kleider!«
Hugo sprach plötzlich mit solcher Autorität, daß ich zu meinem Entsetzen eine starke Neigung verspürte, ihm zu gehorchen. Mit letztem Widerstand sagte ich: »Hugo, ich arbeite hier. Wenn ich das tue, verliere ich meine Stellung.«
»Weiß jemand, daß du da bist?« fragte Hugo.
»Natürlich nicht.«
»Dann wird auch niemand erfahren, daß du mir geholfen hast.«
»Man wird uns beim Hinausgehen erwischen«, gab ich zu bedenken.
»Du brauchst nicht mit mir zu kommen.«
»Doch«, beharrte ich, »du würdest den Weg nicht finden.«
Ich verfluchte Hugo von Herzen. Ich wollte dieses Wagnis nicht für ihn auf mich nehmen und wußte bereits, daß ich mich schon dazu anschickte.
»Tu es für mich, Jake!« überredete mich Hugo. »Ich würde dich nicht darum bitten, wenn es nicht dringend wäre.«
»Der Teufel soll dich holen!« fluchte ich.
Ich ging zur Tür und sah auf meine Uhr. Es war kurz nach vier. Wollte ich es wirklich tun, dann sofort. Ich blickte in Hugos nächtliches Gesicht und wußte, daß ich zu allem, was immer er auch verlangen würde, bereit war. Ich mußte.
»Der Teufel soll dich holen!« wiederholte ich und ergriff die Klinke. Leise öffnete ich die Tür und ließ sie angelehnt. Einen Augenblick lang stand ich im Gang, um mich an das Licht zu gewöhnen. Dann ging ich lautlos weiter. Der Raum mit den Schließfächern lag neben dem Schwesternzimmer, aber näher zu mir. Er enthielt ebensoviele Fächer, wie Patienten in Corelli III aufgenommen werden konnten, und

jedes Fach gehörte zu einem bestimmten Bett. Die Schlüssel dazu wurden in einer Schublade aufbewahrt. Einmal in dem Raum, wäre es nicht mehr schwer, Hugos Kleider zu finden; aber natürlich konnte der Raum selbst abgeschlossen sein. Ich ertappte mich bei dem Wunsch, daß es so sei. »Ach, wenn er doch verschlossen wäre!« sagte ich zu mir, als meine Hand die Tür des Raumes berührte. Sie war nicht verschlossen. Lautlos tat sich die Tür auf. Als ich innen im Halbdunkel stand, focht ich einen raschen Kampf mit mir aus, ob ich zurückgehen und Hugo sagen sollte, die Tür sei versperrt. Es hätte doch der Fall sein können. Es hätte sogar sehr leicht der Fall sein können. Ich kämpfte mit diesem Gedanken und wußte nicht, ob ich ihn für eine Versuchung halten sollte oder nicht. Ich versuchte, ein Gefühl der Verpflichtung gegenüber dem Krankenhaus heraufzubeschwören. Aber es war bereits zu spät, auf diese Reserven zurückzugreifen. Hätte ich mich von irgendeiner Bindung oder einem Vertrag mit dem Krankenhaus zur Umkehr bewegen lassen, so wäre der Augenblick dazu vier Minuten früher gewesen. Jetzt war ich innerlich darauf eingestellt, Hugo zu helfen. Ich hatte mich ihm verschrieben. Ihn anzulügen, wäre Verrat gewesen. Ich legte die Hand auf die Schlüssel.

Ich öffnete das Schließfach, entnahm ihm Stück für Stück von seinem Inhalt und legte es auf den Tisch. Hugos altes kariertes Hemd, seine ebenso alten Manchesterhosen, eine etwas neuere Sportjacke, die nach Seife roch, ein Unterhemd und eine Unterhose, durchlöcherte Socken und schmutzige Schuhe. Kleine Gegenstände klirrten in Hugos Taschen. Ich hielt den Atem an, belud mich mit den Kleidern und legte die Schuhe obenauf, so daß ich kaum mehr über die Sachen hinwegblicken konnte. Dann merkte ich, daß ich die Schließfachtür offen und den Schlüsselbund im Schloß gelassen hatte. Stück um Stück lud ich die Sachen wieder auf den Tisch ab, verschloß das Fach und legte die Schlüssel wieder in die Schublade. Nicht daß es etwas ausgemacht hätte, da das Verschwinden Hugos ebenso rasch bemerkt werden konnte wie das Ausrauben des Schließfaches; aber ich bin gerne ordentlich. Dann bepackte ich mich abermals und schleppte mich zur Tür. Während ich dahinging, hatte ich Hörvisionen, wie es wohl klingen würde, wenn einer von Hugos Schuhen plötzlich herunterfiele. Aber das Unheil geschah nicht. Mit dem Gefühl, jemand ziele mit einem Gewehr auf meinen Rücken, glitt ich den Korridor entlang. Die Tür von Hugos Zimmer war angelehnt, ich schob mich hinein und ließ den Kleiderhaufen mit einem weichen Plumps auf das Bett fallen.

Hugo hatte sich inzwischen erhoben und stand in einem formlosen weißen Nachthemd nägelbeißend am Fenster.

»Großartig!« flüsterte er. Freudestrahlend schlüpfte er in seine Kleider, während ich die Tür wieder geräuschlos hinter mir schloß.

»Schnell!« mahnte ich. »Wenn wir schon verschwinden wollen, dann rasch.« Niemals hatte ich weniger Sympathie und Achtung für Hugo empfunden als in diesem Augenblick. Ich bemerkte, daß er beim Anziehen eine Hand an den Kopf hielt, und überlegte müßig, ob diese Eskapade ihm nicht vielleicht ernstlich schaden könne. Aber diese Möglichkeit interessierte mich nicht mehr, weder als Streitpunkt – denn die Zeit des Streitens war vorüber –, noch als Faktor in Hugos Gesundheitszustand, denn jede Sorge, die ich mir um ihn hätte machen können, wurde von der viel peinigenderen um mich selbst verdrängt. Ich war ziemlich verärgert über Hugo, weil er mich in die Lage gebracht hatte, mich illoyal gegen das Krankenhaus zu verhalten, und höchst besorgt ob unserer Aussichten, unbemerkt hinauszugelangen. Die Vorstellung, was passieren würde, wenn wir geschnappt würden, erfüllte mich mit Entsetzen, das im gleichen

Maße wuchs wie die Unklarheit meiner Gedanken. Ich zitterte.

Hugo war bereit. Vergeblich versuchte er, sein Bett in Ordnung zu bringen. »Laß das!« sagte ich so brutal, wie es mir möglich war. »Paß auf, wir kommen am Zimmer der Nachtschwestern vorüber; in der Tür ist eine Glasscheibe, deshalb müssen wir daran vorbeikriechen. Zieh lieber deine Schuhe aus! Sie machen den Eindruck, als würden sie von sich aus Lärm machen. Folge mir, und tu, was ich tue! Sprich nicht, und sorge dafür, daß dir um Himmels willen nichts aus den Taschen fällt! Verstanden?« Hugo nickte mit runden Augen und vor Unschuld strahlendem Gesicht. Ich blickte ihn voller Erbitterung an. Dann steckte ich den Kopf zur Tür hinaus.

Kein Lebenszeichen der Nachtschwester und kein sonstiger Laut war zu vernehmen. Ich schlich hinaus, Hugo folgte und gab ein Geräusch wie ein Bär von sich, eine Mischung von Grunzen und Poltern. Ich wandte mich stirnrunzelnd um und legte den Finger auf die Lippen. Hugo nickte enthusiastisch. Immer noch brannte das Licht im Zimmer der Nachtschwester, und als wir uns näherten, hörte ich sie darin umhergehen. Ich hockte mich nieder und schlich daran vorbei, wobei ich unter der Glashöhe blieb. Dann drehte ich mich um und beobachtete Hugo. Er zögerte und wußte offenbar nicht, was er mit seinen Schuhen anfangen sollte, von denen er in jeder Hand einen trug. Wir sahen einander über die Lücke hinweg an, und Hugo machte eine fragende Gebärde. Ich antwortete mit einer Geste, die besagte, ich könne nichts für seine Lage, und ging weiter zur Stationstür. Dann drehte ich mich wieder um und hätte beinahe laut gelacht. Hugo hielt die Zungen seiner beiden Stiefel zwischen den Zähnen und überquerte die Passage auf Händen und Füßen, während sein Hinterteil gebirgig in die Luft ragte. Ich sah angstvoll zu und fragte mich, ob die Bewegung dieser halbrunden Masse, die sicher in ihr Gesichtsfeld fiel, nicht die Aufmerksamkeit der Nachtschwester erregte. Aber nichts geschah, und Hugo erreichte die Tür, während ihm der Speichel in die Innenseite seiner Stiefel rann. Ich schüttelte den Kopf, und zusammen verließen wir Corelli III.

Nun gab es keinen Schutz mehr, nur noch Hoffnung. Wir gingen die Haupttreppe hinunter, Hugo im Kronschmuck seiner Bandagen. Es hallte. Um uns war alles ruhig im Krankenhaus; es richtete seine strahlenden Lichter auf uns wie ein Riesenauge, das uns beobachtete und auf dessen Pupille wir beide geradewegs zuwanderten. Ich erwartete einen widerhallenden Ruf von den Stockwerken über uns, der uns anklagend Halt gebieten würde, aber er kam nicht. Dann hatten wir die Treppe hinter uns und näherten uns der Transeptküche. Zu meiner Freude sah ich, daß dort kein Licht brannte; also war niemand darin. Gleich würden wir frei sein. Schon schlug mein Herz vor Freude über das Gelingen, und meine Gedanken bekamen Siegesflügel. Wir hatten es geschafft. Nur ein paar Stufen trennten uns noch von der Tür des Abstellraumes. Ich drehte mich zu Hugo um.

Im selben Augenblick erschien eine Gestalt an der Ecke des Ganges etwa fünfzehn Meter vor uns. Es war Stitch, der einen blauen Morgenrock trug. Alle drei blieben erstarrt stehen. Stitch erfaßte unsere Anwesenheit, wir die seine. Dann sah ich, wie Stitchs Mund sich zu öffnen begann.

»Rasch, hierher!« rief ich Hugo zu. Dies waren die ersten Worte seit Stunden, die ich laut aussprach, und sie klangen sonderbar. Ich sprang auf die Tür des Abstellraumes zu und stieß Hugo hinein.

»Durchs Fenster!« rief ich ihm hinterher. Ich hörte ihn vor mir herstolpern und hinter mir die Schritte von Stitch, wie sie über den Fußboden des Korridors scharrten. Rasch warf ich die Tür des Abstellraums ins Schloß und ergriff, als ich mich dem Fenster zuwandte, in einer plötzlichen Eingebung einige von den Eisenbetten auf der einen Seite und gab ihnen einen heftigen Stoß gegen die Mitte des Raumes. Ich spürte, wie sie sich zur Senkrechten aufrichteten, schwankten und nach innen zu fallen begannen. Dann sprang ich zur anderen Seite und hatte auch dort im Nu den Stapel in Bewegung gebracht. Wie zwei einander sich zuneigende Kartenpakete und mit einem Gepolter wie beim Jüngsten Gericht stießen die beiden Stapel zusammen und verhakten sich quer vor der Tür. Dahinter hörte ich Stitch fluchen. Ich folgte Hugo.

Hugo hatte das Fenster weit offen gelassen. Ich sprang hindurch und prallte auf Hugo, der auf dem Rasen herumhüpfte.

»Meine Schuhe! Meine Schuhe!« schrie er verzweifelt. Er hatte sie offenbar auf der Innenseite des Fensters abgestellt, als er heruntersprang.

»Laß deine verdammten Schuhe! Lauf los!« rief ich ihm zu. Hinter uns erscholl metallischer Lärm. Das war Stitch, der die Tür zu öffnen versuchte und durch die Barrikade der Eisenbetten daran gehindert wurde. Ich warf den Kopf beim Rennen zurück und sah mit Staunen, daß der Garten im grauen Morgenlicht deutlich zu erkennen war; und während wir zwischen den Kirschbäumen dahinrasten, wäre ich nicht überrascht gewesen, wenn jemand von einem oberen Fenster aus das Feuer auf uns eröffnet hätte.

Wir überquerten den Rasen und den Kies, sprangen über die Ketten und schossen über den Bürgersteig in Richtung Goldhawk Road. Hugos Bandage hatte sich gelöst und flatterte hinter ihm wie ein Wimpel. Bevor wir um die Ecke bogen, schaute ich zurück; aber kein Zeichen einer Verfolgung war zu sehen. Wir verringerten unsere Eile.

»Und wie geht es *jetzt* deinem Kopf?« fragte ich Hugo.

Wir hatten es auf eine Geschwindigkeit von gut zwanzig Meilen in der Stunde gebracht.
»Schauderhaft«, antwortete Hugo. Er lehnte sich an eine Mauer. »Verdammt, Jake!« fügte er hinzu. »Du hättest mich meine Schuhe mitnehmen lassen sollen. Es waren besondere, ich habe sie in Österreich gekauft.«
»Such lieber heute im Laufe des Tages einen Arzt auf!« riet ich ihm. »Ich möchte mein Gewissen nicht noch mehr belasten.«
»Ich gehe zu einem in der City, den ich gut kenne«, erwiderte Hugo. Wir bewegten uns langsam in Richtung Shepherd's Bush.
Das Tageslicht nahm jetzt rasch zu. Es mußte nach fünf Uhr sein, und als wir Shepherd's Bush Green erreichten, brach die Sonne gerade durch den Nebel. Weit und breit war kein Mensch zu sehen. Wir hielten an, um Hugos Verband zu befestigen. Dann trotteten wir schweigend weiter. Als ich Hugos große Füße sah, die durch die verschiedenen Löcher in seinen Strümpfen quollen, mußte ich an Anna denken. Und bei diesem Gedanken empfand ich für Hugo plötzlich eine Mischung von Mitleid und Wut. Was für eine Menge von Schwierigkeiten hatte dieser Mann mir bereitet! Doch hätte sich nichts davon anders abspielen können.
»Durch dich verliere ich meine Stellung«, sagte ich zu ihm.
»Vielleicht hat man dich nicht erkannt«, meinte Hugo.
»Man *hat* mich erkannt«, erwiderte ich. »Der Kerl, der uns gesehen hat, arbeitet in Corelli. Er ist mein Feind.«
»Das tut mir leid«, sagte Hugo.
Wir wanderten die Holland Park Avenue entlang. Nun war es heller Tag, und der Nebel hatte sich verzogen. Die gerade über den Häusern aufgegangene Sonne warf scharfe Schatten. Wir gingen an schlafenden Fenstern vorüber. London war noch nicht erwacht. Dann fuhren ein oder zwei Arbeiterbusse vorüber. Doch wir marschierten immer noch.

Hugo ließ den Kopf hängen und blickte nägelbeißend und ohne etwas zu sehen auf das Pflaster. Ich beobachtete ihn genau, wie man ein Bild oder einen Toten beobachtet, und hatte das seltsame Gefühl, als sei er weit weg und doch gleichzeitig mir näher als je zuvor oder es je wieder sein würde. Ich zögerte zu sprechen. Deshalb schritten wir lange schweigend dahin.

»Wann fährst du nach Nottingham?« fragte ich schließlich.

»Ach«, sagte Hugo unbestimmt und hob den Kopf, »in zwei, drei Tagen, hoffe ich. Es hängt davon ab, wie rasch die Dinge sich hier abwickeln lassen.«

Ich blickte in sein Gesicht, und obgleich kein Zug daran sich verändert hatte, erkannte ich, daß es das Gesicht eines unglücklichen Menschen war. Ich seufzte. »Weißt du schon, wo du wohnen wirst?«

»Noch nicht«, antwortete er, »ich muß eine Bude finden.«

»Kann ich dich vor deiner Abreise noch einmal sehen?«

»Wohl nicht, ich habe noch sehr viel zu tun.« Ich seufzte abermals. Dann ging uns im selben Augenblick auf, daß dies das Ende unseres Gesprächs war und es unendlich schwer fallen würde, Abschied voneinander zu nehmen.

»Leih mir eine halbe Krone, Jake!« sagte Hugo. Ich gab sie ihm. Wir wanderten immer noch weiter.

»Ich muß mich sputen, entschuldige mich, bitte«, sagte Hugo.

»O. K.«, antwortete ich.

»Danke vielmals, daß du mir herausgeholfen hast.«

»Schon gut.«

Er wollte mich los sein. Ich wollte ihn los sein. Es folgte ein Augenblick des Schweigens, in dem wir um die geeigneten Worte rangen. Keiner schaffte es. Eine Sekunde lang begegneten sich unsere Augen. Dann stieß Hugo jäh hervor: »Ich muß los, verzeih!«

Er schritt rasch aus und bog in die Campden Hill Road ein.

Ich folgte ihm in meiner gewöhnlichen Gangart. Er eilte vorwärts. Ich ging in der gleichen Straße hinter ihm. Dann bog er in die Sheffield Terrace ein, und als ich um die Ecke kam, war er mir etwa dreißig Meter weit voraus. Er sah sich um, gewahrte mich und beschleunigte den Schritt. Dann kam er zur Hornton Street. Ich folgte gleichmäßigen Ganges und sah ihn in der Ferne beim Gloucester Walk einbiegen. Als ich die Ecke vom Gloucester Walk erreichte, war er verschwunden.

XIX

Während ich durch Kensington wanderte, begann der Tag. Es gab an ihm nichts zu tun. Ich schlenderte weiter und betrachtete die Schaufenster. Dann trat ich bei Lyons ein und frühstückte. Das dauerte geraume Zeit. Danach ging ich weiter. Ich pilgerte die Earls Court Road hinunter und blieb eine Zeitlang vor dem Haus stehen, in dem Madge gewohnt hatte. An den Fenstern hingen neue Vorhänge. Alles sah ganz anders aus. Ich begann zu zweifeln, ob es das gleiche Haus war. Ich setzte meinen Weg fort. An der Earls Court Station trank ich eine Tasse Tee. Ich überlegte, Dave anzurufen, fand aber, daß ich ihm nichts Besonderes zu sagen hätte.

Der Morgen war schon zur Hälfte vorüber. Im Krankenhaus wusch man jetzt die Becher in der Küche von Corelli III. Ich betrat ein Blumengeschäft, kaufte einen grotesk großen Strauß Rosen und ließ ihn an Miss Piddingham senden. Weder eine Mitteilung noch einen Namen schrieb ich dazu in der Gewißheit, sie werde sehr wohl begreifen, von wem sie kamen. Endlich machten die Kneipen auf. Ich bestellte mir etwas zu trinken. Dabei fiel mir ein, daß ich Dave doch etwas zu sagen hatte, ich wollte ihn nämlich fragen, ob er Nachricht von Finn habe. Ich wählte die Goldhawk Road-Nummer, bekam aber keine Antwort. Meine Sehnsucht nach Finn wurde immer größer, und ich mußte mich zwingen, nicht dauernd an ihn zu denken. Deshalb nahm ich noch ein paar weitere Gläser zu mir. Die Zeit verging langsam.

Zuerst dachte ich an nichts im Besonderen. Es gab zu viel zu denken. Deshalb saß ich nur ganz ruhig da und ließ tief in mir die Dinge Gestalt annehmen. Ich spürte nur die großen Formen im Dunkeln sich bewegen, jenseits meiner Aufmerksamkeit und ohne meine Hilfe, bis ich allmählich sah, wo ich stand. Meine Erinnerungen an Anna hatten sich völlig gewandelt. Jede hatte eine ganz neue Dimension gewonnen. Ich hatte es unterlassen, Hugo zu fragen, wann genau Anna ihm begegnet sei und, wie er es so schrecklich ausdrückte, es nur eines Blicks bedurft hatte. Da Hugos Bekanntschaft mit Sadie schon so lange zurücklag, konnte es sehr gut sein, daß seine Bekanntschaft mit Anna in die letzten Phasen meiner Beziehung zu ihr fiel, kurz bevor die lange Trennung begann. Bei diesem Gedanken schien jedes Bild, das ich je von ihr gehabt hatte, befleckt zu sein, und ich fühlte, wie alle meine Erinnerungsvorstellungen sich veränderten wie Statuen, die Blut schwitzen.

Ich hatte kein Bild mehr von Anna. Sie verblaßte wie die Erscheinung eines Zauberers; doch irgendwie empfand ich ihre Gegenwart stärker denn je. Mir war, als existiere sie zum ersten Male wirklich als Einzelwesen und nicht als ein Teil von mir. Diese Erfahrung war äußerst schmerzlich. Doch während ich versuchte, die Augen auf diese neue Anna zu heften, empfand ich eine Antriebskraft ihr gegenüber, die schließlich vielleicht eine der vielen Formen der Liebe war. Anna war etwas, das neu erfahren werden mußte. Wann kennt man jemals ein menschliches Wesen? Vielleicht erst dann, wenn einem die Unmöglichkeit dieser Kenntnis aufgegangen ist, man sogar auf den Wunsch danach verzichtet und schließlich selbst das Bedürfnis danach nicht mehr spürt. Aber dann ist das Erreichte keine Kenntnis mehr, sondern einfach eine Art Koexistenz; und auch das ist eine Form der Liebe.

Ich begann über Hugo nachzudenken. Er ragte in meiner Erinnerung auf wie ein Monolith: ein ungestalter, ungeteilter Stein, den die prähistorische Menschheit zu einem Zweck aufgestellt hatte, der auf ewig rätselhaft bleiben sollte. Sein ganzes Anderssein mußte nicht in ihm, sondern in mir oder in Anna gesucht werden. Doch in diesem Spiegelbild erkannte er sich nicht. Er war ein Mann ohne Forderungen, der auch keine Wirkung hinterließ. Warum hatte ich ihn verfolgt? Er konnte mir nichts mitteilen. Ihn gesehen zu haben genügte. Er war ein Signal, ein Vorzeichen, ein Mirakel. Doch kaum hatte ich dies gedacht, als ich auch schon wieder neugierig auf ihn war. Ich stellte ihn mir in Nottingham vor, in irgendeiner kleinen, verlassenen Werkstatt, wie er eine Uhr in der riesigen Hand hielt. Ich sah die winzigen, rastlosen Bewegungen dieser Uhr, ich sah ihre vielen Edelsteine. War ich mit Hugo fertig?

Ich verließ die Kneipe. Ich befand mich irgendwo in der Fulham Road. Ruhig wartete ich an der Ecke, bis ein Taxi vorbeikam, und hielt es an. »Holborn Viaduct«, rief ich dem Fahrer zu. Ich lehnte mich im Wagen zurück und hatte das Gefühl, daß dies für lange Zeit die letzte Handlung war, die mir unvermeidlich schien. London, die geliebte Stadt, raste an mir vorbei, fast unsichtbar in ihrer Vertrautheit. South Kensington, Knightsbridge, Hyde Park Corner. Dies war die letzte Tat, die keine Fragen aufwarf und keine Gründe erforderte. Danach sollte ein großes qualvolles Nachdenken anheben. London zog an mir vorbei wie das Leben an einem Ertrinkenden, das, wie man sagt, im letzten Augenblick als ein Ganzes vor ihm aufflammt. Piccadilly, Shaftesbury Avenue, New Oxford Street, High Holborn.

Ich bezahlte den Fahrer. Es war mitten am Nachmittag. Ich stand auf dem Viadukt und schaute hinunter in die Kluft von Farringdon Street. Mit trägen Schwingen flog eine Taube auf, und ich sah sie langsam südwärts zum Turm von St. Bride's ziehen. Die Sonne schien mir warm auf den Nacken. Ich trödelte. Ich wollte meine letzte Tat noch ein klein wenig hinauszögern. Eine Vorahnung von Schmerz ließ

mich zaudern; jenem Schmerz, der nach dem Drama kommt, wenn die Leichen bereits von der Bühne getragen worden sind, die Trompeten schweigen und ein leerer Tag heraufdämmert, der immer wieder und wieder heraufdämmern würde, um all unserer endgültigen Handlungen zu spotten. Ich setzte den Fuß auf die Treppe.
Es war ein langer Weg. Als ich halb oben war, blieb ich stehen und horchte auf die Stare, doch ich konnte nichts hören. Sie singen und zwitschern erst gegen Abend. Die Frage, ob Hugo überhaupt zu Hause war, hatte ich mir gar nicht gestellt. Auf dem vorletzten Treppenabsatz blieb ich wieder stehen und schöpfte Atem. Die Tür war geschlossen. Ich trat heran und klopfte. Keine Antwort. Ich klopfte abermals und sehr laut. Alles blieb völlig still. Dann versuchte ich mich an der Tür. Sie ging auf, und ich trat ein.
Als ich in Hugos Wohnzimmer kam, gab es eine ungeheure Aufregung. Der Raum schwirrte und zerstob in eine Unzahl schwarzer Stücke. Erschrocken griff ich nach der Tür. Dann sah ich. Das Zimmer wimmelte von Vögeln. Viele Stare, die beim ersten Aufschrecken das Fenster nicht gefunden hatten, flatterten wie toll herum und stießen an Wände und Glasscheiben. Dann entdeckten sie die Öffnung und verschwanden. Ich sah mich um. Hugos Wohnung glich bereits mehr einem Vogelhaus als dem Heim eines Menschen. Weißer Mist war über den Teppich verspritzt, und durch das offene Fenster war der Regen hereingedrungen und hatte dunkle Flecken an der Wand hinterlassen. Es sah aus, als sei Hugo seit langem nicht da gewesen. Ich durchschritt den Raum und ging ins Schlafzimmer. Das Bett war abgezogen, der Schrank leer. Eine Weile dachte ich darüber nach. Dann ging ich ins andere Zimmer zurück und hob das Telephon ab. Ich hatte die seltsame Vorstellung, Hugo könnte am anderen Ende des Drahtes sein. Aber der Apparat war abgestellt. Dann setzte ich mich auf das Sofa. Ich wartete auf

nichts. Die Zeit verging. Eine Uhr in der City schlug irgendeine Stunde. Andere Uhren folgten. Ich machte keinen Versuch zu zählen.
Nachdem mein Blick unbestimmt durch den Raum geschweift war, heftete er sich auf Hugos Schreibtisch. Ich starrte eine Weile darauf. Dann stand ich auf, trat heran und öffnete die oberste Schublade. Halb verborgen von einem Haufen leerer Briefordner lag ein Exemplar des *Schalldämpfers.* Ich nahm es heraus. Auf das erste unbedruckte Blatt hatte Hugo mit großen Buchstaben seinen Namen geschrieben. Ich blätterte darin. Hier und da fand ich unterstrichene Sätze und an den Rand gemalte Kreuze und Fragezeichen. An einer Stelle stand mit Bleistift: *J. fragen.* Dies schmerzte mich. Ich schloß das Buch und steckte es in die Tasche. Dann überflog ich den übrigen Inhalt der Schublade und öffnete schließlich den oberen Teil des Schreibtisches. Er war vollgestopft mit Briefen und Dokumenten. Rasch schaute ich sie durch. Als ich in Schachteln und Zettelfächern weiter suchte, fiel eine Flut von Papieren auf den Boden. Ich fand nicht, was ich suchte.
Alte Briefe, Rechnungen, stumpfe Bleistifte, Siegellack, Streichholzschachteln, viele Sorten von Büroklammern, halbleere Briefmarkenbüchlein und abgenutzte Scheckbücher glitten mir durch die Finger. In einem kleinen Schubfach stieß ich auf eine Sammlung finster aussehender Gegenstände, die ich als Belfounders Sprengkapseln erkannte, eine erheblich kleinere Sorte als jene, die uns aus dem Filmatelier befreit hatte. Ein anderes Fach enthielt ein Perlenhalsband: vielleicht ein mit zärtlicher Sorgfalt ausgesuchtes und für Sadie bestimmtes Geschenk, das sie niemals erreichen sollte, oder das, von ihr zurückgewiesen, in einem eingeschriebenen Päckchen eines Morgens angekommen war und nun seit Tagen dalag, weil Hugo nicht das Herz hatte, es aufzumachen. Aber ich fand nicht, was ich suchte.

Ich setzte mich und nahm ein leeres Blatt Papier: Ich wollte Hugo einen Brief schreiben, und so ergriff ich Hugos Federhalter und tauchte ihn in Hugos Tinte. Ein Star flog zum Fenster herein, sah mich und machte erschrocken kehrt. Leises Zwitschern erhob sich auf der Balustrade. Ich blickte zu dem darüberliegenden blauen Himmel hinauf. ›Hugo‹, schrieb ich auf das Papier. Weiter fiel mir nichts ein. Ich wollte ›Sende mir deine Nottinghamer Adresse‹ hinzufügen, aber dies klang so matt und unpersönlich, daß ich es sein ließ. Schließlich zog ich eine gewundene Linie über die Seite und schrieb ganz unten meinen Namen hin und die Adresse von Mrs. Tinckhams Laden. Ich steckte den Zettel in einen Umschlag, legte ihn auf das Bücherregal und machte mich zum Aufbruch bereit. Als ich mich umdrehte, zog etwas an der Wand hinter dem Büchergestell meinen Blick auf sich. Es war die grüne Tür eines Safes.

Ich hielt inne und rückte dann das Bücherregal ein wenig von der Wand. Als ich an der Safetür zog, war sie verschlossen. Nachdenklich stand ich da und betrachtete sie. Dann wurde mir klar, was ich zu tun hatte. Ich ging zum Schreibtisch zurück, entnahm der Schublade eine von Belfounders Sprengkapseln, betastete sie und überlegte, wie stark wohl ihre Wirkung war. Dies tat ich gänzlich unbeteiligt und suchte dabei in meinen Taschen nach Streichhölzern. Der Sprengkörper war von konischer Form. Ich strich mit einem Finger über die Safetür, um einen Spalt zu finden, in den ich die Spitze des Konus stecken konnte; aber das Ganze war glatt wie eine Bischofshand, sogar die Angeln saßen an der Innenseite. Es gab weder Risse noch irgendwelche Vorsprünge, worauf ich den Sprengkörper hätte balancieren können. Schließlich nahm ich eine Rolle Klebepapier von Hugos Schreibtisch und klebte damit das Ding an die Stelle, die an der Schloßseite der Tür am empfindlichsten zu sein schien. Ein kleiner Wattezünder ragte am stumpfen Ende heraus wie das blaue Papier an einem Feuerwerkskörper. Daran hielt ich die Flamme eines Streichhölzchens und zog mich in die andere Ecke des Zimmers zurück. Ich sah genau zu. Wahrscheinlich wäre ich weder sehr überrascht noch sehr erregt gewesen, wenn die Wand sich plötzlich in einer Wolke von Holz und Gips aufgelöst und einen Ausblick auf den offenen Himmel und St. Paul's gewährt hätte.

Es gab einen grellen Blitz und einen Knall. Ich schloß die Augen. Das Zimmer war voller Rauch, und eine Wolke von Staren stob unter der Balustrade hervor. Als ich die Augen wieder öffnete, sah ich durch den Phosphordunst, daß die Safetür offen war und nur noch an einer Angel zum Boden herabhing. Anderer Schaden war nicht angerichtet worden. Ich trat näher und blickte in den Safe. Das Innere enthielt zwei Fächer. Im unteren befand sich, wie ich feststellte, eine große Menge Geld, in Bündeln von Ein- und Fünfpfundnoten. Im oberen sah ich, was ich gesucht hatte.

Es waren zwei Päckchen Briefe. Ich nahm sie heraus. Das eine war klein und trug eine saubere, selbstbewußte Handschrift, die ich als diejenige Sadies erkannte. Das andere war um vieles größer. Ich ließ es durch meine Finger schnippen, wie man es mit Spielkarten macht. Alle diese Briefe stammten von Anna. »Herrliche Briefe«, hatte Hugo gesagt. Schuld, Triumph und Verzweiflung stritten in mir, als ich sie in Händen hielt. Ich setzte mich aufs Sofa. Nun würde ich *sehen,* was mir so unmöglich war, mir vorzustellen. Ich zog den ersten Umschlag heraus.

Im selben Augenblick hörte ich draußen auf der Straße mit quietschenden Bremsen ein Fahrzeug ankommen. Ich zögerte. Ich wurde rot und zitterte. Dann erhob ich mich, kletterte auf einen Stuhl und steckte den Kopf zum Fenster hinaus, die Briefe immer noch in der Hand. Ein Lastwagen war vorgefahren. Ich beobachtete ihn eine Weile, aber niemand kam heraus. Da stieg ich vom Stuhl wieder herunter.

Ich blickte auf den Umschlag, und als ich das tat, sah ich wie in einer Vision den dunklen Wald und Annas Gestalt barfuß darin verschwinden. Meine Finger betasteten den Brief. Er umfaßte mehrere Seiten. Ich entfaltete sie. Dann hörte ich wieder das Geräusch eines Wagens. Es näherte sich mit starkem Crescendo und brach dann ab. Steif stand ich da, fluchte vor mich hin und kletterte abermals auf den Stuhl. Tief unten sah ich Hugos schwarzen Alvis. Er stand direkt hinter dem Lastwagen. Eine Erregung, die weder Freude noch Angst war, sondern eine Mischung von beidem, ließ mich den Wagen mit rasch pochendem Herzen beobachten. Ich erschauerte. Hugo nahte.

Jemand stieg aus dem Wagen. Aber es war nicht Hugo. Ich starrte hinunter. Dann erkannte ich Leftys blonden Kopf und schlanke Gestalt. Ich umklammerte die Fensterkante und beobachtete mit offenem Mund. Lefty stand auf dem Bürgersteig und sprach mit zwei Männern, die gerade aus dem Lastwagen geklettert waren. Die kräftige Sonne warf ihre langen Schatten auf das Pflaster. Dann entdeckte ich quer über der Windschutzscheibe des Wagens die Buchstaben der Nationalen Unabhängigen Sozialisten NUSP. Und ich verstand. Eilig sprang ich vom Stuhl. Ich wirbelte herum und blickte um mich wie ein Mann, der auf einem bröckelnden Abhang nach einem Halt sucht. Schnell packte ich meinen Zettel an Hugo und steckte ihn in die Tasche. Dann stand ich einen Augenblick lang wie gelähmt da; denn von weit unten hörte ich Schritte die Treppe heraufkommen. Ich überschaute die Szene: den aufgebrochenen Schreibtisch, den offenen Safe. Ich blickte auf die Briefe, die ich noch immer in der Hand hielt. Ich steckte den einen, den ich gerade dabei war zu öffnen, in das Päckchen zurück. Für eine Sekunde hielt ich es vor mich hin und machte eine Bewegung, als wollte ich es in die Tasche stecken. Aber es war unmöglich. Die Briefe brannten mir in der Hand. Ich

schleuderte sie in den Safe zurück. Dann wählte ich das größte Bündel Einpfundnoten und stopfte es in meine Jacke. »Das wenigstens wird die Revolution nicht bekommen«, sagte ich laut, und eilte zur Tür.
Mit drei Schritten überquerte ich den Treppenabsatz, und als ich Hugos Küche betrat, hörte ich Leftys Stimme auf der Treppe. Ich öffnete das Küchenfenster und sprang hinaus auf das flache Dach. Festen Schritts ging ich hinüber. Die Oberlichtfenster des Bürohauses von nebenan standen bei dem Sommernachmittag weit offen. Ich zwängte mich durch eines davon und befand mich auf einem verlassenen Treppenabsatz. Dann stieg ich die Stufen hinunter und trat eine Minute später aus der Tür in eine Nebengasse. Ich fand zur eigentlichen Straße zurück und überquerte sie. Als ich lässig an Hugos Haus auf der anderen Seite vorbeiging, trugen sie gerade die Renoirs hinaus.

XX

Mars freute sich sehr, mich zu sehen. Er war den ganzen Tag über eingeschlossen gewesen. Ich fütterte ihn und packte den Rest des Fleisches ein. Dann warf ich ein paar von meinen Anziehsachen in eine Tasche. Im Gang lagen ein paar Briefe und ein Paket für mich. Ohne sie anzuschauen, stopfte ich sie ebenfalls in den Koffer, schrieb ein paar Zeilen an Dave, dankte ihm für seine Gastfreundschaft und verließ das Haus mit Mars.

Wir bestiegen den Achtundachtziger-Bus. Mars rief beim Schaffner eine Flut von Bemerkungen hervor. Wir setzten uns oben auf den vordersten Sitz, den gleichen, auf dem ich vor nicht allzu langer Zeit an Anna gedacht hatte, bis ich hatte aussteigen und sie suchen müssen. Als ich jetzt auf die Menschenmenge in der Oxford Street niederblickte und dabei Mars' Kopf streichelte, fühlte ich mich weder glücklich noch unglücklich, sondern eher unwirklich wie ein Mensch hinter Glas. Ereignisse strömen an uns vorbei wie diese Menschenmengen, und das Gesicht jedes einzelnen zeigt sich nur für Augenblicke. Dringendes ist nicht für immer dringend, sondern nur vorübergehend. Alle Arbeit und alle Liebe, die Jagd nach Geld und Ruhm, die Suche nach Wahrheit, das Leben selbst, all das ist für Augenblicke gemacht, geht vorüber und wird zu nichts. Doch durch diesen Schacht von Nichts streben wir mit dieser wunderbaren Lebenskraft weiter, die für unsere unsicheren Behausungen in der Vergangenheit und in der Zukunft sorgt. So leben wir: ein Geist, der über dem fortwährenden Tod der Zeit, der verlorenen Bedeutung, dem unwiederbringlichen Augenblick, dem vergessenen Gesicht schwebt, darüber brütet bis zum letzten Hieb, der allen unseren Augenblicken ein Ende setzt und jenen Geist zurücksinken läßt in die Leere, aus der er kam.

Dies ging mir durch den Kopf, und ich zögerte, aus dem Bus auszusteigen. Als wir jedoch zum Oxford Circus kamen, stand ich auf und zog Mars hinter mir die Stufen hinunter. Es war Hauptverkehrszeit. Mit dem Hund dicht auf den Fersen, erkämpfte ich mir einen Weg durch die Menge und bog zum Rathbone Place ein. Soho war heiß und staubig, verdrießlich faul und widersinnig am Nachmittag. Die Leute standen herum und warteten auf die Öffnungszeit der Kneipen. Aus einem oberen Stockwerk drang Klaviermusik. Unten nahm jemand die Melodie auf und entfernte sich pfeifend damit. Ich wanderte durch die Charlotte Street. Die Luft vor mir flimmerte und zitterte, vielleicht vor Hitze, vielleicht vor Angst. Wie ein Verfolgter beschleunigte ich den Schritt.

Mrs. Tinckhams Stimme drang aus verschlungenen Tabakswolken zu mir. Sie schien mich erwartet zu haben. Aber sie erwartet mich ja immer. Ich setzte mich an den kleinen Tisch.

»Hallo, Schätzchen«, sagte sie. »Sie sind lange weg gewesen.«

»Es hat lange gebraucht«, erwiderte ich.

Mars beschnüffelte vorsichtig die nächstsitzenden Katzen. Sie hatten sich offensichtlich an ihn gewöhnt, drehten nur die edlen Häupter beiseite und blinzelten. Hinter Mrs. Tinck erhoben sie sich in Reihen übereinander, und ich konnte ihre Augen durch den Rauch blinken sehen wie die Lichter eines Bahnhofs im Nebel. Mars legte sich zu meinen Füßen nieder.

Ich streckte die Beine aus. »Wie stehts mit etwas zu trinken?« fragte ich. »Die Kneipen machen ja auch bald auf.«

»Whisky und Soda?« bot sie an. Ich hörte unter dem Laden-

tisch das Glas klirren, den Whisky glucksen und das Sodawasser zischen. Mrs. Tinckham reichte mir das Glas, ich legte den Kopf zurück und schloß die Augen.
Aus weiter Ferne murmelte das Radio wie eine Stimme aus anderen Welten. Die Geräusche eines Soho-Abends drangen durch die Tür herein. Mars lehnte sich gegen meinen Fuß. Ich nahm einen Schluck Whisky; er durchrann mich wie Quecksilber, und ich empfand fast physisch einen Schauer unendlicher Möglichkeiten. Ich öffnete die Augen und sah, daß Mrs. Tinckham mich ansah. Sie fummelte an irgend etwas auf dem Ladentisch. Ich erkannte es als das Paket, das meine Manuskripte enthielt, streckte eine Hand danach aus, und sie reichte es mir wortlos.
Ich legte es auf den Tisch. Dann zog ich aus meiner Tasche den kleinen Haufen von Briefen, den ich von Dave mitgebracht hatte. Sofort erkannte ich, daß einer von Sadie darunter war. Ich legte ihn beiseite.
»Haben Sie etwas dagegen, wenn ich jetzt meine Briefe lese, Mrs. Tinck?« fragte ich.
»Tun Sie, was Ihnen Spaß macht, Schätzchen!« antwortete Mrs. Tinckham. »Ich lese meine Geschichte weiter. Bin ohnehin gerade an einer spannenden Stelle.«
Sadies Brief wollte ich nicht als ersten aufmachen, deshalb griff ich nach einem mit Londoner Poststempel und unbekannter Handschrift und öffnete ihn. Er war von Lefty. Ich las ihn mehrmals und lächelte. Lefty schrieb in elegantem, leicht rhetorischem Stil mit Kommas, Semikolons und Klammern. Sein erster Absatz behandelte unsere gemeinsam verbrachte Nacht an der Themse; ein Sommernachtstraum, so drückte er sich aus, sei dies für ihn gewesen, und er hoffe nur, er habe sich nicht zum Narren gemacht. Anscheinend hatte er ihn so in Erinnerung, als habe er zuviel geredet. Im weiteren tat es ihm leid zu hören, daß ich krank gewesen sei. Dann schlug er mir vor, ihn zu besuchen, sobald ich mich

besser fühlte, und, wenn ich Lust hätte, mich politisch zu betätigen, auf jeden Fall sollte ich mich bei ihm melden. Schließlich bestehe ja das Leben nicht nur aus Politik, oder? Dieser Brief machte mir einen guten Eindruck, und obwohl ich daran zweifelte, daß Lefty diese letzte Ansicht wirklich hegte, hatte ich das Gefühl, es hier mit einem Mann zu tun zu haben.

Ich steckte den Brief ein und wandte mich dem Päckchen zu. Mit dem Augenwinkel hatte ich schon bemerkt, daß es aus Frankreich kam. Ich machte es auf. Es war von Jean Pierre und enthielt ein Exemplar von *Nous Les Vainqueurs* mit einer äußerst gallischen Widmung für mich in Jean Pierres flüssiger Handschrift. Ziemlich bewegt betrachtete ich das Buch. Dann zog ich mein Taschenmesser heraus und schnitt die ersten paar Seiten auf. Ehe ich wußte, wie mir geschah, hatte ich bereits bis Seite fünf gelesen. Der Eindruck war verblüffend. Jean Pierre war immer ein guter Erzähler gewesen, hier aber spürte ich mehr als Geschicklichkeit. Der Stil war härter geworden, die Art flößte Vertrauen ein, das Tempo war gemächlich. Etwas hatte sich gewandelt. Der Anfang eines Romans ist wie eine aufgehende Tür, die in eine im Nebel liegende Landschaft führt. Noch sieht man wenig, riecht aber bereits die Erde und fühlt den Wind wehen. Ich spürte diesen Wind auf den ersten Seiten von *Nous Les Vainqueurs,* und er blies stark und frisch. »So weit so gut«, sagte ich vor mich hin. Etwas hatte sich gewandelt, doch blieb mir ja später noch Zeit genug zur Feststellung, was es sei. Ich betrachtete Jean Pierres Namen auf dem Buchdeckel und hatte zum ersten Mal das Gefühl, daß wir vielleicht doch zum gleichen Wettstreit angetreten waren. Und als ich mich bei diesem Gedanken ertappte, schüttelte ich den Kopf und legte das Buch beiseite.

Als nächstes wählte ich ein Schreiben mit unbekannter Handschrift und einer irischen Briefmarke und öffnete es.

Es enthielt eine kurze und fast unleserliche Mitteilung. Ich brauchte lange, bis ich sie als einen Brief von Finn erkannte. Nach Entzifferung seiner Unterschrift fühlte ich mich plötzlich elend und verletzt. Seltsamerweise hatte ich nie zuvor etwas Schriftliches von Finn in der Hand gehabt. Bei jeder Trennung hatten wir telephonisch oder telegraphisch miteinander in Verbindung gestanden, und einige meiner Freunde hatten vermutet, Finn könne überhaupt nicht schreiben. Sein Brief lautete folgendermaßen:

Lieber Jake,

Entschuldige, daß ich abgehauen bin, ohne Dich noch einmal zu sehen. Aber Du warst gerade in Paris. Ich fand, es war Zeit, nach Hause zu kehren, wegen des Geldes. Du weißt, wie oft ich daran schon vorher gedacht hatte. Ich bin jetzt in Dublin und in der Pearl Bar jederzeit zu finden. Briefe werden mir wohl nachgeschickt; bis jetzt weiß ich noch nicht, wo ich wohne. Ich hoffe Dich zu sehen, wenn Du nach Emerald Isle rüberkommst. Grüß David von mir.

Dein P. O'Finney

Dieser Brief brachte mich gänzlich aus der Fassung, und ich rief Mrs. Tinckham zu: »Finn ist nach Irland zurückgekehrt.«

»Ich weiß», antwortete Mrs. Tinck.

»Sie wissen?« schrie ich. »Wieso?«

»Er hat es mir gesagt.«

Der Gedanke, Finn könne Mrs. Tinckham zur Vertrauten haben, kam mir jetzt zum ersten Male, und das Mögliche war im Nu zum Wahrscheinlichen geworden. »Hat er es Ihnen gesagt, kurz bevor er ging?« fragte ich.

»Ja«, antwortete Mrs. Tinckham, »und auch schon früher. Aber er muß doch auch mit Ihnen über seinen Wunsch gesprochen haben, heimzukehren.«

»Das stimmt; wenn ich genau darüber nachdenke«, sagte ich, »aber ich habe ihm nicht geglaubt.« Irgendwie klang mir dieser Satz allzu vertraut. »Ich bin ein Narr«, fügte ich hinzu, was Mrs. Tinckham nicht bestritt.

»Hatte er besondere Gründe für sein Weggehen?« fragte ich. Ich empfand Schmerz und Entrüstung, weil ich Mrs. Tinckham wegen Finn befragen mußte; aber ich mußte es wissen. Ich blickte in ihr altes, ruhiges Gesicht. Sie blies Rauchringe. Und ich wußte, daß sie mir nichts erzählen würde.

»Er wollte einfach nach Hause, nehme ich an«, sagte Mrs. Tinckham. »Er hatte wohl einige Leute dort, die er gerne sehen wollte. Und dann die Religion«, fügte sie unklar hinzu.

Ich sah auf den Tisch nieder und fühlte einen sanften Druck auf der Wange; dies war der Blick von Mrs. Tinckham und einem halben Dutzend Katzen. Ich schämte mich, schämte mich tief, von Finn getrennt zu sein, so wenig über ihn zu wissen, die Dinge gesehen zu haben, wie es mir paßte, und nicht, wie sie waren. »Nun, er ist weg«, sagte ich.

»Sie können ihn in Dublin besuchen«, schlug Mrs. Tinckham vor.

Ich versuchte, mir das vorzustellen: Finn zu Hause und mich als Besucher. Dann schüttelte ich den Kopf. »Das kann ich nicht«, sagte ich. Ich war sicher, daß Mrs. Tinckham mich verstand.

»Man weiß nie, was man tun möchte, wenn es einmal so weit ist«, murmelte sie mit jenem undeutlichen Tonfall, in dem sie alle diese Bemerkungen vorbringt, die ebenso weise wie sinnlos sein können. Ich schaute rasch zu ihr auf. Das Radio flüsterte weiter, und der Zigarettenrauch, dessen Schichten sich in der milden Sommerbrise von der Tür her sanft bewegten, schwebte wie ein Schleier zwischen uns. Sie blinzelte mich an, und ihre Pupillen zogen sich zu einem waagerechten Schlitz zusammen.

»Nun, wir werden ja sehen«, sagte ich.
»Das ist das beste, was man sagen kann, nicht wahr, Schätzchen?« erwiderte Mrs. Tinckham.
Schließlich nahm ich Sadies Brief zur Hand. Ich war äußerst gespannt und fast sicher, daß er etwas Unangenehmes enthielt. Mars bewegte sich mir zu Füßen und schnüffelte an meinem Schuh. Ich öffnete den Umschlag. Zwei Anlagen waren darin, die ich zur Seite legte, und ein langer parfümierter Bogen, der in kurzen Zeilen mit Sadies eleganter Schrift bedeckt war. Der Brief lautete:

Liebster Jake,

Diese Sache mit dem unseligen Hund – Du wirst mich für ein Scheusal halten, weil ich nicht früher geschrieben habe, aber das kommt daher, daß Dein Brief in den unwahrscheinlich großen Haufen von Verehrerpost geraten ist. (Was für ein Problem! Man weiß nie, ob man sich das Zeug anschauen soll oder nicht. Es nur zu sehen, ist recht erhebend für das Ego – obgleich ich fürchte, es untergräbt den Charakter ein wenig. Nicht daß ich je daran dächte, es zu lesen, selbst wenn ich Zeit hätte. Meine Sekretärin teilt die Absender ein in Idioten für, Idioten gegen, Verdrehte, Fachleute, Intellektuelle, Schwärmer und Heiratskandidaten.) Ich muß sagen, daß ich durch die Art Deines Briefes ein klein bißchen verletzt war, das heißt, nur so lange, bis ich merkte, daß Du ihn gar nicht selbst geschrieben hast. (Oder, Liebling?)
Ja, und jetzt zum Hund. Tatsache ist, daß S. und ich im Augenblick so viel zu tun haben, daß wir uns mit dem Biest wirklich nicht befassen können. (Du hast keine Ahnung, was für eine Last so ein Tierfilm ist. Die unmöglichsten Leute in Arbeitskleidern kommen herein und laufen durch die Aufnahme, und der Tierschutzverein schickt einem als *continuity-girls* verkleidete Spione auf den Hals.) S. meint, das einfachste wäre, Du würdest ihn behalten, wenn Du willst. Das heißt, wir erwarten natürlich, daß Du ihn kaufst. (Entschuldige, daß ich die Geschäftsfrau herauskehre, aber man muß auf sein Scherflein aufpassen bei all den Unkosten des Lebens, vor allem eines solchen Lebens, und den Einkommensteuerbeamten, die geradezu Mittel erfinden, um einen arm zu machen. Aber

schließlich ist das S.' Angelegenheit, verstehst Du, nicht meine. Ich schreibe das nur an seiner statt.) Sagen wir siebenhundert Pfund und Schwamm darüber. Darin sind einbegriffen: Filmrechte, Buchrechte, Werbung und so weiter. (Du hast ja keine Ahnung, wieviel Rechte es in dieser Branche gibt. Und dann noch die Hunderechte!) Natürlich ist er geschenkt für diesen Preis. Aber S. hat ihn auch billig bekommen, und wir wollen nur unsere eigenen Kosten decken. Wenn Du ihn kaufen möchtest, könntest Du Dich vielleicht mit meinem Anwalt in Verbindung setzen – ich lege seine Karte bei, falls ich es nicht vergesse. Willst Du ihn aber nicht kaufen, so rufe ihn doch an, dann kann man etwas wegen der Rückgabe des Tieres vereinbaren. Tut mir leid, daß ich mich nicht selbst damit befassen kann. Ich bin wie eine Verrückte damit beschäftigt, meine Vorbereitungen für Amerika zu treffen. Übrigens, wenn Du ihn kaufst, vergiß nicht die Werbemöglichkeiten auszunutzen. Ich lege (unter gleicher Voraussetzung) einen Brief von den Hundekuchenleuten bei – Namen habe ich vergessen; sie wollen Photos verwenden oder so etwas. Was immer sie Dir anbieten, verlange das doppelte!
Entschuldige dieses schauderhafte Gekritzel. Es war schön, Dich zu sehen. Wir wollen uns wiedertreffen, ja? Wenn das ganze Tohuwabohu vorbei ist, obgleich nur der Himmel weiß, wann das sein wird. In ein, zwei Jahren vielleicht. Aber ich habe ein langes und zärtliches Gedächtnis. Stets Deine Sadie

P.S. S. besitzt anscheinend ein Manuskript von Dir, das ihm irgendeine Frau geliehen hat. Ich will ihn dazu bringen, es bei meinem Anwalt zu deponieren, damit Du es mitnehmen kannst, wenn Du des Hundes wegen bei ihm vorsprichst.

Von diesem Brief war ich wirklich entzückt. Ich wußte nicht, was mir besser gefiel, seine Sanftheit oder seine Schlauheit. Ich zweifelte nicht daran, daß Sadie mich für idiotisch genug hielt, Mars zu kaufen; offenbar war sie nicht sicher, ob mir das Geheimnis seines Alters bekannt war oder nicht; sie mußte es für unwahrscheinlich halten, daß sie in ihren gut informierten Kreisen einen besseren Käufer finden würde; jedenfalls verlangte sie eine Summe, die ungefähr das Maximum dessen darstellte, was ich dafür herauszurücken imstande oder willens war; gleichzeitig beeilte sie sich, mir einen Weg zu zeigen, der mich entschädigen konnte. Und der letzte Absatz kam deutlich aus dem Herzen oder aus welch kühlem, doch empfindsamem Organ auch immer, das Sadie an dieser Stelle trug.

Ich betrachtete die beiden Anlagen. Die eine war die Visitenkarte von Sadies Anwalt, die ich in die Tasche steckte, die andere der Brief der Hundekuchen-Leute. Nach einem Blick darauf zerriß ich ihn. »Deine Karriere in der Öffentlichkeit ist vorüber«, sagte ich zu Mars. Dann entnahm ich meiner Jacke das Banknotenbündel, das ich aus Hugos Safe geholt hatte, und zählte es durch. Mrs. Tinckham schaute interessiert zu, stellte aber keine Frage. Das Bündel enthielt genau hundert Pfund. Ich legte es wieder zusammen und steckte es weg.

»Könnten Sie mir ein paar Bogen Briefpapier und Umschläge verkaufen?« fragte ich Mrs. Tinckham.

Sie reichte sie mir. »Die kosten nichts«, sagte sie. »Es wird mir doch nie gelingen, sie zu verkaufen.« Staub und Alter hatten sie vergilbt. Auf der Innenseite des Blockdeckels stellte ich eine kurze Rechnung auf. Mein Gewinn an Lyrebird betrug sechshundert Pfund. Diese Summe, Hugos hundert Pfund und das, was ich bereits auf der Bank hatte, ergaben ein Vermögen von etwa siebenhundertsechzig Pfund. Eine Zeitlang betrachtete ich diese Zahl, aber mehr besorgt als zögernd. Natürlich mußte ich Mars kaufen. Ich brauchte mich nicht zu fragen, ob oder warum. Die himmlischen Mächte wollten es so, und es nicht zu tun, wäre nur ein Beweis meiner Minderwertigkeit gewesen. Auch kam es mir nicht in den Sinn, Sadie herunterzuhandeln. Die formalen Merkmale der Situation ließen mir keine Wahl. Ich mußte widerspruchslos und kommentarlos bezahlen. Dies war nicht der Augenblick, mit dem Schicksal zu feilschen. Wenn die Sache vorbei war, würde ich mir nur den Luxus eines kurzen Briefs an Sadie erlauben; eines Briefs, von dem sie *nicht* vorgeben würde, daß sie ihn zwischen ihrer Verehrerpost verlegt hätte. Als ich dies dachte, wußte ich, daß Sadie mir wichtig war. Kein Zweifel, wir sollten einander wieder begegnen. Doch das betraf die Zukunft. Die Zukunft – für einen Augenblick tat sie sich vor mir auf: ein hügeliges Land mit unermeßlichen Weiten. Ich schloß die Augen und wußte: Sadie würde *sich behaupten.* Es gibt nur eines, wodurch eine Frau sich behaupten kann, und das ist Intelligenz. Sadie war intelligent. Hugo hatte recht.

Ich schrieb den Scheck aus und stellte dabei fest, daß mir nun gerade soviel Bargeld blieb, wie ich zu Beginn dieser Geschichte hatte, als ich Earls Court Road verließ. Ich seufzte ein wenig darüber, und einen Augenblick lang erhob sich ein Wirbel der geisterhaften Reichtümer um mich, die zu erlangen ich so nahe daran gewesen war, bis mich ein Schneesturm von Fünfpfundnoten geradezu blendete. Aber das Unwetter legte sich, und ich wußte, daß ich kein tiefes Bedauern empfand. Wie ein Fisch, der ruhig im tiefen Wasser schwimmt, fühlte ich rings um mich den sicheren, stützenden Druck meines eigenen Lebens. Armselig, ruhmlos und anscheinend ohne Ziel, aber mein Eigen. Ich schrieb einen Brief an Sadies Anwalt und bat ihn, mir das Manuskript an Mrs. Tinckhams Adresse zu schicken. Damit konnte ich zu Geld kommen, sobald ich es wünschte. Aber keine Übersetzungen mehr! Ich öffnete das Paket mit den Manuskripten.

Auf dem Tisch vor mir breitete ich sie aus, und als ich sie berührte, erzitterten meine Hände wie die eines Rutengängers. Ich überflog die Seiten und sah mit Staunen, was ich geschaffen hatte. Da war ein langes Gedicht, das Fragment eines Romans, eine Anzahl seltsamer Geschichten. Mir war, als hätte ich sie vor langer Zeit geschrieben. Diese Sachen waren mittelmäßig, das sah ich. Aber ich sah auch, gleichsam durch sie durch, die Möglichkeit, es besser zu machen, und diese Möglichkeit war mir als eine Kraft gegenwärtig, die mich tiefer warf und höher hob als je zuvor. Ich zog Hugos Exemplar des *Schalldämpfers* hervor, und sein Anblick freute mich. Auch dies war nur ein Anfang. Es war der erste Tag der Welt. Ich fühlte mich voll von jener Kraft, die besser ist als Glück, besser als der schwache Wunsch nach Glück, den Frauen im Manne zu seinem Unheil erwekken können. Es war der Morgen des ersten Tages.

Ich streckte mich und gähnte, und Mars streckte sich ebenfalls und schüttelte sich. Dann breitete ich die Arme aus und lächelte zu Mrs. Tinckham hinüber. Sie lächelte durch den Dunst zurück wie eine große Katze. Aber während ich mich reckte und versuchte, die Welt zu umarmen, hörte ich ein seltsames Wispern im Kopf, als murmele mir jemand, den ich kannte, ins Ohr, als versuche jemand, den ich liebte, mir ein Geheimnis mitzuteilen; und langsam erstarrte ich wie einer, der lauscht.

»Da ist eine Freundin von Ihnen im Radio«, sagte Mrs. Tinckham.

»Wer?« fragte ich.

»Eine gewisse Quentin«, antwortete Mrs. Tinckham. Sie reichte mir die *Radio Times*, und als ich in den Seiten blätterte, drehte sie plötzlich den Apparat zu voller Lautstärke an.

Wie eine Meereswelle schlug Annas Stimme über mir zusammen. Sie sang ein altfranzösisches Liebeslied. Langsam kamen die Worte, durch ihren Gesang in Gold getaucht. Sie drehten sich langsam in der Luft und fielen herab; und der Glanz dieses heiseren Goldes erfüllte den Laden und verwandelte die Katzen in Leoparden und Mrs. Tinckham in eine gealterte Circe. Ich saß völlig regungslos da und hielt Mrs. Tinckhams Augen stand, während sie sich vorbeugte und ihre Hand erstarrt auf dem Knopf des Radios lag. Es war lange her, seit ich Anna hatte singen hören. Und während ich lauschte, sah ich sie und sah den kleinen Streifen von Grau in der Krone ihres Haares. Das Lied war zu Ende. »Drehen Sie ab!« bat ich, denn ich konnte es nicht länger ertragen.

Plötzlich war der Laden still. Mrs. Tinckham hatte völlig abgedreht, und zum ersten Male, seit ich je hierher gekommen war, konnte ich das Atmen der Tiere vernehmen.

Begierig blätterte ich in der *Radio Times*, bis ich die richtige Stelle gefunden hatte. »Anna Quentin«, stand da, »übertragen vom *Club des Fous* in Paris, in der ersten Serie von zehn Sendungen unter dem Titel: *Qu'est ce que la Chanson.*« Ich saß da mit einem Lächeln, das mein ganzes Wesen durchdrang wie die Sonne.

»Das ist es«, sagte Mrs. Tinckham.

»Das ist es«, antwortete ich und fragte mich, was sie wohl meinte. Wir sahen einander an.

»Mrs. Tinck«, sagte ich, »ich möchte Ihnen etwas erzählen.«

»Was?« fragte sie.

»Ich werde eine Stellung annehmen«, sagte ich.

Ich erwartete nicht, in ihren Zügen ein Staunen zu entdekken, und sie zeigte auch keines. »Was können Sie?« fragte sie.

»Ich suche eine Halbtagsstellung in einem Krankenhaus«, antwortete ich. »Dort gibt es Arbeit, die ich leisten kann.« Ich bin von Natur aus sehr konservativ.

»Aber zuerst muß ich ein Zimmer finden«, fügte ich hinzu.

»Schauen Sie auf das Brett draußen!« schlug Mrs. Tinckham vor. »Vielleicht ist dort eine Anzeige für ein Zimmer; ich weiß es nicht.«

Ich stand auf und ging hinaus. Mars schlenderte gemächlich hinter mir her und lehnte sich, während er die Straße nach flinken, jagbaren Katzen absuchte, müßig gegen mein Bein. Ich meinerseits suchte auf dem Brett. Es war mit mehr oder weniger schlechtgeschriebenen Postkarten bedeckt, die für eine wöchentliche Gebühr dort angeheftet wurden. Eine etwas ordentlichere als die übrigen zog mich an. Ein Parterre-Zimmer in der Nähe von Hampstead Heath wurde darauf angeboten »ohne kleinliche Einschränkungen«. Dies bezog sich offensichtlich auf Frauen. Ich überlegte, ob man das auch auf die Haltung eines Hundes ausdehnen konnte.

»Wer hat dies aufgehängt?« fragte ich Mrs. Tinckham.

»Ein sonderbarer Kerl«, antwortete sie. »Ich kenne ihn nicht näher.«

»Wie ist er?« wollte ich wissen.

»Ziemlich groß«, erwiderte sie.

Ich wußte, daß ich mich nach Hampstead begeben mußte, um herauszufinden, inwiefern er sonderbar war. »Haben Sie etwas gegen ihn?« fragte ich.

»Oh, durchaus nichts«, antwortete Mrs. Tinckham. »Gehen Sie doch hin und schauen Sie sich das Zimmer an!«

»Das tue ich heute abend.«

»Wenn Sie nichts finden, können Sie zurückkommen und hier schlafen«, bot sie mir an.

Das war ein außerordentliches Zugeständnis. »Danke, Mrs. Tinckham«, sagte ich, »aber wo soll ich hier schlafen?«

»Ich mache Ihnen ein Bett hinter dem Ladentisch«, schlug sie vor, »und bringe Maggie und ihre Kätzchen in den Hinterraum.«

»Wie geht es Maggie und den Kleinen?« erkundigte ich mich höflich.

»Kommen Sie her!«

Mit dem Gefühl, heiligen Boden zu betreten, ging ich hinter den Ladentisch. In der Ecke zu Mrs. Tinckhams Füßen lag Maggie in einer Pappschachtel mit den vier an ihrem gestreiften Bauch zusammengerollten Kleinen. Maggie blinzelte, gähnte und drehte den Kopf zur Seite, während die Kleinen sich tiefer in ihr Fell arbeiteten. Ich sah hinunter, blickte noch genauer hin und tat einen Ausruf.

»Ja, sehen Sie!« sagte Mrs. Tinckham. Ich kniete nieder und hob die Kätzchen, eines nach dem anderen, hoch. Ihre Körperchen waren rund wie Bälle, und sie quiekten fast unhörbar. Eines war getigert, eines getigert und weiß, und zwei schienen richtige kleine Siamesen zu sein. Ich prüfte ihre Zeichnung, die krummen Schwänzchen und die grimmig schielenden blauen Augen. Schon jetzt schienen sie rauher zu quieken als die anderen.

»So hat Maggie es schließlich geschafft«, sagte ich. Mars schob den Kopf unter meinen Arm und beschnüffelte die kleinen Biester mit Herablassung. Ich legte sie in die Schachtel zurück.

»Worüber ich mir den Kopf zerbreche«, sagte Mrs. Tinckham, »ist die Tatsache, daß zwei davon reine Siamesen und die beiden übrigen ganz anders sind, statt alle vier halb getigert, halb siamesisch.«

»Aber so geht es doch immer. Das ist ganz einfach«, erwiderte ich.

»Wieso?« fragte Mrs. Tinckham.

»Nun«, antwortete ich, »das ist doch nur eine Angelegenheit von...« Ich hielt inne. Plötzlich hatte ich keine Ahnung, wovon dies eine Angelegenheit war. Ich lachte, und Mrs. Tinckham lachte ebenfalls.

»Ich weiß nicht, warum es so ist«, gab ich zu. »Es gehört eben zu den Wundern dieser Welt.«

Giuseppe Berto
Der Himmel ist rot

Roman
Titel der Originalausgabe: *Il cielo è rosso*
Aus dem Italienischen von Charlotte Birnbaum,
überarbeitet von Bernhild vom Bruck
KiWi 168

In einer zerbombten Kleinstadt im Norden Italiens gegen Ende des 2. Weltkriegs nisten sich vier verwaiste Jugendliche in einem ehemaligen Bordell ein. Es fehlt ihnen am Nötigsten, doch mit Schwarzmarkt und Prostitution hält sich diese »Familie« über Wasser. Nur Daniele will sich mit dieser Art Leben nicht länger zufrieden geben...

JIMMY ERNST
NICHT GERADE EIN STILLEBEN

Erinnerungen an meinen Vater
Titel der Originalausgabe: *A Not-So-Still Life*
Aus dem Amerikanischen von Barbara Bortfeldt
Mit zahlreichen Abbildungen
KiWi 169

Jimmy Ernst, Sohn aus der ersten Ehe des Surrealisten Max Ernst mit der Kölner Jüdin Lou Straus, schildert in seinen Erinnerungen die faszinierende Künstlerwelt der 20er und 30er Jahre, in der sein Vater Mittelpunkt war.

Ignazio Silone
Das Geheimnis des Luca

Roman
Titel der Originalausgabe: *Il segreto di Luca*
Aus dem Italienischen von Fritz Jaffé
KiWi 172

Das Geheimnis des Luca ist eine seltsame Mischung aus Kriminal-, Liebes- und Heimatroman, in dem Ignazio Silone in einer scheinbar kargen, nüchternen Sprache die untergegangene Welt der alten Abruzzendörfer, der armen Bauern, der Klöster, der verknöcherten Staatsbeamten und der katholischen Priester zeichnet.

Erich Maria Remarque
Arc de Triomphe

Roman
Mit einem Nachwort von Tilman Westphalen
KiWi 164

Arc de Triomphe, 1946 erschienen, wurde Remarques zweiter Welterfolg nach *Im Westen nichts Neues.* Mit der gleichen Leidenschaft wie in seinem ersten Roman erzählt Remarque die Geschichte des Arztes Ravic, der nach Paris emigriert und hier den Vorabend des Zweiten Weltkriegs erlebt. Aus der Liebe zu zwei Frauen und dem Haß auf einen Gestapoagenten entwickelt sich das Drama eines Exilschicksals, in dessen Radikalität sich der Aufstand gegen den Terror einer ganzen Epoche spiegelt.

KiWi-Paperbackreihe bei Kiepenheuer&Witsch

ERICH MARIA REMARQUE
DER FUNKE LEBEN

Roman
Mit einem Nachwort von Tilman Westphalen
KiWi 165

Dieser Bericht aus einer grauenhaften Wirklichkeit ist eines der erschütterndsten Werke Remarques, ein Epos von der Unbesiegbarkeit des Lebens in einer Umwelt von Finsternis, Not und Verzweiflung.

KiWi-Paperbackreihe bei Kiepenheuer&Witsch

JOSEPH ROTH
DAS SPINNENNETZ

Roman
KiWi 152

Leutnant Lohse kehrt enttäuscht aus dem Ersten Weltkrieg heim und gerät in Berlin in die Umtriebe rechtsradikaler Organisationen und Geheimbünde. Unverkennbar zeigt sich schon in diesem ersten Roman von Joseph Roth die visionäre Sicht seiner Darstellung und die Leidenschaft seiner zeitkritischen Haltung als Skeptiker und Revolutionär.

»*Joseph Roths* Roman ist mehr als Fiktion: er ist heute als Dokument zitierbar.« *Süddeutscher Rundfunk*